ELLEN ALPSTEN

DIE SCHWESTERN DER ROTEN SONNE

Roman

WILHELM HEYNE VERLAG
MÜNCHEN

FSC
Mix
Produktgruppe aus vorbildlich
bewirtschafteten Wäldern und
anderen kontrollierten Herkünften

Zert.-Nr. SGS-COC-1940
www.fsc.org
© 1996 Forest Stewardship Council

Verlagsgruppe Random House FSC-DEU-0100
Das für dieses Buch verwendete FSC-zertifizierte Papier
Holmen Book Cream liefert Holmen Paper, Hallstavik, Schweden.

Originalausgabe 11/2009

Printed in Germany 2009
Umschlagfoto: © altrendo nature / Getty Images
Umschlaggestaltung: Nele Schütz Design
Satz: Uhl + Massopust, Aalen
Druck und Bindung: GGP Media GmbH, Pößneck
ISBN: 978-3-453-40735-0

www.heyne.de

Kenize und Qasim

Der Himmel glühte, als Kenize die Anhöhe erreichte. Ein Baum stand dort, gleichgültig dem Heute und dem Gestern gegenüber. Sie lehnte sich gegen seinen Stamm, um Atem zu schöpfen. Kenize war ihr Leben lang zu verwöhnt gewesen, als dass die Anstrengung der vergangenen Wochen sie gestählt hätte.

Sie sah hinunter auf die Ebene. Zwischen dem von der Dezembersonne verbrannten Gras weideten Herden von Zebras und Gnus. Die Seen glänzten im letzten Licht. Ihre Wasser waren rosig von den unzähligen Flamingos, die an ihren Ufern nisteten. Erloschene Vulkane ragten aus dem Land und sahen aus wie Schornsteine auf einem flachen Dach. Neben der Sonne war bereits die schmale Sichel des Mondes am Himmel zu erkennen. Der Hüter der Sonne, Enkai, traf auf Olapa, die Göttin des Mondes. So glaubten es die Leute hier.

»Gleich bin ich bei dir, Qasim«, sagte Kenize. Qasim hatte sie *seine Sonne* und *seinen Mond* genannt.

Sie setzte die Tasche ab, die sie in den vergangenen Wochen nicht aus den Augen gelassen hatte. In der Nacht hatte sie sie unter ihren Kopf geschoben, und am Tag hatte sie sie stets auf den Knien gehalten. Nun war Kenize am Ziel ihrer Reise angelangt. Die Küste, wo ihr Vater lebte, gehörte bereits einer anderen Welt an. Die Landschaft hier war ursprünglich und unberührt, doch der Händler, der sie auf seinem Ochsenkarren mitgenommen hatte, hatte ihr prophezeit: »Die Eisenbahn soll bald auch hier hoch gebaut werden. Dann ist es aus mit dem Frieden. Irgendein Weißer wird sich das Land schon kaufen.«

Irgendein Weißer? Das konnte sie nicht glauben. Die weißen Siedler waren zerlumpte Gestalten, die mit sonnengegerbten Gesichtern durchs Land zogen. Ihre Frauen hatten Schwielen an den Händen und rochen nach saurer Milch.

Auf der Ebene sah sie einen Mann still und aufrecht bei seiner Herde stehen. War dies ein Massai? Ihr Vater war ein Kaufmann und Prinz aus dem Oman. Er verachtete die Menschen des Landes für ihre Gelassenheit und ihr Ertragen. Er verstand es einfach nicht, dachte Kenize. Dieses Land ist altes Land. So alt wie die Welt selbst.

Sie begann, mit steifen Fingern ihre Stiefel aufzuschnüren. Die Haut an ihren Füßen war weiß vom Druck des harten Leders. Zwischen den Zehen hatten sich Blasen gebildet. Kein Wunder: Im Haus ihres Vaters hatte eine Magd ihr jeden Morgen die Füße mit Mandelmilch gewaschen und sie dann mit duftendem Öl eingerieben, ehe Kenize in ein Paar seidene Pantoffeln geschlüpft war.

Sie löste den Schnürverschluss am Kragen ihrer Jubbah. Das lange, weiße Hemd, das die Männer ihres Landes hier trugen, war so weit geschnitten, dass niemand auf Anhieb ihr wahres Geschlecht erraten konnte. Kenize hatte sich in der Nacht vor ihrer Flucht die schwarzen Haare abgeschnitten. Dann hatte sie dem fahrenden Händler in Mombasa drei Goldmünzen gegeben und war auf seinen Wagen gestiegen. Er hatte ihr von diesem Baum hier und der Schönheit des Landes erzählt. Drei Goldmünzen, das war eigentlich viel zu viel für die Reise ins Hochland. Aber nicht zu viel, damit der Mann ihr keine Fragen stellte.

Kenize streifte die Jubbah über ihren Kopf und stand einen Moment nackt im Schatten des Baumes. Ein leichter Wind kam auf, und Kenize fröstelte. Sie zog ein Gewand aus orangefarbener Seide aus der Tasche: Sie wollte Qasim in Schönheit begegnen. Ihre Finger glitten über die Münzen und den Schmuck, die unter dem Gewand verborgen gelegen hatten. Es war ihre Mitgift.

Wo sie hinging, konnte sie nichts mitnehmen. Kenize nahm einige der Ketten und warf sie weit von sich. Ein Armreif aus Gold und Saphiren rollte den Berg hinunter und verfing sich an einem Strauch. Kenize kippte nun den gesamten Inhalt der Tasche die Anhöhe hinunter und rüttelte an ihr, bis sie leer war.

Sie kleidete sich fertig mit dem Shalwar Khamiz: Erst band sie die weite, an den Fußgelenken schmal zulaufende Hose um ihre Taille, ehe sie sich das an Hals und Säumen bestickte Oberteil über den Kopf zog. Nun blieb nur noch der lange Schal. Qasim hatte ihn ihr geschenkt. Er kam aus einem der Länder, das er mit seiner Dhau angesteuert hatte. Das Schiff lag nun auf dem Grund des Indischen Ozeans. Das Meer war Qasims Grabtuch geworden. Nun wollte ihr Vater sie zwingen, einen anderen Mann zu heiraten. Als Brautgabe hatte er ihr einen Palast auf der Insel Lamu im Norden des Landes bauen lassen. Die Schwalben könnten dort ihre Nester haben, aber nicht sie selber, dachte Kenize.

»Ich komme, Qasim«, sagte sie und trat auf die knotigen Wurzeln des Baumes. Sie zog sich an einem Ast nach oben. Ihren Fuß setzte sie in ein Astloch, dessen dunkle Tiefe sie erstaunte. Sie stieg höher, bis es nicht mehr weiterging.

Die Sonne verschwand bereits hinter dem Horizont, und der Himmel füllte sich mit tiefdunklem Violett. Sie musste sich beeilen. Kenize formte eine Schlinge aus dem einen Ende des Schals. Sie legte sie sich um den Hals und knotete sein anderes Ende an den Ast, auf dem sie saß. Dann erhob sie sich und sprang.

Für Kenize begann die Nacht nur einen Augenblick früher als für die Welt um sie herum.

Kupenda heißt lieben, und so nannten die Menschen diesen Ort seitdem.

EMELIE: DAS ERBE DER ERDE

Diane

Diane erreichte die Anhöhe und trat in den Schatten des Baumes. Es war bereits später Nachmittag, doch die Kühle unter seinen Zweigen erfrischte sie wie ein Bad. Auf der Ebene wurden die Schatten lang, und die Farben schimmerten warm wie gebrannter Ton. Sie erinnerte sich an Paddys Vergleich für diese Landschaft: Er hatte gesagt, die Ebene wäre der Bauch einer liegenden Göttin, und die erloschenen Vulkane wären ihre vielen Brüste. Kein Wunder, dass er hier hatte begraben werden wollen.

»Guten Abend, Paddy«, sagte sie und entkorkte die Flasche Wein, die sie in ihrem Korb mitgebracht hatte. Es war ein Culemborg Rosé, sein Lieblingswein. Diane streckte ihre nackten, noch immer schlanken Beine im hohen Gras aus, und Guppy, der zahme Leopard, ließ sich an ihrer Seite nieder. Um sie herum lagen die knolligen Früchte des Baumes. Einige von ihnen waren aufgeplatzt und Wiedehopfe pickten nach den Samenkörnern.

Diane sah nach oben in die Baumkrone. Der Stamm wirkte wie aus der Erde gerissen und umgekehrt wieder hineingesteckt. Ihr Blick glitt an seiner Rinde entlang, und sie fand, wonach sie gesucht hatte: Ein Astloch, das beinahe unter den vielen Schichten aus Borke verborgen war.

»Später«, sagte Diane. »Erst das Vergnügen, dann die Arbeit.«

Sie schenkte zwei Gläser Wein ein. Eines davon stellte sie auf den Rand des Grabsteines, der aus dem Gras ragte. Paddy war nach seinem überraschenden Tod vor fünf Jahren auf einem riesigen Scheiterhaufen verbrannt worden. Der Hügel war an jenem Tag schwarz vor Menschen gewesen: Massai in ihren roten Shukas; Inder, die den weiten Weg von Nairobi und aus dem Hochland gemacht hatten und deren Autos auf ganz Kupenda kreuz und quer geparkt standen; Siedler aus dem ganzen Land.

»Prost, Paddy.« Diane setzte das Glas an die Lippen und trank.

Sie sah hinab auf die Ebene von Kupenda. Paddy hatte ihr die Farm vererbt. Zu seinen Lebzeiten war Kupenda ein Brunnen gewesen, aus dem das Geld nur so sprudelte. Heute war die Farm ein Schwamm, der es aufsaugte. Wenn Emelie wieder da wäre, könnte sie ihr und Carl die Leitung von Kupenda übergeben, dachte Diane. *Ihre Kinder*. Eine Woche noch, ermutigte sie sich.

Auf dem von den vielen Regen- und Trockenzeiten verwitterten Grabstein war Paddys Bild eingelassen, aber die beschlagene Glasscheibe über dem Foto ließ sein Gesicht beinahe unkenntlich erscheinen. Wir hätten auch Bruder und Schwester sein können, statt Mann und Frau, dachte Diane. Beide waren sie blond und blauäugig, beide feingliedrig und drahtig. Wo hatte Emelie nur ihren Wuchs und ihre starken Knochen her?

»Jetzt ist es also so weit: Emelie kommt nach Hause.« Sie hob die Hand, wie um Paddys Worte abzuwehren. »Ich weiß, wenn du noch am Leben wärst, dann hätte unsere Tochter nie davonlaufen müssen. Auch noch nach Paris! Fünf Jahre lang hat sie jetzt nicht mit mir gesprochen. Sie hat auf keinen Brief geantwortet, und ich habe es nicht gewagt, sie anzurufen. Fünf lange Jahre.«

Sie trank einen Schluck Wein. Paddy hätte es Emelie nie erlaubt zu gehen. Paddy, der Großwildjäger, der eine Wildtaube mit gebrochenem Flügel nach Hause brachte, um sie gesundzupflegen. Der es besser fand, auf Lizenz einen Büffel zu schießen, um damit die umliegenden Dörfer zu ernähren, als dass jeder da draußen herumknallen könnte. Er hatte Kupenda zu einer Oase des Friedens für die wilden Tiere gemacht, während die wachsende Bevölkerung den Lebensraum des Busches immer mehr beschnitt.

»Danke, Paddy«, sagte Diane.

Er hatte auch sie in sein Heim aufgenommen. Ihm war es damals gleich gewesen, was die Leute sagten. In Kenia sagten die Leute immer etwas. Das Mindeste, was sie nun tun konnte, war sein Erbe zu erhalten. Auch wenn Emelie an seinem Grab den Schwur getan hatte, selber nie wieder als Großwildjägerin zu arbeiten. Carl und sie mussten eben einen anderen Weg finden, Kupenda zu führen.

Wolken trieben vom Westen her über den Himmel, um sich über dem Grabenbruch aufzulösen. »Ich kann Emelie nicht selber abholen. Die letzte Safari für dieses Jahr geht morgen los, und wir fahren in das Selous Wildreservat. Ich bin erst am Weihnachtstag wieder da.« Sie überlegte. »Vielleicht ist es besser so. Ich glaube, ich hätte Angst davor, sofort vier Stunden mit Emelie in einem Auto zu verbringen. Richard fährt sowieso nach Nairobi, um Blumensamen und Schösslinge abzuholen. Er bringt Emelie nach Kupenda. Hoffentlich liegen sich die beiden nicht gleich wieder in den Haaren. Dabei sind sie doch zusammen aufgewachsen! Richard war doch ständig bei uns oder Carl und Emelie bei ihm und seinen Eltern. Aber die Mädchen haben mich davor gewarnt, ihn Emelie abholen zu lassen.«

Die Mädchen. Sie waren junge Frauen geworden: Iman und Aischa warteten ebenfalls auf Emelie. Sie waren zusammen auf Kupenda aufgewachsen und spiegelten in ihrer Verschiedenheit Kenia wider. Aischa half ihrem Vater Rai Kapoor mit der Verwaltung und der Buchhaltung der Farm. Die Kapoors waren eine der vielen indischen Familien, die vor drei Generationen zum Eisenbahnbau in das Land gekommen waren. Nun waren sie ebenso Kenianer wie Diane oder Emelie und Carl. Iman, eine entfernte Nichte Paddys, und ihr Zwillingsbruder Leander waren bereits als Säuglinge zu Waisen geworden. Die Geschwister verbanden in ihrem Blut zwei Welten, denn ihre Mutter war ein schönes Massaimädchen gewesen.

Es wurde Abend. Auf der Ebene zogen sich die letzten Tiere in den Busch zurück.

Emelie würde auch Leander wiedersehen, wagte Diane zu überlegen. Wenn sie die Zeit doch nur zurückdrehen könnte! Wenn sie doch nur den Mund gehalten hätte, als am Nachmittag nach Paddys Beerdigung endlich wieder Stille auf Kupenda eingekehrt war. Aber sie hatte es damals nicht gekonnt, und sie könnte es auch heute noch nicht. Dafür hatte sie vor langer Zeit selber zu viel erleiden müssen, und außerdem war sie noch immer zu stolz. Sie hatte ihre einzige Tochter nicht in ihr Unglück rennen lassen wollen. *Ihr Mädchen.*

Diane stand auf. Ihre Hand glitt in die Tasche ihrer

Baumwolljacke und zog eine Kette heraus, die aus vierundzwanzig Karat schwerem Gold geschmiedet war. Das Metall war für ihre helle Haut zu gelb. An den Gliedern hing ein Anhänger, auf dem sich eine zum Kranz geschlungene Schlange in den Schwanz biss. Diane erinnerte sich an den Augenblick, als ihr diese Kette um den Hals gelegt worden war. Stolz und Schmerz hatten an jenem Morgen so nahe beieinandergelegen.

Sie ging zu dem Baum. Gute drei Armeslängen über ihrem Kopf fand sie das Astloch wieder. Sie setzte einen Fuß auf den Stamm, griff in die ersten Äste und zog sich hoch. Dann schob sie die Kette tief in das Loch. Unter sich sah sie Guppy, den Leoparden, der den Stamm umkreiste und zu ihr nach oben fauchte. Sie hatte ihn einst als Kätzchen neben dem leblosen Körper seiner Mutter gefunden, die Wilderer getötet und gehäutet hatten.

»Pst! Das ist unser Geheimnis«, sagte Diane zu ihm, als sie wieder auf der Erde aufkam. Wie befreit sie sich auf einmal fühlte! Das hätte sie schon lange tun sollen.

»Auch das muss ich Emelie und Carl eines Tages erklären. Aber wie? Hilf mir doch, Paddy! Was würdest du tun?« Diane nahm das volle Glas, das noch auf dem Rand von Paddys Grabstein stand, und leerte es ins Gras. Im Geist hörte sie Paddys Rat: Man müsse immer miteinander reden.

»Ich weiß nicht, wo ich anfangen soll«, sagte sie.

Dann schreib es dir auf, schien Paddy zu sagen. Er hatte sich die Dinge immer notiert. Die Regale seines Arbeitszimmers standen voll mit seinen Tagebüchern. Diane sah hin zu dem Haus, das rosafarben wie die Flügel der Flamingos zwischen den Wipfeln der Schirmakazien lag.

Paddy hatte Recht. Sie könnte ihre Gedanken in einem Brief ordnen. In Paddys Arbeitszimmer würde sie niemand stören. Sie musste ihn ja Emelie nicht geben, sondern konnte ihn nur für sich selber schreiben. Diane kniete vor dem Grabstein nieder und küsste das beschlagene Glas über Paddys Bild.

»Ich kann nicht gehen, ehe du mich nicht segnest«, sagte sie leise. Die Worte stammten aus der Bibel und hatten Paddy und sie tief berührt. Sie hatten sie bei jeder noch so kurzen Trennung ausgesprochen: Nur ein einvernehmlicher Abschied erlaubte ein glückliches Wiedersehen und Weiterleben. Dann stand sie auf und legte die zugekorkte Flasche und die beiden Gläser in den Korb zurück. Sie sah ein letztes Mal nach oben und stellte fest, dass das Astloch an dem borkigen Baumstamm von unten kaum zu erkennen war. Ob es wohl stimmte, dass in den Tagen der osmanischen Händler eine junge Prinzessin sich hier aus Liebeskummer das Leben genommen hatte?

»Gute Nacht, Paddy. In einer Woche sprechen wir uns wieder.«

Kupenda heißt lieben, dachte sie noch, als sie den Hügel hinunterging. Gut, dass Emelie nach Hause kam.

Afrikanische Hinterlassenschaft

Pierre schenkte Emelie warme, schäumende Milch in ihren Kaffee und bot ihr ein Croissant an. Das Gebäck war noch warm: Er hatte es vorhin in der Bäckerei auf dem Boulevard Clichy gekauft. Es war ihr letztes gemeinsames Frühstück, ehe sie am folgenden Tag nach Kenia fliegen würde. Er trug bereits seinen Anzug, um in die Bank zu gehen, während sie sich nur schnell eines seiner Hemden übergezogen hatte.

»Eigentlich bin ich ja ganz froh, dass du alleine fährst. Mir wird schlecht im Flieger. Obwohl ich der Überzeugung bin, dass ich dich erst ganz verstehe, wenn ich alles dort gesehen und die Menschen getroffen habe, von denen du mir erzählt hast. Bist du dir wirklich ganz sicher, dass du nicht meine Hilfe brauchst? Du warst fünf Jahre lang nicht mehr daheim.«

Emelie schüttelte den Kopf und sah an Pierre vorbei aus dem Fenster. Sie hatte sich in diesen Blick verliebt, als sie vor vier Jahren die kleine Wohnung angemietet hatte. Es war ein grauer Morgen, typisch für einen Dezembertag in Paris. Die Häuser auf dem Hügel wirkten hinter den Regenschleiern wie graue Klumpen. Wenn sie in Kupenda aus dem Fenster gesehen hatte, waren die grauen Klumpen entweder Büffel oder Gnus, dachte Emelie. Hier waren es nur Häuser, in denen andere Menschen saßen und ebenfalls schwarzen Kaffee mit Zigaretten frühstückten. Die einzigen Geräusche, die sie in der Nacht auf Kupenda gehört hatte, waren das Fauchen eines Leoparden oder der kurze Pfiff der Nachtwache bei Schichtwechsel. Hier dröhnte schon morgens um acht der Verkehr vorbei.

»Gut, du musst es am besten wissen.« Er beugte sich vor und küsste sie auf die Wange.

Sein Vertrauen tat ihr gut. Dennoch fand sie, dass das wieder einmal typisch Pierre war. In seiner Welt hatte jede Sache und jeder Mensch seinen Platz, alles hatte seine Ordnung. Und alles, was diese Ordnung bedrohte, schloss er aus seinem Leben aus. Vielleicht machte ihn das zu einem glücklichen Menschen. Sie wusste nach vier Jahren mit ihm noch immer nicht, ob sie ihn um diese Fähigkeit beneidete. Sicher, er hatte ihr stets den richtigen Rat gegeben, und seine Ruhe hatte sie ihren Weg hier finden lassen.

Aber wenn es um Kupenda ging, konnte er ihr nicht helfen, das spürte sie. Kupenda gehörte ihr, ebenso wie die Erinnerung an das, was geschehen war. Sie musste ihre Entscheidung darüber alleine treffen, und sie musste Diane und Leander alleine gegenübertreten. Pierres Sicherheit, sein Vertrauen in sich und seinen Platz in dieser Welt, gaben ihr das Selbstbewusstsein dazu. Sein Leben war ruhig und sicher. Und damit ihres an seiner Seite. Der Gedanke gab ihr ein Gefühl, dem sie keinen Namen geben konnte oder auch mochte.

Emelie bestrich sich das Croissant mit Butter und Marmelade. »Das nächste Mal kommst du mit. Dann kannst du meine Mutter und meinen Bruder Carl kennenlernen, und auch Iman, Leander und Aischa. Und Richard natürlich auch«, fügte sie nach kurzem Nachdenken hinzu. »Meine ganze Familie und all meine Freunde. Aber dieses Mal muss ich alleine gehen.«

Pierre steckte sich eine neue Zigarette am Stummel der letzten an. »Richard? Ich dachte, er hätte dich immer nur gehänselt.«

Emelie zuckte mit den Schultern. »Er ist der beste Freund meines älteren Bruders. Seine Eltern waren unsere Nachbarn. Für ihn war ich damals tatsächlich immer nur ein kleines, dummes Mädchen. Du musst so was doch kennen…«

Pierre rauchte. Das graue Morgenlicht ließ ihn unter seinem schwarzen Haarschopf blass aussehen. Er hatte das feinknochige Gesicht eines Pariser Bürgersohnes. Dann nahm er seine randlose Brille ab und rieb sich die dunkelblauen Augen. »Nein, das kenne ich nicht. Jagt er auch, wie dein Vater? Stell dir bloß mal vor, wenn du weiter als Großwildjägerin gearbeitet hättest, hätten wir uns nie kennengelernt.«

Emelie schüttelte den Kopf. »Richard hat eine Blumenfarm geerbt. Ich bin froh, dass ich am Grab meines Vaters den Schwur geleistet habe, nie wieder auf der Jagd ein Tier zu töten. Jetzt bin ich eben Fotografin. Da gibt es nur ein anderes Fadenkreuz, und es ist eine andere Art zu schießen.« Sie trank von ihrem Kaffee.

»Und du bist eine gute Fotografin. Für mich klingt es schon wild genug, wenn ich Leuten bloß erzähle, dass du aus Afrika kommst«, sagte Pierre. »Hast du dich eigentlich damals mit deiner Mutter über diesen Schwur gestritten?«

Emelie war erstaunt. Es war nicht Pierres Angewohnheit, alte Wunden aufzureißen. Ehe sie ihm antworten konnte, fügte er rasch hinzu: »Ich will alles von dir wissen, bevor …« Er stockte.

Was machte ihn denn so unruhig? Vielleicht begriff er mehr als sie selber, was die Reise nach Kupenda bedeutete. »Bevor?«, half sie ihm weiter.

»Bevor wir uns so lange nicht sehen.« Es klang wie eine Ausrede. »Wir gehören zusammen«, sagte er zögernd.

Emelie strich ihm durch die Haare. »Ich fahre nur für zwei Wochen nach Kenia, Pierre. Gerade mal für Weihnachten und Neujahr«, sagte sie. »Du wirst alles verstehen, wenn wir das nächste Mal gemeinsam hinfahren.«

Es würde kein nächstes Mal geben, dachte sie. Sie hatte den Ansprüchen ihrer Mutter nie genügt. Jedes Wort, das sie ihr damals ins Gesicht geschleudert hatte, war die Wahrheit gewesen. Wenn Carl zustimmte, würden sie Kupenda verkaufen. Entweder an Kabir Khan, Aischas angeheirateten Onkel, der eine Lodge, ein Gästehaus nach modernen Ansprüchen, daraus machen wollte. Oder an Old Thompson. Doch was würde jemand wie er mit dem Land machen? Etwa neue Slums entstehen lassen und dem Wild noch mehr von seinem Lebensraum nehmen? Emelie vertrieb den Gedanken. Wenn Kupenda einmal verkauft wäre, dann hätte sie ihre Entscheidung wenigstens getroffen. Sie war Fotografin und lebte in Paris. Ihr Leben war hier bei Pierre.

»Sie hat dich mit einem Mann im Bett erwischt und euch beide aus dem Haus geworfen«, sagte Pierre nun.

Emelie lachte. »Pierre! Du bist und bleibst Franzose.«

Meinst du wirklich, er liebt dich nur um deiner selbst willen? Wie könnte er?

Emelie konnte die Worte nicht vergessen, die an jenem

Nachmittag vor fünf Jahren gefallen waren. Es war der Tag nach Paddys Beerdigung gewesen. Carl hatte sie schützend im Arm gehalten, als sie in Paddys Arbeitszimmer so bloß und verletzlich dagesessen hatte. Noch nie hatte sie Diane so wütend gesehen, erinnerte sich Emelie. Ihr Zorn hatte Emelie dazu gebracht, ein Meer und einen Kontinent zwischen sich und Kupenda zu schieben. Leander hatte nur mit hängenden Armen neben ihnen gestanden. Entwaffnet, der junge Krieger. Er hatte weder Emelie noch sich selber gegen Diane verteidigt.

Meinst du wirklich, er liebt dich nur um deiner selbst willen? Wie könnte er?

Pierre erhob sich und schob seinen Stuhl an den Tisch heran. Dann beugte er sich zu Emelie herab und küsste ihre Stirn. Sie schloss die Augen. Als sie nach ihrer ersten Liebesnacht mit Pierre erwacht war, waren ihre Kleider, die sie am Abend auf dem Boden seines Wohnzimmers verstreut hatten, ordentlich gefaltet auf dem Stuhl neben dem Bett gelegen. Emelie musste bei der Erinnerung daran lächeln. Pierre würde sie nie verletzten, das wusste sie. Die kurze Zeit mit Leander war wie ein Wasserfall gewesen, der sie mit sich gerissen hatte. Leander, der halbe Massai. Bereit, einen Löwen zu töten, um seine Kraft zu beweisen. In seinen Armen hatte sie zum ersten Mal verstanden, was Leidenschaft bedeutete. War dies eine Speise, von der sie vielleicht lieber nicht hätte kosten sollen? Pierres Liebe war dagegen wie ein Bad in einem warmen, tiefen See, dessen Ufer bekannt und überschaubar waren.

Gab es irgendwo einen Ozean, der ihr Entdeckung und Abenteuer versprach?

»Ich muss jetzt zur Bank und fahre direkt nach der Arbeit aufs Land. Guten Flug morgen. Und übrigens, ich will Weihnachten nicht noch einmal von dir getrennt sein.«

»Weißt du nun alles, was du von mir wissen willst, ehe ich fahre?«, neckte sie ihn statt einer Antwort.

Pierre zog sie zu sich hoch und küsste sie wieder. Emelie roch sein Aftershave und strich ihm über die frisch rasierten Wangen. Sie war beinahe ebenso groß wie er, und sein Gesicht war dem ihren ganz nahe. Pierre fasste ihre Hand, und sein Daumen strich über ihre Finger.

»Ich will vor allen Dingen, dass du wiederkommst«, sagte er und zögerte kurz, bevor er hinzufügte: »Ich hätte es gern feierlicher gemacht.«

»Was denn, unseren Abschied?«

»Nein, meinen Antrag.«

»Deinen ... was?« Emelies Herz schlug hart in ihrer Brust.

»Meinen Heiratsantrag. Ehe du Menschen triffst, die dich an dein altes Leben erinnern. Ehe diese Welt dort dich wieder einfangen kann. Ich liebe dich, Emelie. Ich will, dass du das weißt.«

»Pierre ...«

Er legte ihr jedoch seine Fingerspitzen auf die Lippen. »Willst du mich heiraten?«, fragte er sie und griff in seine Hosentasche. Er zog ein kleines Etui hervor und ließ den Deckel daran aufspringen. Auf blauem Samt funkelte ein altmodisch gefasster zitronengelber Diamant. Er ging auf ein Knie nieder und fasste ihre linke Hand.

»Pierre ...« Emelie wusste nicht, was sie sonst sagen sollte. Sie hatte ihn in ihrer ersten Woche in Paris kennengelernt, und er hatte die Stadt zu ihrer neuen Heimat gemacht. War es einfach für ihn gewesen, sich für sie zu entscheiden? Sicher nicht: Alles an ihr war anders, als er es von den jungen Pariserinnen seiner Gesellschaft gewohnt war. Sein Stolz auf sie und ihren beruflichen Erfolg gab ihr jeden Morgen wieder die Kraft, sich durchzusetzen. Und doch war sie nie auf den Gedanken gekommen, dass sie heiraten sollten.

Pierre küsste sie auf ihre Finger. »Der Ring ist ein Erbstück. Er stammt aus meiner Familie. *Deiner* Familie, wenn du möchtest. Maman hat ihn vergangene Woche aus dem Safe geholt. Emelie, möchtest du?«

Sie sah keine Unsicherheit in seinem Blick. Vielleicht war es das, was sie brauchte. Auch wenn sie keine Schmetterlinge im Bauch hatte, wenn er sie küsste. Sie respektierte ihn, und sie lachten über dieselben Dinge. Er war ein guter Mann.

Emelie schloss die Augen. Pierre stand nun auf und zog sie an sich. »Möchtest du?«, flüsterte er in ihr Ohr. »Sag Ja, bitte. Wir gehören zusammen, ein Leben lang.«

Sag Ja. Es schien so einfach. Ein kleines Wort, das die letzten vier Jahre besiegelte und den Weg frei machte für all die Zeit, die sie noch zusammen verbringen konnten. *Ein Leben lang.* Das klang nach mehr, als sie sich je hatte vorstellen können. Paddy und Diane waren glücklich verheiratet gewesen. Das gab Emelie Vertrauen, doch entmutigte sie auch zugleich.

Pierre sah sie nun bittend an. Der Ausdruck in seinen Augen berührte Emelie: Seine Seele lag darin bloß. Er hatte sich für sie entschieden, das spürte sie. Es war das Schönste, was ein Mensch für einen anderen tun konnte. Wie konnte sie also zögern? Weshalb auch? Sie nickte stumm.

Pierre lachte und stieß einen kleinen Jubelschrei aus. Er hob sie an, schlang seine Arme um sie und drehte sich einmal mit ihr um sich selber.

»Lass mich los, ich kann nicht mehr atmen!« Emelie lachte.

Pierre setzte sie ab, nahm den Ring aus dem Etui und schob ihn ihr über den Finger. Er saß etwas zu lose. »Wir lassen ihn dir anpassen, wenn du wiederkommst«, sagte er und küsste nun ihr ganzes Gesicht: Ihre hohe, breite Stirn, ihre Nase, die ihr immer zu groß schien, und ihr starkes Kinn. Dann strich er durch ihre honigfarbenen Locken.

»Ich bin so, so glücklich. Wenn du wieder da bist, organisieren wir die Hochzeit. Wir heiraten in Neuilly, in derselben Kirche, in der ich auch getauft worden bin.«

Emelie sah zu, wie Pierre sich seinen Trenchcoat über den Nadelstreifenanzug zog und zu seinem Regenschirm griff. Die Farben seiner Kleider passten zu dem Grau der Stadt. Er küsste sie noch einmal.

»*Au revoir, ma chérie*«, sagte er. »Nächstes Weihnachten sind wir eine Familie.«

Emelie stand in der offenen Tür und sah Pierre die Spirale der Treppe hinunter verschwinden. Ihre Wohnung lag an der Dienstbotentreppe eines großen Gebäudes am Boulevard Clichy. Das ausgetretene Holz der Stiege roch kalt und staubig. Sie dachte kurz daran, wie Paddy immer ausgesehen hatte, wenn er zu seiner Arbeit auf Kupenda gegangen war. Er hatte stets nur ein kurzärmliges Hemd und kurze Kakishorts getragen, die ihm kaum bis zur Mitte der Schenkel gereicht hatten. Doch sie lebten hier und heute, ermahnte sich Emelie augenblicklich. Sie erinnerte sich an die Worte, mit denen sich ihre Eltern für jede noch so kurze Trennung voneinander verabschiedet hatten.

»Pierre?«, rief sie über das Geländer.

»Ja?« Er sah nach oben.

»Ich kann nicht gehen, ehe du mich nicht segnest.«

Er schwieg einen Augenblick lang und sagte dann: »Ich wünsche dir eine gute Reise. Ruf mich an, wenn du auf Kupenda angekommen bist und komm gesund wieder zu mir zurück.«

Emelie warf ihm eine Kusshand zu und schloss die Tür erst, als seine Schritte im Hausflur verklungen waren. Wieder in der Wohnung trat sie an das Fenster und sah hinaus. Hatte Pierre eigentlich gesagt, dass er sie liebte? Sie konnte sich nicht erinnern. Sicher, das musste er doch gesagt haben! Und lagen diese Worte nicht jeden Tag in all seinen Gesten und seinen Worten?

Die grauen Häuser draußen auf dem Berg um Sacre Cœur verschwammen hinter den Regenschleiern. Sie zerflossen vor ihren Augen, und Emelie wischte sich beinahe zornig die Wangen ab. Sie würde nach Kupenda fahren, aber es fühlte sich nicht nach einer Heimkehr an. Emelie streckte die Hand mit dem Ring daran aus. Er war wirklich etwas zu groß, doch sie wollte ihn dennoch nicht ablegen. Das Morgenlicht ließ den Stein aufleuchten. Emelie ballte die Hand zur Faust. Sie hatte ihre Wahl getroffen.

* * *

Iman fand Leander genau dort, wo sie ihn vermutet hatte: Er steckte mit dem Kopf unter der Motorhaube seines Rennwagens. Von der letzten Rallye war noch ein Reifen platt, die Tür war verbeult, und die Windschutzscheibe hatte einen Sprung. Auf der einen Seite des Autos konnte sie unter all den Matschspritzern den Schriftzug *Goldman 25* erkennen.

Die Türen des Wagens standen offen. Aus dem Radio plärrte die Musik so laut, dass Iman keine Melodie mehr ausmachen konnte. Es musste der letzte Schlager aus einem der Bollywoodfilme sein, die laut und bunt über die Leinwand in Naivasha flimmerten. Zwei Mechaniker halfen Leander bei der Reparatur: Der eine pumpte gerade am Wagenheber, der andere reichte Leander den Spanner. Iman sah, wie der eine Mann den Kopf hob und ihren schmalen Körper musterte: Sie trug einen kurzen, ausgewaschenen Jeansrock und ein weißes T-Shirt, an ihren Armen, Hals und Ohren hing schwerer Schmuck aus Silber, Leder und Bernstein. Iman war diese Blicke gewohnt. Sie war eine von ihnen und war es doch nicht. Es machte ihr nichts aus, bestärkte sie sich. Paddy und Diane hatten immer deutlich gemacht, dass sie zu ihnen gehörten. Sie hatten es den Kindern damals verboten, ihre Großeltern in ihrem Kral zu besuchen. Iman hatte das Verbot nie hinterfragt, ganz im Gegensatz zu Leander.

»Leander«, sagte sie nun. Er hörte nicht, sondern schraubte unter der Motorhaube weiter. Sie griff in das Innere des Wagens und drehte die Musik leiser.

Leander tauchte unter der Motorhaube auf und wischte sich den Schweiß von der Stirn. Ein Streifen Motoröl blieb auf seiner Haut zurück, und sein schulterlanger bunter Perlenohrring schaukelte bei der Bewegung.

»Was ist denn? Ach, du bist es. Ich dachte schon, es sei Tante Diane mit ihrem ewigen Gemecker. Als ob sie mir nicht mehr schuldet als nur die paar Kröten für einen neuen Rennwagen. Mir sollte viel mehr hier gehören als nur dieser elende Schuppen.« Er zeigte auf die Garage hinter sich, die Paddy ihm kurz vor seinem Tod hatte bauen lassen.

»Diane hat uns ihr Leben lang nur Gutes getan. Sie hat uns wie ihre eigenen Kinder aufgezogen«, sagte Iman.

Leanders aufgeknöpftes Hemd aus roter Baumwolle hing lose über seine engen Jeans. Er trug oft ein rotes Kleidungsstück im Farbton der Massai. Iman sah auf seine nackte, glatte Brust. Seine Haut hat dieselbe Farbe wie die ihre. Die dunkle Hautfarbe der Massai hatte sich mit dem milchigen Teint ihres Vaters zu einem tiefen, bronzenen Ton vermischt. *Leander, ihr schöner Zwilling.*

»Die gute Diane.« Er verneigte sich spöttisch. »Lasst uns ihr auf ewig an ihrem Altar huldigen. Mach du nur weiter, ich habe die Nase voll davon. Ich bin genauso ein Goldman wie Carl. Wenn sogar nicht noch mehr.«

Iman sah, wie die beiden Mechaniker einen raschen Blick austauschten. Sie wusste, dass dieses Gespräch am Abend in allen Hütten auf Kupenda wiederholt werden würde.

»Red keinen Unsinn. Diane fährt morgen früh mit Kunden auf Safari. Sie kommt am Weihnachtsabend wieder. Sie will übrigens Kupenda an Carl und Emelie übergeben«, sagte Iman.

Leander hob den Kopf.

Es war besser, wenn er es von ihr erfuhr als von jemand anderem, dachte Iman. Niemand verstand ihn so, wie sie es tat. Nur sie beide wussten, wie es war, *sie* zu sein. Für sie war das Leben zwischen den Welten immer einfacher gewesen als für ihn. Ja, ihre Mutter war eine Massai, die nicht lesen und schreiben konnte. Ihr Vater war ein entfernter Vetter Paddys. Iman versuchte, ihr afrikanisches Erbe mit derselben Freude anzunehmen wie auch ihre Zugehörigkeit zu den Goldmans. Leander dagegen hatte seinen Platz noch nicht gefunden. Kupenda erben konnte er nicht, ein junger Krieger, der Löwen tötete, durfte er auch nicht sein. Obwohl die Leute wie die beiden Mechaniker hier genau das von ihm erwarteten.

Leander schüttelte den Kopf. »Das kann nicht sein«, sagte er.

»Leander, es ist *ihr* Land. Du konntest nichts anderes erwarten. Diane und Paddy haben uns ein Heim gegeben, als unsere Eltern über der Savanne abgestürzt sind.« Sie fasste Leander am Arm. »Carl ist wie unser Bruder, Emelie wie unsere Schwester. Carl ist nie gegangen, und nun kommt Emelie nach Hause«, sagte sie.

»Sie sind Weiße, Iman. Womit haben sie sich unser Land verdient? Damit, dass Emelie in Frankreich lebt? Ich bin ein Goldman, und ich bin ein Massai. Kupenda steht mir zu.« Er streckte sich zu seiner vollen Größe aus. »Du weißt nichts von unserem Erbe. Du hast unsere Großeltern nie im Kral besucht. Du hast wie ein Hündchen vor Paddys Verbot gekuscht.« Iman schwieg.

»Dieses Land gehört *mir*. Das ist es, was ich will und was der Stamm will. Die Stimmung kocht. Und wenn es sein muss, bringe ich sie zum Überlaufen«, sagte Leander.

»Schweig.« Iman legte ihm rasch ihre flache Hand auf die Lippen. »Wir brauchen eine gute Verwaltung, das ist alles. Emelie ist eine Kenianerin, genau wie du und ich. Sie und Carl werden eine Lösung finden. Du hast sie doch mal geliebt, oder? Wie kannst du nun so urteilen?«

Leander bückte sich zu seinem Werkzeugkasten. Er griff nach einem Hammer und begann, in der offen stehenden Tür von innen eine Beule im Blech auszuhämmern. »Nur weil sie einen kenianischen Pass hat, ist sie keine von uns. Ein Vanilla Gorilla, das ist sie.«

»Hast du sie einmal geliebt oder nicht?« Iman trat näher, sodass die Mechaniker ihre Worte nicht hören konnten, und fasste ihren Bruder am Handgelenk. »Oder war dir Kupenda schon damals wichtiger?«

»Emelie ist damals ohne Gruß gegangen. Ohne ein Wort, ohne eine Erklärung«, sagte Leander und drehte die Musik aus dem Autoradio wieder lauter.

Iman trat in die Wagentür, genau dorthin, wo er gerade die Beule geglättet hatte. Das Blech faltete sich. »Hast du denn versucht, mit ihr zu sprechen, tapferer Krieger?«

»Gott sei Dank trägst du flache Schuhe, Iman. Mit den hohen Hacken, die du zum Tanzen in den Bars von Nairobi trägst, hätte ich dir das nicht verziehen«, sagte er. »Hacken wie ein weißes Mädchen!«

»Was soll ich denn sonst tragen?«, schrie ihm Iman über die Musik hinweg zu. »Eine rote Shuka? Soll ich meine Haut mit Ochsenfett einschmieren und mich mit Glasperlen zudecken?«

Leander hämmerte nur mit neuer Kraft gegen die Tür.

Frauensache

Die Kühle des Verwalterhauses tat Aischa gut. Sie ließ die Tür zum Garten offen stehen. Der Motor ihres Landrover tickte noch erschöpft in der Mittagshitze.

Sie trat in den Gang, der an dem kleinen Esszimmer und der Küche vorbei zum Arbeitszimmer führte. Über Aischas Kopf drehte sich mit einem schleifenden Geräusch ein hölzerner Ventilator. An den Wänden blätterte die lindgrüne Farbe ab, und es roch nach frisch gebrühtem Kaffee. Aischa schnupperte. Hm, das roch gut. Die Bohnen kamen aus Thika, wo um diese Jahreszeit die Beeren rot in den Kaffeebäumen leuchteten. Vielleicht konnte sie sich ja eine Tasse holen, ehe sie sich an die Bücher setzte.

Ihre Großmutter Meena steckte ihren Kopf aus der Küche. »Aischa! Hab ich's mir doch gedacht, dass du es bist. Ich habe schon auf dich gewartet.«

Jim, der Koch, verdrehte seine Augen hinter ihrem Rücken. Meenas Besuch zur Weihnachtszeit war von allen im Haus gefürchtet.

»Ich zeige Jim gerade, wie man Chapatis macht. Was er da gestern gebacken hat, war ja nicht mal als Wischlappen zu gebrauchen! Du kannst das auch gleich lernen, sonst bekommst du nie einen Mann.«

Aischa spürte die vertraute Mischung aus Schwäche und

Zorn in sich aufsteigen. Nur Meena konnte dieses Gefühl in ihr auslösen.

»Ich wollte eigentlich zu Vater ins Büro. Wir müssen noch vor Weihnachten die Bücher fertig haben. Die Bank will die letzten Zahlen sehen, damit sie uns den Kredit verlängern können«, sagte sie.

»Zahlen! Bücher! Papperlapapp. Belaste deinen Kopf nicht mit solchem Unsinn. Das macht dir nur Falten auf der Stirn, oder du brauchst bald eine Brille. Ich weiß gar nicht, was schlimmer ist. Komm rein«, sagte Meena und zog Aischa in die Küche. »Jim, sieh nach, ob die braune Henne endlich Eier gelegt hat. Wenn nicht, kommt sie in den Kochtopf.«

Jim verschwand.

»Wie siehst du denn eigentlich aus?«, sagte Meena dann zu Aischa und kniff sie in die runde Hüfte, dorthin, wo die ausgewaschene Jeans eng saß.

Aischa schwieg. Ihre Großmutter fasste sie unter dem Kinn und hob ihr Gesicht ins Licht. Meena schnalzte zufrieden mit der Zunge.

»Deine Haare sähen offen schöner aus. Mach den Pferdeschwanz auf, denn das führt zu Haarbruch. Knete dir nach dem Waschen Kokosnussöl rein und lass es über Nacht einwirken, dann glänzen sie. Deine Haut ist rein, das ist gut. Wenn du dir die Nase dunkler schminkst, wirkt sie nicht so groß. Schließ beim Lachen den Mund, sodass man die Lücke zwischen deinen Schneidezähnen nicht sieht, und putz dir die Zähne mit Salz, das macht sie weißer.« Sie trat einen Schritt zurück und schüttelte missbilligend den Kopf. »Du hast meine Augen geerbt, aber nicht meine zarte Figur. Du kommst nach deiner Mutter. Lass die Finger von den Naschereien. Wenn du mal verheiratet bist, kannst du essen, was du willst. Merk dir, die Frau ist die einzige Beute, die ihrem Jäger auflauert. Ich schicke dir aus Nairobi einige neue Shalwar Khameez. Die Jeans verbrennen wir nachher. Schluss mit dem Unfug.«

Aischa dachte an die buntseidenen Gewänder in ihrem Kleiderschrank, die ihre Großmutter ihr aus Nairobi mitgebracht hatte: Weite, an der Fessel schmal zulaufende Hosen, am Hals ausgeschnittene Kaftane und dazugehörende Schals.

»Ich kann so was nur an Feiertagen tragen. Wie soll ich im Shalwar Khameez in den Jeep steigen? Und wie die Wildererschlingen aus den Dornbüschen schneiden?«, fragte sie.

Ihre Großmutter warf sich ihren Schal aus violetter und purpurfarbener Seide nach hinten über die Schulter. Ein Duft nach Sandelholz und Patschuli stieg aus allen Falten ihres Gewandes und aus den Poren ihrer sorgsam geölten Haut.

»Rede keinen Unsinn. Was soll dein Mann einmal denken, wenn du so aussiehst?«, sagte Meena. »Nun zieh dir eine Schürze über, sodass du die Fladen backen kannst.« Sie ging auf den Arbeitstisch zu, und die Ledersohlen ihrer mit Halbedelsteinen besetzten Sandalen schlugen dabei auf den Küchenboden auf. »Sieh her.« Sie griff nach einer der kleinen Teigkugeln. »Du legst dir den Teig so hin, drückst ihn mit der Hand flach, machst eine Mulde, ziehst ihn dann in die Länge und wirfst ihn einige Mal von Hand zu Hand, um ihn geschmeidig zu machen …« Der Teig flog mit einem leisen, klatschenden Geräusch von einer ihrer Handflächen in die andere.

Aischa schüttelte nur den Kopf und seufzte. Ah, da lag ja auch eine Zeitung. Sie war heute noch nicht dazu gekommen, einen Blick hineinzuwerfen. Ihr Blick fiel auf die Seite, die gerade aufgeschlagen war. Es waren Heiratsanzeigen. Aischa las *India Star* in dicken Lettern oben auf die Seite gedruckt. Das Blatt musste direkt aus Indien stammen.

»Was ist das?«, fragte sie.

Wollte Meena auf ihre alten Tage noch einmal jemanden unglücklich machen? Genügte es nicht, dass sie Aischas Vater und ihren angeheirateten Neffen Kabir Khan tyrannisierte?

Meena sah die Zeitung in Aischas Händen. Der eben noch so wertvolle Teig für die Chapatis fiel zu Boden, als sie nach dem Blatt griff. Aischa jedoch war schneller als sie und breitete die Zeitung wieder auf dem Küchentisch aus. Es war wirklich eine indische Zeitung. Sie verbiss sich ein Lachen: Ihre Großmutter, die in Kenia geboren und aufgewachsen war, ließ sich noch immer Zeitungen aus Indien kommen!

Da erkannte sie mit einem Mal ihr eigenes Gesicht. Es war das Bild, das am Tag ihrer Abschlussprüfung zur Buchhalterin aufgenommen worden war. Das Foto war in einer langen Reihe mit dem vieler anderer jungen Frauen in der Zeitung abgedruckt. Daneben stand geschrieben: *Ausgebildete Buchhalterin, Anfang zwanzig, aus guter Familie. Hohe Mitgift. Nur Männer islamischen Glaubens brauchen vorstellig werden.*

»Aber, Großmutter ...«, sagte Aischa.

Meena hatte nun ihre Arme vor der Brust verschränkt und den rot geschminkten Mund zusammengekniffen. Sie schüttelte den Kopf so sehr, dass die schweren goldenen Ringe in ihren Ohrläppchen klirrten.

»Das ist nicht für deine Augen bestimmt, Aischa. Gib mir die Zeitung.«

Ihre Stimme klang beherrscht, doch Aischa kannte Meena besser. Sie las den Text noch einmal, und ihr Entsetzen wuchs mit jedem Wort.

»Weiß Vater davon?«, fragte sie dann leise.

Meena schüttelte den Kopf. »Seit wann kümmern sich die Männer unserer Familie um diese Angelegenheiten? Das ist Frauensache«, sagte sie bestimmt und nahm Aischa die Zeitung aus der Hand. »Also, die Chapatis musst du jeden Morgen backen, wenn du erst mal verheiratet bist. Das ist die erste Aufgabe einer Ehefrau. Nun, beinahe die erste Aufgabe.«

»Ich will nicht heiraten. Zumindest jetzt noch nicht. Und schon gar nicht jemanden, den ich nicht kenne. Jemanden, der nur mein Bild in der Zeitung gesehen hat. Ich will arbeiten und erfolgreich sein, so wie Emelie.«

»Emelie *erfolgreich*? Dass ich nicht lache! *Unverheiratet* ist sie, das ist alles«, erwiderte ihre Großmutter.

Aischa seufzte. Sie wollte jetzt keinen Streit. Meena war nur über die Weihnachtstage hier. Solange würden sie sich wohl vertragen, schon ihrem Vater zuliebe.

»Verzeih, Großmutter, aber ich muss jetzt Vater helfen. Er wird sonst mit der Buchhaltung nicht fertig, bis Emelie wiederkommt. Carl und sie werden sich gleich nach dem Weihnachtsfest mit jemandem aus der Bank treffen müssen.« Aischa gab ihrer Großmutter einen Kuss auf die Wange und wandte sich zur Tür.

Meena jedoch griff sie am Arm. »Ich bring dich schon

zur Vernunft. Und wenn ich deinen Onkel Kabir Khan um Hilfe bitten muss.«

Aischa lief zur Tür hinaus. Draußen im Gang lehnte sie sich kurz gegen die Wand und schloss die Augen. Aus der Küche hörte sie ein klatschendes Geräusch. Ihre Großmutter hatte wohl den Chapati-Teig auf den Holztisch geworfen, und es hatte wie eine Ohrfeige geklungen. Mit Meena war nicht zu spaßen. Aber das war wirklich der Gipfel! Was Vater wohl dazu sagte? Wahrscheinlich lohnte es gar nicht, mit ihm darüber zu sprechen. Wenn es darauf ankam, war er stets mehr Meenas Sohn als Aischas Vater. Zudem hat er nun andere Sorgen: Kupenda stand kurz vor dem Bankrott, und niemand wusste, was Carl und Emelie damit machen wollten.

Als ob Kabir Khan nichts anderes zu tun hatte, als sich um das Arrangieren einer Ehe zu kümmern! Er war ein mächtiger Mann, der sein Vermögen selbst gemacht hatte. Seine Hotels, Rasthäuser und Lodges waren in ganz Kenia zu finden. Meena hatte zufrieden sein können, als sie ihn damals mit ihrer Nichte verheiratet hatte.

Wenn sie wenigstens mit Carl darüber sprechen könnte, dachte Aischa. Aber das war unmöglich. Wie könnte er sie verstehen? Meena würde von diesem verrückten Unternehmen schon wieder ablassen.

Blumen und Bienen

Richard lief über das ausgedörrte Gras auf seinen Wagen zu. Die Trockenzeit schien ihm heißer als sonst zu sein. Hoffentlich überlebten die Sprösslinge das, dachte er, er könnte sich keine verpasste Saison leisten. Die Bestellungen aus Europa zum Valentinstag häuften sich auf seinem Schreibtisch.

Er streifte seine groben Wildlederstiefel nachlässig an den scharfen Kanten des Trittbretts ab, ehe er die Autotür öffnete. »Autsch«, er zuckte zusammen, als er die Hände um das Steuer legte: Es war heiß von der Morgensonne. Im Auto roch es nach Bier und alten Kleidern. Richard stieß mit dem Fuß eine leere Flasche »Tusker«-Bier neben dem Gaspedal weg. Dann öffnete er die Beifahrertür. Sein schwarzer Mischlingshund Schnauz sprang mit nassen Pfoten auf den Sitz.

»Schnauz, du bist ein Schwein, das sich als Hund verkleidet hat. Sieh dir das an! Der ganze Sitz ist voller Matsch. Da soll morgen eine Dame sitzen, ist dir das klar?« Richard sah noch einmal zu dem gelb gestrichenen Haus hinüber.

Sein Koch Ujinda begann gerade, das Frühstück von der Veranda abzutragen: Es hatte Papaya, Tee, Toast und ein gekochtes Ei gegeben.

Richard hupte einmal, und der Alte winkte ihm zu. Der Massaischmuck an seinem Arm rutschte dabei nach oben. Er hatte schon bei Richards Familie gekocht, als der noch nicht hatte laufen können. Später hatte ihn Ujinda oft am Nachmittag mit in seine Hütte genommen, während Richards Eltern auf ihrer Farm unterwegs waren.

Richard winkte zurück. Das Wochenende steckte ihm noch in den Knochen und nun stand Weihnachten vor der Tür.

»Das wird wieder ein schönes Fest auf Kupenda, Schnauz. Auf die Damen dort kann man sich verlassen«, sagte er und ließ den Motor an. Er musste zuerst in Gilgil Massimo abholen, dann ging es über Dagoretti nach Nairobi. Richard mochte Dagoretti nicht, denn dort kam es in letzter Zeit immer wieder zu Überfällen, aber er hatte keine andere Wahl.

»Massimo will in Nairobi neue Talente suchen. So nennt man das, wenn man Fotograf ist, und dazu noch Italiener. Denen ist jeder Vorwand recht, schöne Frauen anzusehen. Die Einzige, die ich mir ein Leben lang ansehen will, ist Emelie.«

Emelie. Wie oft hatte er in den vergangenen fünf Jahren an sie gedacht? Die ganze Zeit, gestand er es sich ein. Er hatte darauf gewartet, dass sie zur Vernunft kommen und den Weg nach Hause finden würde. Nun war es so weit.

Richard gab Gas und winkte Ujinda noch einmal zu. Der Kragen seines aufgeknöpften karierten Baumwollhemdes verrutschte, und seine weiße Schulter kam zum Vorschein. Farmerbräune, nannte man das hier: Hals, Arme, Knie und Beine waren gebräunt, während Brust, Lenden und Oberschenkel ganz hell waren.

»*Kwaheri*, auf Wiedersehen«, hörte er Ujinda noch rufen und sah ihn im Rückspiegel den Kopf schütteln. Richard wusste genau, was er jetzt dachte. *Meikooyu olelipon*, sagten die Massai ganz richtig: Einem Mann, der verliebt ist, kann man keinen Rat geben.

Ujinda hatte immer Recht. Obwohl der Alte in letzter Zeit zerstreut gewesen war. Erst gestern hatte er ihm Salz statt Zucker in den Tee gelöffelt. Am Abend war er dann schon zum dritten Mal in einer Woche ausgegangen. Wohin? Richard nahm die erste Kurve die Auffahrt hinauf. Er las zu viel in Ujindas Verhalten hinein. Sicher hatte dieser nur seine Tochter besucht.

Richard lenkte den Wagen über die vom Regen ausgewaschenen Straßen, die über sein Land bis zum Tor der Farm hinführten. Zwei Warzenschweine standen an dem kleinen Sumpfloch zwischen den Feuerbäumen. Er passierte die Startbahn seiner Cessna, die er sich nahe des Sees hatte anlegen lassen. Beim Abheben hatte er jedes Mal den Eindruck, direkt in die Wasser des Sees zu tauchen. Dann und wann begegnete ihm ein Hirte mit roter Shuka und einem Stecken in der Hand oder Frauen, die Krüge mit Wasser auf ihrem Kopf trugen.

Er erreichte das Tor zur Einfahrt. Der Askari hob die Schranke.

»*Asante*. Danke. Ich bin morgen Abend wieder da.«

Beim Anfahren hörte er Kinder rufen und lachen. Im Rückspiegel sah er in einer Wolke aus Staub und schlaksigen Armen und Beinen drei, vier Jungen und Mädchen über die staubige, rote Straße auf seinen Pick-up zulaufen. Sie waren barfuß und trugen bunt bedruckte T-Shirts, kurze Hosen und geflickte Röcke. Die Zähne leuchteten weiß in ihren Gesichtern. Richard lehnte sich aus dem Fenster und schlug mit der Hand gegen das Blech der Tür. »Gilgil, Gilgil, Gilgil«, imitierte er den Ruf der Fahrer in den Sammeltaxis, den Matatus, und drückte auf die Hupe. Die Kinder kreischten vor Lachen und schwangen sich auf die Ladefläche des Pick-ups. Als alle saßen, gab Richard Gas. Die Kinder begannen zu singen. Die Fahrt mit ihm sparte ihnen den zehn Kilometer langen Fußweg zur Schule nach Gilgil.

Richard parkte seinen Wagen auf dem Kies vor Massimos Elternhaus. Auf dem Geländer der Terrasse saß eine zahme Meerkatze und knackte Nüsse. Richard drückte auf die Hupe. Hoffentlich hatte Massimo schon fertig gefrühstückt.

»*Si, si, Mamma*, ich verspreche es dir …« Richard sah seinen Freund aus dem Haus kommen. Seine Mutter folgte ihm in Gummistiefeln, die sie über der engen Jeans trug. In der einen Hand hielt sie einen Kescher. Richard sah, wie Massimo etwas in die Hosentasche schob und dann seine Mutter küsste. Sie musste sich auf die Zehenspitzen stellen, um ihren Sohn zu umarmen. Massimo war als Junge klein und ausgesprochen zart gewesen, erinnerte sich Richard. *Zwerg Nase*, so hatten sie ihn in der Schule von Pembroke gehänselt. Das hatte sich geändert. Aus Zwerg Nase war ein gut aussehender, immer bestens gelaunter und groß gewachsener Mann geworden.

»Ciao, Richard. Fahr vorsichtig und grüß mir Emelie«, rief Massimos Mutter ihm zu. Sie ging den schattigen Berg hinunter in Richtung des ersten der drei Seen, an denen die Familie Fischercamps betrieben.

Massimo öffnete die Tür zum Beifahrersitz und stieg

ein. »*Madonna mia*! Wo der Teufel nicht hinkommt, da schickt er meine Mutter!«

»Was hat sie dir gegeben?«, fragte Richard seinen Freund.

»Kondome«, antwortete Massimo.

»Kondome?«

»Hast du noch nie was von Kondomen gehört? Klar, bei dir auf der Farm dreht sich ja alles um Blumen und Bienen.«

»Immer noch besser als Fischeier auszubrüten. Du solltest Massimo Del Kondomo heißen, bei deinem Verschleiß an Frauen.«

Massimo lachte und schob sich die dunkle Brille auf der noch immer großen Nase zurecht. »Fahr los. Solange die Frau meines Herzens mich nicht erhört, brauche ich noch Kondome. An dem Tag, an dem sie mich will, will ich auch keine andere mehr.«

Richard wendete den Wagen. Sie beide wussten, wen Massimo damit meinte, doch niemand nannte ihren Namen.

»Sie ist selber schuld. Irgendwann wird ihr schon aufgehen, was für ein Glück sie mit dir hat. Kurbel das Fenster hoch, sonst ist deine Uhr gleich weg. Ich nehme den Weg durch Dagoretti. Dreckiges Dagoretti«, sagte Richard und zog eine Packung Zigaretten aus seiner Hemdtasche. *Sportsman* stand darauf geschrieben.

»Wolltest du nicht aufhören zu rauchen?«, fragte Massimo.

»Im neuen Jahr.« Richard fuhr an, und der Kies der Auffahrt sprang unter den sich drehenden Rädern weg. Die Meerkatze auf der Terrasse kreischte.

»Du fährst wie ein Henker«, sagte Massimo nach einiger Zeit, gerade als aus einer unasphaltierten und unmarkierten Seitenstraße ein dunkler Rangerover schoss. Der Fahrer war hinter den getönten Scheiben nicht zu erkennen. Richard bremste scharf, und Massimo stützte sich mit beiden Armen am Armaturenbrett ab. »Bist du wahnsinnig geworden?«, rief er.

»Das frag mal Old Thompson!« Richard kurbelte seine Scheibe hinunter und auch am anderen Wagen wurde das Rückfenster hinuntergelassen. Neben Thompson steckte einer seiner großen Hunde den Kopf heraus. Er bellte und sah aus, als wolle er auf Kommando Richard an die Kehle springen.

»Sag deinem Löwenjäger, er soll das Maul halten, und deinem Fahrer, dass er Tomaten auf den Augen hat«, sagte Richard. »Dein neues Auto wird bald Schrott sein, wenn er so weiterfährt.«

Thompson sog an seiner Zigarre. »Ich habe Vorfahrt, und ich habe es eilig. Ein Treffen mit dem Präsidenten. Also mach mir keinen Kratzer in mein neues Auto. Der Wagen hat mehr gekostet, als ihr Vögel je auf dem Konto haben werdet.«

Richard trat statt einer Antwort aufs Gas. Sein Pick-up schrammte knapp an der Motorhaube des Rangerover vorbei.

»Ha, ein Treffen mit dem Präsidenten! Was er wohl jetzt schon wieder ausheckt? Wahrscheinlich versucht er wieder, jemandem sein Land abzuknöpfen, um darauf Slums zu errichten. Wenn Kenia vor die Hunde geht, haben wir das Leuten wie Old Thompson zu verdanken«, sagte Richard zu Massimo.

»Tu mir den Gefallen und halt noch am Thorn Tree Café an. Ich will mir bei Kate eine Cola kaufen. Ich geb dir auch eine aus. Du musst dir Mut antrinken, bevor du Emelie gegenübertrittst. Weshalb holt Leander sie eigentlich nicht ab?«

»Der hat Emelie schon genug Ärger gemacht. Und wenn es dabei mal bleibt ...«

»Weshalb denkst du so schlecht von Leander? Mir war er immer ein guter Freund«, sagte Massimo.

»Er hat sich geändert, verbringt fast seine ganze Zeit im Kral. Er hat sogar seine Rennwagen verkauft. Selbst Iman scheint ihn oft nicht mehr zu verstehen. Er kehrt seiner Familie auf Kupenda den Rücken und wird immer mehr zum Massai.«

»Ich bin früher ein-, zweimal mitgegangen, wenn Leander seine Großeltern im Kral besucht hat. Paddy hatte ihm das ja eigentlich verboten«, sagte Massimo.

»Und? Wie waren seine Großeltern? Weshalb wollte Paddy nicht, dass Iman und Leander sie besuchen?«

Doch Massimo sah nur schweigend aus dem Fenster. Er dachte an Iman, sagte sich Richard, setzte den Blinker und lenkte den Wagen um die Schlaglöcher herum. Zu Kate ins Thorn Tree Café zu fahren war immer eine gute Idee.

Sonnenstrahlen fielen durch die hohen Fenster des Cafés. Als Richard und Massimo die Tür zu Kates Laden aufstießen, kündigte eine kleine Glocke über ihrem Kopf ihr Kommen an. Vom Hinterzimmer her hörten sie Kates raue Stimme rufen: »Einen Augenblick, bitte!«

Nur wenig später erschien ihr Kopf zwischen den Strängen aus Massaiperlen, die wie ein Vorhang ihr Büro vom

Café trennten. Sie hatte ihre Farm Anfang des vergangenen Jahres verkaufen müssen. Richard kannte nicht die ganze Geschichte ihrer gescheiterten Ehe, aber sie konnte drei Kreuze schlagen, dass ihr Mann weg war, da war er sich sicher.

»Hallo, Jungs. Was kann ich für euch tun?«, fragte Kate.

»Ich brauche dringend eine Cola. Old Thompson ist mir auf den Magen geschlagen.« Massimo öffnete die Tür des hohen Kühlschrankes und bediente sich selbst. Kate lachte, zeigte dabei kleine, weiße Zähne und um ihre braunen Augen legte sich ein Kranz Falten. »Wem ist der nicht schon auf den Magen geschlagen? Was ist passiert? Hat er in eure Teiche gepinkelt, und alle Fische sind verendet?«

Massimo prustete seinen ersten Schluck Cola wieder aus. Auch Richard lachte. Kates Sinn für Humor war unbezahlbar. »Nein, er hat nur damit gedroht, uns alle vom Angesicht der Erde zu wischen und auf unserem Land Häuser für die Anhänger des Präsidenten zu bauen.«

Kate zuckte mit den Schultern. »Nichts Neues also. Du musst dir einen robusteren Magen zulegen, Massimo. Wohin fahrt ihr?«

»Nach Nairobi. Blumenzwiebeln und Sprösslinge abholen«, sagte Richard.

»Nur das?«, fragte Kate und griff nach zwei buntgeblümten Tassen im Regal. »Wollt ihr einen Kaffee? Ich habe gerade welchen frisch aufgebrüht.«

Richard setzte sich auf das von der Sonne warme Polster der Eckbank und sah nach draußen. Die Zweige des Baums, der dem Café seinen Namen gab, warfen Schatten auf den Kies der Auffahrt. Kate reichte ihm eine Tasse Milchkaffee.

»Willst du auch Kekse?«, fragte sie und öffnete eine Blechdose. »Ich hab sie heute Morgen erst gebacken.«

»Dein Tag hat wohl sechsunddreißig Stunden. Wie du das nur alles schaffst!«, sagte Massimo und griff in die Büchse. »Ich wünschte, meine Mutter könnte so gut backen wie du. Aber sie ist noch immer besessen von ihrer schlanken Linie.«

Kate setzte sich umständlich neben Richard auf die Bank: Seit einem schweren Autounfall, den Kate als Teenager gehabt hatte, fielen ihr bestimmte Bewegungen nicht mehr so leicht. Richard fiel auf, dass sie trotz der Wärme und dem Sonnenschein ein langärmliges Hemd trug.

»Das ist so kurz vor Weihnachten ein weiter Weg, nur um Blumenzwiebeln abzuholen«, sagte Kate zu Richard.

Er tauchte seinen Keks in den Kaffee, genau so, wie seine Mutter ihm immer verboten hatte, es zu tun. Ebenso wie es verboten gewesen war, vom Keks zu beißen und dann gleich vom Tee zu trinken. Zement mischen, hieß das bei ihnen.

»Nun, ich hole auch Emelie ab«, sagte er. Er sah, wie sich seine Zufriedenheit darüber in Kates Lächeln widerspiegelte.

»Gut, dass sie nach Hause kommt. Sie gehört hierher«, sagte Massimo.

Richard wollte ihm zustimmen, aber etwas in Kates Blick hielt ihn zurück. Sie wusste mehr als sie beide, dachte er. Er war sich sicher, dass Diane mit ihr gesprochen und ihr all ihre Ängste und Zweifel offenbart hatte.

»Hilf ihr, versprichst du mir das?«

Richard trank seine Tasse Kaffee aus. Konnte Kate Gedanken lesen?

Doppelte Heimkehr

»Hast du Massimo schon für Weihnachten eingeladen?«, fragte Aischa Iman.

Sie aßen gemeinsam auf der Terrasse zu Mittag. Es gab gegrilltes Huhn, Reis und dazu Zucchini, die aus Dianes Gemüsegarten stammten.

»Noch nicht. Wenn ich das tue, denkt er gleich wieder, es läuft was«, sagte Iman.

»Du übertreibst. Massimo legt gute Musik auf, und die brauchen wir. Außerdem hast du dann die ganze Nacht lang einen Tänzer.«

»Massimo schläft mit allem, was einen Rock anhat. So jemand interessiert mich nicht.« Sie versuchte, ihre Stimme gleichgültig klingen zu lassen. »Außerdem will er mich dann nur wieder ständig fotografieren.«

»Das kann ich ihm nicht verdenken. Er hat schon im Kindergarten versucht, Bilder von dir zu malen … Wen haben wir denn schon gefragt und wer kommt sicher? Du, ich, Leander, Carl, Kate, Diane, mein Vater, Richard und Emelie …«

»Die üblichen Verdächtigen«, sagte Iman.

Aischa legte ihre Gabel auf ihren Teller. »Weißt du, was mein Vater mir heute Morgen erzählt hat?«

»Was?«

»Carola kommt wieder nach Kenia«, sagte Aischa.

»Carola Thompson? Was ist mit ihrem Mann, dem Polospieler aus Argentinien?«

»Er soll sie mit ihrem Hausmädchen betrogen haben, und sie hat ihn dabei erwischt. Das Mädchen hatte ihm angeblich einen Sattel aus Seide auf den Rücken gelegt, trug Carolas Reitstiefel und hielt eine Gerte in der Hand. Dann kam noch raus, dass sie früher als Stripperin gearbeitet hat.«

»Hüa!«, lachte Iman. »Pferdchen, lauf Galopp. Und weiter?«

»Carola hat sich scheiden lassen und kommt wieder heim«, sagte Aischa.

Iman zuckte mit den Schultern. »Sie ist ja selber früher nicht zimperlich gewesen. Weißt du noch, als die britischen Soldaten hier auf Kupenda und der Teefarm der Thompsons ihre Manöver abgehalten haben?«

Aischa nickte.

»Nun, zum Abschied hat ihr eine Gruppe von Soldaten einen Penis aus schwarzem Speckstein geschenkt. Mit den Worten *Der lässt nie nach* oder so was Ähnlichem eingraviert.«

»Nicht gerade die feine englische Art! Mal sehen, auf wen Carola es nun abgesehen hat, wenn sie hierher zurückkommt. Sie war nie lange ohne Mann. Aber wie ich den alten Thompson so kenne, hat er diese Stripperin als Hausmädchen eingestellt! Und dann hat er sich ins Zeug gelegt, Carola wieder nach Kenia zu holen. Sie ist schließlich sein einziges Kind«, sagte Aischa und erhob sich.

»Zurück an die Arbeit mit dir«, sagte Iman. »Kupendas Bücher erlauben keine Pause.«

»Allerdings nicht. Ich muss jeden Posten dreimal umdrehen und finde dann doch nicht das notwendige Geld. Und du? Was machst du jetzt?«

»Ich denke weiter über das Weihnachtsfest nach. Eine harte Arbeit, aber jemand muss es ja tun.«

Aischa musterte ihre Freundin kurz: Iman war schon immer schön gewesen, bereits als Kind. Aber sie schien keinen Gedanken daran zu verschwenden. »Du kannst immer arbeiten, wenn du willst. Du hast ja jetzt deine Ausbildung im Hotel bei Kabir Khan abgeschlossen. Das kann dir keiner nehmen. Also, vergiss nicht, Massimo einzuladen. Auf ihn ist Verlass.«

»Was die gute Musik angeht?«, sagte Iman.

»Auch sonst.« Aischa faltete ihre Serviette zusammen, stand auf und lief über den Rasen hin zu ihrem Landrover, der im Schatten einer Akazie geparkt stand. Als sie den Motor anließ, stiegen die Webervögel in einer Wolke aus den Ästen des Baumes in den Himmel auf.

Iman blieb noch auf der Veranda sitzen. Also gut, sie würde Massimo einladen. Es machte ihr immer Freude, ihn zu sehen. Wenn er nur endlich mal seine Kamera liegen lassen könnte, wenn er sie sah. Als gäbe es sie nur durch die Linse, dachte Iman. Sie wollte nicht nur für ihr Gesicht und ihren Körper von einem Mann geliebt werden. Konnte Massimo sie denn nicht jenseits seines Objektives betrachten? Oder war sie das nicht wert? Was hatte sie in ihrem Leben schon geleistet, außer eine Goldman und schön zu sein? Selbst die Ausbildung bei Kabir Khan hatte sie über Beziehungen bekommen. Eine Goldman zu sein prägte ihr Leben. Ihre eine Hälfte bestimmte ihr Ganzes.

Iman sah hinaus in den Garten. Die Umrisse der Bäume zeichneten sich scharf ab. Die Anhöhe mit Paddys Grab verbarg die Ebene von Kupenda vor ihrem Blick. Dort lagen die Krale mit den Manyattas der Massai. Sie unterdrückte den Impuls, aufzustehen und die Anhöhe hinaufzulaufen. Sie konnte sich die Hütten vorstellen, wie sie in der Mittagssonne lagen. Was war mit ihrer anderen Hälfte? Würde sie ein Leben lang schweigen?

Anderswo, in dieser Nacht

Ujinda suchte seinen Weg durch die Dunkelheit. Vor den vollen Mond waren Wolken gezogen. Er kam am Kral seiner Tochter Wambui an und kroch in ihre Manyatta. Sie aßen gestockten Maisbrei, dem sie sparsam Ugali untermischten, ein bitteres, grünes Gemüse. Dazu trank er eine Tasse von dem Tee, den Wambui nach Art der Massai zubereitet hatte. Sie warf die Teeblätter direkt in die kochende Milch und süßte stark nach. Ujinda erzählte Wambui nichts von dem geheimen Treffen auf Kupenda, auf dem er gewesen war. Er hatte es als Einziger gewagt, dem jungen Häuptling zu widersprechen: Woher nahm er das Recht, sie aufzuwiegeln?

Der Führer hatte nur erwidert: »*Memurata olayioni oota menye!* Solange ein Mann einen Vater hat, der lebt, ist er nur ein Junge. Ihr wisst, wer mein Vater war und ihr wisst auch, wer meine Mutter war. Sie sind beide tot. Ich bin ihr Erbe.«

Alle Anwesenden hatten zustimmend mit der Zunge geschnalzt. Er hatte ein Recht auf seinen Anspruch.

Ujinda trat nach dem Essen vor die Manyatta seiner Tochter. Es waren keine Sterne zu sehen. Schon bald ließ er die offene Ebene hinter sich. Sein Schatten wanderte über das flache Gras. Ujinda dachte an ein altes Massairätsel: *Kidung angata bkira aare nimikingamaro?* Wir durchqueren ein Leben lang gemeinsam die Wildnis, doch wir sprechen nie miteinander. Wer bin ich?

Er betrat den überwucherten Pfad durch den Hain am kleinen Fluss entlang, der auch die Gewächshäuser der Littlewoods bewässerte. Der Wind erzeugte ein lispelndes Geräusch in den silbrigen Blättern des Eukalyptus. Ujinda fiel das Knacken der Zweige um ihn herum nicht auf. Irgendetwas knackte schließlich immer irgendwo. Er achtete nicht auf den leisen Atem, dort, im Busch. Irgendjemand, irgendetwas atmete schließlich immer irgendwo.

Kein Licht brach sich auf dem Stahl der Panga, als das gebogene Schlagmesser auf Ujindas Kopf und Schultern niederging. Er schrie nicht, als ein einziger Schlag mit der knüppelartigen Keule der Massai ihm den Schädel brach.

Willkommen in Nairobi

Richard strich sein Hemd glatt, als er aus dem Wagen stieg. Dann sah er in den verbogenen Seitenspiegel des Pick-ups. Seine dunkelblonden Haare sahen unordentlich aus, doch die blauen Augen waren klar, da er gut bei seinen Freunden in Karen geschlafen hatte, und die Sommersprossen auf seiner Nase verschmolzen mit seiner Sonnenbräune.

»Schnauz, du hältst hier die Stellung. Nicht, dass jemand unsere Leckereien stiehlt. Die sind für Weihnachten gedacht.« Er sah kurz nach hinten: Die Blumensamen und Zöglinge hatte er bereits geladen und mit Seilen auf der Ladefläche vertäut. Direkt hinter dem Fenster zur Fahrerkabine stand eine Reihe brauner Papiertüten, die bis obenhin mit Essen für das Fest auf Kupenda gefüllt waren. Aischa hatte es bei ihm bestellt, und er hatte das Essen am Morgen noch in den kleinen Geschäften von Karen, den Karen Dukas, eingekauft.

»Ich gehe jetzt. Wünsch mir Glück, Alter«, sagte Richard zu seinem Hund.

Im Gehen entfaltete er ein Blatt Papier: *Emelie Goldman* hatte er darauf geschrieben und ein Strichmännchen mit langen Haaren und einem breiten Lachen daneben gemalt. Es schien begeistert in die Luft zu springen.

Emelie hatte den Augenblick der Landung wie durch einen Schleier erlebt. Das weiße Licht des Morgens, ehe sich der Tag mit Farben füllte. Der Himmel, der sich ohne Anfang und ohne Ende über die durstende Erde spannte. Die Risse im schon heißen Asphalt. Die Gerüche, als sie auf das Rollfeld trat: nach Menschen, nach Staub, nach dem kalten Rauch der Sportsman-Zigaretten und nach der Kohle der Chikos, der tragbaren, metallenen Öfen, auf denen Maiskolben geviertelt lagen und brieten.

Sie war froh, schnell durch die Passkontrolle gekommen zu sein und zog ihren leichten Koffer hinter sich her. Jetzt konnte sie sich ein Taxi zum Club nehmen, sich dort umziehen und vielleicht schwimmen gehen. Am Nachmittag würde sie mit dem Taxi nach Kupenda fahren.

Emelie Goldman las sie da auf einem Schild, das in der Ankunftshalle in die Höhe gehalten wurde. Sie stellte ihren Koffer ab. Sie wollte doch nicht abgeholt werden! Das Schild wurde höher gehalten und fröhlich hin und her geschwenkt.

Emelie konnte es ebenso wenig ignorieren wie den Mann, der die anderen Wartenden beiseiteschob. Es war Richard. Er hatte sich nicht verändert, dachte Emelie. Die Schultern waren vielleicht etwas breiter geworden, und um seine sehr blauen Augen sah sie ein paar Fältchen mehr. Sein Hemd stand um den starken Hals offen, und seine Kakishorts reichten ihm gerade bis zur Mitte seiner muskulösen Schenkel, die von der Sonne gebräunt waren.

»Richard«, sagte sie. Sie spürte ihr Herz zu ihrer Überraschung schneller schlagen. Das musste die allgemeine Aufregung über ihr Nachhausekommen sein. Sie lachte und breitete die Arme aus. Es war schön, ihn wiederzusehen. Schöner, als sie es sich vorgestellt hatte.

»Du erkennst mich wieder! Gib es zu, du hattest mein Bild all die Jahre über auf dem Nachttisch stehen! Das Warten hat ein Ende. Jetzt bist du ja bei mir!«

Er zog sie an sich, und sie roch die Sonne und den Schweiß auf seiner Haut an seinem Nacken, wo er ihre Nase hinpresste. Emelie war zornig über die Verwirrung, die sie plötzlich empfand. Sie schob ihn weg, aber er konnte sie noch auf beide Wangen küssen. Ihr Gesicht brannte.

»Freust du dich?«, fragte er sie.

Sie musste lachen. »Nach fünf Jahren Pause kann man sich selbst über deinen Anblick freuen.«

»Ah, der Pariser Charme. Davon kann ich gar nicht genug bekommen. Komm jetzt, ich hab mein Auto draußen vollbepackt. Das Festessen für Kupenda steht in der prallen Sonne. Ich habe sogar das Marzipan für Aischa in den Karen Dukas gefunden! Wenn das mal nun nicht schon davongeflossen ist!«, sagte er und nahm ihren Koffer.

»Ein Fest auf Kupenda? Weshalb?«, fragte sie und sah sich zögernd in der Ankunftshalle um. »Diane ist nicht mitgekommen, oder?«

Richard antwortete: »Nein. Sie ist in Tansania und führt eine letzte Safari durch den Busch. Angeblich will sie den weißen Elefanten sehen, von dem Paddy ihr so oft erzählt hat.« Er zog die Autoschlüssel aus seiner Tasche. »Wenn du brav bist, dann erzähle ich dir im Auto die Geschichte vom verlorenen Sohn. Und von Weihnachten vielleicht auch. Du weißt schon, der Stall und das Kind. Und Ochs und Esel natürlich.«

»*Brav*? Lieber laufe ich nach Kupenda, als …« Ehe Emelie weiterschimpfen konnte, sagte eine Stimme neben ihr: »Na, so eine Überraschung! Kaum komme ich zu Hause an, treffe ich auch schon meine Nachbarn, Richard und Emelie.«

Emelie wandte sich um. Vor ihr stand Carola Thompson.

»Bist du auch gerade mit der KLM-Maschine angekommen?«, fragte Carola und musterte sie von oben bis unten.

Emelie nickte. »Ich habe dich gar nicht gesehen.«

»Ich saß erster Klasse«, sagte Carola.

»Carola Thompson, na, so was! Willkommen daheim. Ich habe schon gehört, dass du wieder nach Kenia ziehst«, sagte Richard. »Gut siehst du aus.«

Das stimmte, dachte Emelie. Carola lachte Richard mit makellos weißen Zähnen an und spielte mit einer Strähne ihres vollen, blondierten Haares. Sie wirkte frisch geschminkt, und aus dem Ausschnitt ihres grünen Wickelkleides sah etwas helle Spitze hervor. Ihre Absätze waren viel zu hoch für die Bürgersteige von Nairobi, die oft nur aus festgetretener roter Erde bestanden. Im Vergleich zu ihr sah sie selber aus wie rückwärts durch die Hecke gezerrt.

Carola breitete ihre Arme aus und zog Richard an sich. Ihre Arme glitten über seinen Oberkörper. »Hm, starker Mann. So sieht man sich wieder! Was tust du hier?«

Sie tat so, als wäre sie gar nicht vorhanden, dachte Emelie und spürte eine altbekannte Hilflosigkeit in sich aufsteigen.

»Als guter Nachbar hole ich Emelie vom Flughafen ab.«

Guter Nachbar, natürlich. Es ist doch alles so wie früher.

Mehr konnte sie ihm gar nicht bedeuten. Und es musste auch nicht sein, verbesserte sie sich augenblicklich.

»Was machst du denn jetzt so ganz alleine auf deiner Farm, Richard? Es läuft gut, habe ich gehört.« Carola sah ihm tief in die Augen.

»Ich züchte weiter Blumen.«

»Blumen, wie schön. Wenn ich doch bloß nicht gegen so viele Sträucher allergisch wäre«, sagte Carola.

»Sag mir, welche das sind, und ich pflanze meine ganze Auffahrt damit voll.« Richard lachte. »Entschuldige, aber wir müssen jetzt gehen.«

Emelie tat Carola plötzlich leid. »Komm doch Weihnachten nach Kupenda. Wir feiern sicher wie üblich«, sagte sie, als Richard ihren Koffer anhob.

Richard nickte Carola noch zum Gruß zu und zog Emelie hinter sich her, ehe sie noch etwas hinzufügen konnte. Carola aber winkte ihnen nach und rief durch die Halle: »Ich halte dir auf meiner Tanzkarte einen Schieber frei, Richard!«

Am Auto überprüfte Richard kurz die Tüten aus den Karen Dukas auf ihren teuren Inhalt. »Gut, dass du Carola auf Kupenda eingeladen hast. Weihnachten ist das Fest der Nächstenliebe. Sie ist doch ein armes Ding«, sagte er und sperrte die Seitentür des Wagens auf. »Bitte.« Er verneigte sich mit einem Schwung.

Emelie stieg in den Wagen. *Ein armes Ding.* So hatte sie noch niemanden Carola Thompson beurteilen hören. Leander hatte stets von Carola geschwärmt, ehe er genießerisch mit der Zunge geschnalzt hatte.

»Das stimmt wohl. Sie ist mit uns in den Kindergarten

und in die Schule gegangen und hat doch nie zu Iman, Aischa und mir gehört.«

»Old Thompson mag zehnmal einer der reichsten Männer des Kontinents sein … Auf seiner Farm wimmelt es vor unehelichen Halbgeschwistern, und er soll Carola oft mit einer Peitsche aus Nilpferdleder verprügelt haben. Aus Strafe dafür, dass sie kein Junge geworden ist«, sagte Richard.

Emelie schüttelte den Kopf. »Fahr mich zum Club«, sagte sie dann.

»Bitte«, verbesserte er sie.

»Bitte, was?«, fragte Emelie.

»*Bitte* fahr mich zum Club, Richard …« Dann schien er nachzudenken und meinte: »*Lieber Richard*. Ja, so klingt das gut. Was willst du denn da?«

»Frühstücken, mich ausruhen, schwimmen gehen. In Ruhe ankommen. Ich kann mir später ein Taxi nach Kupenda nehmen.«

Emelie legte ihm die Hand auf den Arm, und er bemerkte den Ring mit dem zitronenfarbenen Diamanten. Mist, verdammter, dachte er dann. Da war jemand schneller als er gewesen. Nun musste er sich etwas einfallen lassen.

»Donnerwetter! Brauchst du Bares? Ich kenn einen kleinen Pfandverleiher hier, dem kannst du den Ring mal zeigen. Oder stammt der aus dem Kaugummiautomaten?«

»Bitte fahr mich zum Club, lieber Richard«, sagte Emelie.

Er ließ den Wagen an. »Nein.«

»Was, nein?«, fragte sie erstaunt.

»Aischa und Iman machen mir die Hölle heiß, wenn ich

jetzt ohne dich nach Hause komme. Und außerdem will ich jetzt fahren, nicht in der Dämmerung.«

»Weshalb?«, fragte sie.

»Weil es zu gefährlich ist. Es kommt in Dagoretti immer wieder zu Überfällen. Dort ruhen sich alle Lumpen aus, wenn sie nicht gerade für Old Thompson Leute einschüchtern«, sagte Richard. »Ah, wenn man vom Teufel spricht!« Auf den Parkplatz des Flughafens fuhr ein schwarzer Rangerover ein. »Old Thompson persönlich.« Richard trat so überraschend aufs Gas, dass Emelie in ihren Sitz gedrückt wurde.

»He! Was soll das?«, rief sie.

Richard aber fuhr dem anderen Wagen direkt vor die Haube, sodass dessen Fahrer scharf bremsen musste. Als das Fenster des Rücksitzes hinuntergekurbelt wurde und er wieder in Old Thompsons Gesicht sah, legte sich Richard zwei Finger grüßend an die Stirn. »Habe die Ehre, Thompson, und nichts für ungut«, sagte er.

Thompson schüttelte zornig das Mobiltelefon, in das er eben noch gesprochen hatte. »Na warte, Littlewood, dir lass ich eine Abreibung verpassen, die du so schnell nicht vergisst.«

»Ich freue mich auf deine Jungs. Vielleicht lernen sie noch was von mir«, sagte Richard.

Als er anfuhr, sagte er entschuldigend zu Emelie: »Den Scherz konnte ich mir nicht entgehen lassen. Jetzt kann er sein sauberes Töchterchen einpacken. Gleich und gleich gesellt sich gern.«

Emelie beugte sich nach vorne und entnahm ihrer Tasche eine große, dunkle Sonnenbrille. Sie setzte sie auf und sah nach draußen.

Richard streifte Emelie noch mit einem Seitenblick, ehe er auf den Verkehr achten musste. Ihre Haare waren gewachsen und fielen ihr nun in langen Wellen über die Schultern. Sie hatten die Farbe des wilden Honigs, den er aus den Waben in den Bienenstöcken hinter seinem Haus zog. Richard hatte Lust, eine dicke Strähne dieses Haares um seine Hand zu wickeln und Emelie einfach an sich zu ziehen. Nun beugte sie sich noch einmal hinunter, wobei der Ausschnitt ihres Pullovers verrutschte. Sie trug keinen Büstenhalter. Er sah den Ansatz ihrer großen, festen Brüste.

Wie sollte er sich da auf den Verkehr konzentrieren?

Ein guter Tausch

Um sie herum brauste der Verkehr: Männer auf Fahrrädern, die gegen wenige Schilling Leute auf dem Gepäckständer mitnahmen; überfüllte Busse, auf deren Dach neben Koffern, Paketen und Käfigen mit Geflügel noch mehr Passagiere saßen; knatternde Motorräder, verbeulte Peugeots und dunkle Limousinen. Entlang der Straße liefen Menschen dahin. Emelie wusste, dass die meisten von ihnen in den Slums um Nairobi wohnten. Aber die Männer trugen saubere, gebügelte Hemden, und die Frauen waren sorgfältig frisiert und geschminkt.

Richard hielt an der Ampel. Sie hörten Musik vom Gehsteig kommen. Ein Straßenhändler hielt Raubkopien feil.

»Mach das Fenster zu. Sonst ist dein Ring gleich weg, und der Finger noch dazu, wenn du Pech hast«, sagte Richard. In diesem Augenblick hielt eine kleine Hand ihr einen Maiskolben vor die Nase. Er war vom Feuer der Chicos angeschwärzt und duftete nach salziger Butter. Emelie nahm ihn und drückte einige Schilling in die wartende Hand. Dann kurbelte sie das Fenster nach oben und biss in den Kolben.

»In Paris gibt es auch einen afrikanischen Markt. Dort habe ich oft Mais gekauft, ihn gekocht, gebuttert und gesalzen.«

»Und?«

»Es hat nie so gut geschmeckt wie hier.«

»Dagoretti«, sagte Richard, als sie in den Ort einfuhren. Sie näherten sich dem ersten Gipfel der Berge, zwischen denen sich der Grabenbruch öffnete. Hier hatten die Kräfte des Erdballs noch einmal versucht, Afrika in Stücke zu reißen. Der Kontinent hatte sich gedehnt und gewölbt, ohne dem Druck nachzugeben. Aus der Ebene ragten erloschene Vulkane in die Höhe und auf den sodahaltigen Wassern der Seen nisteten Hunderttausende von Wasservögeln. Bald war sie auf Kupenda.

Der Wagen fuhr durch Dagoretti, ohne weiter von den Leuten am Straßenrand beachtet zu werden. Gerade als sie die letzten Häuser des Ortes hinter sich gelassen hatten, ging jedoch ein Ruck durch den Wagen, und er schlingerte.

»Mist, verdammter«, sagte Richard.

»Was ist passiert?«, fragte sie.

»Ein Platten.« Richard sah besorgt in den Rückspiegel.

Emelie drehte sich um. Aus einem kleinen Café, dessen Wand einen riesigen, rot-weißen *Coca-Cola*-Schriftzug trug, traten vier junge Männer auf die Straße. Einer von ihnen steckte gerade sein Mobiltelefon weg. Emelie sah ihre teuren Jeans, die neuen Hemden, ihre in den Nacken gedrehten Baseballkappen und die großen Sonnenbrillen, die ihre Gesichter verdeckten. Wo hatten sie das Geld für einen solchen Luxus her?

Sie öffnete kurz die Tür und sah das Stück Stacheldraht, das über die an diesem Tag kaum befahrene Straße gelegt worden war. Aus einer Böschung sprang ein kleiner Junge und lief davon.

»Du hättest Old Thompson vielleicht doch nicht den Weg abschneiden sollen. Es sieht so aus, als hätten sie auf uns gewartet.« Sie zeigte auf die am Boden ausgelegte Falle.

Richard sah wieder in den Rückspiegel. Er sagte nichts. Die vier Männer kamen nun auf den Wagen zu.

»Können wir nicht trotzdem weiterfahren? Auf der Felge?« Sie wusste, wie lächerlich ihre Frage klang. Auf der Felge kamen sie keinen Kilometer weit bei diesen Straßen.

Richard schüttelte den Kopf. »Bleib im Wagen und komm auf keinen Fall raus.« Er öffnete die Tür.

»Wo ist dein Gewehr?«, fragte sie ihn, ehe er ausstieg.

»Unter der Decke dort, hinter unseren Sitzen. Halt die Waffe griffbereit. Aber pass auf, dass du mich nicht triffst.«

»Du…« Ehe sie weitersprechen konnte, hatte er die Tür schon geschlossen. Sie schoss zehnmal besser als er, dachte Emelie zornig.

Die vier jungen Männer waren fast am Auto angelangt. Richard beachtete sie nicht, sondern klaubte schwere Steine vom Wegrand und blockierte die drei anderen Räder des Pick-ups damit. Dann holte er den Wagenheber aus dem Verdeck der Ladeklappe, das über dem einen Rückrad lag, und machte sich daran, das Ersatzrad von der hinteren Klappe der Ladefläche abzuschrauben. Emelie sah, wie er die Lippen dabei spitzte, als ob er ein Lied pfiff.

Nun standen die Männer neben ihm. Richard hob den Kopf, so, als ob er sie erst jetzt bemerkte.

»*Jambo*«, sagte er freundlich, aber gleichgültig. Guten Tag.

»*Habari*«, entgegnete der Erste, wie es üblich war. Wie geht es dir?

»*Mzuri sana.*« Sehr gut. Mit diesen Worten trat er gegen den platten Reifen. Die Männer lachten. Emelie beobachtete im Spiegel weiter jede ihrer Bewegungen. Trugen sie Waffen im Gurt ihrer zu weiten Jeans? Hatten sie Schlagringe oder Knüppel? Eine Panga? Sie standen in einem Kreis um Richard, der sich hinkniete und an der Felge des platten Reifens zu schrauben begann.

War er denn wahnsinnig geworden, die Männer aus dem Blick zu lassen? Einer von ihnen musterte die vollbepackte Ladefläche des Pick-ups. Er hatte eine lange Narbe an seinem nackten Oberarm, die sich wie eine weiße Schlange über seine dunkle Haut zog. Der zweite machte eine leichte Bewegung hin zum Gurt seiner Hose.

Emelie öffnete mit Schwung die Tür des Wagens und ging auf die Gruppe zu. »*Jambo.*«

Der Mann ließ seine Hand sinken und verschränkte die Arme vor der Brust. »*Jambo*, Schwester«, sagte er.

Wie sich die Zeiten doch geändert hatten, dachte Emelie. Als Kind war sie von allen als *Memsab Kidogo* angesprochen worden, als kleine weiße Herrin. Nun war sie ihre Schwester. Das war gut so.

Richard hob den Kopf, doch sie beachtete ihn nicht. »Habt ihr Hunger? Was gibt es in euren Hütten zu Weihnachten?«, fragte Emelie die Männer.

Der mit der Narbe zuckte die Schultern. »*Nyama Choma na Ugali.*« Gegrilltes Ziegenfleisch mit Maisbrei.

Emelie griff zu den Tüten aus braunem Papier, auf denen *Karen Dukas* gedruckt stand. »Hier, ein Geschenk für euch, wenn ihr uns helft, den Reifen zu wechseln.« Sie lächelte die vier Männer an. Die tauschten schnell einen Blick untereinander aus. Emelie öffnete eine der Tüten und machte einen schnalzenden, genießerischen Laut. Die vier Männer reckten die Hälse, doch sie schloss die Tüte schon wieder.

»Wenn ihr nicht wollt…«, meinte sie und schob die Tüten wieder auf der Ladefläche zurecht.

»*Hapana, hapana*…«, sagte der mit der Narbe am Arm. »*Polepole.*« Nein, nein. Nur langsam, immer mit der Ruhe.

Er nickte seinen Kumpanen zu und gemeinsam hoben sie den Pick-up an. Richard machte sich rasch an die Arbeit. Als der neue Reifen saß, und Richard noch die Schrauben der Felge festzog, ging Emelie um den Pick-up herum und stieß die Steine vor den anderen Rädern weg. Die Brocken dort zu vergessen und sich gleich einen neuen Platten zu holen, war ein klassischer Fehler.

Dann packte sie die erste der zehn Tüten und hievte sie dem Mann in den narbigen Arm. »*Asante sana.* Vielen Dank. Und frohe Weihnachten.«

»Dir auch, Schwester.« Er machte seinen Freunden ein Zeichen, die anderen Tüten zu tragen. Dann schlenderten sie redend und lachend in den Ort zurück. Einer nahm sein Mobiltelefon, wählte eine Nummer, redete und zuckte dann mit den Schultern, als wollte er sagen, es wäre nicht ihre Schuld gewesen, dass das nicht geklappt hätte. Dann holten sie die ersten Flaschen Tusker-Bier aus den Tüten.

»*Bada ya kazi*«, las einer von ihnen noch laut den Slogan auf der Flasche vor, und alle anderen lachten. Nach getaner Arbeit.

Emelie ließ sich nun auf dem verbeulten und schmutzigen Schutzblech über dem gerade gewechselten Reifen nieder. Sie konnte nicht mehr stehen und atmete langsam aus. Sie legte ihre Hände flach auf die Schenkel, um ihre zitternden Muskeln zu beruhigen. Um sie herum war es nun unwirklich still. Nur ein warmer Wind blies roten Staub in losen Wolken auf und eine große Holzwand machte einsam und laut mitten in einem Feld Werbung für Bata-Safari-Boots: *Wenn Sie diese Schuhe tragen, dann kennen Sie Afrika.* Der Himmel war von einem unwirklichen Blau, das Gras schien in der wachsenden Hitze des Tages zu singen.

»Wie sollen wir Aischa erklären, dass ihr Marzipan weg ist?«, fragte sie.

Doch statt einer Antwort griff er nach ihren beiden Handgelenken. Ehe sie reagieren konnte, hatte er sie schon an sich gezogen, zog ihr den Kopf an den Haaren nach hinten und küsste sie. Seine Lippen waren hart und drängend. Emelie schmeckte Schweiß, sie schmeckte den Rauch der Sportsman, sie schmeckte ihn. Seine andere Hand lag in ihrem Rücken und presste sie fest an ihn. Sie wollte sich wehren und legte beide Hände an seine Brust, um ihn wegzudrücken, doch es gelang ihr nicht. Oder wollte sie es nicht genug? Er drückte sie gegen den Wagen, und einer seiner Schenkel schob sich zwischen ihre Beine. Sie spürte ihn groß und hart gegen ihren Bauch, durch den dünnen Stoff seiner Kakishorts hindurch. Ihr eigener Atem wurde heftiger, als seine Hand ihr Haar losließ und über ihren Hals und ihre Brüste strich. Sie hörte ihn seufzen und wollte sich wieder wehren, doch er hielt sie nur noch fester. Emelie zog etwas heiß durch ihren Magen, hin zu ihren Schenkeln und ihrer Mitte.

Als Richard einen Atemzug lang von ihr abließ, biss ihn Emelie in die Lippe.

»Autsch«, rief er und fasste sich an den Mund. Blut hing an seinem Finger. »Du bist ja richtig hinterhältig!«

Emelie hörte, wie ihre Stimme zitterte, als sie sagte: »Ich entscheide, wer mich küsst, Richard Littlewood, ist das klar?«

»Wenn du dich mir noch einmal so widersetzt, dann gibt es Ärger«, sagte Richard. »Ich hatte dir gesagt, du sollst im Auto bleiben!«

»Wer weiß, was passiert wäre, wenn ich nicht ausgestiegen wäre. Das waren Thompsons Gesellen. Und wenn du es so nötig hast, dann triff dich mit Carola. Ich bin verlobt, merk dir das!«

Emelie war wütend: Wütend auf sich und auf die Verwirrung ihrer Gefühle.

Richard hob drohend seinen Zeigefinger. »Du ... du ...«, sagte er.

»Ja, was ist?«, fragte sie ihn herausfordernd. »Na los, sag schon! Was, ich?« Ihre Stimme zitterte noch immer.

»Steig ein«, sagte er nur. »Wir fahren nach Kupenda.«

Emelie gehorchte ohne ein weiteres Wort. Ihre Beine zitterten noch immer, aber nun aus einem anderen Grund. Ihre Brüste sehnten sich nach den Händen, die sie eben berührt hatten. Sie schnallte sich an. Ihre Finger verfehlten die Öffnung für ihren Gurt mehrere Male.

Heimkehr

»Das Kleid passt dir nicht mehr. Halt still, sonst steche ich dich«, sagte Aischa. Sie begann, den überflüssigen Stoff des Abendkleides an Emelies Seiten abzustecken. Dann trat sie einen Schritt zurück und musterte Emelie, die sich zum Spiegel drehte.

»Nun kann Weihnachten kommen! In der roten Seide sehe ich aus wie der Nikolaus«, sagte die.

»Hohoho, wart ihr auch alle brav?«, fragte Iman, die mit gekreuzten Beinen auf dem Teppich in Emelies Zimmer saß. »Willst du Schokolade oder ziehst du die Rute vor?«

»Was ziehst du denn heute Abend an?«, fragte Emelie sie.

Iman streckte sich und gähnte. Alle drei hatten gestern noch bis spät in die Nacht geredet und über alles geplaudert, was sie sich in den vergangenen fünf Jahren nicht hatten erzählen können. E-Mail und Telefonate waren dafür kein Ersatz gewesen.

»Etwas ganz Schlichtes, ohne großen Ausschnitt.«

»Dann ist es ja gut, dass wenigstens mein Busen für alle zu sehen ist«, sagte Emelie, und Aischa lachte nun trotz der Nadeln in ihrem Mund.

»Du hast eben gute Argumente, die du einsetzen musst! Mach Heu, solange die Sonne scheint, als Farmerstochter musst du das doch wissen. Ich trage einen neuen Shalwar Khameez. Meine Großmutter hat ihn mir mitgebracht.«

»Da wird Carl Augen machen«, sagte Iman.

Aischa strich sich die Haare aus dem Gesicht. »Unsinn. Aber Diane wird Augen machen, was für eine schöne Frau ihre Tochter geworden ist. Paris hat eindeutig seine Spuren hinterlassen. Sie wird stolz auf dich sein.«

»Als ob Diane je stolz auf mich gewesen wäre.«

»Sie ist deine Mutter. Das Leben ist zu kurz, um sich so mit den Menschen zu streiten, die man liebt, Emelie. Diane hat das seit langem eingesehen, glaub mir. Sie kann es kaum erwarten, dich wiederzusehen.«

Draußen knirschte der Kies der Auffahrt unter den Rädern eines Wagens. Emelie raffte den Saum ihres Kleides und ging zum Fenster.

Sie wusste, wer da kam, dachte Aischa, als sie neben Emelie trat.

Leander stieg gerade aus seinem Jeep. Er trug eine enge, ausgewaschene Jeans und ein Hemd aus Wildleder, dessen obere Knöpfe nicht geschlossen waren. Aischa sah, was Emelie sehen musste. Den starken Hals, um den er einen Schal aus rot kariertem Shuka-Stoff geschlungen hatte, den Ansatz seiner glatten, harten Brust. An seinen Handgelenken trug er neben seiner Uhr zahllose Armbänder aus Metall, Perlen und die in kleine Scheiben geschnittene Schale von Straußeneiern. Er war ein Moran, ein junger Krieger.

Emelie schwieg.

Leander hob den Kopf wie ein Tier, das im Busch den Jäger witterte. Oder die Beute, dachte Aischa. Wie man es sah.

Leander sah hoch zum Fenster, an dem sie beide standen. Emelie wich einen Schritt zurück.

»Es ist nicht leicht, nach Hause zu kommen«, sagte Aischa und zog Emelie an sich.

Emelie schüttelte den Kopf. »Nein, das ist es nicht.«

Nun trat Iman an sie heran und führte Emelie wieder in die Mitte des Raumes. »Warst du schon bei Paddy?«, fragte sie sie.

»Nein«, sagte Emelie.

»Dann geh jetzt zu ihm. Das ist wichtiger, als Tausende von Feenlichtern rund um das Haus aufzuhängen«, sagte Aischa.

Der Nachmittag war klar und warm, als Emelie die Anhöhe hin zu dem mächtigen Baum mit dem Grabstein daneben erklomm. Sie war so weiß wie eine Made, dachte sie, als sie auf ihre nackten Arme und Beine sah. Das hohe Gras strich über ihre bloßen Schienbeine und jeder ihrer Schritte ließ Heuschrecken und Schmetterlinge in Wolken um sie aufsteigen. Emelie hielt kurz inne. Die flache Stelle oben war eine der schönsten im ganzen Land.

Als Paddy noch lebte, hatte sie oft dort mit ihm gepicknickt, und einmal hatte er ihr von der Sage um Kupenda erzählt: Eine junge osmanische Prinzessin hatte hier ihre Mitgift verstreut und sich dann aus Liebeskummer das Leben genommen. Früher hatten Iman, Aischa und sie oft umsonst im hohen Gras um den Baum nach Münzen oder Schmuck gesucht.

Paddy hatte ihr aber dort auch von seiner Arbeit, seinem Respekt und seiner Bewunderung den Tieren gegenüber erzählt. Die vielen Jahre, die es ihn gekostet hatte, das

Wild zu verstehen und sich ihm nahezufühlen. Sein Zorn gegenüber den Wilderen und Freizeitjägern, die schossen, was sie nur konnten, selbst ein trächtiges Tier oder ein Elefantenkalb. Seine Überzeugung, dass er als Großwildjäger dagegen vorgehen musste: Es wäre ihre gemeinsame Aufgabe, dieses Land zu schützen, hatte er zu Emelie gesagt. Sonst bliebe schon bald nichts mehr davon übrig.

So wollte sie auch leben, hatte sie damals gedacht. Auch sie hatte diese Welt hier erhalten wollen. Wie anders alles gekommen war! Vielleicht war es gut, dass Paddy diesen Wandel nicht mehr erleben musste. Könnte er ihr Verhalten und ihre Entscheidung gutheißen? Sie war sich nicht sicher.

Mit einem Mal fehlte ihr ihr Vater so sehr, dass es ihr einen beinah körperlichen Schmerz bereitete. Sie wollte ihn noch einmal spüren, wieder sein kleines Mädchen sein. Bei ihm herrschte Frieden, hatte Paddy immer gesagt, ehe er sie in die Arme geschlossen hatte. Verkaufte sie seinen Traum, wenn sie die Farm verkaufte?

»Kommst du, Guppy?«, sagte Emelie und drehte sich zu dem zahmen Leoparden um, der im hohen Gras verharrte. Vielleicht hatte er eine Witterung auf den flachen Felsen aufgenommen.

»Beweg dich, du kannst noch die ganze Nacht im Baum liegen und nach Carl und Diane Ausschau halten«, sagte Emelie und gab dem Leoparden einen sanften Stoß in die Seite. Er gehorchte ihr mürrisch, und sein Schwanz bewegte sich unentschlossen in der Luft hin und her.

Was hatte er nur?, fragte sich Emelie. Sie erreichte schließlich die Anhöhe, auf der die Wurzeln des Baumes mit knotigen Fingern in die rote Erde griffen. Hatte sie die

Kunst, das Tier zu verstehen, verlernt? Das war es, was Europa mit ihr machte. Es war eine andere Welt, ein anderes Leben. Ihr Leben, nunmehr.

Sie sah auf den Grabstein, der beinahe im hohen Gras verschwunden war. Zu ihren Füßen entdeckte sie eine Schale mit saurer Milch, die einer der Hirten als Gabe für Paddy hinterlassen haben musste. Die Leute kamen oft hierher und legten kleine Geschenke für den Toten an sein Grab.

Emelie spürte Tränen in sich aufsteigen. Seit fünf Jahren hatte sie das Grab ihres Vaters nicht gesehen. Sie ließ sich nieder, zog die Knie an und näherte ihr Gesicht dem Grabstein. Auf dem eingelassenen Bild erkannte sie noch Paddys braune Haut und seine weißen Zähne. Sein Lachen war von Herzen gekommen und hatte jedem Trost spenden können.

»Hallo, Paddy«, sagte sie.

Wenn er jetzt doch hier wäre! Nur noch *einmal*, hier bei ihr. Kein Tag verging, an dem er ihr nicht fehlte.

Hinter ihr knackte ein Zweig unter einem Fuß. Guppys Haarkranz stellte sich auf, und Emelie fuhr herum: An den Baumstamm gelehnt stand Leander.

Guppy setzte sich vor Emelie ins hohe Gras, so, als wollte er sie verteidigen.

Sie stand auf und wischte sich hastig die Tränen von den Wangen. So hatte sie sich das Wiedersehen mit ihm nicht vorgestellt. Typisch Leander. Er spielte stets nach seinen eigenen Regeln. Er kam und ging, wie es ihm passte, und bewegte sich dabei so lautlos wie Guppy.

»Hallo«, sagte Leander. »Willkommen daheim.« Seine Stimme klang freundlich und Emelie entspannte sich etwas. Es war doch nur Leander. Wie lange waren sie einfach Freunde gewesen, ehe sich ihre damals unerfahrenen Gefühle gewandelt hatten?

Sie war früher stolz auf ihre Freundschaft gewesen. Jeder hatte doch sein Freund sein wollen. Weshalb? Leander urteilte selbst und lebte nach diesem Urteil. Er hatte stets den Mut zu handeln gehabt.

Emelie erinnerte sich, wie sie als Kinder im Garten gespielt hatten und plötzlich aus dem Busch eine Schlange auf sie zugekommen war. Emelie sah das Tier noch vor sich: Der Leib hatte durchsichtig gewirkt, und auf dem Rücken hatte sich eine dunkle Zickzacklinie entlanggezogen. Die Zunge war dem Tier unablässig aus dem Maul geschossen. Leander hatte sie schützend hinter sich geschoben. In seiner anderen Hand hatte er einen Stein gehalten.

»Still. Halt ganz still«, hatte er ihr zugeflüstert.

Die Schlange hatte sie jedoch gesehen und sich bedroht gefühlt. Emelie erinnerte sich, wie der Kopf der Schlange sich gehoben und sich gewiegt hatte. Sie hatte nach dem rechten Winkel für den Angriff gesucht. Emelie hatte Leanders Bewegung damals nicht kommen sehen, so schnell hatte er mit dem Stein den Kopf der Schlange zerschmettert.

»Hallo«, erwiderte sie nun und lächelte. Ihr Herz schlug schneller. Weshalb? Sie beugte sich zu Guppy hinunter und begann, ihm das Fell zu streicheln. »Schsch«, beruhigte sie das Tier, das zum Sprung bereit schien.

Leander riss einen Grashalm aus, steckte ihn sich zwischen die Lippen und saugte daran. Er löste sich von dem Stamm und kam auf sie zu. Emelie breitete die Arme aus und Leander küsste sie auf beide Wangen. Dann hielt er sie auf Armeslänge entfernt von sich. Seine Augen schimmerten wie flüssiges Gold, dachte Emelie.

»Endlich bist du wieder da. Wir haben auf dich gewartet.«

»Du auch?« Sie konnte sich die Frage nicht verkneifen.

Er nickte. »Natürlich, was denkst du denn. Aber ich hatte auch Angst vor unserem Wiedersehen. Alles kam so plötzlich damals. Gerade noch hatte ich dich im Arm und durfte dich lieben. Und dann warst du weg, ohne ein Wort und einen Gruß.« Er zögerte. »Hattest du auch Angst vor deiner Heimkehr?«

Emelie nickte. Leander wollte sie wieder an sich ziehen, doch Emelie wich einen Schritt zurück.

»Hast du Angst vor mir? Früher konntest du mir nicht nahe genug sein«, sagte er.

»Angst? Unsinn. Es ist doch schön, dass wir uns so als Freunde wiedersehen können. Dass alles vergessen sein kann, Leander. Früher war früher. Das ist ja das Schöne an der Zeit. Sie vergeht, und mit ihr vieles andere. Ich freue mich auch, meine Mutter wiederzusehen.«

Leander aber schüttelte den Kopf und strich ihr eine Haarsträhne aus dem Gesicht. Das wollte sie nicht, dachte Emelie.

»Die Vergangenheit ist weder je verloren noch je vergangen. Mein Stamm sagt, es gäbe kein Heute ohne das Gestern«, sagte Leander. »Verzeih, dass ich dich nicht vorher begrüßen konnte. Es gibt jede Menge Arbeit, und da Carl ein Träumer ist, bleibt alles an mir hängen. Hoffentlich ändert sich jetzt einiges auf Kupenda, wenn du wieder hier bist.« Er streichelte ihren Arm.

Emelie schüttelte den Kopf. »Ich bleibe nur zwei Wochen hier, um mit Carl über Kupenda zu sprechen. Dann fliege ich wieder nach Paris, zu Pierre.«

»Ach ja, dein französischer Freund.« Leander warf den Halm ins Gras.

»Mein Verlobter«, verbesserte Emelie ihn.

Leander zuckte die Schultern. »Was für ein großartiges Wort. Alles fließt, Emelie. Ich kann mir nicht vorstellen, was dir an einem Europäer gefallen sollte. Was versteht er schon von unserem Leben hier auf Kupenda? Was versteht er schon von dir, dieser Franzose?«

Emelie spürte Ärger über seine Worte in sich aufsteigen, aber auch Erleichterung, Pierre nicht mit nach Kenia genommen zu haben. Mit all seinen Manieren, die von einer jahrhundertealten Zivilisation sprachen, wäre er hier ein Lamm unter Löwen gewesen.

Leander sprach weiter: »Du gehörst hierher. Was willst du jetzt mit Kupenda machen? Es gibt so viel zu besprechen. Ich kann dir helfen. Gemeinsam können wir es schaffen.« Der Druck seiner Hand um ihren Arm wurde fester.

Sie schob ihn sanft, aber bestimmt weg. »Nein. Ich gehöre nicht mehr hierher. Mein Platz ist bei Pierre. Ich werde Kupenda verkaufen, wenn Carl damit einverstanden ist. Wie du sagst, er ist kein Farmer, und er hat keine Siedlernatur. Die Farm ist so gut wie bankrott, hat Aischa mir gestern Abend erzählt. Ich bin froh, wenn wir noch einen guten Preis dafür bekommen. Schließlich muss auch Diane von dem Verkauf leben können.«

»Verkaufen? Wie kannst du auch nur daran denken, dein Erbe einfach wegzuwerfen? Wenn Kupenda bankrott ist, dann muss man eben einen Weg finden, um das Land wieder profitabel zu machen.«

Die Leidenschaft in seiner Stimme überraschte Emelie. Sein Ausbruch machte sie hilflos. Alles an ihm war immer echter und roher als bei anderen Menschen.

Leander hatte sich jedoch schon wieder unter Kontrolle. Er legte seine Hände auf ihre Schultern. Emelie ließ es geschehen. Dann wäre dieses Gespräch schneller beendet, dachte sie. Sie wollte wieder ins Haus, zu Aischa und Iman. Sie wussten nicht, dass er hier oben bei ihr war. Niemand wusste das.

Sie hatte plötzlich tatsächlich Angst vor Leander: Seine Leidenschaft und seine Bestimmtheit waren erschreckend. Er würde alles tun, um an dieses Land zu kommen. Es würde ihm nie gehören. Weshalb konnte er das nicht akzeptieren?

Guppy ringelte seinen Schwanz: Er schien noch immer sprungbereit zu sein.

»Ich entscheide über Kupenda, Leander, nicht du«, sagte sie sanft. »Wolltest du schon damals nur Kupenda? War ich nur ein Mittel zum Zweck?«

Leander legte seine Stirn an ihre. Sie spürte seinen Atem. Emelie begann zu zittern, so überwältigend war Leanders Gegenwart. Sein Wille schien den ihren zu fesseln. Etwas war auch mit ihm geschehen in den letzten Jahren. Sie erkannte, dass er kein Goldman mehr war. Er war ein Massai, das war es. Aber er war mehr als nur ein Moran. Leander hatte Macht. Er nutzte das Wissen, das er sich angeeignet hatte. Wenn sie es spürte, spürte es auch sein Stamm? War er ein weiser Mann für die Menschen dort?

»Schsch. Du zitterst ja. Ist dir kalt? Ich kann dich wärmen«, sagte Leander leise. »Du musst nicht verkaufen. Nur

Mut, Emelie. Zusammen schaffen wir es. Es gibt noch eine andere Lösung.«

»Und die wäre?« Sie roch seine Haut. Die Bernsteinfarbe seiner Augen ließ sie an eine Raubkatze denken. Seine Finger strichen ihr das lose Haar nach hinten, streiften über ihre Wangen und legten sich dann auf ihre volle Unterlippe.

»Ich, Emelie«, sagte er. »Wir beide. Du kannst es nicht vergessen haben. Ich habe auf jeden Fall nichts vergessen. Keinen Augenblick. Wie gut wir uns verstanden haben. Ich habe Diane gehasst. Wenn sie uns nicht überrascht hätte und dich damals nicht so beleidigt hätte …«

»Du hast nichts getan, um mich zu schützen«, sagte Emelie und schüttelte unwillig den Kopf. Ihre Worte befreiten sie aus seinem Bann. Sie wich zurück und Guppy schob sich zwischen Leander und sie.

»Was hätte ich tun sollen? Ihr gehörte doch alles hier. Aber nun kann es uns gehören.« Seine Stimme klang flehend.

Meinst du wirklich, er liebt dich nur um deiner selbst willen? Wie könnte er?

Diane hatte ihr diese Worte ins Gesicht geschleudert, als Emelie am verwundbarsten gewesen war: Nackt in Leanders Armen, im Arbeitszimmer ihres gerade verstorbenen Vaters. Es war Leanders Art gewesen, sie zu trösten: Seine Liebe hatte sie an das Leben erinnern sollen und nicht an den Tod. Emelie erinnerte sich an die Leidenschaft, die Leander in ihr hervorgerufen hatte. Eine zerstörerische Kraft, die sie bis dahin nicht gekannt hatte. Doch dann hatte Diane das Zimmer unerwartet betreten. Emelie hatte sich damals besonders gefühlt, weil Leander sie wollte. Empfand sie heute noch dasselbe?, fragte sie sich.

»Du hast mir kein einziges Mal geschrieben, während ich fort war. Sind das die Liebe und die Zusammengehörigkeit, von der du sprichst? Haben Diane und Kupenda dich zum Schweigen gebracht?«, fragte sie ihn. »Haben Geld und Macht einen solchen Einfluss auf dich, tapferer Krieger?«

»Hättest du mir denn geantwortet? Lassen wir die Vergangenheit ruhen. Wir leben hier und heute.«

»Wie sagt dein Stamm? Es gibt kein Heute ohne das Gestern.«

Leander überhörte ihre Entgegnung. »Kupenda gehört bald dir. Wir können hier zusammenleben. Es ist unser Land.«

Kupenda. Immer nur Kupenda. Das war alles, was ihn interessierte.

»Was willst du wirklich? Kupenda oder mich?« Das hätte sie ihn schon vor Jahren fragen sollen, dachte sie, anstatt sich mit ihrer Mutter zu zerstreiten und davonzulaufen.

»Kupenda und du, ihr seid eins für mich«, sagte Leander.

»Nein.« Sie schüttelte den Kopf. »Nicht mehr. Ja, es ist unser Land. Aber ich will und werde es verkaufen. Und Carl ebenfalls.«

Leander tat wieder einen Schritt auf sie zu. Das Gleiten seiner Bewegung und die Kraft darin erschreckten Emelie. Er erinnerte sie an die Schlange damals im Garten. Sein Zauber wirkte nicht mehr betörend auf sie, sondern böse.

Sie wollte weg von ihm, gestand sie sich ein und stellte sich näher zu Guppy.

Leander lachte. So, als könnte er ihre Gedanken erahnen. »Carl, der immer gehorcht, der nie widerspricht. Wie du willst. Aber unsere Wege trennen sich nicht, Emelie. Ich werde mir nehmen, was du mir nicht geben willst. Kupenda gehört mir jetzt schon mehr als euch allen. Du wirst es bereuen. Bitter bereuen.«

»Wie bitte? Wie meinst du das?«, fragte sie. Guppy fauchte, und Emelie legte ihm die Hand aufs Fell. »Wie bitte?«, fragte sie noch einmal, nun lauter.

Doch Leander war genauso unvermittelt verschwunden, wie er aufgetaucht war.

»Leander!«, rief Emelie, doch ihre Stimme verlor sich in der Weite der Ebene.

Weihnachtsabend

Emelie war heiß vom letzten Tanz. Sie war auf die Veranda getreten und sah von draußen in das hell erleuchtete Wohnzimmer. Im Eck stand der Weihnachtsbaum. Es war die größte Föhre, die Carl und Richard auf den Hügeln des Grabenbruchs hatten finden können.

Iman, Aischa und sie hatten den Baum am Vorabend geschmückt. Emelie hatte jedes Stück des Weihnachtsschmuckes wiedererkannt: die kleinen Instrumente aus Zinn, die roten und goldenen Kugeln aus Glas, die Schnitzereien aus Teakholz wie auch die Strohsterne und bunt bemalten Knetgummiengel, die sie als Kinder gebastelt hatten. Die Kerzen an dem Baum waren bereits erloschen, denn Richard und Carl hatten sie mit dem ungeladenen Luftgewehr ausgeschossen. Auf dem Boden um den Baum lagen die Fetzen von Geschenkpapier zwischen den abgeworfenen Partyhüten und den Resten von aufgerissenen Partycrackern. Richard hatte sie in einem der indischen Geschäfte in Nakuru gefunden, als sie dort noch einmal sämtliche Weihnachtseinkäufe getätigt hatten. Emelie hatte in ihrem Cracker die Nachricht gefunden: *Sie werden eine wichtige Frage beantworten*. Allerdings, hatte sie bei sich gedacht. Der große, runde Tisch, an dem sie alle das Weihnachtsessen genossen hatten, war mitsamt den Tellern, den Gläsern und den vollen Aschenbechern zur Seite gerückt und der Teppich darunter zurückgerollt worden. Alles war bereit zum Tanz.

Emelie dachte an die Weihnachten, die sie in Pierres Familie verbracht hatte: Die Atmosphäre war still und würdevoll gewesen. Bei Tisch wurde über die Qualität des dargebotenen französischen Essens gesprochen: die feinsten Leckerbissen, die das Land zu bieten hatte. Um Mitternacht hatten sich alle ihre dicksten Jacken angezogen und waren in die Kirche gegangen. Emelie war gläubig, aber der ausgeprägte Katholizismus in Pierres Familie war ihr fremd geblieben.

Die Fenster des Wohnzimmers wie auch die Tür zur Veranda standen offen. Lachen, Stimmen und Musik drangen bis hinaus zu Emelie. Sie atmete tief ein. Die kühle Nachtluft tat ihr gut. Carl und Diane müssten jeden Augenblick landen, dachte sie und legte sich in einer schützenden Geste die Arme um den Leib.

Sie hatte Angst, gestand sie sich ein. Vielleicht war dieses Wiedersehen in Stücken gut gewesen: Sie hatte Zeit für Kupenda gehabt und Zeit für das Treffen mit Leander. Nun war ihre Zeit mit Diane gekommen.

Emelie sah in den Garten. Aischa und Iman hatten Feenlichter in den Bäumen um das Haus aufgehängt, und ihr Glanz bildete Pfützen aus Licht auf dem Rasen. Emelie hob den Kopf und sah in den stillen Nachthimmel. Unzählige Sterne leuchteten dort, und sie erkannte den weißen Wirbel der Milchstraße. In Paris gab es zu viele andere Lichter, als dass sie so einen Himmel dort sehen könnte.

Im Wohnzimmer ertönte ein Rocklied, und Emelie sah, wie Carola Richard aufforderte. Er begann, Carola über die Tanzfläche zu wirbeln, und ihre Brust sprang bei jeder Drehung beinahe aus dem Kleid. Emelie sah, wie sich Carola näher als notwendig an Richard drückte, wenn er sie wieder an sich zog. Es ärgerte sie, ohne dass sie sagen konnte, weshalb.

Emelie sah hin zu den anderen Gästen: Aischas Großmutter Meena sprach mit Massimo Del Bono und dessen Mutter. Massimo sah immer wieder hinüber zu Iman, die in einem der großen Ledersessel saß und mit scheinbar unbeteiligtem Gesichtsausdruck rauchte. Sie hatte sich die Schuhe abgestriffen und die Knie unter der nun leicht zerknitterten Seide ihres Kleides angezogen. Aischa prüfte gerade nach, ob noch Eis in den Kühlbehältern war, und Kate trug eine Schale mit Obst aus der Küche ins Wohnzimmer.

Emelie drehte sich wieder um. Es war gut, dass sie alle beschäftigt waren. So konnte sie sich alleine auf das Wiedersehen mit Diane vorbereiten. Ob sie wohl genauso viel Furcht wie sie vor diesem Treffen empfand?

Emelie sah noch einmal in den Himmel und beobachtete eine Sternschnuppe. Sie fiel zu rasch, als dass sie sich etwas hätte wünschen können.

Da tauchte das blinkende Licht der Cessna auf. Emelie umfasste das Geländer der Veranda. An ihren Händen traten die Knöchel weiß hervor. Es war so weit.

Wie wollte sie Diane begrüßen? Was würden ihre ersten Worte sein? Aischa hatte Recht: Sie müssten miteinander reden und wieder zueinanderfinden. Leander aber täuschte sich: Die Vergangenheit kann doch vergangen sein.

Nun hörte sie schon den Motor der Cessna über sich.

Das kleine Flugzeug verlor rasch an Höhe. Emelie zwang sich zur Ruhe. Sie konnte nun nichts mehr planen. Der Augenblick selber würde ihnen das Rechte eingeben.

Hinter ihr trat nun Aischa in die offene Tür zur Veranda. Als sie die Cessna absinken sah, klatschte sie in die Hände und rief: »Carl und Diane kommen! Kommt! Kommt alle mit hinaus.«

Aischa trat neben Emelie und legte ihr den Arm um die Schultern. Als das kleine Flugzeug einen Bogen flog und dann Kurs auf das Haus nahm, war die Veranda bereits voller Menschen.

»Weshalb landet er vor dem Haus? Das ist in der Dunkelheit doch viel zu gefährlich«, sagte Iman, und Aischa runzelte besorgt die Stirn. Emelie sah hinaus auf die Wiese, wo Fackeln brannten. Der Rasen konnte als Landebahn taugen, wenn es sein musste. Diane war offensichtlich auf die Wirkung ihrer Landung bedacht, dachte sie. Sie hatte einen ausgeprägten Sinn für Dramatik.

Das Flugzeug setzte vor dem Haus auf. Die Propeller drehten sich noch eine Weile. Emelie sah in das Cockpit. Sie konnte nur Carl darin erkennen. Wo war Diane? Auf der Veranda wurde es still um sie herum.

Emelie löste sich aus Aischas Umarmung. Sie raffte den langen Rock ihres Kleides und lief über den Rasen auf das kleine Flugzeug zu. Carl stieg aus dem Cockpit. Er knöpfte sich die Lederjacke mit dem Fellkragen auf, und Emelie sah, dass er darunter einen Smoking trug: Er musste ihn bereits in Nairobi angezogen haben, um Diane darin abzuholen.

»Carl«, rief sie. Wie blass er war, dachte sie. Sein dunkles Haar hing unordentlich in seine Stirn, und seine Augen sahen rot und geschwollen aus. Was war geschehen? Sie umarmte ihn und sagte: »Carl, endlich.«

Sie spürte seine Schultern zittern. Er weinte. »Gut, dass du wieder da bist, Emelie. Gott sei Dank bist du da«, sagte er.

»Wo ist Diane? Wo ist … Mutter?«, fragte sie ihn leise.

Mutter. Sie war doch immer nur Diane gewesen.

Carl schüttelte den Kopf und sah Emelie an. »Was für eine Heimkehr! Ich kann all das noch gar nicht verstehen. Sie ist tot, Emelie. Sie war gestern im Morgengrauen mit einem Spurenleser zu Fuß im Busch unterwegs, um die Fährte des weißen Elefanten zu finden, von dem Paddy uns erzählt hatte. Der Mann sagte mir, Diane wollte ihn um jeden Preis finden … Er hat sie zertrampelt und mit seinen Stoßzähnen durchbohrt. Sie war augenblicklich tot, Emelie.«

Emelie hielt sich an Carl fest. Sie waren nun allein. Paddy war schon lange gegangen, und nun war Diane ihm gefolgt. Der plötzliche Schock ließ sie alle Fragen und alle Zweifel vergessen.

Richard führte sie beide zum Haus zurück, wo die Musik und die Stimmen nun endgültig verstummten.

Anders als geplant

Carl saß allein an dem großen Schreibtisch in Paddys Arbeitszimmer. Er stützte die Ellenbogen auf und hielt seinen schmerzenden Kopf in den Händen. Er hatte Diane in Nairobi identifiziert und zum Leichenhaus bringen lassen. Sie wurde nun eingeäschert und an Neujahr neben Paddy beigesetzt.

Er weinte wieder. Wie oft hatte er gehört, ein Junge weine nicht? Aber er tat es doch. Er rieb sich die Augen und öffnete sie wieder. Sein Blick fiel auf einige Papiere, die noch auf dem Schreibtisch lagen. Er nahm sie auf. Was konnte nun noch wichtig sein? Die Papiere verrutschten, und Carl sah einen verschlossenen Umschlag darunter. *Emelie* stand in der Handschrift seiner Mutter darauf geschrieben.

Als er kurz vor Dianes Abreise in diesem Raum gewesen war, war der Schreibtisch leer gewesen. Sie musste ihn also geschrieben haben, ehe sie auf die Safari gegangen war. Carl wog den Brief in seiner Hand. Er erinnerte sich gut an den Tag vor fünf Jahren. Er war Diane in Paddys Arbeitszimmer gefolgt und hatte Emelie seinen Pullover um die bloßen Schultern gelegt, als Leander nur wortlos dagestanden war.

Carl hatte die Frauen an jenem Tag getrennt und ihren Streit beendet. Was hatte Diane so zornig gemacht? Sie war oft schwer einzuschätzen gewesen. Unter normalen Umständen hätte man vielleicht alles beilegen können. Doch auf Kupenda war es nach Paddys Tod nie wieder zu normalen Umständen gekommen. Leander hatte diese Zeit für sich genutzt, dachte Carl. Er stand mit dem Umschlag in der Hand auf, trat ans Fenster und sah hinaus in die Dunkelheit.

Leander hatte sich auf eine Art und Weise entwickelt, die Carl unruhig machte. Wenn er überraschend zu ihm und den anderen Arbeitern trat, dann schwiegen diese plötzlich. Keiner sagte mehr ein Wort, ohne sich nicht vorher mit einem Blick hin zu Leander zu versichern. Kupenda gehörte *ihnen*, nicht Leander. Auch wenn Diane mit der Leitung der Farm überfordert gewesen war.

Er sah wieder auf den Brief in seinen Händen. Was hatte Diane hier aufgeschrieben? Sollte er den Brief lesen? Nein. Es hatte genug Streit gegeben. Am besten gab er Emelie den Umschlag später, wenn ihre Gefühle nicht mehr so aufgewühlt waren. Aischa und Iman waren jetzt bei ihr, das war gut. Er steckte den Brief in die innere Jackentasche seines Smokings.

»Carl?«

Emelie stand in der Tür. Ihre Haare hatten sich gelöst und unter dem staubigen Saum ihres Abendkleides sahen ihre nackten Füße hervor.

»Sind Aischa und Iman ins Bett gegangen? Kannst du nicht schlafen, Kleines?«, fragte Carl sie.

Emelie schüttelte den Kopf. Sie trat an den Schreibtisch und griff nach dem in Leder gebundenen Buch, in dem die Reservierungen für die Safaris aufgeschrieben wurden. Ihre Augen waren geschwollen.

»Was suchst du?« Carl trat neben sie und legte einen Arm um ihre Schultern. Sie drückte sich an ihn und blätterte weiter in dem Buch.

»Das Datum der nächsten Safari, die nach Tansania gebucht worden ist.«

Carls Finger glitt auf dem Papier nach unten. »In drei Wochen geht es wieder los. Die müssen wir jetzt wohl absagen.«

»Haben wir noch eine Lizenz, um in Tansania einen Elefanten zu erlegen?«

Carl zögerte. »Ja. Paddy hat sie noch gekauft. Aber er wollte keinen Elefanten mehr schießen, das weißt du. Diese Art Jagd gehörte für ihn der Vergangenheit an.«

»Du musst die Safari nicht absagen. Im Gegenteil. *Ich* übernehme die Leitung.«

»Wie bitte? Du bist doch dann schon wieder in Paris.«

»Ich fahre nicht gleich zurück. Ich bleibe hier, bis das geregelt ist.«

»Bis *was* geregelt ist?«

»Ich bin hierhergekommen, um Diane wiederzusehen. Ich wollte ihr zeigen, was aus mir geworden ist. Ich wollte Frieden mit ihr schließen. Erinnerst du dich noch an den Satz, den sie oft aus der Bibel zitiert hat? *Ich kann nicht gehen, ehe du mich nicht segnest.* Jetzt wird sie mich nie mehr segnen können«, sagte Emelie. Sie fuhr sich mit ihrem Handrücken über ihre Wangen und zog die Nase hoch.

Carl steckte seine Hände in die Hosentaschen. Er fühlte sich hilflos, als er den Schmerz und die Verwirrung seiner Schwester sah. Alles, was er tun konnte, war, sie zu umarmen und wortlos festzuhalten. Ihr Atem kam in Wellen, so, als drängte sie den Schmerz und das Verstehen in ihr Herz zurück.

»Was willst du tun?«, fragte Carl schließlich.

»Ich will mich rächen. Der weiße Elefant gehört mir. Ich werde ihn finden, und ich werde ihn töten. Wenn er nicht gewesen wäre, dann hätten Diane und ich Frieden schließen können.«

»Emelie, das ist doch Unsinn. Es ist nur ein Tier! Diane wird dich auch nicht mehr segnen können, wenn du ihn tötest. Das gibt ihr ihr Leben nicht wieder. Komm, ich mache dir eine heiße Schokolade und dann gehst du ins Bett.«

Emelie löste sich aus seiner Umarmung. »Nein. Ich muss nach Tansania. Ich muss dorthin gehen, wo sie war. Das verstehst du nicht.«

Carl stand hinter dem Schreibtisch und sah auf die Seite mit der Buchung für die Safari. Die Buchstaben verschwammen vor seinen Augen, und es gelang ihm nicht mehr, sich zu konzentrieren. Er schloss das Buch und ließ sich in dem Drehstuhl hinter dem Schreibtisch nieder. Hatten Paddy und Diane sich manchmal hier so alleine gefühlt, wie er nun gerade? Er verstünde es nicht, hatte Emelie gesagt. Er verstand viel mehr, als sie ahnte. Wenn es nur nicht so schwer wäre, Worte dafür zu finden. Sie wollte also nach Tansania. Aber danach, so hatte sie deutlich gemacht, wollte sie wieder in Paris leben. Wie stellte sie sich dann die Zukunft für Kupenda vor? Und wie seine Zukunft?

Im Haus war nun alles still. Er drehte den Stuhl zum Fenster hin. Draußen herrschte vollkommene Dunkelheit. Aischa war wahrscheinlich bereits nach Hause gegangen.

Er war sich sicher, dass auch sie in dieser Nacht keinen Schlaf fand. Carl wurde unruhig. Er hätte jetzt gerne mit ihr gesprochen, aber das war unmöglich. Würden sie je zusammenfinden? Seitdem er ein junger Mann war, hatte es für ihn nur Aischa gegeben. Doch er spürte, dass Rai ihn trotz aller Freundschaft und der jahrelangen Zusammenarbeit mit Paddy nicht als Schwiegersohn wollte. Und Aischa war die Meinung ihres Vaters und sein Segen wichtig, das wusste er. Er war kein Muslim. Er würde nie einer der Ihren sein. Konnten sie dieses Hindernis überwinden?

Abschied und Anbeginn

Auf Emelies Stirn hatten sich Schweißtropfen gebildet. Die Januarsonne stand hoch am Himmel, und es war windstill. Die Trauernden kamen langsam die Anhöhe hinauf. Sie sah zu der Grube, die neben Paddys Grab ausgehoben worden war und drückte die Urne noch fester gegen ihre Brust. Ihr war, als hallte ihr Herzschlag in dem hohlen Gefäß wider. Drei Fingerbreit Asche waren ihr von ihrer Mutter geblieben. Ihre Augen brannten vor ungeweinten Tränen. Sie sah hin zu den Trauernden.

Carl, Aischa und Iman standen im Schatten des Baumes. Sie sprachen mit Rai, Aischas Vater, und ihrer Großmutter Meena, die ihren Aufenthalt verlängert hatte. Wo war Leander? Seit ihrem Zusammentreffen an Paddys Grab vor einigen Tagen war er verschwunden geblieben. Seine Abwesenheit wirkte wie eine Warnung.

»Schaffst du es? Ich kann dich auch ins Haus bringen. Jeder würde das verstehen«, sagte Carl, der neben sie getreten war.

Emelie schüttelte den Kopf. Sie fühlte sich durch seine Nähe gestärkt. Wie war es ihm in den vergangenen fünf Jahren ergangen? Sie hatten sich noch nicht einmal richtig unterhalten können. Man sagte nicht am Telefon oder in Mails, was einen wirklich tief bewegte. Vor allen Dingen

Carl nicht. Diese Jahre waren nun für immer verloren. Wie dumm sie gewesen war, dachte Emelie.

Ihre Gedanken glitten hin zu Pierre. Wünschte sie ihn sich jetzt hier an ihre Seite? Er hatte versucht, sie so gut es ging zu trösten, als sie ihm von Dianes Tod erzählt hatte. Ihren Plan, nach Tansania zu fliegen, hatte sie ihm vorerst allerdings verschwiegen.

»*Ma pauvre chérie*«, hatte er am Telefon zu ihr gesagt. »Natürlich musst du länger bleiben. Du musst alles regeln. Es gibt sicher furchtbar viel zu tun, bis die Farm verkauft ist. Ich warte auf dich. Wenn du Hilfe brauchst, kenne ich da ein paar gute Anwälte…«

»Soll ich die Urne halten?«, fragte Carl.

Emelie schüttelte wieder den Kopf. Nein, sie wollte Diane halten, wenn sie es schon im Leben nicht mehr hatte tun dürfen. Der Schmerz zog durch ihre Brust in ihre Kehle.

Die Menschen waren nun an den beiden Gräbern angekommen. Die Männer zogen den Hut, einige der Frauen trugen Blumen im Arm und viele hielten einen Umschlag in der Hand. Carl und sie hatten um Spenden für den Bau einer Wasserpumpe am Schulhaus gebeten. Emelie sah Kate auf die Anhöhe treten. Diane und sie waren trotz des Altersunterschiedes von gut zehn Jahren die besten Freundinnen gewesen. Sie schienen vollzählig versammelt, und alle warteten auf den Beginn der Beerdigung.

Emelie trat aus dem Schatten des Baumes. Alle waren da. Alle, außer den Massai. Wo waren all die Menschen, die auf Kupenda arbeiteten und lebten? Konnte es sein, dass der Stamm Diane an ihrem Grab seinen Respekt nicht bezeugen wollte? Emelie hatte eine Adumu für

Diane erwartet; einen Tanz, der von Sonne und Regen, Tag und Nacht, Leben und Tod und von Krieg und Frieden erzählte. Wollten sie nicht Abschied nehmen? Das war undenkbar!

Sie sah sich noch einmal um. »Wo ist nur Leander?«, fragte sie Carl.

»Wo sind die Massai?«, fragte Carl sie im Gegenzug.

Emelie schüttelte den Kopf. Eine erste Träne rann über ihre Wange. »Es ist meine Schuld.«

Emelie sah, wie Richard sich von der Gruppe der Trauernden löste. Sein dunkler Anzug wirkte etwas zu eng, und das weiße Hemd stand am Kragen offen. Er hatte seit Dianes Tod versucht, auf Kupenda zu helfen, wo er nur konnte.

»Wollen wir anfangen? Seid ihr bereit?«, fragte Richard sie.

Emelie schüttelte den Kopf. »Die Massai sind nicht da. Ohne sie können wir Diane nicht beerdigen.« Sie wandte sich um. »Iman, wo ist Leander? Wo ist euer Stamm?«

Iman trat neben sie. Ihr Blick heftete sich auf einen Punkt in der Ebene. Sie zeigte auf den ersten der Krale dort unten.

»Da kommt mein Stamm«, sagte Iman.

Die Manyattas sahen aus wie umgedrehte Vogelnester. Ein Rinnsal an Menschen floss aus dem Gatter in der Umzäunung aus Dornbüschen und wurde zu einem roten Strom. Der Kral schien vollzählig versammelt. Die Massai begannen zu laufen und kamen rasch näher. Sie stiegen nun die Anhöhe von ihrer Seite aus herauf.

Emelie hörte ihren Gesang. Die Stimmen stiegen wie Rauch in den Himmel und verloren sich in der klaren Luft des Mittags. Die Morani trugen ihre besten Shukas, und nur die Hälse, Hände und Köpfe der Männer sahen aus ihren Umhängen hervor. In ihre Kopfbedeckungen waren Perlen geflochten und an Ohren, Hälsen, Handgelenken und Fesseln trugen sie ebenfalls Schmuck. Es sah aus wie das Gefieder eines prachtvollen Vogels. Die jungen Krieger trugen Stecken als Ersatz für ihre Speere und ihre Schilde, die die Regierung als Waffen eingestuft und ihnen weggenommen hatte. Eine Gänsehaut bildete sich auf Emelies Armen. Was für ein Anblick …

»Ist Leander bei ihnen?«, fragte sie Iman leise, doch Richard musste sie gehört haben.

»Wenn er nicht hier bei uns ist, so ist er bei ihnen. Er hat seine Wahl getroffen«, sagte er.

Iman fuhr herum. »Müssen wir das denn unbedingt? Weshalb will alle Welt denn immerzu, dass wir wählen? Ich bin Weiße, und ich bin Massai. Das Wichtigste ist doch, dass ich hierhergehöre. Wie Leander auch.«

Emelie legte Iman die Hand auf den Arm. »Nicht jetzt, bitte.«

Iman sagte: »Entschuldige. Wir sind alle müde. Ich weiß auch nicht, wo Leander ist. Ich habe ihn seit zwei Tagen nicht mehr gesehen.«

Emelie wusste, dass es Iman nicht leidtat.

»Aber *ich* weiß, wo er ist«, sagte Carl plötzlich. »Er führt seinen Stamm an.«

Emelie sah wieder zu den Massai. Leander ging am Kopf der Menge. Seine Herkunft und seine Haltung zeichneten ihn als ihren Häuptling aus. Der Stoff seiner Shuka wirkte steif. Doch ihr Rot war wie ein glühender Punkt in der Masse der Leute, die er anführte. Leander trat auf die flache Stelle am Gipfel der Anhöhe. Emelie bemerkte, dass er sich seine Ohrläppchen geweitet hatte. In dem nun münzgroßen Loch trug er mit Draht umwickelte Holzstückchen, die die Öffnung noch mehr vergrößern würden.

Sie neigte den Kopf, und Leander erwiderte ihren Gruß.

Wieder spürte sie seine Kraft. Er hat seine Ziellosigkeit überwunden und alle Macht in sich gebündelt, dachte sie. Leander machte seinen Leuten ein Zeichen. Sie stellten sich Emelie und den anderen Trauergästen gegenüber auf und bildeten an der anderen Seite des Grabes einen roten Wall.

Sie sind da, dachte Emelie, doch ihr Kommen war nicht friedlich. Es war ein Zeichen. Diane erwiesen sie noch Respekt, aber was war mit Carl und ihr?

Sie versuchte, in Leanders Miene zu lesen. Aber wenn er nicht durchschaut werden wollte, konnte er sich tarnen wie ein Chamäleon im Busch. Richard und Carl traten noch einen Schritt näher zu ihr hin. Der Gesang seiner Männer füllte Emelies Ohren.

Eine leichte Unruhe breitete sich unter den Trauergästen aus. Die weißen Siedler begannen, sich leise zu unterhalten. Die indischen Geschäftsleute tauschten vielsagende Blicke aus, und selbst die anderen Schwarzen wirkten unsicher.

Die Massai verstummten nun. Ihr Lied war zu Ende.

Emelie wandte sich an den Priester: »Wir können anfangen. Bitte.«

Leander blieb in der Glut der Sonne bei seinem Stamm stehen. Der Priester trat nach vorne und hob die Hand, um das letzte Gemurmel verstummen zu lassen. Die Trauernden senkten die Blicke und falteten die Hände.

Die Massai sahen stumm in die leere Grube. Offen zur Schau getragene Gefühle verunsicherten sie, das wusste Emelie.

»Wir sind heute hier zusammengekommen, um das Leben von Diane zu feiern und um ihren Tod zu betrauern …«, sagte der Priester.

Emelie hörte Richard wie zu sich selber sagen: »Und er hat seine Wahl doch getroffen.«

Nachtmusik

Iman parkte den Wagen vor dem Verwalterhaus. Die Dämmerung setzte bereits ein. Sie hatte mit ihren Einkäufen in Naivasha länger gebraucht als vorgesehen. Vor Kates Café hatte sie Massimo getroffen und danach war sie noch zu Freunden auf ein Glas Wein gefahren. Iman zog die Handbremse an und griff nach ihrer Handtasche und ihren Bata-Safariboots auf der Fußmatte vor dem Beifahrersitz. Sie schlüpfte mit nackten Füßen in die Stiefel, fuhr sich mit den Fingern durch die kurzen Haare und biss sich kurz auf die Lippen, um ihnen mehr Farbe zu geben.

Als sie aussteigen wollte, wurde die Seitentür des Hauses geöffnet, die von der Küche in den Hühnerhof führte. Jim, Aischas Koch, steckte den Kopf ins Freie. Er sah von rechts nach links und überquerte dann rasch den Hof. Er trug seine Massaishuka und Perlschmuck und hielt ein Zicklein im Arm, dem er die Hufe zusammengebunden hatte.

Iman verharrte im dunklen Wageninneren. Wo ging Jim hin? Er schlug den Weg zu dem Eukalyptushain ein, der Kupenda von der Farm der Littlewoods abgrenzte. Ujinda, Richards Koch, war dort vor nur zwei Wochen erschlagen aufgefunden worden. Sicher hatte Ujinda Ärger wegen einer Frau gehabt, dachte Iman. Die Polizei jedenfalls hatte die Ermittlungen in dem Fall bereits abgeschlossen.

Iman stieg aus dem Auto und klopfte an die Tür des Verwalterhauses. In diesem Augenblick hörte sie den Trommelschlag, der sich durch durch die anbrechende Nacht schwang. Iman blieb stehen. Sie konnte sich nicht mehr bewegen. Die Musik rief und lockte sie. Und sie drohte ihr auch. Iman kannte den Rhythmus. Die Trommel rief alle Massai zu einem Treffen.

Ein ungutes Gefühl überkam sie. Ein Motor durchschnitt die Stille des frühen Abends. Iman sah auf die Ebene hinunter. Im letzten Licht des Tages blitzte ein Stück rotes Blech auf. Iman kannte nur eine Person, die einen roten Landrover fuhr, und das war Carola Thompson. Was hatte die um diese Zeit noch auf Kupenda zu suchen? Iman runzelte die Stirn. In all den Jahren, in denen Carola dort auf dem Land unweit von Kupenda aufgewachsen war, hatte sie nie zu dem Bund gehört, den Emelie, Aischa und sie selber gebildet hatten.

Aischa öffnete die Tür. Die Musik brach unvermittelt ab.

Sie hatte eine Schürze umgebunden, und ein Klecks Tomatensoße klebte an ihrer Wange. Dabei schwang sie einen hölzernen Kochlöffel, lachte und fasste Iman an der Schulter. »Komm rein! Ich warne dich, ich muss heute selber kochen. Jim hat Magenkrämpfe. Er kann vor Schmerz kaum aufrecht stehen. Ich hab ihn nach Hause geschickt. Trink lieber gleich einen Gin Tonic. Du bist blass, hast du ein Gespenst gesehen?«

Iman erwiderte ihre Umarmung. »Was gibt es zu essen?«, fragte sie. Sie konnte sich ihr eigenes ungutes Gefühl nicht erklären. Jim, das Tier unter seinem Arm und der rote Landrover. Die Musik, die zu einem Treffen rief.

»Spaghetti Bolognese. Hast du Emelie nicht mitgebracht?«

»Nein. Sie wollte kommen, wenn Carl und sie mit ihrer Besprechung fertig sind.«

»Wir müssen Emelie gut füttern«, sagte Aischa. »Sie hat seit Tagen nichts Ordentliches gegessen, und wenn sie erst auf diese verdammte Safari geht, wird das kaum besser werden. Was für eine Idee, dieses Tier jagen zu wollen! Ich wünschte, eine von uns könnte sie begleiten. Oder besser noch, ein Mann, der auf sie aufpassen kann.«

Ihre Blicke trafen sich, und sie sagten gleichzeitig: »Richard.«

»Willst du ihn fragen, oder soll ich es tun?«, fragte Aischa.

»Carl soll das tun. Er kennt beide gut genug. Richard soll Emelie begleiten, ob es ihr passt oder nicht.«

Aischa wollte die Tür schließen. Iman hörte wieder den Trommelschlag: Es war ein Ruf, der keinen Widerspruch duldete. Sie legte ihre Hand auf Aischas nackten Arm.

»Hörst du das?« Ihre Heiterkeit war verschwunden. Etwas ging auf Kupenda vor. Aber was? Doch die Musik verstummte wieder mit einem letzten Schlag.

Aischa sah sie erstaunt an. »Hören? Was denn? Komm rein jetzt.« Aischa zog Iman in den Flur. »Du bist ja wirklich ganz blass um die Nase. Weißt du was? Ich mische dir jetzt erst einmal einen Drink.« Dann sah sie auf ihre Armbanduhr. »Mist, meine Nudeln! Al dente ist schon lange vorbei.«

* * *

Emelie begann, den Vertrag durchzulesen.

»Es ist nur ein vorläufiges Papier«, sagte Old Thompson und steckte sich eine Zigarette an. »Ihr könnt es prüfen lassen. Alles kann noch geändert werden. Macht euch keine Gedanken, wir bringen diese Angelegenheit glatt über die Bühne. Und die Zigarre rauchen wir gemeinsam, wenn das Geschäft abgeschlossen ist.«

»Ich rauche nicht«, sagte Carl nur.

Emelie sah auf. Der Duft der Sportsman ließ sie an Richard denken. Old Thompson blies den Rauch in die Luft. Er verzog den Mund zu etwas, was wie ein freundliches Lächeln wirken soll. Eine Hyäne kurz vor dem Biss, dachte Emelie und wandte sich wieder dem Vertrag zu. Old Thompson hatte in den vergangenen Tagen bereits am Telefon in groben Zügen die Bedingungen des Verkaufs mit ihnen besprochen. Doch sie nun auf dem Papier zu sehen, war erschreckend. Hier stand es schwarz auf weiß: Sie würde alles aufgeben, wofür ihre Familie gekämpft hat. Die Klauseln tanzten vor ihren Augen, und der Sinn der Worte entging ihr. Sie brauchte mehr Zeit, dachte Emelie.

Carl hatte sich einen Schemel neben den großen Drehstuhl gezogen. Er hatte bisher nicht sehr viel gesagt. Das musste er auch nicht: Sie liebte Carl und durfte ihn nicht drängen, sondern musste ihm die Zeit lassen, die er benötigte, um sich den neuen Umständen anzupassen. Er war ihr großer Bruder, und doch wollte sie ihn schützen. Was erwartete er von seinem Leben, wenn es Kupenda nicht mehr gab? Sie musste erst in Ruhe mit ihm reden, ehe sie diesen Vertrag unterschreiben konnten.

Emelie hob den Kopf. »Willst du wirklich Bauland aus

der Farm machen?«, fragte sie Old Thompson. Sie erinnerte sich an den Vormittag mit Richard in Dagoretti, an den Mann mit der weißen Narbe, die sich wie eine Schlange über seinen Arm zog. Waren das wirklich seine Leute gewesen?

»Sicher. Der Präsident wird Kupenda zu Bauland erklären. Jeder Bewohner erhält sein Stück Ackerland. Das wird ihn die nächste Wahl gewinnen lassen.« Old Thompson wollte es heldenhaft klingen lassen, doch sein Lächeln passte nicht dazu.

Er zuckte mit den Schultern und fügte hinzu: »Das ist der Lauf der Dinge, Kinder. Die Bevölkerung trifft hier auf den Busch. Menschen brauchen Raum zum Leben. Der Präsident will ihnen diesen Raum geben. Aber ich verkaufe ein Stück Land an Kabir Khan weiter. Das haben wir schon abgemacht. Er kann hier eine Lodge errichten.«

Carl schob sein Exemplar des Vertrages ungelesen von sich. Den Füller legte er mit verschlossener Kappe auf die Hülle aus dickem Karton. Emelie spürte seine Verzweiflung. Er wollte nicht verkaufen, das wusste sie.

»Danke für den einstweiligen Vertrag, Thompson«, sagte sie dann. »Wir beide brauchen noch ein bisschen Zeit, ehe wir unterschreiben.«

»Zeit? Wofür? Damit die Bank euch den Geldhahn zudreht? Ihr schuldet euren Hirten jetzt schon sechs Monate Gehalt. Ich biete euch einen guten, einen großzügigen Weg aus der Misere. Ich bin euer Freund.«

Emelie sah ihn ausdruckslos an. Gut und großzügig, das passte nicht zu Old Thompson und seinen sonstigen Ideen.

Carl erhob sich und streckte ihm seine Hand hin. »Wir

melden uns, wenn Emelie von der Safari wieder da ist. Gib uns noch etwas Zeit.«

Old Thompson stand auf und nahm Carls Hand. Dann setzte er sich seinen Hut auf, nickte Emelie zu und tippte sich an die Krempe. »Gute Reise. Ihr müsst mich nicht an die Tür bringen.«

Als Old Thompson gegangen war, trat Carl ans Fenster. Er hatte die Hände in die Hosentaschen gesteckt und sah hinaus in die Dunkelheit. Dann drehte er sich um. Der Dämmer des Zimmers warf Schatten auf sein schmales Gesicht, und seine beinahe schwarzen Haare fielen ihm in die Stirn. Er sah erst zu Boden und dann hin zu Emelie.

»Lass uns bitte nicht verkaufen. Es fühlt sich einfach entsetzlich an, Emelie. Wir begehen Verrat an allem, an das Paddy und Diane geglaubt haben. Bitte lass uns das nicht tun. Wir finden einen anderen Ausweg. Ich will Kupenda nicht aufgeben. Ich weiß nicht, wo ich leben soll, wenn nicht hier. Alles, was ich liebe, ist hier.«

Emelie trat zu ihm und umarmte ihn schweigend. Draußen wurde der Motor von Thompsons Rangerover angelassen. Der Wagen entfernte sich rasch. Dann herrschte wieder Stille.

Sie waren allein auf dieser Welt, dachte Emelie. Aber nein, *sie* hatte doch noch Pierre. Pierre, an den sie jedoch bei all diesen Ereignissen kaum gedacht hatte.

Überraschungsgast

Emelie machte sich an die Arbeit und packte. Schon nach kurzer Zeit liefen ihr kleine Schweißtropfen über den Hals. Die hölzernen Läden an ihrem Schlafzimmerfenster waren halb geschlossen, aber es war dennoch warm im Zimmer.

Auf dem Bett lag die Reisetasche, die sie von Paddy geerbt hatte. Der Stoff war an den Stellen, wo die scharfen Dornen des Busches ihn aufgerissen hatten, bereits vielfach geflickt worden. Emelies Kleider lagen gefaltet neben der Tasche. Viel brauchte sie nicht für die zwei Wochen im Camp, denn sie konnte am Abend auf Safari immer waschen: in einem Bottich mit heißem Wasser auf einem Schemel und das zischende Licht der Gaslaternen um sie herum. Als sie bei einem anderen Jäger als Paddy in Ausbildung gewesen war, hatte der eines Tages ihre Schlüpfer gestohlen. Als sie ihn darauf angesprochen hatte, fragte er sie nur, was sie hier draußen als Frau sonst erwartete. Sie schüttelte bei der Erinnerung den Kopf. Das war nur einer der vielen kränkenden Vorfälle gewesen, die sie erlebt hatte. Einzig Paddy hatte sie und die Wahl ihres Berufes immer respektiert. Er hatte sich gefreut, als sie seine Arbeit fortsetzen wollte.

Sie dachte an die Gäste der Safari. Sie durfte ihre Pflicht

nicht vergessen, sie mussten auf ihre Kosten kommen. Dann konnte sie den Elefanten suchen gehen. Etwas anderes hätte auch Paddy nicht getan. Sie trugen sicher alle diese Westen, die mit unzähligen Laschen und Taschen ausgestattet waren. Je mehr Laschen und Taschen die Westen hatten, umso weniger kannten die Leute das Land und den Kontinent, das war die Faustregel.

Emelie begann, den Stapel Kleider in die Tasche zu packen. Es klopfte an die Tür. Sie hob den Kopf. »Ja?«

Richard steckte seinen Kopf ins Zimmer. Mit ihm schienen Sonnenschein und eine Brise frische Luft hereinzukommen.

»Hallo, Prinzessin. Darf ich deine Roben bügeln, bevor es zum Ball geht?«, fragte er. Emelie lächelte. Richard gelang es immer, sie aufzuheitern. An schöne Kleider dachte sie gewiss gerade nicht. Im Gegenteil, sie trug wieder das schwarze Leinenkleid, das sie schon vor fünf Tagen zu Dianes Beerdigung angehabt hatte.

Fünf dumpfe Tage, dachte sie. Ihre Augen waren in der staubigen Hitze des Mittags trocken geblieben. Selbst als die Massai auf Leanders Zeichen endlich zu tanzen begonnen hatten, einen langen, stolzen Adumu, bei dem die Krieger mit den Füßen stampften, ihre Körper nach vorne warfen und hoch in die Luft sprangen, waren ihre Tränen nicht geflossen. Ihr Verstehen kam erst jetzt. Sie würde Diane nie mehr wiedersehen.

»Alles klar, Emelie?«, fragte Richard.

Sie sah Sorge in seinem Blick. Und ehe sie antworten konnte, hatte er schon seine Batas abgestriffen und sich neben ihren Kleidern auf das Bett fallen lassen. Die Haut an seinen Knien war aufgeschürft und in seinen Haaren hingen kleine Blätter. Sicher war er in seinen Gewächshäusern auf dem Boden herumgekrochen und hatte überprüft, ob die jungen Rosensträucher richtig bewässert wurden, dachte Emelie. Seine Hände waren jedoch sauber. Emelie fiel der Vormittag in Dagoretti ein, der Griff dieser Hände in ihrem Rücken, und senkte den Blick rasch. Nicht rasch genug, denn er fasste ihre Hand und küsste ihre Finger.

»Du bist zu dünn. Komm heute Abend zu mir zum Essen.«

»Du und kochen?« Sie entzog ihm ihre Hand und rollte ihre Socken in ihre Batas, sodass sie in der Tasche weniger Platz einnahmen. Seine Einladung überhörte sie.

»Ja. Wenn Ujinda nicht mehr für mich kochen kann, dann soll es auch kein anderer tun. Und wenn ich jeden Abend Spiegelei esse. Er war alles, was mir von meiner Kindheit noch geblieben war. Ich kann es nicht fassen, dass er tot ist.«

»Steckte da nun eine Weibergeschichte dahinter oder nicht?«, fragte Emelie.

Richard schüttelte den Kopf. »Nein. Aus dem Alter für solche Dummheiten war Ujinda raus. Die einzige Frau, die in seinem Leben eine Rolle gespielt hat, war seine Tochter. Und die wird kaum mit einer Panga und einem Knüppel im Eukalyptushain auf ihn gewartet haben.« Er strich sich über die Augen. »Wer immer es war, ich brech ihm das Genick, wenn ich ihn erwische«, sagte er. Es klang müde.

Emelie nickte. »So viel Tod. Paddy. Ujinda. Diane.«

»Das Leben hier ist unglaublich schön, aber es hat einen hohen Preis.«

»Bist du bereit, ihn zu bezahlen?«

»Du etwa nicht?«

Emelie schwieg.

»Natürlich. Du willst ja nach Paris zurück, zu deinem Verlobten. Ich kann nur hier leben, Emelie. Ich gehöre hierher. Mein Urgroßvater hat die Farm gekauft und in seiner alten Heimat alles hinter sich gelassen. Für mich gibt es in Kenia nur einen Weg, und er führt in die Zukunft. Ich werde das Land nicht vor die Hunde gehen lassen. Ich werde Schulen auf meinem Land bauen und den Tieren Schutz vor Wilderern bieten. Wenn ich sterbe, dann habe ich hier zehnmal so viel gelebt wie andere. Ich gebe nicht auf, und ich laufe nicht davon.«

Emelie fuhr auf. »Was fällt dir ein?« Sie warf das T-Shirt, das sie gerade hatte falten wollen, auf das Bett. »Ich bin frei und kann mich entscheiden, wie ich will.«

Richard schüttelte den Kopf. »Oh, nein, das bist du nicht. Ich weiß genau, dass ihr euch mit Old Thompson getroffen habt. Kupenda gehört dir nicht, und du darfst auch über das Land nicht frei entscheiden. Das Land ist das Erbe deiner Kinder. Es ist deine Pflicht, das Beste daraus zu machen. Sonst nichts.«

»Du sprichst schon genau wie Leander. Als ob Littlewood Flowers schon einen Erben hätte.«

Richard stand auf. Er legte seine Hände auf Emelies Schultern und strich zärtlich über ihre nackten Oberarme. »Ich hatte eigentlich gehofft, du könntest mir dabei helfen«, sagte er dann.

Emelie wollte etwas erwidern, doch mit einem Mal entwich all der Zorn aus ihr. Sie fühlte ihre Kraft schwinden. Dunkle Flecken tanzten vor ihren Augen, das Blut rauschte ihr in den Ohren, und sie griff nach dem Kopfstück ihres Bettes, um Halt zu finden.

Richard fing sie gerade noch auf. Er umarmte sie und drückte ihren Kopf gegen seine Brust. »He, Kleines! Komm, ich leg dich hin.« Er begann ungeschickt, ihr die Tränen von den Wangen zu wischen. »Entschuldigung. Entschuldigung, Emelie. Ich bin ein Büffel. Deine Mutter ist gerade gestorben, und ich halte hier flammende Reden über Recht und Unrecht. Dabei will ich nur, dass du hierbleibst.«

»Weshalb?«, fragte sie unter Tränen. »Weshalb solltest du das wollen?«

»Weißt du das denn wirklich nicht?«

Richard hob sie hoch auf seine Arme und schob mit dem Knie ihre Tasche vom Bett. Er legte Emelie in die Kissen. Sie weinte so sehr, wie sie in den vergangenen Jahren nicht geweint hatte. Sie hatte dazu keine Zeit gehabt, vor lauter Kampf. Kampf mit Diane und der Kampf in Paris, um sich einen Namen und ein neues Leben in einer neuen Welt zu schaffen. Vor allen Dingen der Kampf, von Kupenda loszukommen. Kupenda. Sie krümmte sich und vergrub ihr Gesicht in der Überdecke.

»Schsch, Kleines, schsch«, sagte Richard. Er streckte sich neben ihr aus und streichelte ihre Haare. »Es wird alles gut werden. Menschen sterben, Eltern sterben. Es ist schrecklich. Ich weiß das. Mit einem Mal ist man erwachsen und einsam. Aber du hast doch uns. Du hast eine Heimat in Kupenda. Du wirst nie allein sein, solange es mich gibt!«

Emelie setzte sich mit einem Ruck auf. Sie zog die Nase hoch und wischte sich dann mit dem Unterarm das Gesicht ab. Ihr entging Richards Lächeln ob dieser kindlichen Geste nicht. Dann schüttelte sie den Kopf und vergrub das Gesicht in ihren Händen.

»Nein! Begreifst du denn nicht? Es ist alles zu viel für mich. Ich bin nicht bereit, noch mehr zu zahlen. Ich muss mich von alldem hier befreien. Ich muss mein eigenes Leben leben. Ich will lieben und geliebt werden so wie ich bin, auch ohne Kupenda. Das geht hier nicht. Ich will weg.« Dann weinte sie wieder.

»Also, hör mal«, sagte Richard und setzte sich auf. Er zog sie zu sich hoch und legte seine Stirn an ihre. »Dich lieben so wie du bist, das kann ich dir auch anbieten. Allerdings nicht ohne Kupenda. Wenn du die Farm an den Lumpen Thompson verkaufst, nur um, wie du es nennst, frei zu sein, dann versohle ich dir den Hintern. Bloß weil du dich als dummer Teenager in den falschen Typen verguckt hast. Natürlich hat das mit Leander Diane nicht gefallen. Aber das ist doch alles längst vergessen und vergeben!«

Sie fand keine Worte, um ihm zu widersprechen. Richard saß nun ganz nahe vor ihr. Seine Augen waren so blau wie der Mittagshimmel. Schob sie ihren Kopf nach vorne oder war er näher an sie herangerückt? Er küsste sie, küsste sie mit einer Kraft und einer Leidenschaft, die ihr den Atem nahmen. Sein Arm legte sich um ihre Schultern, ihren Nacken, und er zog sie an sich. Seine Lippen waren warm, und sie spürte, wie er ihren Kopf weiter nach hinten bog. Mit einer Hand griff er in die lose festgesteckten Haare und ließ ihr die Locken auf die Schultern fallen.

»So ist es besser«, murmelte er.

Er begann, sie wieder zu küssen. Ihr ganzer Körper kam ihm entgegen, mit aller Kraft der Verzweiflung, die sie eben noch gespürt hatte. Sie wollte ihn jetzt und mit ihm das Leben, das es neben all diesem Tod noch gibt, dachte sie. Sie wollte, dass er näher und noch näher kam. In der Wärme des Raumes verschmolz seine Haut mit ihrer. Richard ließ sie nach hinten auf das Bett gleiten. Seine Lippen wanderten über ihren Hals, er kostete sie, langsam und mit heißem Atem. Seine Zunge fand diese kleine Mulde zwischen Hals und Schlüsselbein, und er begann an der zarten Haut dort zu saugen. Sie seufzte leise, und ihr gesamter Zorn und ihre Trauer waren verschwunden. Sie wollte nur noch empfinden. Ihre Hände wühlten nun in seinem Haar, während er ihr das Kleid nach oben schob. Seine Fingerspitzen glitten kühl über ihre glühende Haut.

Gerade, als sie ihm doch noch Einhalt gebieten wollte, legten sich seine Lippen schon wieder auf die ihren, öffneten ihren Mund weit, und sie nahm ihn ganz in sich auf. Sie schmeckte Richard und sein Leben. Sie kannte ihn und kannte ihn doch nicht. Er würde sie immer wieder neugierig machen. Sie ließ es geschehen, dass er ihr das Kleid über den Kopf zog: Ihre Haut war blass gegen die dunkle Spitze ihres Höschens, und ihre Hände legten sich schützend auf ihre schweren Brüste. Richard zog sie sanft wieder zu sich hoch und begann, mit seinen Lippen ihre entblößte Haut zu erforschen. Seine Zunge spielte an ihren rosigen, festen Brustwarzen, und eine heiße Spur zog sich in ihrem Inneren bis hin zu ihrer Mitte. Ganz so wie es sein musste, wenn er in sie kam, sie ganz nahm, sie waren beide vor Lust geschwollen. Ihr Körper wurde weich und nachgiebig.

Da hörte sie ihn leise lachen: »Emelie Goldman, du gehörst zu mir. Das habe ich immer gewusst.« Er küsste wieder ihre Brust. Seine Finger strichen dabei über ihren Bauch hin zu ihrer Scham.

Gerade hatte sie noch ihre Schenkel für ihn öffnen wollen, doch nun erfasste sie der Zorn wie eine Welle, so als hätte sie nur kurz Atem holen dürfen. Zorn auf sich selbst.

Was lag sie hier mit ihm? Wie konnte sie über Carola Thompsons Verhalten mit Männern urteilen und sich selber so aufführen? Sie hatte Pierre ihr Wort gegeben und benahm sich hier wie eine Schlampe!

Sie stieß Richard weg, raffte sich ihr Kleid und hielt es sich vor den Körper.

»So, du hast das also immer gewusst? Hast du vielleicht mit deinen Kumpels eine Wette darauf abgeschlossen? Mach, dass du rauskommst! Was fällt dir ein, meine Schwäche und Trauer so auszunutzen? Du eingebildetes Schwein! Ich bin verlobt, merk dir das.«

Richard erhob sich und schüttelte den Kopf. »Aber, Emelie, wie kannst du mich so missverstehen? Ich wollte dir doch nur sagen, dass …«

Ehe er jedoch weitersprechen konnte, hörten sie beide Schritte die Treppe hochkommen. Jemand nahm zwei Stufen auf einmal, so eilig hatte er es.

»Emelie, ist Richard bei dir?«, hörte sie Carl nun schon rufen. Dann klopfte er. »Kann ich hereinkommen?«

»Einen Augenblick!« Hastig zog sie sich ihr Kleid über den Kopf. Richard lehnte sich mit verschränkten Armen gegen die Wand und sah ihr dabei zu, wie sie auf die Schnelle ihre Haare wieder in Ordnung brachte. Er sah betreten, aber auch wütend aus. Morgen wäre sie auf Safari, dann müsste sie ihn nicht mehr sehen. Sie war zornig auf ihn, aber am zornigsten war sie auf sich selber.

»Komm rein. Was gibt es?«

Carl betrat das Zimmer mit einem Papier in der Hand: »Ah, Richard, du bist auch hier, umso besser. Es geht um die Safari.«

Was ging Richard die Safari an?, schoss es Emelie durch den Kopf. Doch Carl sprach schon weiter. »Der Deutsche will jeden Tag seine Zeitung ins Camp geliefert haben. Kannst du das morgen vor deiner Abreise noch arrangieren?«

»Wohin reist du?«, fragte Emelie.

Carl schüttelte verständnislos den Kopf. »Hat er dir das nicht gesagt? Richard begleitet dich auf die Safari. So kann er dir zur Hand gehen und aufpassen, dass alles gut läuft.«

»Ja«, sagte Richard, »das habe ich wohl vergessen, dir zu erzählen. Ich komme mit auf Safari. Und ich werde auf dich aufpassen.«

Er küsste sie auf die Wange und klopfte Carl auf die Schulter, ehe er den Raum verließ. Carl nickte Emelie zu und verschwand ebenfalls.

Nach kurzem Innehalten machte sich Emelie wieder an die Arbeit. Noch immer zornig hob sie die Kleider auf, die auf den Boden gefallen waren.

»Emelie! Telefon«, rief Carl da aus dem Erdgeschoss hoch.

»Keinen Augenblick Ruhe hat man hier«, murmelte Emelie. Sie lief die Treppen hinunter und nahm im Büro den Hörer auf, der neben der Gabel lag.

»Ja?«

»Ich bin es, *chérie*«, sagte Pierres Stimme in ihr Ohr. »Ich wollte nur sehen, ob du deinen Flug schon gebucht hast. Du kommst doch übermorgen, wie verabredet?«

»Pierre, wie schön. Ich habe gestern so an dich gedacht.«

»Na, wenigstens etwas. Seit der Beerdigung habe ich dich nicht mehr an die Strippe bekommen«, sagte er.

»Ja, ich weiß. Entschuldige, Liebling. Ich werde es wiedergutmachen.«

»Keine leeren Versprechungen!«, lachte er. »Du fehlst mir. Also, bleibt es bei der KLM-Nachtmaschine?«

»Pierre …«

»Was ist? Kommst du etwa noch nicht? Dann muss ich wohl kommen, um dich zu holen«, sagte er.

Er war verletzt, dachte Emelie und sprach rasch weiter.

»Pierre, ich musste eine Safari übernehmen. Die Reise bedeutet viel Geld für Kupenda.«

»Aber ihr wollt doch verkaufen! Dann musst du doch nicht mehr in den Busch. Komm bitte nach Hause. Dein Platz ist bei mir«, sagte Pierre.

»Die Safari war lange vor dem Tod meiner Mutter abgemacht. Es ist eine kleine Gruppe, es sind nur vier Gäste. Das halbe Camp wird leer sein, aber ich muss ihr Wort halten. Und Geld können wir immer brauchen, oder etwa nicht?«

Pierre schwieg einen Augenblick lang. »Wann soll die Safari losgehen?«, fragte er dann.

»Morgen«, sagte sie.

»Morgen? Und du sagst mir das erst jetzt?«

»Pierre, bitte, es hat sich einfach nicht eher ergeben.«

»Nein. Du hast dich ja nicht gemeldet.«

»Lass uns bitte nicht streiten, *chéri*«, sagte sie leise.

Sie hörte, wie er am anderen Ende der Leitung tief durchatmete. »Dein Platz ist bei mir, Emelie. Wenn du unbedingt in den Busch willst, dann lass uns unsere Hochzeitsreise nach Kenia machen. Dann kannst du mir alles zeigen.«

»Du hast doch Angst vorm Fliegen.«

»Ich kann alles überwinden, wenn es um dich geht. Ich will bei dir sein«, sagte er.

»Ich weiß«, erwiderte sie und fügte noch hinzu: »Ich will auch bei dir sein.«

»Du gehst aber nicht allein in den Busch, oder? Wer kommt mit? Carl?«

»Nein, nicht Carl.«

»Wer dann?«

Emelie zögerte und sagte dann: »Richard.«

»Richard? Ich dachte, du kannst ihn nicht leiden? Ist er denn jetzt die ganze Zeit bei euch auf Kupenda?«

»Mehr oder weniger. Ich muss jetzt aufhören, Pierre. Lass uns bitte wieder sprechen, wenn ich zurück bin. Ich habe jetzt so viel im Kopf. Ich buche dann auch sofort meinen Flug. Versprochen.«

Sie verabschiedeten sich, und Emelie legte auf. Sie verließ das Zimmer. Die schwarz-weißen Kacheln der Eingangshalle fühlten sich angenehm kühl unter ihren Füßen an. Das Telefon klingelte noch einmal. Emelie zögerte. Sollte Carl doch rangehen, dachte sie.

Emelie hörte ihn abheben und kurz sprechen.

Dann kam er aus dem Arbeitszimmer mit einem Papier in der Hand.

»Wir haben noch eine Buchung für die Safari bekommen. Ein Franzose. Er kommt mit den anderen Jagdgästen im Camp an«, sagte er.

Die Münze im Gras

Sie konnte diese Reise nicht antreten, ohne nicht noch einmal bei ihren Eltern gewesen zu sein. Es war später Nachmittag geworden. Das Licht hatte all seine Härte verloren und eine Wärme angenommen, die dem Land schmeichelte. Emelie war in ihrem Zimmer geblieben, als sie mit dem Packen fertig war. Gegen ihren Willen spürte sie Richard noch immer neben sich, an sich, auf sich.

Hör auf damit, mahnte sie sich selber. Sie war verlobt, Herrgott noch einmal. Das muss doch seinen Grund gehabt haben! Oder war ihr Pierre nur in Paris gut genug gewesen? Sie wusste, dass er nicht hierhergehörte. Aber deshalb lebte sie ja auch mit ihm in seiner Welt. Richard jedenfalls wollte sie sich nicht mehr zu nahekommen lassen.

Wenn sie ihre Wahl getroffen hatte, dann musste sie auch dazu stehen, hatte Paddy stets gesagt. Seine Weisheit und Ruhe hätte sie auch gerne besessen.

»Komm, Guppy«, sagte sie, als sie auf die Terrasse des Hauses trat und das Tier sah. Der Leopard folgte ihr lautlos über den offenen Rasen. Sie ließen das Haus rasch hinter sich. Erst, als sie im Schatten des Baumes auf der Anhöhe ankam, spürte sie, wie heiß die Sonne brannte. Es war noch immer vollkommen windstill.

Auf Dianes Grab wuchs bereits Gras. In ein paar Wochen war es von Paddys sicher nicht mehr zu unterscheiden. Emelie ließ sich neben den beiden Gräbern nieder. Wo sollte sie anfangen?, dachte sie. Wie ehrlich konnte man zu Eltern sein? Sie strich mit der Hand das hohe Gras um sie herum flach, und die rote Erde darunter kam zum Vorschein. Da sah Emelie etwas neben ihren Fingern schimmern. Es sah aus wie ein Geldstück. Sie griff danach. Hatte es jemand bei der Beerdigung verloren? Doch die Münze schimmerte so, wie Kenias Schillinge es selten taten. Dazu wanderten sie zu schnell durch zahllose Hände. Emelie zwinkerte einmal, zweimal. Das Licht täuschte sie vielleicht.

Sie besah sich die Münze genau. Das Stück Metall funkelte wie frisch geprägt, es lag schwer auf ihrer Handfläche. Es war reines Gold, dachte Emelie. Aber wo, um Himmels willen, kam es her? Es musste ein Vermögen wert sein! Sie sah sich die Prägung genauer an. In das Gold war ein Schiff gestanzt und am Rand der Münze waren noch einige arabische Lettern zu erkennen. Hier hatte die Zeit doch ihre Wirkung getan: Der Rest der Schrift war von Wind und Wetter abgeschliffen worden. Emelie drehte die Münze zwischen ihren Fingern hin und her.

»Wo die wohl herkommt?« Sie hob den Kopf und sah hin zu Guppy. Die Katze erwiderte ihre Frage mit einem unergründlichen Blick aus ihren bernsteinfarbenen Augen. Mit einem Mal konnte Emelie nicht mehr still sitzen. Das Gold brannte in ihren Fingern, als sie plötzlich verstand: die Prinzessin! Es war eine Münze aus der Mitgift der Prinzessin. Wie oft hatten Aischa, Iman und sie hier nach dem Gold, dem Schmuck, den Münzen gesucht, aber nie etwas gefunden? Carl, Massimo und Richard hatten sich stets über sie lustig gemacht. Gerade jetzt, wo sie an allem zweifelte und sich zutiefst zerrissen fühlte, fand sie diese Münze. Es war eine Antwort, die Paddy, Diane und vielleicht auch diese Prinzessin, die sich aus Liebe das Leben genommen hat, ihr gaben: Sie konnte ihrem Herzen folgen und ihrem Instinkt vertrauen.

Pierre, Richard und Leander. Kupenda und Paris: Sie war nicht allein. Paddy und Diane waren noch immer da. Eine Antwort auf all die Fragen in ihrem Herzen würde sich finden, dachte Emelie. Sie musste nur geduldig sein. Sie lachte auf und streichelte Guppy über das weiche, gefleckte Fell. Er leckte ihr die Finger. Seine Zunge fühlte sich rau an. Emelie ließ die Goldmünze in eine Tasche ihres Kleides gleiten und stand auf.

»Lass uns gehen«, sagte sie.

Sie war selber über die Zuversicht in ihrer Stimme erstaunt. Sie würde auf alle Fragen eine Antwort finden, davon war sie überzeugt.

Kates Café

»Emelie! Wie schön, dass du vor der Safari noch vorbeikommst.« Kate sah von der zwei Monate alten Frauenzeitschrift auf, die sie gerade las. In Kenia war eine *Vogue* vom Vorjahr noch heiße Ware. Kate zeigte auf ein Bild, auf dem ein dürrer, blasser Teenager über den Laufsteg ging. »Meinst du, das trägt jemand? Du als elegante Pariserin musst das doch wissen. Und diese Schminke! Ich dachte immer, wir Frauen wollen schön aussehen. Aber ich bin wohl altmodisch.«

»*Elegante Pariserin*? Na, ich weiß ja nicht.« Emelie trat an Kates Theke und umarmte sie. Kate klappte das Heft zu.

»Na, verstecken musst du dich nicht gerade«, sagte sie zu Emelie.

Emelie trug einen Jeansminirock und ein blaues Hemd, dass sie sich am Morgen aus Carls Schrank genommen hatte. Die Ärmel hatte sie aufgerollt, die oberen Knöpfe standen offen, und man sah die Sommersprossen in ihrem Dekolleté. Ihre langen, mittlerweile von der Sonne gebräunten Beine steckten wie immer in Batas und um beide Handgelenke trug sie Samburu-Armbänder aus Messing. Kate aber griff nach Emelies Hand und besah sich ihren Verlobungsring.

»Den sehe ich jetzt erst! Möchtest du eine Tasse Tee?«

Emelie nickte und rutschte in die sonnige Eckbank des Thorn Tree Cafés. Kate löffelte Tee in das Sieb der Kanne und goss siedendes Wasser auf. »Wann geht es los?«, fragte sie und stellte zwei blau-weiß gemusterte Tassen und eine Zuckerschale aus altem, indischem Silber vor Emelie auf den Tisch. Sie füllte Milch in ein Kännchen und setzte sich zu Emelie.

»Morgen.«

»Freust du dich ein wenig? Trotz der Umstände? Ohne den Tod deiner Mutter würdest du die Reise wohl kaum antreten.«

Emelie zögerte und sagte dann: »Ja, doch, ich freue mich. Es gibt nichts Schöneres auf der Welt als unter afrikanischem Himmel zu zelten. Oder doch: Ohne Zelt mit den Sternen als Decke unter dem afrikanischen Himmel zu schlafen.«

Kate schenkte ihnen ein, ließ zwei Zuckerstücke in ihre Tasse fallen und rührte um. »Richard kommt mit, habe ich gehört.«

Emelie verzog das Gesicht, und Kate sprach weiter: »Du solltest froh sein, dass er sich die Zeit nimmt. Es ist ja nicht so, als ob er sonst nichts zu tun hätte. Er will auf dich aufpassen.«

Emelie dachte an das Erlebnis in Dagoretti und zuckte dann die Schultern. »Ich weiß ehrlich gesagt nicht, wie Richard mir helfen soll. Er macht mir mehr Schwierigkeiten als alles andere.«

»Weil er dich liebt«, sagte Kate schlicht. »Dann stehen sich Männer oft selber im Weg.«

Emelie lachte auf. »Mich lieben? Unsinn. Er will nur mit mir ins Bett. Was weiß Richard schon von der Liebe.«

»Weißt du mehr davon?«, fragte Kate und nahm wieder Emelies Hand mit dem Ring in die ihre. Emelie entzog sie ihr.

Sie dachte an das Gespräch, das sie gestern mit Pierre geführt hatte. Ihr Platz sei bei ihm, hatte er gesagt. Pierre. Es war, als ob ihr Verstand sich an ihn erinnerte, ihr Herz und Körper aber nicht. Emelie schämte sich. Es war einfach so viel los gewesen. Sie musste zur Ruhe kommen.

»Liebe hat viele Formen«, sagte Emelie. »Pierre hat mir sehr geholfen. Ohne ihn hätte ich in Paris all das nicht erreicht.«

»Man darf Dankbarkeit nicht mit Liebe verwechseln, Emelie. Weder fordert sie noch vergleicht sie. Liebe findet ihren Platz nicht nur an einem Ort der Welt. Liebe sollte überall bestehen.«

»Idealerweise«, sagte Emelie trocken und sah Kate an. Im nächsten Augenblick tat es ihr leid. »Verzeih, Kate. Ich kann nur ahnen, was du durchgemacht hast.« Sie legte ihre Hand auf Kates Arm. Kate senkte den Blick und trank einen Schluck Tee.

»Die Ehe ist eine ernste Sache, Emelie. Mein Vater war damals überrascht, dass irgendjemand mich wollte und mein späterer Mann bei ihm vorgesprochen hat. Ich war nach meinem Autounfall nur der Krüppel für ihn. Wenn ich mit meiner zerschmetterten Hüfte nicht schnell genug lief, dann half mein Vater mir mit dem Stecken nach.« Kate sah aus dem Fenster.

»Ich dachte, zu heiraten wäre mein Weg in die Freiheit. Dabei kam ich vom Regen in die Traufe. Mein Mann fand noch ganz andere Arten, mir Beine zu machen. Und dann blieb er auch aus meinem Bett fern. Ich wusste nicht, wo er war. Wenn er wiederkam, dann stank er nach Alkohol und nach anderen Weibern. Aber ich wollte ihn trotzdem noch. Bis er eines Tages nicht mehr wiederkam. Er betrog mich, aber nicht seine Geliebte. Ich hätte ihn von selber nie vor die Tür gesetzt. Wir Frauen haben diesen unglaublichen Vorrat an Geduld und Glauben, den wir in eine Beziehung stecken können. Und wir denken, dass es besser ist, einen schlechten Mann zu haben als gar keinen.«

»Pierre schlägt mich nicht, und er betrügt mich auch nicht, Kate«, sagte Emelie. »Weshalb glaubt alle Welt, dass er nicht der Richtige für mich ist?«

»Wer sagt denn so etwas?«, fragte Kate und sah sie aufmerksam an. »Wer?«

»Niemand«, gab Emelie zu. »Für mich klingt es nur immer so.«

Kate lächelte. »Vielleicht sieht man nicht nur, sondern hört auch nur mit dem Herzen gut?«

Emelie schüttelte unwillig den Kopf. »Ich habe meine Entscheidung getroffen. Das musste ich doch, nicht wahr?« Dann fragte sie: »Hasst du ihn? Ich meine, deinen früheren Mann? Willst du dich rächen für das, was er dir angetan hat?«

»Alle sagen, Rache müsse kalt genossen werden. Aber bis es endlich so weit ist, bist du selber in deinem Inneren gefroren. Es gibt genug Kälte auf der Welt. In meinem Herzen herrscht nun Frieden. Mein Mann hat mich freigelassen, als er weggegangen ist. Gut, ich musste die Farm verkaufen, aber wie viel Freude hat mir das Schweinezüchten denn wirklich gemacht?«

»Mir tun Menschen, die von Rache getrieben werden, nur leid. Sie werden immer einen neuen Grund finden, sich zu grämen. Eine Untat kann nur eine andere nach sich ziehen. Ich hasse nicht. Alles, was auf dieser Welt geschieht, hat seinen Grund, und eines Tages werden wir ihn erkennen und verstehen. Daran glaube ich. Ich freue mich am Leben und sehe nach vorne. Die Welt ist schön, Emelie«, sagte Kate.

»Wenn mein Mann mich nicht verlassen hätte, dann könnte ich nie fürs Kaffeekochen und fürs Kuchenbacken, das mir so viel Freude macht, Geld verlangen.« Bei diesen Worten drehte sie den Kopf in Richtung Küche. »Himmel, meine Brownies!« Kate sprang auf und verschwand hinter dem Perlenvorhang.

»Puh, gerade noch erwischt! Sie sind nicht verbrannt!«, rief sie aus der Küche.

Emelie trank ihren Tee aus und stand auf. »Ich kaufe das ganze Blech für Kupenda.« Kate kam wieder und leckte sich ein paar Krümel vom Finger. »Wunderbar. Ich verpacke sie dir. Nimm welche auf Safari mit, Männer essen gerne Süßes.«

»Halten sie denn auch, bis ich wieder nach Paris fahre?«, fragte Emelie und zählte die Schillinge auf Kates Handfläche.

Zeltzauber

Es war früher Abend, als sich der Jeep auf der staubigen Piste seinen Weg durch den Busch zum Lager am Ufer des Sees bahnte. Die Route war von Gras und Disteln überwachsen. Es dauerte hier immer nur einige Wochen, bis die Natur wieder von ihrem Eigentum Besitz ergriff. Der Busch war noch dicht, aber seine Blätter waren braun, und der Fluss führte nur wenig Wasser.

Richard lenkte den Wagen um die tiefsten Schlaglöcher herum und an den tief hängenden, dornigen Zweigen vorbei. Emelie stand hinten auf der Ladefläche neben dem Spurenleser Nandu, den Paddy noch ausgebildet hatte. Sie hielten sich an den Griffen am Dach fest und kämpften bei jedem Wort gegen den Fahrtwind und das Geräusch des Motors an. Eine Frage jedoch vermied Emelie zu stellen: die nach Diane. Nandu war bei ihr gewesen, als sie dem Elefanten begegnet war. Als das Tier aus dem Busch brach, war er davongelaufen. Diane dagegen hatte nicht einmal versucht, sich zu retten …

Tembo eupe, der weiße Elefant.

Später, dachte Emelie, der Augenblick würde sich finden. Erst mussten sie einmal ankommen. Nandu berührte gerade leicht ihren Arm. Er zeigte ihr einen Termitenhaufen, der gut zwei, drei Meter in die Höhe ragte, und legte dann warnend seinen Finger auf den Mund, als sie einen Baum passierten: Emelie hatte die Gepardenmutter, die dort mit ihren Jungen im Schutz des hohen Grases lag, nicht so schnell gesehen wie er. Der Bauch der Großkatze hob und senkte sich durstig, als die Jungen an ihr saugten.

Hatte sie ihren Blick verlernt, fragte sie sich, als er auf einen langen, schuppigen Rücken deutete, der im feuchten Sand des Flussufers lag. Ein Krokodil wartete dort auf junge Gazellen, die unerfahren in der Abendkühle zum Trinken kamen.

Sie musste wieder sehen lernen, sagte sie sich.

Richard schaltete zurück, und der Jeep arbeitete sich die letzte kleine Anhöhe hinauf zum Lager. Das Gepäck rutschte auf der Ladefläche nach hinten. Nandu hielt die in ihre Futterale verpackten Gewehre fest. Emelies Blick fiel auf die Waffen: Nie wieder hatte sie ein Tier töten wollen; diesen Schwur hatte sie am Grab ihres Vaters geleistet. Aber nun war sie hier, um am größten und schönsten aller afrikanischen Tiere Rache zu nehmen. Erst dann konnte sie gehen. Konnte ein Schwur den anderen aufheben?

Sie atmete so tief ein, dass es sie beinahe in den Lungen schmerzte.

»Was machst du?« Nandu ahmte sie nach, indem er seine Wangen aufblies, bis die Haut daran rosa schimmerte. Emelie musste lachen. Er sah aus wie die Ochsenfrösche, die beim Nahen des Jeeps in den See sprangen.

»Ich atme, Nandu. Ich atme endlich wieder«, sagte sie, als der Wagen im Schatten eines Affenbrotbaumes hielt. Vor ihnen lag das Camp, dessen Name auf Swahili »Schutz« bedeutete. Paddy hatte das Land vor Jahren gepachtet und das Lager dort bauen lassen. In dem Hauptzelt, der Messe, in dem sie alle gemeinsam aßen und abends noch Karten spielten, gingen gerade die ersten Gaslaternen an. Am Küchenzelt loderte ein Feuer auf, und an den fünf Schlafzelten waren die Klappen noch zurückgeschlagen. In der Dämmerung musste alles vor den Moskitos verschlossen werden.

Richard stellte nun den Motor ab. Vollkommenes Schweigen umfing sie, ehe die Zikaden ihren Gesang wieder aufnahmen.

Emelie griff sich ihre Tasche und sprang vom Wagen. Als sie auf dem Boden aufkam, zitterten ihre Beine. So viel Gefühl, so viel Aufregung hatte sie nicht erwartet, dachte sie. Richard nahm ihr die Tasche ab.

»Du kannst nachkommen. Lass dir Zeit, Emelie«, sagte er.

Sie nickte dankbar. Die Reise über hatte sie nur mit ihm gesprochen, wenn es sein musste. Jetzt wollte sie diesen Augenblick, dieses Wiedersehen mit dem Busch alleine genießen. Er wusste, wie es sich anfühlte. Natürlich wusste er es: Sie hatten so viel gemeinsam. Sie dankte Richard im Stillen für sein Einfühlungsvermögen.

Er griff sich die beiden anderen Taschen und schulterte sie. Dann drehte er sich noch einmal nach ihr um. »Ich misch dir schon mal einen Gin Tonic. Den Moskitos schmeckt dann dein Blut nicht.«

Nandu folgte Richard mit den Gewehren. »Er ist auch da. Jeden Abend«, sagte er so leise zu Emelie, dass Richard ihn nicht hören konnte.

»*Er*?«

Nandu nickte. »*Tembo eupe*, der weiße Elefant.«

Dann wandte er sich um und folgte Richard ins Camp.

Emelie stand alleine im Busch. Paddy hatte hier mitten in der Wildnis eine kleine Oase geschaffen. Alles schien noch so gut wie unverändert.

Hatte Diane das auch bemerkt, als sie vor nur drei, vier Wochen hier gewesen war? Emelies Freude verging, als sie an ihre Mutter dachte. Es knackte im Gebüsch. Von den Stämmen der sie umgebenden Bäume glitten Echsen ins Dickicht.

Sie stand zwischen zwei Welten, zwischen dem schützenden Camp und der fordernden Wildnis. Wie unwichtig und klein sie sich plötzlich fühlte. Hier hatte sämtliches Leben begonnen.

Die Dunkelheit fiel rasch und unvermittelt. Auch in den anderen Zelten des Lagers gingen die Laternen an. Der Jeep passte sich mit seinen Tarnfarben der Nacht an.

Sie konnte sich nicht rühren. Etwas hieß sie verharren.

Es knackte wieder, nun direkt neben ihr. Nur eine dünne Wand aus Bambus trennte sie von dem Geräusch. Sonst herrschte Stille. Aber es war keine friedliche Stille. Emelie kannte dieses vorsichtige Knacken. Nur das größte, schwerste Tier machte dieses kaum wahrnehmbare, aber so intensiv warnende Geräusch. Eine Warnung, die die Tiere und die Welt um sie herum verstummen hieß. Selbst die Zikaden hielten in ihrem Gesang inne.

Emelie schluckte. Vielleicht hatte Diane vor nur gut einem Monat auch dieses Knacken gehört. Hatte ihr Herz damals vor Erwartung höher geschlagen?

Emelie wusste, wer dort war. Nicht die Löwen, murmelte sie lautlos, der weiße Elefant war der wahre König dieses Dschungels. *Tembo eupe*. Aber warte nur, sie würde schneller und schlauer sein als er. Sie ballte die Hände in den Taschen ihrer Baumwolljacke zur Faust. Er würde dafür bezahlen, dass sie Diane nie wiedersehen konnte.

Emelie spürte eine Hand auf ihrem Arm, und sie fuhr vor Schreck zusammen. Nandu legte seine Finger auf ihre Lippen. »Psst. Tembo«, flüsterte er nur und zeigte auf den Busch. »*Tembo eupe*.«

Emelie nickte. Er machte ihr ein Zeichen. Sie steckte die Hand in ihre Jackentasche und fühlte dort die goldene Münze. Sie Iman oder Aischa zu zeigen, dazu hatte sie keine Gelegenheit mehr gehabt.

Sie folgte Nandu zu den Lichtern des Camps. Die Zikaden begannen wieder zu singen, lauter, unbeschwerter. Der Elefant musste verschwunden sein.

»Die Zikaden sind die Jagdhunde der Sterne«, sagte Nandu, als sie an der Messe ankamen.

Emelie sah, wie Richard sich von seinem Stuhl erhob, als sie sich unter der Klappe des Eingangs zur Messe duckte. Richard deutete einen kleinen, spaßhaften Diener an.

»Hübsch siehst du aus. Komm, setz dich. Lass es uns uns heute schön machen, ehe morgen die Gäste kommen. Dann ist hier genug los. Ich hole das Essen.«

Emelie setzte sich an den kleinen Klapptisch. Richard hatte ihn in den Eingang des Zeltes gestellt, von wo aus sie das Ufer des Sees überblicken konnten. Im Wasser zog das Mondlicht seine Kreise. Vielleicht sahen sie Nilpferde. Sie mochte das empörte Schnauben, mit dem die mächtigen Tiere aus der Tiefe auftauchten. In der Nacht konnte man die Welt vor dem Zelt nur durch ihre Geräusche erahnen.

Der Duft nach gebratenem Fleisch zog durch das Lager.

Es roch köstlich. Emelies Magen zog sich vor Hunger zusammen. Was es wohl gab? Nandu war ein ausgezeichneter Koch. Es war erstaunlich, was er auf dem offenen Feuer alles zauberte.

Richard kam zurück und stellte die Teller auf das weiße Tischtuch. Sie sah die hellen, kleinen Haare auf der braunen Haut seiner Handgelenke. Er vermied es sorgfältig, sie seit jenem Nachmittag auf Kupenda auch nur zufällig zu berühren.

»Guten Appetit«, sagte er und setzte sich ihr gegenüber auf seinen Klappstuhl.

Emelie sah auf ihren Teller. Auf dem zartblauen Porzellan mit dem goldenen Rand lag etwas Schwarzes, Unkenntliches neben einem Haufen von etwas Grünem und Verkochten.

»Was ist das?«, fragte sie.

Richard lachte stolz. »Hab ich selber gebraten: Steak mit grünen Bohnen. Das musst du doch aus Paris kennen? Iss alles auf, damit du was auf die Knochen bekommst. Wenn es schmeckt, koche ich das auch für unseren französischen Jagdgast. Damit er sieht, dass man nicht nur in Frankreich gut isst!«

Sein Gesicht glühte, als er begann, sein Fleisch anzuschneiden. Emelie konnte nicht anders, als ebenfalls zu Messer und Gabel zu greifen. Als sie sich an dem verkohlten Fleisch zu schaffen machte, krümelte die Asche. Sie kaute vorsichtig den ersten Bissen und nickte Richard dann zustimmend zu.

»Sehr gut«, sagte sie und zwang sich zum Schlucken.

Er lächelte und prostete ihr zu.

Das Lager schlief noch, als Richard den Reißverschluss an seinem Zelt aufzog. Der Himmel war blass, und der Tag sammelte gerade seine Kraft. Die Oberfläche des Sees lag glatt und still. Die Pelikane, die an seinem Ufer nisteten, hatten ihre Köpfe noch unter ihre Flügel gesteckt. Das morgendliche Schweigen hatte seine eigene Melodie. Nein, er könnte nicht woanders leben als hier, dachte er, als er sich an das Gespräch mit Emelie in ihrem Zimmer in Kupenda erinnerte. Ehe sie beide dann …

Mist, unterbrach er seinen Gedanken, mit seinem Großmaul hatte er alles verdorben. Er war seinem Ziel doch schon so nahe gewesen. Sie hatte ihm vertraut. Sie konnten miteinander reden und lachen, trotz ihrer Trauer um Diane. Emelie. Er wollte mit ihr aufwachen, mit ihr den Mittag sehen und abends über den vergangenen Tag reden. Er wollte sie nachts neben sich atmen hören. Sie gehörten zusammen. Verstand sie das denn nicht?

Nun vermied sie es, ihn auch nur flüchtig zu berühren. Was hatte er erwartet? Sie war doch mit diesem ihm unbekannten Franzosen verlobt.

Richard duckte sich und trat aus dem Zelt. Er knöpfte sich das kakifarbene Hemd zu und rieb sich das Gesicht. Er spürte die Stoppeln auf seinen Wangen. Dann schüttete er sich etwas Trinkwasser in die hohle Hand und spritzte es sich ins Gesicht. Es erfrischte ihn etwas. Hatte er gedacht, dass sie sich so leicht hingeben würde? Nein. Wollte er das etwa? Wieder nein.

Der Morgenchor der Vögel brach unvermittelt los, so als schienen sie froh über das Ende der Nacht zu sein. Im Busch begann sich das Leben zu regen. Die ersten Tiere kamen auf vom Schlaf noch unsicheren Beinen zum Trinken an den See. Richard betrachtete eine der Impala. Ihr goldenes Fell ließ ihn an Emelies Haare denken.

Er brauchte schnell einen Kaffee, entschied er. Der Tag würde lang werden, denn heute kamen die Gäste an. Drei Deutsche, ein Italiener und dann dieser Franzose, der erst in letzter Minute gebucht hatte. Sie würden fünf Tage lang im Camp bleiben. Emelie hatte die Lizenz, um fünf Büffel zu schießen. Und einen Elefanten, überlegte Richard. Er durfte sie nicht aus den Augen lassen.

Der Tag füllte sich nun mit Farben. Er beugte sich zu seinen Schuhen hinunter und schüttelte sie sorgsam aus. Über Nacht ringelten sich gerne kleine Schlangen oder Skorpione in die warmen Sohlen.

Die Feuerstelle am Küchenzelt lag noch verlassen da. Richard stocherte in der Glut, legte Holz und Papierfetzen nach und blies, bis er blaue kleine Flammen in der Asche lodern sah. Er streckte seine Hände aus, um sie am Feuer zu wärmen.

»*Jambo*«, hörte er es da leise hinter sich sagen. Nandu war aus seinem Zelt gekrochen.

»*Nataka Kahawa*?«, fragte er Richard. Willst du Kaffee?

Nandu trug bereits seine Safarishorts und ein T-Shirt. Auf den Kopf stülpte er sich gerade einen Hut, der aus einem aufgelösten Militärbestand stammen musste.

»*Asante*. Ich kann auch Kaffee kochen. Willst du eine Tasse?«

Nandu nickte. Er ließ sich neben Richard an der Feuerstelle nieder und sah zu, wie das Wasser in der Kanne auf einem Gitter über der Glut zu dampfen begann.

»Hat dein Essen Emelie gestern geschmeckt?«, fragte er dann.

Die Frage schien harmlos und freundlich gemeint. Doch als Richard Nandu in die Augen sah, wusste er, dass der Spurenleser Bescheid wusste. Offenbar verstand er nicht nur die Tiere gut.

»Nein. Wie denn auch? Es war ja vollkommen verbrannt. Aber sie hat dennoch alles gegessen. So wohlerzogen ist sie.« Richard löffelte Kaffee in zwei der Becher, die er aus einer Safarikiste holte. Er zögerte, bevor er hinzufügte: »Weißt du, was Ujinda immer gesagt hat? *Einem Mann, der verliebt ist, kann man keinen Rat geben*. Das stimmt. Ich will nur Emelie. Wenn ich sie nicht haben kann, dann will ich keine andere.«

Nandu streckte seine nackten Beine am Feuer aus. »Nur Geduld. Ich habe auch lange warten müssen, bis ich meine beste Kuh dem Bullen zuführen konnte und sie sich von ihm besteigen ließ.«

Richard lachte. Gut, dass Emelie das nicht hörte. »So einfach ist das leider nicht, Nandu. Emelie hat ihr Wort einem anderen gegeben. Sie wird ihn bald heiraten.«

Richard sah Erstaunen, dann Mitleid in Nandus Augen.

»*Ai*«, sagte er dann. »Ich hatte nicht den Eindruck, dass sie einem anderen gehört, als ich sie gestern mit dir habe essen sehen. Dafür habt ihr zu viel zusammen gelacht.«

»Sie ist nur hier, um ihre Mutter zu rächen. Sie will den weißen Elefanten schießen. Dann wird sie wieder abreisen. Sie will Kupenda verkaufen und mit dem anderen Mann in einer großen Stadt leben«, sagte Richard.

»In einer Stadt? Ich war nur einmal in Dar es Salam. Es gibt dort so viele Menschen und so viel Lärm, dass man den Horizont nicht mehr sehen kann und dass man seine Gedanken nicht mehr hören kann.«

»Sobald sie den Elefanten geschossen hat, werden wir sie sehr lange nicht mehr wiedersehen«, sagte Richard. »Vielleicht nie wieder.«

Nandu legte sich nachdenklich den Finger an die Lippen. »Still. *Tembo eupe* ist immer um uns. Er ist uns immer nahe. Näher als wir ihm.«

»Diane war ihm viel zu nahe.« Richard roch kurz an dem Kaffeepulver in seiner Tasse. Es duftete nach den Hängen des Mount Kenia. Dann goss er kochendes Wasser in ihre beiden Tassen. Nandu und er tranken das Gebräu durch die Zähne, um den Sud auszusieben.

»Diane war nur hier, um diesen Elefanten zu finden«, sagte Nandu. »Weshalb, das weiß ich nicht. Vielleicht, weil Paddy ihn immer hatte sehen wollen. Es war Zeit für sie, offene Kapitel in dem Buch ihres Lebens zu beenden. Sie ist keinen Schritt zurückgewichen, als er aus dem Busch brach. Und ich sage dir, wenn du *Tembo eupe* jemals siehst – du willst nichts als fliehen, wenn er so mächtig auf dich zukommt.«

»Wie sieht er genau aus?«, fragte Richard

Nandu nippte an seinem Kaffee und verzog das Gesicht. Er überlegte kurz. »Seine Stoßzähne sind die längsten, die ich je gesehen habe. Seine Haut ist so von Wunden und Angriffen vernarbt wie die meines Onkels, der die Pocken hatte. Es gibt keinen zweiten wie ihn hier draußen. Er ist ein prachtvoller Anblick.« Er schwieg und sagte dann: »Weißt du, Richard, ich glaube, Diane ist so gestorben, wie sie es wollte. Nun ist sie bei Paddy.«

»Ich will verhindern, dass Emelie diesem Tier zu nahekommt«, sagte Richard.

Nandu schüttelte den Kopf. »Das kannst du nicht. Sie

wird ihn treffen. Vielleicht wartet er schon auf sie. Was geschieht, wenn sie aufeinandertreffen, das weiß ich nicht. Wenn du sie liebst, dann musst du ihr helfen, das Rechte und nicht das Einfache zu tun.« Dann lachte er. »Und Kochen musst du noch lernen. Sonst ist alle Hoffnung verloren. Das Gesöff hier taugt als Insektenvergiftungsmittel.« Damit schüttete er seinen Kaffee über eine der großen Siafu-Ameisen, die sich rot und bissig ihren Weg zum Essen in der offenen Safaritruhe neben der Feuerstelle suchte.

Bonjour, ma chérie

Es war früher Nachmittag, als das Flugzeug am Horizont über dem See auftauchte. Es sank über dem glitzernden Wasser tiefer und tiefer, jagte eine Gruppe von Wasservögeln auf und setzte mit einer hellen Staubwolke auf der Piste nahe dem Camp auf. Richard und Emelie stiegen aus dem Jeep, den sie im Schatten eines Fieberbaumes geparkt hatten.

»Es geht los.« Richard setzte sich seinen Hut auf. Er streifte Emelie mit einem Seitenblick. War sie nervös? Die Sommersprossen auf ihrer Nase hoben sich mehr als üblich von ihrer Haut ab, die mit der Pariser Blässe rein gar nichts mehr gemein hatte.

»Das ist die erste und letzte Safari, die ich in Paddys und Dianes Namen leite. Ich hoffe, sie werden stolz auf mich sein«, sagte sie leise.

»Bestimmt. Aber nur, wenn du den Elefanten in Ruhe lässt. Rache macht niemanden glücklich.«

Emelie schwieg.

»An die Arbeit. Da kommen die Kunden. Und im Gepäck haben sie den Traum von Afrika. Den musst du ihnen erfüllen«, sagte Richard freundlich.

Emelie setzte sich ebenfalls ihren Hut auf. Richard sah sie auf die Maschine zugehen, die gerade zum Stehen kam, und fuhr sich mit der Hand über die glatt rasierte Wange. Er befürchtete, dass die nächsten Tage nicht einfach werden würden.

Die Propeller des Flugzeuges hörten auf, sich zu drehen. Der Pilot machte ihnen ein Zeichen: Daumen hoch, die Landung hatte geklappt. Emelie stand vor der Tür, die zur Seite hin aufgeschwungen wurde. Sie begrüßte kurz die Stewardess des Fluges.

Als Erstes kam ein weißhaariger, hochgewachsener Mann aus der Maschine, der sich beim Aussteigen durch den Türrahmen hindurch ducken musste. Zwei jüngere Ausgaben seiner selbst folgten ihm. Das mussten seine Söhne sein. Die Deutschen. Alle drei begrüßten Emelie und sahen sich dann selbstsicher in der neuen, fremden Welt um, in der sie gelandet waren. Sie traten von dem Flugzeug weg und begannen, zu lachen und zu reden.

Dann trat ein kleinerer Mann mit geöltem krausen, dunklen Haar aus dem Flugzeug. Er trug einen maßgeschneiderten Leinenanzug. War das der Franzose? Er gesellte sich zu den anderen. Richard hörte einige seiner Worte. Nein, das musste der Italiener namens Giovanni sein.

Dann kam niemand mehr.

Richard sah auf seine Uhr. Sie mussten noch zum Camp zurück, die Gäste auspacken lassen und ihnen einen Drink anbieten, ehe sie in der Dämmerung eine erste Ausfahrt und mögliche Pirsch geplant hatten.

Emelie stieg die ersten Treppen zum Flugzeug nach oben.

»Alles in Ordnung?«, rief sie in das Innere der Maschine hin zur Stewardess, die nun wieder im Eingang auftauchte. »Wir erwarten noch einen Gast. Ist er nicht mitgekommen?«

»Doch, doch. Ihm ist nur schlecht geworden. Er fand unseren Landeanflug zu wackelig. Aber nun scheint es zu gehen. Er kommt gleich.«

Die vier Jagdgäste standen in einer Gruppe zusammen. Richard ging auf die Männer zu.

»Der arme Kerl«, sagte einer der Deutschen gerade. »Er hat den gesamten Flug über gespien wie ein Springbrunnen.«

»Die Landung über dem See kann einem aber auch den Appetit verderben.« Richard schüttelte allen Männern die Hand und sah wieder zum Flugzeug. Ein Mann kam durch die Sitzreihen zum Ausgang. Er hatte dunkle Haare und trug eine Brille. Er wirkte groß, hielt seine schmalen Schultern aber nach vorne gebeugt, und bedankte sich mehrmals bei der Stewardess.

»Nun ist er da«, sagte sie zu Emelie. »Wir fliegen gleich zurück. Bis bald.«

»Ja, danke. Bis bald.« Emelie streckte ihre Hand zum Gruß aus und lächelte.

»Ja, nun bin ich da«, sagte der letzte Gast. Sein Nadelstreifenanzug war zerknittert und auf dem hellen Hemd waren noch Flecken von Erbrochenem zu sehen. Die Brille saß etwas schief auf seiner Nase und über seinem Arm hing ein heller Trenchcoat.

»Pierre …Mein Gott, was machst du denn hier?«

»Freust du dich? Ich habe ja gesagt, wenn du nicht kommst, dann komme ich dich holen. *Bonjour, ma chérie.*«

* * *

Iman streckte und dehnte sich in ihrem Bett. Es war eigentlich noch zu früh, um aufzuwachen. Vor dem Fenster war noch alles dunkel und still. Ihre Knochen schmerzten: Aischa und sie hatten selber beim Kastrieren und Brandmarken der jungen Stiere geholfen, weil sie die Hirten nicht alle hatten bezahlen können. Sie hatten die tobenden Jungtiere mit dem Lasso gefangen, sie mit einem Ruck zu Boden gerissen und sich dann mit aller Kraft auf sie geworfen. Iman ekelte das Zischen des Eisens und das von Schmerz erfüllte Muhen des Viehs an. Der Geruch nach verbranntem Fleisch und nach dem Pech, das ihnen auf die Wunde geschmiert wurde, war ihr den ganzen Abend noch angehaftet.

Am Ende des Tages hatten plötzlich drei Jungtiere gefehlt. Sie hatten überall nach den Kälbern gesucht. Aber das Vieh war wie vom Erdboden verschluckt gewesen. Iman sah auf den Wecker, der neben ihrem Bett auf ihrem Nachttisch tickte. Er stammte noch aus ihrer Kindheit, und Mickey Maus zeigte darauf mit einem kurzen und einem langen Arm die Zeit an. 5.30 Uhr, sagte Mickey. Noch eine halbe Stunde bis zum Sonnenaufgang. Paddy hatte den Wecker von einem Kunden aus Amerika bekommen und ihn Iman geschenkt. Paddy. Wenn er ihr schon so fehlte, wie mussten Carl und Emelie sich dann fühlen? An ihre eigenen Eltern konnte sie sich nicht erinnern. Leander und ihr waren nur ein paar Bilder von ihnen geblieben. Nicht genug, um den Hunger in ihren Herzen zu stillen. Dafür war Leander immer bei ihr gewesen. Als Spiegel und als Stütze. Nun blieb ihr nicht einmal mehr er.

An Schlaf war nun nicht mehr zu denken. Iman schwang

die langen, nackten Beine aus dem Bett. Sie gähnte und zog sich ein weißes T-Shirt über. Ihre Hüfte schmerzte an der Stelle, an der sich ein großer blauer Fleck breitmachte: Eines der Kälber hatte sie am Vortag getreten. Leander hatte ihnen nicht bei der Arbeit geholfen.

Wahrscheinlich war er in einem Kral gesessen und hatte sich anbeten lassen, dachte Iman. Er verband auf gefährliche Weise den Charme seines Vaters mit der Gerissenheit seiner Massaimutter.

Iman stand auf und sah aus dem Fenster. Leanders Haus lag dem Haupthaus gegenüber in der Dunkelheit. Paddy hatte es zu seinem siebzehnten Geburtstag für ihn bauen lassen. Kein Licht brannte in den Fenstern. Schlief er dort? Und wenn nicht, wo war er dann?

Da hörte Iman Stimmen unter ihrem Fenster. Wer war so früh am Morgen schon wach? Vielleicht wechselte sich die Nachtwache ab. Aber nein: Da waren ein Mann und eine Frau, die lachten und miteinander flüsterten, aber Iman konnte ihre Stimmen nicht gleich erkennen.

Sie zog vorsichtig die gestreiften Vorhänge zurück. Dann öffnete sie ihr Fenster und ließ ihre Augen sich an die Dunkelheit gewöhnen. Die Tür zu Leanders Haus stand nun offen, und ein schmaler Streifen Licht fiel auf den Kies der Auffahrt. Vor dem Haus parkte ein roter Landrover. Es war Carola Thompsons Wagen. Neben dem Auto standen zwei Menschen und küssten sich, wieder und wieder.

Iman spitzte die Ohren.

»Danke«, sagte der Mann gerade. »Danke. Du hast mir das schönste Geschenk gemacht.« Das war Leander.

»Oh, Leander. Ich habe so lange von dir geträumt. Wenn du nur wüsstest! Und als du dann damals mit Emelie …«

Carola Thompson? Musste Leander dorthin gehen, wo schon jeder gewesen war? Iman lehnte sich vorsichtig nach vorne. Sie wollte mehr hören.

»Das gehört der Vergangenheit an. Nur du zählst, und alles, was du mir gibst.«

»Ich will dir noch viel mehr geben«, sagte Carola. »Ich will dir helfen, mit aller Kraft.«

»Kraft ist gut«, lachte Leander, und Iman sah, wie Carola ihren Kopf nach hinten beugte, damit Leander ihren Hals küssen konnte. »Aber sie allein genügt nicht.«

»Was brauchst du noch?«, fragte Carola, und Iman sah ihre Hände über Leanders Rücken gleiten. »Du kannst alles haben, was mir gehört. Geld, Land, was auch immer. Ich helfe dir.«

Iman erschrak. Emelie hatte ihr von ihrer Begegnung mit Leander an Paddys Grab erzählt. Leander könnte alles haben, was Carola gehörte? Das war ziemlich viel. Old Thompson hatte ihr zu ihrer Volljährigkeit ein eigenes Vermögen überschrieben. Sie war von diesem Tag an eine der reichsten Frauen des Landes gewesen. Leander hob Carola hoch und setzte sie auf den Kotflügel des Landrovers. Er streifte ihr das weiße Kleid bis über die Hüften hoch. Er selber trug eine Massaishuka und hatte sich die Haut mit Ocker eingeschmiert. Sein Haar, das er nach Art der Krieger geflochten hatte, reichte ihm beinahe bis auf die Schultern.

»Kannst du denn gar nicht genug bekommen, mein Massai? Du machst mich ganz schmutzig und voller Blut!«, hörte Iman Carola sagen.

Voller Blut? Was meinte sie denn damit? War es denn kein Ocker, der auf Leanders Gliedern leuchtete?

Leander antwortete: »Vorhin hat das Blut dir noch geschmeckt. Wenn es nach dir gegangen wäre, hätte ich noch ein viertes Tier schlachten müssen.«

Carola schrie nun leise auf, als Leander sie auf die Kühlerhaube drückte. »Mein Vater hat mich ja immer vor dir gewarnt. Und gerade deshalb wollte ich dich.«

Über ihre Schenkel zogen sich dunkle Schlieren. Sie öffnete sich Leander. »Komm, komm in mich …«

Iman sah ihren Bruder den Kopf heben, und sie machte einen kleinen Schritt ins Zimmer zurück. Auf seinen Wangen sah sie dieselben dunklen Streifen wie auf Carolas Schenkeln. War es wirklich Blut? Iman erschrak. Sie hatte von den geheimen Zeremonien gehört, bei denen die Seelen der Massai durch einen Schwur unauflöslich an ein Ziel gebunden wurden. Wer sich weigerte, den Schwur abzulegen, wurde verflucht.

Leander und Carola mussten an einer dieser Zeremonien teilgenommen haben. Mehr noch: Leander, der Häuptling, hatte sie geleitet. Er war ein Schwurgeber.

»Was hat dir dein Vater denn gesagt?«, fragte Leander und begann, die Innenseiten von Carolas Schenkeln zu küssen und zu lecken.

»Dass ihr alle nur eines im Sinn habt. Er hat mir gedroht, dass er mir bei lebendigem Leibe die Haut abzieht, wenn er mich mit einem von euch erwischt.« Dann seufzte sie auf, als Leander seine Lippen höher und höher wandern ließ.

Old Thompson war ein Widerling, dachte Iman und hörte ihren Bruder nun lachen. »Es stimmt, ich habe tatsächlich nur eines im Kopf. Ich wünschte, dein Vater könnte uns jetzt zusehen. Du hast mit mir Blut getrunken. Nun ist dein Fleisch und deine Seele auf immer und ewig mein.«

Sie hatten Blut getrunken. Iman hatte es mit ihren eigenen Ohren gehört.

Carola gab nur noch raunende Laute von sich, als Leander ihre Hüften nach vorne zog, ihre Füße auf seine Schultern legte und sich mit einem Ruck in sie schob.

Iman biss sich auf die Knöchel. Leander könnte sich ebenso gut mit einem Schwein paaren, dachte sie. Wie lange ging das schon so zu?

Sie hörte Carolas Keuchen, als Leander sich nun in ihr bewegte. Es klang wie in einem billigen Film. Das genügte, dachte sie. Aber dann widerstand sie dem Impuls, das Fenster zu schließen. Man solle seinen Freunden beim Weiden begegnen, seinen Feinden in ihrem Kral, sagte das Volk ihrer Mutter.

»Oh, Leander«, hörte sie Carola da wieder sagen.

Iman wurde übel. Sie wusste jetzt, was Leander wollte: *Kupenda*. Und Carolas Geld war eine mächtige Waffe in seinem Kampf.

Leander hatte sich aus Carola zurückgezogen. Sie suchte Halt an der Motorhaube und zog sich ihr beflecktes Kleid über die Schenkel. Iman beobachtete, wie Leander dunkel und schnell wie eine schwarze Mamba von ihr glitt.

»Bleib, Leander. Bleib. Lass mich nicht alleine«, rief Carola.

»Ich muss gehen. Ich komme zu dir, wenn ich es für richtig halte«, sagte er.

Iman konnte Leander nun nicht mehr sehen. Wie immer lockte Carola die Männer mit dem Versprechen der leicht zu habenden Liebe, doch niemand war bisher bei ihr geblieben. Sie stieg in ihren Wagen und ließ den Motor an. Iman sah die doppelten Fernlichter des Landrovers in der Morgendämmerung verschwinden.

Sie wollte sich anziehen, um Leander suchen zu gehen. Dann zögerte sie. Er würde sie früh genug finden, wenn er es wollte. Niemand war ihm so nahe, wie sie es war. Vom Augenblick ihrer Zeugung an bis zu ihrem letzten Atemzug. Es fröstelte sie wieder.

Bruder, dachte Iman, als sie das Fenster schloss und ihre Yogamatte ausrollte, um den beginnenden Tag zu begrüßen. Sie sehnte sich nach den Übungen: Nur so konnte sie Kraft und Ruhe finden für den Tag, der vor ihr lag.

Sollte sie Emelie und Aischa erzählen, was sie beobachtet hatte? Verriet sie Leander damit? Sie schämte sich für ihn, aber sie wollte ihn auch schützen. Vielleicht hatte es ja alles nichts zu bedeuten. Vielleicht hatte Carola nur gescherzt, als sie von dem Blut gesprochen hatte. Wer feierte denn heute noch diese Schwurzeremonien?

Iman hielt in einer Übung inne. Sie erinnerte sich an die Nacht, in der sie die Musik gehört hatte. Damals hatte sie schon Carola Thompsons Wagen über die Steppe fahren sehen. Sie erschrak: Leander hatte offenbar den Schwur und den Fluch wieder ins Leben gerufen.

Wer nicht für ihn war, war gegen ihn. Jetzt verstand sie auch das Fehlen der Jungtiere auf der Farm. Leander hatte sie geschächtet und ihr Blut seinen Anhängern zu trinken gegeben. So verband der Schwur sie auf ein Leben lang. Iman wusste, welche Macht diese Schwüre und Flüche hatten. Selbst Massai, die in Europa studiert hatten, glaubten daran und unterwarfen sich diesen Ritualen. Sie sprachen etwas in ihnen an, das kein Weißer verstehen konnte. Was, wenn er sie, seine Schwester, zu sich rief? Hätte sie die Kraft, sich dieser Macht zu widersetzen?

Männergespräche

Carl saß alleine im Arbeitszimmer. Vor ihm auf dem Schreibtisch lagen Papiere über Papiere. Briefe der Bank, Schuldscheine, Forderungen von ausstehenden Zahlungen. Der einstweilige Vertrag, den Thompson ihnen hinterlassen hatte, lag in einer Mappe aus grauem Karton obenauf. Carl fuhr sich mit seinen langen Fingern durch seine dichten, schwarzen Haare. Er verstand von all dem hier nichts. Konnte Aischa ihm nicht helfen? Ihm fehlten ihr rascher Verstand und ihr Gedächtnis für Zahlen. Hielt sie sich absichtlich von ihm fern? Etwas hatte sich geändert zwischen ihnen, aber er konnte nicht genau sagen, was.

Er sah wieder auf die Papiere. Die Buchstaben tanzten vor seinen Augen.

»Carl?« Es klopfte, und Aischa steckte ihren Kopf zur Tür herein. Der Raum schien mit ihrem Eintreten ein wenig heller zu werden.

»Aischa!« Er ging um den Schreibtisch herum und küsste sie auf beide Wangen. Als er sie noch fester an sich ziehen wollte, befreite sie sich aus seinen Armen. Er gestattete es ihr augenblicklich.

»Wie geht es dir?«, fragte er. »Ich habe dich mindestens zwei Tage lang nicht gesehen. Versteckst du dich vor mir? Du hast mir gefehlt.«

Sie zögerte. »Du mir auch. Ich musste nur sicherstellen, dass Großmutter auch wirklich in das Auto nach Nairobi steigt. Ihretwegen habe ich nun die ersten grauen Haare, und mein Vater ist gramgebeugt.« Sie lachte, doch es wirkte nicht so heiter, wie es sollte.

»Für mich wirst du immer schön sein.« Er strich ihr eine Haarsträhne aus der Stirn. »Sei nicht so streng mit Meena. Wenn all dies hier vorbei ist und wir Kupenda gesichert haben, dann werde ich mit ihr und Rai sprechen.«

»Aber, Carl…«

»Irgendwann muss es doch sein. Wir sind doch keine Kinder mehr. Gibt es denn gar keinen Weg für uns? Lass es mich wenigstens versuchen.«

Aischa zögerte. »Ich weiß es nicht. Ich wünsche mir nichts mehr als das, Carl. Aber Meena mischt sich einfach in alles ein. Immer muss alles nach ihrem Kopf gehen.« Carl sah Zorn und Hilflosigkeit in ihrem Blick. Was wollte sie ihm noch sagen?

»Was heißt das?«, fragte er leise. »Weiß sie…?«

Aischa schüttelte rasch den Kopf. In der Eingangshalle waren Schritte zu hören. »Carl, ich habe dir einen Besucher aus Nairobi mitgebracht. Er will mit dir sprechen.«

»Wer ist es denn?« Carl ging zur Tür.

»Es ist Kabir Khan«, sagte Aischa.

Carl drehte sich zu ihr um. »Gerade habe ich diesen Aasgeier Thompson noch abgewehrt, nun kommt schon der nächste. Die stecken doch alle unter einer Decke.«

»Carl, bitte, hör ihn an. Willst du verkaufen oder nicht?«, fragte Aischa ihn.

Carl seufzte. »Wenn ich das nur wüsste! Emelie denkt,

wir müssten verkaufen. Ich würde gerne eine andere Lösung finden. Kupenda ist mein Leben.«

»Genau deshalb ist er hier. Er will dir helfen.« Damit wandte sie sich zur Tür. »Komm herein, Onkel Kabir.«

Carl erinnerte sich, dass Kabir Khan mit einer Nichte Meena Patels verheiratet gewesen und Aischas angeheirateter Onkel war. Aischas Familie war weit verzweigt: Sie sprach viele Siedler aus dem indischen Subkontinent mit Onkel und Tante an.

Kabir Khan stand auf der Schwelle. Er trug einen gut geschnittenen Anzug aus teurem, hellgrauem Stoff, doch sein Gesicht unter dem glatten schwarzen Haar war blass. Carl hatte Kabir Khan nur ein paar Male aus der Ferne in Nairobi gesehen. Er war ungewöhnlich groß und dennoch feingliedrig gewachsen. Kabir Khan war es gewohnt, dass man seine Befehle ausführte und seine Wünsche erfüllte, das spürte Carl.

Oh, nein, dachte er dann. Nicht *alle* Wünsche.

Der Blick, mit dem Kabir ihn ansah, erstaunte ihn. Als wollte er ihn einschätzen. Gab es kein anderes Land mehr für ihn in Kenia als Kupenda?

Dennoch streckte Carl die Hand aus, um ihn zu begrüßen. »Willkommen auf Kupenda. Ich freue mich, dass wir uns kennenlernen. Old Thompson war ja bereits hier«, sagte er und zeigte dabei auf den Entwurf des Kaufvertrages. Dann konnte er es sich nicht verkneifen, hinzuzufügen: »Wenn das Wild am Sterben ist, kreisen die Aasgeier.«

Kabir schien Carls verletzende Worte zu überhören. Sein Schweigen machte Carl unsicher. Er steckte die Hände in die Hosentaschen, wie immer, wenn er Zweifel hatte.

»Ich habe im Haus zu tun und lasse euch jetzt alleine.

Ruf mich, Onkel, wenn du mich brauchst«, sagte Aischa. Damit verließ sie den Raum.

Carl spürte ihre plötzliche Abwesenheit mit jeder Faser seines Körpers.

»Ich bin kein Aasgeier«, sagte Khan endlich. Er sprach leise. Ein Mann wie er musste seine Stimme nicht heben, um gehört zu werden. Carl fühlte sich mit einem Mal sehr müde.

»Ich will nicht verkaufen«, sagte er.

»Setzen wir uns«, schlug Khan vor und ließ sich in dem Stuhl vor dem Schreibtisch nieder.

Carl war zornig über sich selber. Er war wieder derjenige, den alle kannten: Carl, der Hilfsbedürftige, Carl, der Träumer. Khan schlug die langen Beine übereinander, und Carl fühlte sich seinem eleganten, gelassenen Gegenüber unterlegen.

»Darf ich?«, fragte Kabir Khan und zog eine Zigarre aus der Brusttasche. »Möchtest du auch eine?«

»Nein danke. Es ist noch zu früh, um deinen Sieg zu feiern.«

Kabir Khan lächelte, schnitt das Ende von seiner Havanna, entzündete sie mit einem Streichholz und paffte einige Male daran.

»Also«, sagte er dann, »du hast den Vertrag noch nicht unterschrieben?«

Carl schüttelte den Kopf.

»Wie konnte Kupenda in diese Lage geraten?«, fragte Kabir.

Carl zuckte mit den Schultern. »Als Vater starb …«

Khan hob den Kopf. Carl erinnerte sich nun, dass Khans eigene Ehe mit der Nichte Meenas kinderlos geblieben war. Kinder zu zeugen war ein Erfolg, der Khan im Leben bisher verwehrt geblieben war.

Er sprach weiter: »Als Paddy starb, waren wir noch in den schwarzen Zahlen. Die Verwaltung der Farm war einfach zu viel für meine Mutter. Trotz all der Hilfe, die sie in Aischa und ihrem Vater Rai hatte. Obwohl der immer dachte, dass diese Arbeit nichts für eine Frau alleine sei.«

Khan sog an seiner Zigarre. Der Geruch bereitete Carl Übelkeit.

»Ratschläge entgegenzunehmen war nicht Dianes Stärke. Am Ende folgte sie immer ihrem Herzen«, sagte Khan.

Carl sah ihn erstaunt an. Wie konnte er Diane beurteilen?

»Wie dem auch sei«, sagte er. »Sie hat alles nur Mögliche versucht. Nun müssen wir die Suppe auslöffeln. Ich will nicht verkaufen, aber was bleibt uns anderes übrig? Der Präsident will Kupenda zu Bauland erklären. Deine Gäste können sich dann die wenigen Zebras, die Thompson noch am Leben lässt, ansehen. Und ihr beide verdient ein Vermögen damit, während wir sehen können, wo wir bleiben. Herzlichen Glückwunsch.« Er schlug mit der flachen Hand auf die Mappe mit den Verträgen, die oben auf den anderen Papieren lag.

»Wenn du diese Idee so gut findest, weshalb verwirklichst du sie dann nicht selber?«, fragte Kabir Khan ihn.

Carl suchte nach Spott in seinem Blick. Doch der Ausdruck seiner dunklen Augen war unergründlich. »Niemals! Paddy und Diane mögen uns Schulden hinterlassen haben, aber auch etwas anderes, von dem du keine Ahnung hast«, sagte Carl heftig.

»Das wäre?«, fragte Khan.

»Verantwortung für das Land«, sagte Carl.

Kabir blies eine Rauchwolke aus und sah ihr nach, wie sie sich in Luft auflöste »Gut. Häuser bauen willst du also nicht. Dann mach doch selber eine Lodge aus Kupenda. Eine Lodge der neuen Art, die die Tiere und alles, was Kenia wertvoll macht, respektiert? Ein Eco-Resort.«

Carl strich sich seine widerspenstige Haarsträhne aus der Stirn. »Wie denn? Wer gibt uns dazu noch das Geld? Das Letzte, was wir brauchen, sind noch mehr Schulden. Und ich verstehe nichts vom Hoteliersberuf.«

Beide Männer schwiegen.

»Du nicht, aber andere«, sagte Khan schließlich. »Ich habe deiner Cousine Iman eine gute Ausbildung in meinem Konzern gegeben. Sie hat in meinen Hotels in allen Bereichen gearbeitet. Sie kann euch sagen, wie es geht. Das Rad muss nicht neu erfunden werden, um eine Lodge aus Kupenda zu machen. In ganz Kenia gibt es kein schöneres Land. Ich leihe euch gerne das nötige Geld. Und ich kann euch auch mit Rat und Tat zur Seite stehen.« Seine Augen leuchteten wie die einer Katze vor dem Sprung.

In Carl verdrängte der Zorn das Gefühl seiner Hilflosigkeit. Er war vielleicht ein Träumer, aber er war kein Narr.

»Weshalb solltest du das tun? *Khan Lodges* ist nicht gerade für seine Nächstenliebe bekannt. Was ist mit den Geschäften von Old Thompson? Du bist ihm doch verpflichtet«, sagte er.

Kabir Khan zuckte mit den Schultern. Er beugte sich nach vorne und ließ seine Zigarre im Aschenbecher ausglimmen. Carls Blick fiel auf seine Hände. An seinem Ringfinger trug er einen Siegelring, auf dem sich eine zum

Kranz gewundene Schlange in den Schwanz biss. Carl runzelte die Stirn. Irgendwo hatte er dieses Motiv schon einmal gesehen. Aber er wusste nicht mehr, wo.

»Old Thompson findet anderes Land für seine Bauvorhaben«, sagte Khan. »Ich verstehe, dass er und seine Machenschaften nicht jedermanns Geschmack sind.«

Er sah zu dem Bild, das gerahmt auf dem Schreibtisch vor ihm stand: Diane hielt darauf das Kätzchen Guppy im Arm und lachte mit in den Nacken geworfenem Kopf in die Kamera. Ihre Bluse stand am Hals offen, und ihr langes Haar glänzte im Sonnenlicht. Khan lächelte und drehte den Siegelring an seinem Finger hin und her.

»Nenn es die Laune eines alten Mannes. Wir alle haben unsere Schwächen. Meine mag Kupenda sein«, sagte er dann nur.

Nun war es für Carl mit der Höflichkeit vorbei. Er sprang auf. »Raus«, rief er. »Und du willst kein Aasgeier sein? Nein, du bist schlimmer. Du bist die Hyäne, die dem noch lebenden Tier die Glieder vom Leib reißt! Thompson will dir wohl nicht genug übrig lassen von der Beute? Deshalb bist du hier, oder? Um dir hinter seinem Rücken den Löwenanteil an Kupenda zu sichern. Oder schickt er dich vor, um sich dann durch die Hintertür auf unser Land zu schleichen? Aber ich lasse mich von euch nicht für dumm verkaufen.«

Kabir Khan hob die Hände: »Hör mir bitte zu …«, begann er, aber Carl war schon um den Schreibtisch herumgegangen. Er griff Khan am Kragen seiner Anzugjacke und zog ihn mit einem Ruck auf die Füße.

»Genug! Genug, hörst du? Wage es nicht noch einmal, deinen Fuß auf Kupenda zu setzen. Wir brauchen

Thompson und dich nicht. Wir schaffen es alleine«, sagte er scharf.

Kabir Khan legte seine Hand auf Carls Wange. Seine Finger waren kühl. Carl schluckte vor Überraschung über die sanfte Berührung. Er ließ Khan los und schämte sich sogleich für seinen Zorn.

»Entschuldigung«, murmelte er.

»Wie kannst du mich nur so missverstehen?«, fragte Kabir Khan leise.

»Raus.« Carl ging Kabir Khan zur Tür voran. Er öffnete sie und rief hinaus in die Halle: »Aischa, Kabir Khan möchte gehen.«

Im ersten Stock des Hauses tauchte Aischas Kopf über dem Treppengeländer auf. »Schon?« Dann sah sie Carls Gesichtsausdruck und sagte: »Ich komme, Onkel.«

Die beiden Männer sprachen kein Wort, bis Aischa bei ihnen angelangt war. Dann streckte Kabir Khan Carl seine Hand hin und sagte: »Ich kenne das Ungestüm der Jugend. Ich erinnere mich sehr gut an alles, was geschah, als ich so alt war wie du. An alle Fehler, die ich gemacht habe. Ich bereue, dass ich damals nicht so frei gesprochen habe wie du eben. Mein Angebot steht.«

»Warst du je in Gefahr, alles zu verlieren, was du liebtest?«, fragte Carl.

Kabir Khan antwortete nicht darauf. »Eines Tages wirst du verstehen …«, sagte er nur und steckte die Hände in die Hosentaschen. Eine Haarsträhne fiel ihm in die Stirn. Er wirkte nun so unsicher wie er selbst vorher, dachte Carl.

»Ich bringe dich zu deinem Wagen, Onkel«, sagte Aischa. »Wir sehen uns bald in Nairobi.«

Beide wandten sich zum Gehen.

Carl kehrte ins Arbeitszimmer zurück. Dort machte er noch ein, zwei Schritte, ehe er auf dem Teppich in die Knie ging und mühsam ein Schluchzen unterdrückte. Er wollte es alleine schaffen und Kupenda retten. Aber wie?

Manchmal hatte man einfach Lust, sich eine Kugel in den Kopf zu jagen, dachte Kabir Khan. Er lenkte seinen Wagen entgegen seiner Angewohnheit selber zurück nach Nairobi. Diesen Besuch auf Kupenda hatte er ohne Zeugen abstatten wollen. Selbst seinem Fahrer konnte er nicht vollkommen trauen. Jeder im Land stand irgendwann einmal auf der Lohnliste von Old Thompson.

Ein Schmerz schoss durch seinen linken Arm. Es stach wie tausend Nadeln. Die Pein schoss von der Fingerspitze hoch in seine Schulter. Ein dunkler Blitz zuckte durch sein Hirn und nahm ihm die Sicht. Sein Atem ging kurz und stoßweise, sein Herz stockte und schlug dann wieder. Der Schmerz ließ ebenso unvermittelt nach, wie er gekommen war. Khan rang nach Luft. Sein Fuß glitt vom Gaspedal. Mit letzter Kraft fand er die Bremse und parkte den Land Cruiser neben den Busch, der die Fahrbahn auf der einen Seite begrenzte. Sein Gesicht war schweißnass, doch sein Herz schlug wieder ruhig und regelmäßig. Khan hatte die Warnung verstanden. Er beugte sich zum klimatisierten Handschuhfach und nahm eine Flasche Wasser heraus. Mit einem Schluck davon spülte er eine Tablette hinunter. Dann legte er seinen Kopf auf die Hand, die das Lenkrad noch immer umfasst hielt. Er lauschte seinem eigenen Atem.

»Diane«, sagte er dann, »ich war heute bei Carl, wie ich es dir versprochen hatte. Aber ich habe wieder alles falsch gemacht.« Er sah aus dem Fenster. Einige Ziegen näherten sich seinem Wagen und glotzten ihn an. Die Glocken um ihre Hälse läuteten leise.

Was war heute nur so schiefgelaufen? Der Junge hatte ihn ja beinahe geschlagen vor Zorn. Oh, Diane, weshalb hatte er damals nicht den Mut gehabt, den Carl heute bewiesen hatte? Er hätte Meena einmal so die Tür weisen sollen! Und nun hatte er ihn hinausgeworfen, als er ihm hatte helfen wollen. Aber er würde das Versprechen erfüllen, das er Diane gegeben hatte. Ob Carl es wollte oder nicht, er würde die Wahrheit noch erfahren.

Khan wartete und trank noch mehr Wasser. Die Flasche war leer, doch er verspürte noch immer Durst. Da sah er in ungefähr hundert Meter Entfernung ein Schild nach links weisen. »Thorn Tree Café« stand darauf geschrieben.

Khan runzelte die Stirn. Hatte er nicht schon davon gehört? War das nicht Kate, die das Café eröffnet hatte, nachdem ihr Mann sich mit seiner Praktikantin davongemacht hatte? Thorn Tree Café, das klang schön. Er könnte sich dort eine Cola kaufen.

Kabir Khan sah nach hinten in den Rückspiegel. Er wartete noch die Busse aus Nanyuki ab, die mit Hupen, Staubwolken und winkenden Leuten an ihm vorbeibrausten. Dann lenkte er seinen Wagen langsam wieder auf die Fahrbahn.

Er setzte den Blinker und bog in die unasphaltierte Straße ab, die hin zu Kates Café führte. Der Schmerz war nur noch eine Erinnerung.

Auf Pirsch

Die Laune im Camp war schlecht. Emelie spürte die Missstimmung der Männer geradezu, als sie am Morgen des fünften Tages den Reißverschluss ihres Zeltes aufzog. Jeden Morgen und jeden Abend waren sie in der Dämmerung auf Pirsch gegangen. Sie hatten im hohen Gras viele Spuren gesehen, aber nur einmal einen Büffel. Er war jedoch in weiter Entfernung und in einem Winkel gestanden, der Emelie ihren Gästen den Schuss verbieten ließ. Nandu hatte ihr zu anderen Routen geraten, als sie sie gewählt hatte. Weshalb missachtete sie seinen Ratschlag?, fragte sie sich. Sie war ihren Kunden den Erfolg doch schuldig.

»*Mamma mia*«, hatte Giovanni am vergangenen Abend nach drei Gin Tonics gesagt, »die Drinks sind gut hier, aber ein wenig teuer bei einer Gebühr von fünfhundert Euro pro Tag.«

Emelie hatte gelacht. Was hätte sie sonst tun sollen? Dennoch hatte sie Richard bewundernd angesehen, als dieser dem Italiener erwidert hatte: »Dies ist die Wildnis und kein Zoo. Es geht hier vor allen Dingen um den Schutz der Tiere, der Wildbahn. Wenn du ein Tier triffst, so leidet es nicht und ein ganzes Dorf hat zu essen.« Sie selber hätte nicht den Mut zu diesen Worten aufgebracht.

Suchte sie insgeheim den Elefanten und nicht die Büffel? Ihre Stunde war nahe: Am Abend wollte sie alleine in den Busch gehen. Nandu hatte versprochen, ihr den Weg zeigen, den Diane gewählt hat. Sie würde den weißen Elefanten in seinem Grund aufsuchen.

»Puh«, sagte Pierre hinter ihr und kroch ebenfalls aus dem Zelt. »*Encore un de ces jours. Il me faut une douche!*«

Emelie drehte sich um. Was meinte er mit »noch so ein Tag«? Und er wollte schon wieder duschen? Ja, es war nun auf dem Höhepunkt der Trockenzeit heiß. Aber musste man so jammern? Erst gestern Abend hatte er sich von Nandu dreimal hintereinander die Buschdusche mit heißem Wasser nachfüllen lassen. Ein Eimer hing an einem Seil am Baum und an einem zweiten Seil zog man, um den Schwall Wasser über den Kopf zu bekommen. Wasser war kostbar, denn aus dem See konnten sie keines schöpfen. Emelie und Richard hatten dann auf ihre Dusche verzichtet.

Pierre streckte sich und schnupperte an seinen nackten Armen. »*Je pue*«, sagte er.

»Wir stinken alle. Das gehört dazu.« Emelie lächelte ihn an, um die Härte ihrer Worte zu mildern.

Pierre küsste sie und sagte dann: »Du hast Recht. Ich will nicht jammern. Ich freue mich nur schon darauf, wenn wir wieder in Paris sind. Dort fühle ich mich einfach wohler.«

Richard stand vor seinem Zelt und rasierte sich. In seinem kleinen Spiegel beobachtete er jede ihrer Bewegungen, das sah Emelie. Sie erwiderte Pierres Kuss.

»Du gibst mir keine Gelegenheit festzustellen, wie du riechst«, sagte Pierre nun leise zu ihr. »Seitdem ich hier angekommen bin, behandelst du mich wie einen Bruder. Ich bin hier, um dir zu helfen. Ist alles in Ordnung? « Seine Finger strichen bei der Frage über ihre Hand mit dem Verlobungsring.

»Verzeih. Ich bin nicht in der Stimmung dazu. Der Tod meiner Mutter und meine Arbeit hier lassen mir keine Ruhe.« Sie küsste ihn auf die Wange. »Außerdem hört hier jeder jedes Wort mit. Es ist alles in Ordnung.«

Pierre schlüpfte in seine Stiefel und band sie zu. »Was denkst du, soll unsere Hochzeitsreise in die Toskana gehen?«

Emelie nickte stumm und trat an die Glocke, um alle zum Frühstück zusammenzurufen. Ihre Gedanken waren jedoch nicht bei der Jagd des Morgens, sondern bei der Pirsch, die sie am Abend erwartete.

Der Marsch durch das hohe Gras war anstrengend. Immer wieder fluchte jemand. Dornzweige zerkratzten der Gruppe die Gesichter. Ihre Gewehre wogen schwer auf ihren Schultern, ihre Füße verfingen sich in Distelsträngen. Die im hohen Gras versteckten Bauten der Erdhörnchen brachten sie zum Stolpern. Die Sonne stieg am Himmel, und sie hatten noch immer keine Büffel gesehen.

Emelie vermied Nandus Blick. Er hatte ihr am Morgen zu dem entgegengesetzt liegenden Weg geraten.

»Ich dachte immer, Büffel jagt man am besten im Morgengrauen«, sagte der Deutsche und wischte sich mit einem sauberen Taschentuch die Stirn ab. »Setzen sich nicht nur Verrückte und Engländer in den Tropen der Mittagssonne aus?«

»Bis zum Mittag ist es noch lang. Nur Mut! In der Trockenzeit haben die Büffel nicht so viel Auswahl an Weidestellen. Da kann man sie auch nach Morgengrauen noch antreffen«, sagte Emelie.

»Antreffen? *Treffen* würde mir genügen«, sagte der Deutsche. Seine Söhne lachten gehorsam. Er warf ihnen einen warnenden Blick zu, und sie verstummten.

Giovanni setzte sich an den Fuß eines Termitenhügels. Der Bau war rot wie mit Milch vermischtes Blut und ragte zwischen zwei schmalen Akazien mannshoch in den Himmel. Giovanni zog sich den Hut vom Kopf und zückte seine Wasserflasche.

»Still!«, sagte Richard auf einmal und hob die Hand. Alles verharrte. Giovanni schluckte vorsichtig sein Wasser hinunter und hielt die offene Flasche regungslos in der Hand.

»Büffel. Auf der anderen Seite«, flüsterte Nandu.

Emelie hörte nun auch die Tiere. Sie legte ihr Gewehr ab und ging neben Giovanni auf alle viere. Dann kroch sie vorsichtig den Termitenhügel hinauf, um von seiner Spitze aus Ausschau zu halten, und legte sich flach auf den Bauch. Sie schmeckte die rote Erde, die die Termiten mit ihrem Speichel zu dem steinharten Bau vermengt hatten. Das kleinste Geräusch konnte die Tiere verjagen. Sie hob den Kopf über den Rand des Kegels und konnte nun die Lichtung überblicken. Eine kleinere Gruppe Büffel stand im Schatten einiger Bäume. Die Sicht war frei und die Entfernung ideal für einen sauberen Schuss.

Die ganze Herde weidete etwas weiter weg. Es mussten an die fünfzig Tiere sein. Sie suchten im stacheligen Braun der Savanne nach den letzten grünen Gräsern. Emelie zog ihr kleines Fernglas unter ihrer Bluse hervor und betrachtete die Gruppe Tiere unter dem Baum. Es waren drei Kühe, zwei Jungbullen und zwei Kälber. Eine Familie.

Das erste der Tiere setzte sich nun in Bewegung. Wollte es sich zum nächstgelegenen Wasserloch aufmachen? Emelie gab Nandu ein Zeichen. Er fasste drei Stöcke und einen Gummischlauch und schlich um den Termitenhügel herum, um dort die beste Stelle für den Schuss zu finden. Dann begann er, einen Dreifuß zusammenzusetzen.

Emelie robbte den Termitenhügel wieder hinunter und sagte mit gesenkter Stimme zu dem Deutschen: »Kommen Sie, es ist Zeit für Ihren Schuss.« Sie sah in seinem Blick all die Gefühle, die sie schon so oft gesehen und früher auch verstanden hatte: Glück, Begehren, Furcht. Warum verstand sie sie heute nicht mehr? Sie ärgerte sich, hatte sie doch gewusst, was sie erwartete, wenn sie mit Kunden auf Pirsch ging. Wie konnte sie am Abend *Tembo eupe* begegnen, wenn sie schon ihrem Gast nicht bei seinem Schuss beistehen wollte?

»Los. Aber leise«, ermutigte sie ihn.

Richard, Pierre und Giovanni bewegten sich seitlich weiter, um die Lage im Auge zu behalten. Der Deutsche kniete nieder und legte auf dem Dreifuß an. Emelie konnte seinen Rücken in dem graugrünen Safarihemd sich heben und senken sehen. Sein Atem war ruhig. Doch sein Herz musste ihm bis zum Hals schlagen, dachte sie. Er hatte lange auf diesen Augenblick gewartet und teuer dafür bezahlt.

Sie sah zu dem Bullen hin, der sich inzwischen in eine vollkommene Stellung für den Abschuss gedreht hatte. Seinen Kopf hielt er in einer Mischung aus Trotz und Überlegenheit. Auf seinem Rücken saß ein Madenhacker, der ihm das Ungeziefer aus dem Fell pickte.

Die Welt vor Emelies Augen teilte sich in verschwommene und klare Konturen, in das Jetzt und das Gleich auf. Sie hörte es unmerklich knacken, als sich der Finger des Deutschen am Abzug krümmte. Noch stand das Tier. Gleich aber würde der Vogel sich kreischend von dem Rücken eines Kadavers in den Himmel heben und sich einen neuen Wirt suchen. Die Erde drehte sich weiter, nur mit einem Büffel weniger auf ihrer Oberfläche. Und der sportliche Ehrgeiz eines Mannes war befriedigt.

»Jetzt?«, fragte der Deutsche. Seine Stimme klang rau und unsicher.

Emelie nieste. Und zwar so laut und so viele Male, dass der Jäger zusammenzuckte. Sein Finger zog den Abzug durch, und der Schuss löste sich. Er ging weit am Ziel vorbei. Nicht nur der Bulle, sondern auch die ganze Herde, machte sich in einem Donner von Hufen und in einer riesigen Staubwolke davon.

»Das haben Sie doch absichtlich gemacht!«, rief der Deutsche und sprang auf. »Jetzt habe ich aber endgültig die Nase voll! Ich will mein Geld zurück, und wir reisen heute noch ab. Glauben Sie etwa, mir ist nicht aufgefallen, wie Sie in den vergangenen Tagen den Rat Ihres Spurensuchers immer wieder missachtet haben? Was wollen Sie? Tiere retten oder mit Jagdsafaris Geld verdienen? Ich hätte es mir gleich denken können. Frauen haben hier draußen nichts verloren.« Er nahm sein Gewehr vom Dreifuß und sagte zu seinen Söhnen: »Wir gehen zurück ins Lager und packen unsere Sachen. Und Sie …«, damit wandte er sich wieder an Emelie, »Sie sorgen dafür, dass wir noch diesen Nachmittag zurück nach Nairobi fliegen können. Vielleicht können wir dort wenigstens noch ein wenig Spaß haben!«

»Entschuldigung«, sagte Emelie und spürte, dass es ihr

überhaupt nicht leidtat. Sie sah der Wolke nach, die die davonstürmenden Tierleiber verbarg.

Lauf, mein Schöner, dachte sie und lächelte.

Der Deutsche drehte sich noch einmal zu ihr um: »Was gibt es denn da noch zu lachen? Das war unverzeihlich. Ganz einfach unverzeihlich!« Er wandte sich an Giovanni: »Reisen Sie mit uns ab?«

Der zuckte die Schultern, ehe er »*Si, si*« antwortete.

»Überzeugen Sie Ihre Verlobte davon, dass es das Beste ist, die Finger von Afrika zu lassen«, sagte er noch zu Pierre.

Emelie sah zu ihm hin. Pierre wirkte zufrieden, und sie wurde traurig. Er verstand nicht, dachte sie.

»Ich bleibe noch«, sagte Pierre. »Ich werde meiner Verlobten bei der Auflösung Ihres Geschäftes zur Seite stehen. Alleine schafft sie das nicht.«

Er legte Emelie den Arm um die Schulter, aber sie erwiderte seine Umarmung nicht.

Richard machte sich schweigend daran, den Dreifuß einzupacken und den Schlauch in seinem Rucksack zu verschnüren. Die Stöcke warf er in den Busch.

Sie liefen zurück zum Lager. Ihr Gang war dieses Mal achtlos. Zweige knackten, und die Flüche waren lauter und heftiger als am Morgen. Die Deutschen bildeten den Kopf der Gruppe. Giovanni lief ihnen nach, gefolgt von Pierre. Emelie ging als Vorletzte und Richard bildete das Schlusslicht. Sie stolperte, und Richard fing sie gerade noch auf. Er lächelte sie an.

»Dumme Sache, so ein Buschschnupfen. Kommt mit einem Mal, geht mit einem Mal«, sagte er freundlich. »Ich hätte dasselbe getan, das weißt du doch hoffentlich.«

Emelie stieg das Blut in den Kopf, als sie nickte. Sie musste für den Abend bereit sein … Pierre drehte sich um und nahm Emelies Hand. Er warf Richard einen warnenden Blick zu und zog Emelie mit sich mit.

Der Nachmittagstee war vorbei, und die Gäste waren abgereist. Es war still im Lager. Pierre schlief, und Emelie begann, ihr Gewehr zu reinigen. Sie legte es sich auf die Schenkel. Der Lauf glänzte in der Sonne. Es war die .500 Jeffrey, mit der Paddy als junger Mann auf Elefantenjagd gegangen war. Die Waffe lag schwer in ihrer Hand. Ihre Finger wollten sich nicht recht um das Holz des Schaftes fügen. Richard kam aus dem Zelt gegenüber gekrochen, mit einem Buch in der einen und einer Tasse Kaffee in der anderen Hand. Noch immer trug er die alten Armeehosen der Morgenpirsch. Sein weißes T-Shirt saß eng an seinem muskulösen Oberkörper und betonte seine Sonnenbräune und seine blauen Augen. Er setzte sich in den Stuhl vor seinem Zelt, streckte die Beine aus und fragte: »Wann ist es denn so weit?«

»Was denn?« Emelie öffnete das Gewehr, um sicherzustellen, dass nichts im Lauf feststeckte. Dann ließ sie es wieder einrasten und zielte einmal in den Himmel.

»*Tembo eupe.*« Richard stellte seine Kaffeetasse neben sich in den roten Staub.

Emelie ließ das Gewehr sinken und sah ihm in die Augen. Sie wusste, dass er es wusste. »Du kommst heute Abend nicht mit, Richard«, sagte sie.

»Oh, doch. Was, wenn du wieder niesen musst? Ich erlaube dir gerne, das Geschäft deines Vaters zu ruinieren. Für Kupenda gibt es andere Wege, um zu überleben. Aber ich gestatte es dir nicht, Selbstmord zu begehen. Dianes Tod genügt doch, oder? Du wirst auf keinen Fall dieses Tier ohne ein zweites Gewehr an deiner Seite suchen«, sagte er bestimmt.

»Was ist mit Nandu?«, fragte sie.

Richard zuckte mit den Schultern. »Nandu kann dir den Weg zeigen. Aber du kannst nicht von ihm verlangen, dass er an deiner Seite bleibt, wenn der Bulle stürmt. Aber ich bleibe bei dir, was auch immer geschieht.«

Sorgfältig ölte Emelie den Abzug und begann, die Sicherung zu schmieren. Richard lehnte sich in seinem Stuhl zurück, setzte sich seine Sonnenbrille auf die Nase und begann zu lesen.

»Ich gehe alleine. Meine Entscheidung steht fest«, sagte Emelie.

Lehrjahre

Bin hinter dem Haus stand auf dem kleinen Schild, das Kate mit einem Klebestreifen an der Tür des Thorn Tree Cafés befestigt hatte. Iman stieg die Stufen des Pavillons wieder nach unten. »Kate?«, rief sie und sah sich auf dem Vorplatz um.

Ein Pferd stand angeleint an einem schmalen Baum. Es war Kates Polo-Pony.

»Ja?« Kates Kopf sah unter dem Pferdebauch hervor. Ihre dunklen Haare waren verstrubbelt, und ihr Gesicht glühte. Sie lachte, als sie Iman sah. »Lass mich Whiskey noch die Fußgelenke bandagieren, dann komme ich.«

Iman ging neben den Fesseln des Ponys in die Knie. Kate wickelte geschickt die Rolle Baumwollmull um das Gelenk. Dann kam sie umständlich hoch und umarmte Iman. Sie hatte die Ärmel ihres alten Hemdes hochgerollt. Iman sah unzählige braunrote Flecken und kleine Narben auf ihren nackten Armen. Sie erschrak.

Kate bemerkte ihren Blick, doch sie rollte das Hemd nicht herunter. »An so einem Morgen muss ich einfach ausreiten«, sagte sie und drückte dem Pferd einen Kuss auf die Nüstern. »Gott sei Dank kann ich das noch trotz dem Unfall damals … Komm, ich mach uns einen Kaffee. Das brauch ich um elf. Whiskey, brav sein, ich komme gleich wieder. Was kann ich für dich tun, Iman? Es geht heute hier zu wie im Taubenschlag. Gerade war Massimos Mutter da.«

»Ach ja?«, fragte Iman. Kate stieg vor ihr die Treppen zum Café hinauf und sperrte die Tür auf.

»Ja, zusammen mit Massimo. Sie wollte ihn zum Flughafen bringen. Er fliegt nach Paris.«

»Nach *Paris*?«, fragte Iman.

Kate löffelte frisches Kaffeepulver in ihren türkischen Espressokocher. Eine kleine Falte erschien zwischen ihren Brauen, als sie die Menge leise abzählte. »Wusstest du das denn nicht? Massimo geht. Er wolle etwas anfangen mit seinem Leben, sagt er. Er ist ein guter Fotograf, aber Paris wird ihn groß machen. Ich glaube ihm das. Der Junge ist begabt. Und er ist mit einer Glückshaut geboren.«

Iman musste sich setzen. Alle hatten einen Weg und ein Ziel – nur sie nicht, dachte sie. Sie half immer nur aus und stopfte Löcher, wo es am nötigsten war. Jetzt war auch noch Massimo gegangen.

»Wann war das?« Iman schluckte ihre Traurigkeit hinunter.

»Vor ungefähr zwei Stunden. Er fliegt British Airways und steigt in London in den Zug«, sagte Kate. »Hat er sich nicht von dir verabschiedet?«

Iman schüttelte nur den Kopf.

»Hm. Männer.« Es klang freundlich. Kate verschwand in der Küche.

»Es ist meine Schuld. Ich habe ihn verjagt«, sagte Iman, als Kate mit einer Kanne Kaffee und einem Teller mit Schokoladenkeksen an den Tisch zurückkam.

Kate schüttelte den Kopf. »Unsinn. Sei doch nicht so

dramatisch. So eine Abweisung muss ein Mann doch ertragen können. Nein, Massimo konnte doch nicht hierbleiben. Er muss sehen, was das Leben für ihn bereithält. Er liebt Kenia, aber seine Lehrjahre muss er anderswo absolvieren. Er kann einer der ganz Großen werden, Iman. Denk mal, wie stolz wir da auf ihn sein werden! Das hat selbst seine Mutter verstanden. *La Mamma*! Das will etwas heißen. Willst du einen Keks?«

Die Kekse dufteten warm nach Schokolade. Iman schüttelte den Kopf. »Nur Kaffee. Ohne Milch und Zucker, bitte.«

»Igitt. Da bekommst du Magenkrebs, ehe du dreißig bist.«

Iman brannte sich die Lippen an dem heißen, bitteren Kaffee. Sie bemerkte, dass Kate sich die Ärmel ihres Hemdes wieder heruntergerollt und die Knöpfe am Handgelenk geschlossen hatte.

»Ich wünschte, ich hätte mich anders verhalten«, wiederholte Iman.

»Das Leben ist großzügig, Iman. Nichts ist verloren«, sagte Kate.

»Doch. Ich habe ihn verjagt. Er war immer nur freundlich zu mir.«

Kate drückte ihren Arm. »Es ist schwer, den Weg zu einem anderen Menschen zu finden. Ich hatte nie eine Wahl, Iman. Aber du hast sie immer noch. Folge deinem Herzen und denk nicht so viel darüber nach, was richtig oder falsch ist. Alles hat seine Zeit im Leben. Gelassenheit, mein Mädchen, Gelassenheit. Nun ist es eben Zeit für Massimo, seinen eigenen Weg zu finden. Ich glaube, eure Zeit kommt erst noch.«

»Wie soll man den Weg zu einem anderen Menschen finden, wenn man sich vor seiner eigenen Haustür nicht auskennt?«, fragte Iman und griff Kate so hart am Arm, dass diese zusammenzuckte. »Oh, Kate, Leander hat eine Affäre mit Carola Thompson begonnen. Ich denke, er will ihr Geld dazu benutzen, um Kupenda an sich zu bringen. Er will Krieg.«

»Ihr auf Kupenda müsst euer Land retten. Lasst euch gefälligst etwas einfallen, anstatt herumzusitzen und zu jammern. Stimmt es, dass Kabir Khan bei Carl war?«

»Woher weißt du das?«, fragte Iman. Aischa hatte ihr nur unter dem Siegel der Verschwiegenheit von dem Besuch ihres Onkels erzählt.

»Oh, ich habe es irgendwo aufgeschnappt«, sagte Kate vage.

»Er hat Carl vorgeschlagen, mit seiner Unterstützung aus Kupenda eine Eco-Lodge zu machen. Aber Carl denkt, dass Khan ihn hereinlegen will.«

»Wie kommt er denn darauf?«, fragte Kate leise. »Weiß Carl denn nicht, dass ... Ich meine, hat Diane ihm denn nicht mehr sagen können, dass ...« Sie stockte.

»Was?«, fragte Iman.

»Nichts.« Kate schüttelte den Kopf. »Aber vielleicht hat Khan Recht. Es muss einen Weg geben, die Farm und das Land zu erhalten. Du hast doch eine Ausbildung in seinen Hotels gemacht, und wenn jemand eine Begabung für Zahlen hat, dann ist es Aischa. Carl und Emelie leiten das Projekt und dann die Lodge. Und ich helfe euch, wo ich kann. Versprochen.« Kate seufzte.

»Mädchen, jeder ist seines Glückes Schmied. Den Märchenprinzen gibt es nicht. Das habe ich auf harte Weise lernen müssen. Glaub mir lieber gleich. Jetzt muss ich Whiskey in den Schatten bringen.« Kate erhob sich von der Eckbank und putzte sich einige Krümel von den schmalen Schenkeln. »Weshalb bist du eigentlich gekommen? Wolltest du nur plaudern?«

»Nein. Ich wollte Joghurt kaufen.«

Kate verschwand im Hinterzimmer und erschien dann wieder mit zwei Packungen Joghurt in der Hand. Dann öffnete sie Iman die Tür. »Wenn Massimo eine feste Adresse hat, sage ich dir Bescheid. Oder schick ihm doch eine Mail. Er freut sich bestimmt, so alleine in Paris. Und um Leander mach dir keine Sorgen. Hunde die bellen, beißen nicht. Arme Carola. Mit wie vielen die schon zusammen war! Nun erkauft sie sich die Aufmerksamkeit deines Bruders«, sagte Kate.

Kate wusste vieles, aber in diesem Fall täuschte sie sich, dachte Iman. Leander bellte nicht, sondern Leander biss zu. Und Carola war bei ihm, um mehr zu kaufen als nur seine Aufmerksamkeit: einen Sinn für ihr zielloses Leben.

Tembo eupe

Emelie trat vor ihr Zelt. Es war früher Abend. In einer Stunde ging die Sonne unter. Sie ging in die Knie, um ihre Stiefel über den Schienbeinen zuzuschnüren. Dabei vermied sie es, ein Geräusch zu machen.

Vielleicht war Richard endlich eingeschlafen? Hätte sie ihm nur eine Schlaftablette in seinem Tee aufgelöst! Sie rechnete nicht damit, vor Sonnenuntergang wieder im Lager zu sein und steckte sich eine Taschenlampe in den Gurt ihrer Hose. An dem Feldstuhl vor ihrem Zelt lehnte die .500 Jeffrey in ihrem Futteral. Ihre Kehle fühlte sich trocken an. Die Hitze war drückend und eigentlich untypisch für die Trockenzeit. Sie sah in den Himmel. Am Horizont ballten sich Wolken zusammen. Wo kamen die denn jetzt her? Es war doch noch zu früh für Regen. Seltsames Wetter …

»*Chérie*. Ist es Zeit?«, fragte Pierre sie da. Er kam aus dem Messezelt auf sie zu, eine Tasse mit dampfendem Tee in der Hand. »Lass mich nur meine Schuhe anziehen.«

»Weshalb? Du hast doch heute Mittag gesagt, du hast von der Jagd die Nase voll?«, fragte sie erstaunt. Sie wollte alleine gehen, ALLEINE! Sie brauchte weder Pierre noch Richard an ihrer Seite. Wenn sie den Elefanten schoss, dann hatte sie ihren Frieden mit Diane gemacht.

»Natürlich komme ich mit dir mit«, sagte Pierre, nahm ihre Hand und küsste ihre Handfläche.

»Ah, ihr seid bereit. Wollen wir aufbrechen?«, fragte Richard und schälte sich aus seinem Zelt.

Pierre schulterte seine Flinte. »Danke für das Angebot, aber wir gehen alleine. Vielleicht könntest du dich so lange um das Abendessen kümmern. Wir können nach unserem kleinen Ausflug sicher etwas Herzhaftes gebrauchen.«

Kleiner Ausflug! Emelie sah denselben Gedanken in Richards Gesicht, aber sie schwieg. Sie durfte Pierre nicht beurteilen, ermahnte sie sich. Er liebte sie.

Richard nickte. »Ich sage Nandu Bescheid, kein Problem. Und jetzt halt dein Gewehr richtig herum, ja, und bitte nicht wie einen Regenschirm. Wenn du stolperst, schießt du dir so nur in deinen Fuß.«

Emelie fasste Pierre unter. Entweder sie ließ beide Männer hier im Lager oder sie nahm sie beide mit. Wenn sie sie hierließ, konnte sie noch der unterlassenen Hilfeleistung oder des Totschlags belangt werden.

»Also schön, gehen wir«, sagte Emelie und gab das Zeichen zum Aufbruch.

Richard zog sich seinen Hut in die Stirn, und Pierre, der die Nachhut bildete, schulterte sein Gewehr nun mit dem Lauf nach oben. Das Gras, das durch ihre Schritte flachgedrückt wurde, richtete sich nach nur Sekunden wieder auf. So, als seien sie nie da gewesen.

Nandu hatte Emelie den Weg an dem ausgetrockneten Flussbett entlang genau beschrieben. Sie suchte das Dickicht aus Bambus, Affenbrotbäumen und armdicken Schlingpflanzen ab, in dem er den weißen Elefanten vermutete. Jeder ihrer Schritte war mühsam. Das schenkelhohe Gras verbarg den unebenen Boden vor ihrem Blick. Schmetterlinge taumelten und Zikaden hingen an langen Halmen.

Nach dreißig Minuten Marsch erhob sich der Wald vor ihren Augen aus der Savanne. Sein Ausmaß war überraschend. Er wirkte wie ein Wall im offenen Grasland. Emelie wischte sich den Schweiß aus den Augen. Sie ging in die Knie und betastete den Boden. Die Erde wirkte wie aufgerissen. Sie berührte die Scholle, so wie Nandu und Paddy es ihr beigebracht hatten. Es war ein Tier gewesen. Ein gewaltiges Tier.

Sie sah, wie Richard sich das Gewehr auf die andere Schulter lud. Hinter ihr warf Pierre einen langen, dünnen Schatten ins Gras. Sie war nun froh, nicht alleine zu sein.

Emelie suchte auf dem Boden nach Spuren, die vielleicht auf Dianes letzten Kampf hinwiesen. Die Erde war jedoch zu aufgerissen. Tränen stiegen in ihr auf. Hier war ihre Mutter gestorben. Sie konnte ihre Anwesenheit noch spüren …

Richard ging nun ebenfalls in die Knie. Auch seine Finger tasteten über eine Scholle, die neben einer Schleifspur aufgeworfen war.

»Die Spur ist frisch. Ab jetzt den Mund halten und jegliches Geräusch vermeiden. Der Wind ist in unserem Rücken«, sagte er.

Er hatte Angst, dachte Emelie. Aber dennoch war er mitgekommen. Er verstand, mit wem sie es hier zu tun hatten. Pierre verstand es nicht. Sein Unwissen schützte ihn.

Was hatte Diane empfunden, als sie hier stand? Mutter …

Richard ließ seinen Blick am Wald entlanggleiten. Hinter den Bäumen türmten sich nun Wolken auf. Sie waren über die Savanne bis zu ihnen hingezogen. Wo kamen sie um diese Jahreszeit her?, fragte er sich.

Er machte Emelie und Pierre ein Zeichen, ihm zu folgen. Das Gras reichte ihnen beinahe bis zum Bauch. Wieder sah er auf die Spuren zu seinen Füßen. Zwei Tiere mussten sie hinterlassen haben. Ein sehr großes und… Richard zögerte. Genaueres konnte er über das zweite Tier nicht sagen. Etwas in ihm regte sich. War es Angst oder Neugierde? Nein, es war vielmehr das Gefühl, nicht alleine zu sein und beobachtet zu werden. Die Haare in seinem Nacken stellten sich auf. Seine Haut prickelte.

Richard sah hin zum Wald. Er war als Junge mehrere Male mit seinem Vater auf Elefantenjagd gegangen und erinnerte sich lebhaft an dessen Mahnung: Ein Augenblick Unachtsamkeit könnte einem das Leben kosten. Der Mensch hatte vergessen, was wahre Macht war, dachte Richard. Diese anderen Elefanten waren noch nicht einmal *Tembo eupe* gewesen.

»Was ist? Hörst du etwas?«, fragte Emelie leise und trat neben ihn.

Pierre räusperte sich. Richard hob warnend die Hand. Ehe er antworten konnte, vernahmen sie alle ein Knacken. Das leiseste, bedrohlichste Geräusch, das auf dieser Welt nur möglich schien.

»Richard«, flüsterte Emelie.

Es knackte wieder, diesmal lauter. Ein Elefant machte weniger Geräusch als eine Maus – wenn er denn wollte. Sie sollten wissen, dass er hier war, dachte Richard.

»Was? Was ist los?«, fragte Pierre lauter als notwendig.

»Endlich dieser Elefant? Meine Güte, wenn du das Biest doch nur endlich erwischst! Dann ist das hier erledigt.«

»Runter!« Richard zog sie und Pierre mit einem groben Ruck zu Boden. Sie lagen im Schutz des hohen Grases. Er warf sich über Emelie und presste ihr Gesicht nach unten. Sie hustete und kam mit dem Mund voll roter Erde wieder hoch.

»Was …«, hörte er sie fragen.

Sie befreite sich aus seinem Griff, zog sich hoch und stand dann still. Ihr Mund öffnete sich vor Schreck. Richard folgte ihrem Blick, und seine Stimme trocknete in seiner Kehle aus. Holz splitterte, Vögel hoben sich schreiend aus ihren Verstecken im Dickicht der Äste, und eine Wolke schien vor die Sonne zu ziehen. Sein Gefühl hatte ihn einmal mehr nicht getäuscht, dachte Richard noch. *Tembo eupe* hatte seine riesigen Ohren voll wie Segel im Wind aufgestellt. Seine weiße Haut leuchtete wie ein bedrohlicher, alles verschluckender Nebel, und er brach aus dem Wald. Richards Ohren füllten sich mit dem Schrei des Elefanten.

Er begann zu zittern. Dieser Elefant war mächtiger als alles, was er je gesehen hatte.

»Emelie. Emelie, runter. Bleib unten. Tu es nicht: Lass ihn leben! Lass ihn leben! Das bringt dir nichts. Bitte«, rief er dann und versuchte, Emelie zurückzuhalten, als sie nun das Gewehr an ihre Schulter legte.

»Schieß! Schieß doch endlich! Dann ist das aus der Welt«, hörte er da Pierre rufen.

Er war aufgestanden und schien Emelie noch stützen zu wollen, sodass sie anlegen konnte.

»Bleib unten! Wie willst du leben, wenn du ihn erschießt? Meinst du, Paddy hätte dies gewollt, oder Diane etwa? *Sie wollte sterben*!« Richard riss Emelie mit aller Kraft wieder nach unten. Das Tier suchte sie nun stampfend in dem hohen Gras. Wenn sie unten blieben, hatten sie eine Chance. Eine Chance, gemeinsam weiterzuleben.

»Das ist nicht wahr«, rief Emelie und wollte wieder aufstehen.

»Doch, sie wollte bei deinem Vater sein: Sie gehörten zusammen. Sie wollte schon lange gehen.«

Zusammengehören? Sie könnten auf Kupenda erst weitermachen, wenn sie Diane gerächt hatte, dachte Emelie und trat absichtlich auf Richards Hand. Er schrie auf und zog seine Finger zurück. »Schieß nicht, bitte. Es geht um Leben, nicht um Tod, verdammt nochmal. Um Gnade, nicht um Rache!«

»Schieß. Schieß doch«, rief Pierre dagegen neben ihr. Er warf sich wieder auf den Boden und legte schützend beide Hände über seinen Kopf.

Emelie sah, wie der Elefant auf sie zudrehte. Er hatte sie gesehen. Er kam, und sie war bereit.

Emelie legte wieder an. Die Waffe lag feindlich in ihrem Arm, sie wollte sich nicht wie früher an ihre Schulter schmiegen. Ihr war es, als ob sich der Lauf in ihre Handfläche brannte. Sie sah das Tier gerade recht stehen für einen Hirnschuss durch ihr Zielfernrohr. Ihr Finger krümmte sich um den Abzug. Sie musste die Zeit richtig bemessen, Elefanten konnten nach einem Schuss noch viele Meter weiterstürmen. Das Tier stand nun still und schien nach ihr zu wittern. Dann begann es wieder zu laufen. Seine letzte Attacke, dachte Emelie.

Mit einem Mal aber hielt der Elefant inne. Er zögerte

und drehte ab. Er hob seinen Rüssel und rief in die Dämmerung.

Emelie ließ vor Überraschung das Gewehr sinken. Hier war sie doch! Eben wollte er sie vor Zorn noch zerreißen! Sie ging auf die Zehenspitzen, um das Gras zu überblicken.

Da hörte sie einen anderen Ruf, der leiser, feiner war. Emelie sah nun, was die Aufmerksamkeit des Elefanten auf sich gezogen hatte: Ein vielleicht drei oder vier Monate junges Elefantenkalb war aus dem Wald gekommen. Seine in viele Falten gelegte Haut leuchtete ebenso hell wie die des *Tembo eupe*.

Emelie verstand nicht sofort: Er ist doch ein Bulle, oder etwa nicht? Das große Tier wanderte auf sein Junges zu. Das Kalb tauchte mit dem Kopf unter dessen Bauch und begann dort zu trinken.

Emelie musste mit einem Mal lachen. Sie legte ihre Waffe ab und vergrub ihr Gesicht in ihren Händen. *Tembo eupe* war kein Bulle, es war eine Kuh! Alle sprachen von dem Tier, und sie kannten noch nicht einmal sein Geschlecht. Typisch! Ein Weibchen, das sein Kind mit seinem eigenen Leben beschützen wollte, wenn es denn sein musste.

Emelie wischte sich die Augen. Neben ihr kam Richard hoch. Er hielt sich noch immer die Finger und warf ihr einen bösen Blick zu. Dann sah auch er die beiden Elefanten und begann ebenfalls zu lachen.

Nur Pierre lag noch am Boden und wagte es kaum, sich zu bewegen.

»Was ist?«, hörte sie ihn schließlich fragen. »Was lacht ihr denn so albern?«

»*Tembo eupe* ist kein Bulle, sondern eine Kuh. Sie hat ein Junges«, sagte Emelie.

Richard sah zu den beiden nun so friedlichen Tieren. »Mein Gott, Diane muss sie aufgeschreckt haben, und die Kuh hat ihr Kalb verteidigt.«

Pierre stand auf und wischte sich Gras und Insekten von der Kleidung: »Schieß doch endlich. Jetzt stehen sie schön still«, sagte er.

Das weiße Kalb drehte ihnen den Kopf zu,und schien sie aus seinen tief liegenden Augen anzusehen. Seine Mutter streichelte ihm nun mit ihrem Rüssel über den Kopf.

»Schieß«, sagte Pierre noch einmal.

Emelie spürte Richards Arm auf ihrer Schulter. Er hielt sie ganz selbstverständlich an sich gedrückt. *Schießen*, was war das noch für ein Gedanke! Eine tiefe Ruhe breitete sich in ihr aus. Sie stellte sich keine Fragen mehr, sondern fand in ihrem Herzen nur eine Antwort. Sie stand neben Richard, wo sie hingehörte. Wie konnte sie nur so blind gewesen sein? Wie konnte sie noch ohne ihn leben, seine Wärme, seine Spontaneität und seinen Humor? Sie wollte jeden Tag verbranntes Steak essen, solange nur Richard mit ihr am Tisch saß. Richard hatte nie Angst vor irgendetwas. Er kannte sie und liebte sie dennoch.

Emelie erinnerte sich an den Gedanken, den sie zum Zeitpunkt ihrer Verlobung gehabt hatte: Pierres Liebe war wie das Bad in einem stillen, warmen See, dessen Ufer überschaubar und ihr bekannt waren. Ob es einen Ozean gäbe, hatte sie sich damals gefragt. Ja, das wusste sie nun. Richard war ihr Ozean, in dem sie ein Leben lang schwimmen wollte. Sie wollte in ihm tauchen und Schätze finden. Sie wollte sich auf seinen Inseln ausruhen. Sie gehörte zu

Richard, und Kupenda hatte ihr den Mut gegeben, das zu verstehen. Es gab für sie nur eine mögliche Lösung: *Richard.*

Sie sah Pierre an und erkannte, wie sich auf dessen Gesicht das Verstehen ausbreitete.

»Verzeih mir, Pierre«, sagte Emelie und spürte Tränen aufsteigen. Sie zog sich behutsam den Ring vom Finger, den er ihr erst vor gut fünf Wochen angesteckt hatte. Fünf Wochen, die ihr Leben verändert hatten. Sie nahm Pierres Hand auf, legte den Ring in seine Handfläche und schloss seine Finger darum in einer letzten, zärtlichen Geste.

»Verzeih mir«, sagte sie noch einmal. »Aber: *Nein.*« Sie schüttelte den Kopf, ehe sie wirklich zu weinen begann. Sie sah, wie Pierre nur stumm auf seine Faust sah, in der der Ring verborgen lag. Richard drehte sie zu sich und nahm sie in den Arm. Die Welt verschwand in den Falten seines Hemdes.

In diesem Augenblick fielen die ersten Regentropfen, und die Tiere wandten sich dem Wald zu. Richard legte sein Kinn auf Emelies Kopf. Die beiden Elefanten zogen durch das hohe Gras zu dem Dickicht hin. Sie waren wie zwei weiße Schatten, die in dem aufziehenden Nebel Schutz suchten. Der Regen fiel nun immer dichter. Das Gras färbte sich schwarz unter den Wassermassen, und die Erde begann zu dampfen. *Tembo eupe* verschwand gemeinsam mit ihrem Kalb hinter einem Wall aus Wasser.

Nandu und Pierre warteten neben dem Jeep auf Emelie.

»Hast du alles?«, fragte sie und deutete auf Pierres kleinen Koffer. Sie hatte ihn alleine packen lassen. Er nickte. Seine Augen wirkten geschwollen. Richard war in der

Messe geblieben, nachdem er sich von Pierre verabschiedet hatte. Der Händedruck der beiden Männer war kurz gewesen.

»Danke, Pierre«, sagte Emelie und fasste noch einmal seine Hand. Es war das letzte Mal, dass sie ihn sehen würde, das wusste sie. Ihre Wege trennten sich hier. Er war ein guter Mann. Doch er war nicht der Richtige für sie. Ihr Herz hatte gesprochen, und die Heimkehr nach Kupenda hatte sie seine Sprache verstehen lassen.

Nandu hob Pierres Koffer auf die Ladefläche des Jeeps.

»Fertig?«, fragte er. Seine Stimme klang mitfühlend.

»Fertig«, sagte Pierre, und ehe Emelie etwas erwidern konnte, strich er mit seinem Zeigefinger über ihre Stirn.

»Was tust du?«, flüsterte sie.

»Ich segne dich. Sonst kannst du nicht gehen. Hast du das vergessen?«

Emelie schüttelte den Kopf. »Ich segne dich auch«, sagte sie dann. »Alles, alles Gute, Pierre.«

Er nickte und stieg in den Jeep. Nandu winkte Emelie zu und fuhr an. Sie blieb in einer Staubwolke zurück und sah dem Wagen nach, bis er ganz in Richtung des Flugstreifens verschwunden war.

»Sieh mir in die Augen. Beweg dich nicht. Schsch, Kleines. Wir haben es nicht eilig. Ich habe gesagt, beweg dich nicht.«

»Ich will mich aber bewegen.«

Richard lachte und stützte seine Ellenbogen rechts und links von ihrem Kopf auf. Sie beide hörten nur das Trommeln des Regens auf der Zeltwand. Das Lager war verlassen. Morgen wollten sie die Zelte abbrechen.

»Ich habe so lange auf diesen Augenblick gewartet, dass ich dich jetzt einfach fühlen will.« Er küsste ihre Augenlider, ihre Wangen, bis er ihren Mund fand, und ließ seine Lippen hinunter zu ihrem Hals wandern, langsam und genüsslich.

Emelie lag still unter Richard, so als habe sie sich ihr Leben lang nur nach seinem Gewicht gesehnt. Sie schloss die Augen und ließ ihre Ohren von dem Geräusch des trommelnden Wassers füllen, unter das sich ihre eigenen Seufzer mischten. Sie spürte, wie seine Zunge nun in der kleinen Mulde zwischen Hals und Schlüsselbein spielte und den zarten Knochen dort erforschte. Ihre Hände strichen durch seine Haare, die im spärlichen Schein der Gaslaterne über ihren Leibern dunkler schienen als sonst, und ihre Fingern fuhren über seine Kopfhaut. Er seufzte ebenfalls, hielt inne und flüsterte: »So will ich dich, und nicht anders.«

Sein Körper wurde schwerer, und sie genoss das Gefühl: Seine Beine schoben sich zwischen ihre nackten Schenkel und öffneten sie. Als er in sie kam, umfingen ihre Hände einen Augenblick lang seinen Hals. Ihre Beine legten sich um seine Hüften, so als wolle sie noch mehr von ihm in sich spüren. Kein Zweifel mehr, sie war heimgekehrt. Ihr Herz war frei und glücklich. Es hatte Richard gewählt. Mit einem Mal zog er sie hoch und kam tief in sie, als sich ihre Beine um seine Mitte schlossen. Sie unterdrückte einen Schrei, als seine Hände sich unter sie schoben, sie anhoben und senkten, und er sie mit jeder Bewegung ganz ausfüllte. Richard küsste sie wieder und sagte: »Schrei, Kleines. Wenn du hier nicht schreien kannst, wo dann?«

Mit einem Mal jedoch ließ er sie sanft nach hinten nieder. Er glitt aus ihr und fuhr mit seiner Zunge über ihre Brüste. Er liebkoste das volle Fleisch dort, saugte daran und biss spielerisch in die rosigen Höfe, die vor Erregung aufgerichtet waren.

»Was tust du?«, fragte sie, als sie sah, wie groß und erregt er war. »Komm, komm in mich!« Doch er legte ihr nur den Finger auf die Lippen und strich mit seinen Händen über ihren Körper. Dann waren seine Finger in ihr und seine Lippen dort zwischen ihren Schenkeln. Pierre hatte so etwas nie getan! Sie röche nach Fisch, hatte er nur gemurmelt. Sie keuchte, als er mit seiner Zunge mehrmals die Spur ihrer Scham nachzog, bis er sich auf den einen Punkt konzentrierte. Dort, wo sie ihn am meisten spüren wollte. Seine Zunge kam wieder und wieder, intensiv und doch sanft.

Ihr ganzer Körper spannte sich wie ein Bogen, als seine Lippen sich mit einem Mal um sie dort legten und sanft an ihr saugten. Ihre Hände krallten sich in seinen Nacken: Sie hatte das Gefühl, geschmolzenes Gold würde durch ihre Adern fließen. Emelie schrie ihre Lust und Liebe in das Strömen des Regens, der nicht nachließ, sondern nur stärker und stärker gegen die Zeltplane schlug. Richard kam nun hoch und schob sich wieder sanft in sie, in ihre geschwollene, wartende Feuchtigkeit. Er bewegte sich erst langsam, dann schneller und heftiger. Sie hielt ihn fest, ganz fest, bis auch er erschöpft auf sie fiel.

»Ich liebe dich, Emelie, merk dir das«, flüsterte er noch, ehe er auch schon eingeschlafen war. Emelie lag noch lange wach und strich durch seine Haare, bis die durch den Regen abgekühlte Nachtluft begann, ihr Schauer über die Haut zu jagen.

Als Emelie aus dem Zelt trat, hatte Richard schon das Feuer zum Brennen gebracht. Er sah auf. Seine Haare waren noch verstrubbelt, und seine Augen leuchteten.

»Ich habe in Nandus Zelt noch trockenes Feuerholz gefunden«, sagte er und schlug vier Eier mit Speck und Tomatenscheiben in die Feldpfanne. Ein wunderbarer Duft erfüllte die Luft. »Und eine Packung Sportsman.« Er zog die Packung Zigaretten aus der Brusttasche seines warmen Vliespullovers.

»Rauchst du wieder?«, fragte Emelie und nahm die Tasse Tee entgegen, die er ihr reichte.

Er schüttelte den Kopf und riss die Packung auf. »Nein, aber mit dem Stanniolpapier lassen sich feine Sachen machen.«

Erstaunt beobachtete sie, wie er etwas von dem Papier abriss, es rollte und einen Ring daraus formte. Dann nahm er ihre freie Hand auf und ging neben dem Lagerfeuer vor ihr in die Knie. Er küsste ihre Finger und fragte dann: »Willst du mich heiraten, Emelie?«

Sie nickte stumm.

»Sag Ja!«, drängte er sie. »Ich will es hören.«

»Ja! Jajajajajajajajajajajaja!«, rief sie und zog ihn hoch.

»Halt, der Ring!« Er nahm ihren Finger, an dem noch eine Spur von Pierres Ring zu erkennen war: Die Haut dort war nicht von der Sonne gebräunt. Dann nahm er den Ring aus Stanniolpapier und steckte ihn ihr an. »Passt wie angegossen.«

Emelie weinte wieder.

»Hast du denn kein Taschentuch dabei?«, fragte er sie.

Sie steckte die Hand in die Tasche ihrer Baumwolljacke. Darin lag etwas Rundes, Kühles. Sie zog es ans Tageslicht.

Die Münze der toten Prinzessin leuchtete in den grauen Morgen.

Die Vasen im Wohnzimmer von Kupenda waren noch mit den Blumen des Hochzeitsschmuckes gefüllt: Christsterne in Weiß, Rubin und Zyklam. Helle Trompetenblüten, deren Nektar auf den Teppich tropfte. Rosen in Gelb, Orange, Pink und Blutrot. Dazwischen das Blauviolett der Jacaranda und das leuchtende Orange der Bougainvillea. Afrika glühte in all seinen Farben – genauso wie in der Nacht von Richards und Emelies Hochzeit. Sie waren zwischen Fackeln barfuß auf der roten Erde gestanden. Ein riesiges Feuer hatte sich in den Nachthimmel gefressen. Sie hatten sich vor all ihren Freunden und ihrer Familie Liebe und Treue geschworen. Ein Leben lang.

Was für ein Glück sie hatten, dachte Carl. Gegen ihren Bund hatte niemand etwas einzuwenden.

»Oh, Gott, habe ich noch einen Kater. Müssen wir das wirklich besprechen, ehe Emelie und ich in die Flitterwochen an die Küste verschwinden?«, fragte Richard und setzte sich in dem bequemen Sofa auf.

Carl nickte. »Kupenda duldet keinen Aufschub. Was sollen wir tun?«

Aischa saß neben ihm an dem runden Tisch, an dem Paddy früher mit seinen Freunden Skat und Poker gespielt hatte. »Wir sind so bankrott, also können wir alles tun. Uns steht alles frei, nur das Farmen nicht mehr. Das Land trägt sich nicht, oder zumindest nicht unter unserer Verwaltung«, sagte sie.

»Verkaufen wir, Emelie?«, fragte Carl und war selber erstaunt, wie fest seine Stimme klang. Er war nun das Oberhaupt dieser Familie. Das war eine Aufgabe, an der er wachsen und sich Aischa gerecht erweisen konnte. Wollte er all dies so einfach aufgeben? Nein. In gewissem Sinn hatte ihm Khans Besuch doch den rechten Weg gewiesen.

Emelie schüttelte den Kopf. »Nein. *Wir* sind Kupenda. Old Thompson soll sich zum Teufel scheren. Wir schaffen es!«

»Verzeiht, ich komme viel zu spät!« Kate betrat das Wohnzimmer und mit ihr kamen der Wind und der Sonnenschein des Märzmorgens in den Raum. Sie streifte sich ihre gesteppte Weste ab und zog sich einen Stuhl am runden Tisch zurück.

»Liebling, bitte setz dich auch zu uns«, sagte Emelie zu Richard. »Du kannst doch nachher noch schlafen.«

Carl sah, wie sein Schwager sich den Kopf hielt. »Komm, Rosenkönig!«, sagte er zu ihm. »Wir brauchen deine Hilfe, was auch immer wir zu tun beschließen. Auch falls wir Kabir Khans Rat befolgen und selber eine Eco-Lodge aus Kupenda machen.«

Es herrschte Schweigen um den Tisch. Carl sah zu Aischa. Wie gerne hätte er ihre Hand genommen! Iman schien nachdenklich. Emelie öffnete den Mund und schloss ihn dann wieder. Da lachte Richard mit einem Mal und sagte: »Weshalb eigentlich nicht? Vielleicht können wir Khan in seinem eigenen Metier noch etwas beibringen? Das Geld von der Bank besorge ich. Ich kann meine Farm als Bürgschaft anbieten.«

»Nein. Das erlaube ich nicht, dass du dein Hab und Gut…«, unterbrach Emelie ihn.

»*Unser* Hab und Gut, Emelie«, erwiderte Richard. »Also, lasst das Geld meine Sorge sein.«

»Ich kann euch auch dabei helfen. Mein Café läuft gut«, sagte Kate.

»Aischa kann sich um die Buchhaltung kümmern. Iman stellt die Leute ein, lernt sie an, und Aischas Vater kann die Umbauarbeiten leiten. Wir richten in den Scheunen Gästezimmer ein. Essen können wir alle hier zusammen, mit unseren Gästen im Haupthaus. Es sollten nie mehr als zehn Besucher hier sein, sonst ist es nichts Besonderes mehr und auch nicht mehr persönlich. Richard, wir brauchen noch zwei, drei Landrover, um Pirschfahrten machen zu können. Kannst du uns die besorgen?«, fragte Carl.

Dann sah er hin zu Iman. »Was kann Leander tun?« Er stellte die Frage aus reiner Höflichkeit. Iman legte den Bleistift nieder. »Auf Leanders Hilfe dürfen wir nicht hoffen«, sagte sie.

Auf wessen Seite würde Iman stehen, wenn es zum Kampf kam?, dachte Carl. Denn das würde es, da war er sich sicher.

IMAN:
DAS ERBE DES BLUTES

Feuerprobe

Iman lag auf ihrem Bett und wartete auf die Nacht. Die Mondgöttin Olapa schickte den Hüter der Sonne Enkai zur Ruhe. Die Geräusche von Kupenda verstummten und überließen die Natur ihrem großen, dunklen Schweigen.

Iman erhob sich. Sie trug bereits ihre Jeans und einen dicken Wollpullover. Die Nacht konnte lang und kalt werden. Ehe sie aus dem Zimmer ging, nahm sie das Bild in die Hand, das neben dem Wecker auf ihrem Nachttisch stand. Es zeigte ihre Eltern und war in den wenigen Tagen, die sie gemeinsam verbracht hatten, aufgenommen worden. Ihr Vater hatte kupferrotes Haar, und seine Haut war sehr hell. Er lachte unbekümmert. An seinem starken Hals konnte man den abgewetzten Lederriemen eines Fernglases erkennen. Mit der einen Hand zeigte er auf den Fotografen, der Paddy hatte sein müssen. Den anderen Arm hatte er um seine junge Frau gelegt. Imans Mutter reichte ihm gerade bis zur Brust und war so zart gewachsen wie ein Knabe. Iman drehte das Bild zum Licht hin. Sie versuchte, wie schon so oft, das Gesicht ihrer Mutter genau zu erkennen. Es war unmöglich: Das grelle Licht der Mittagssonne zum Zeitpunkt der Aufnahme verwischte ihre Züge.

Jedenfalls musste sie sehr jung gewesen sein. Iman sah

nur den Schatten einer schmalen Nase, über deren Rücken eine Kette aus Perlen nach oben zu ihrem Stirnreif führte. Sie führte das Bild näher zu ihren Augen. Ihre Mutter trug ungewöhnlichen Schmuck. Amulette und Verzierungen, wie sie sie nie wieder an einer anderen Massai gesehen hatte. Sie war eine Häuptlingstochter gewesen. Was hatten ihre Eltern davon gehalten, dass sie ihrem Kral für einen weißen Mann den Rücken gekehrt hatte? Iman sah auf die Handgelenke ihrer Mutter, die auf dem Bild ihre rote Shuka raffte. Sie verhüllte so ihre Brüste, die nicht mehr als Knospen gewesen sein konnten. War sie damals schon mit Leander und mit ihr schwanger gewesen?

Ihre Eltern sahen glücklich aus, dachte Iman. Was wäre, wenn sie noch lebten? Hätte ihre Liebe und ihre Gemeinschaft die Jahre überdauert? Ihr Vater hatte damals weder die Regeln der Gesellschaft noch die Strafen gegen jeden Verstoß gekannt. Vielleicht war es ein Segen, dass sie so bald zusammen gestorben sind. Ein Flugzeugabsturz über der Savanne, als Leander und sie gerade einmal drei Monate alt gewesen waren.

Iman drehte den Rahmen um. Sie bog die kleinen Metallbügel auf, die das Bild hinter dem Glas hielten. Das Metall war rostig und schnitt in ihre Haut. Sie presste ihre Lippen auf das Bild. Dann griff sie sich ihre dunkle Wachsjacke aus dem Kleiderschrank und steckte das Foto in die Innentasche. Sie verließ das Zimmer und schlich auf Socken die Treppen hinunter in die Eingangshalle.

An der Haustür schlüpfte Iman in ein Paar hohe Stiefel. Sie würde durch das Dickicht laufen müssen. Sie legte die Kette zurück und öffnete die fünf verschiedenen Schlösser der mit Stahl verstärkten Tür. Diane hatte sie nach Paddys

Tod angesichts der steigenden Zahl von Überfällen einbauen lassen. Iman schlüpfte ins Freie und sog die frische Nachtluft ein. Guppy hob den Kopf auf seinem an den Rändern abgekautem Schaffell.

»Schsch, ich bin es nur«, sagte Iman und überquerte die dunkle Veranda. Auf dem Rasen sah sie die Zigarette des Askari, des Wachmannes, glühen. Sie wartete noch einige Atemzüge, bis er um das Eck des Farmhauses verschwunden war. Iman lief über die Wiese und schlug den Kragen ihrer Wachsjacke hoch. Die Dunkelheit verschluckte sie: Die Akazienbäume und der undurchdringliche Busch danach bewachten eine andere, eine geheime Welt. Iman ließ das scheinbar schlafende und friedliche Haupthaus von Kupenda hinter sich zurück.

Doch Kupenda war nicht so still gewesen, wie Iman es angenommen hatte. Emelie war lange aufgeblieben, denn Carl, Aischa und sie hatten mit dem Aufbau der neuen Lodge viel zu tun. Sie schlief gemeinsam mit Richard wieder in ihrem Mädchenzimmer statt auf seiner Farm. Und gerade hatte sie Iman nach unten gehen hören. Sie holte sich wohl noch etwas zu trinken, dachte Emelie. Dann aber war die Haustür ins Schloss gefallen. Emelie hielt den Atem an und lauschte in die Stille. Seit Tagen war Iman von spürbarer Rastlosigkeit gewesen. Mehrere Male war sie auf die Anhöhe zu den Gräbern gestiegen. Aber Emelie hatte nicht den Eindruck gehabt, dass sie Paddy und Diane besuchen wollte. Vielmehr stand sie nur dort und sah hinunter auf die Ebene, wo aus den Kralen der Massai der Rauch in den Himmel stieg. Etwas schien sie zu rufen und zu locken. Gehörte auch sie mehr zu ihrem Stamm, als sie es bisher geahnt hatte? Emelie setzte sich in ihrem Bett auf und wollte aufstehen, doch Richard hielt sie zurück.

»Wo willst du hin?«, fragte er.

»Stell dir vor, Iman ist hinausgegangen. Um diese Uhrzeit!«

»Lass sie doch. Sie ist alt genug, um jemanden bei Dunkelheit zu treffen, oder? Ich hoffe, sie hat einen Freund. Wenn ich das Massimo schreibe, dann schlägt er sie sich endlich aus dem Kopf. Verrichte lieber deine eheliche Pflicht und kuschel dich an mich. Ich kann ohne dich nicht schlafen.«

Emelie schüttelte den Kopf. »Das ist kein Rendezvous, Richard. Ich habe Angst um sie. Sie begibt sich in Gefahr.«

»Wen, glaubst du, trifft sie?«, fragte er und küsste ihre Schulter.

»Ich weiß es nicht«, sagte sie, ehe sie hinzufügte: »Leander?«

Richard seufzte nur und ließ sich in die Kissen zurückfallen.

Emelie erhob sich und zog sich einen Morgenmantel über ihr kurzes Nachthemd. Richard griff nach ihrem Arm. Sein Gesicht war ernst, als er zu ihr sagte: »Du wirst ihr nicht nachgehen. Das verbiete ich dir.«

Emelie wollte aufbegehren, doch sie erkannte selber, dass er Recht hatte. Aus reinem Trotz wollte sie nicht mit ihm streiten. »Gut, ich warte unten auf sie.«

»Soll ich mit dir kommen?«

Emelie schüttelte den Kopf. »Nein. Dann wird sie mir nie die Wahrheit sagen. Ich muss sie alleine sehen.«

Sie küsste Richard und ging nach draußen. Auf dem

Flur kam sie an Imans Zimmer vorbei. Emelie zögerte einen Augenblick. Dann klopfte sie der Vorsicht halber und öffnete ihre Tür. Die kleine Nachttischlampe warf einen warmen Schein auf die aufgeworfenen Laken des Bettes. Emelie betrat den Raum. Es knirschte unter ihrem Fuß, und sie sah auf den Teppich. Da lagen die Reste des Bilderrahmens, in dem sonst das Foto von Imans Eltern gesteckt hatte. Sie bückte sich und hob sie auf. Emelie konnte nicht sagen, weshalb, aber dieser Anblick erschreckte sie mehr als alles andere.

* * *

Iman lief durch die Nacht. Wie lange schon, das wusste sie nicht. Was hatte sie hierhergelockt? Ihr fiel wieder ein, wie die Hirten sich in den letzten Tagen Blicke zugeworfen hatten. Ihre Augen hatten sich abgewandt, als Iman Bestätigung für ihre Vermutung darin gesucht hatte. Die Massai hatten bei jeder Gelegenheit leise Worte gewechselt und dann war die Hälfte der Leute nicht mehr zur Arbeit erschienen. Beim Brandmarken am Morgen hatten wieder fünf Jungtiere gefehlt. Gegen Sonnenuntergang hatte sie bei Old Thompson angerufen und unter einem Vorwand Carola zu sprechen verlangt. Seine Tochter wäre ausgegangen, hatte Old Thompson nur gesagt. Nein, sie hatte nicht hinterlassen, wann sie wieder da sein wollte.

Iman war sich sicher: In dieser Nacht gab es wieder eine Zeremonie. Die fünf Jungtiere hatte Leander stehlen lassen! Wen wollte er mit einem so starken Zauber an sich binden? Wer den Schwur verweigerte und seine Wahl nicht traf, der war verflucht. Iman machte schon die Vorstellung davon, was sie sehen mochte, Angst. Was, wenn man sie entdeckte? Würde sie Leander gewachsen sein? Was, wenn er sie zwang, den Schwur zu leisten? Eine dunkle, namenlose Furcht ergriff sie.

Iman war so in ihre Gedanken verloren, dass sie die tief hängenden Zweige eines Dornbusches nicht bemerkte. Die Stacheln rissen in ihr Gesicht, und sie unterdrückte einen Schrei. Mit den Fingerspitzen tastete sie über die feine Blutspur auf ihrer Wange. Da hörte sie die Musik. Trommeln, Gesang und Tanz. Ihr Herz schlug hart in ihrer Brust. Sie zwang sich, ruhig zu atmen. Er war doch ihr Bruder! Es waren doch ihre Leute! Iman sah sich um. Gegen den blauen Nachthimmel wirkten die Umrisse der Eukalyptusbäume wie Riesen, die den Weg bewachten. Sie zögerte. Nicht weit von hier war Ujinda, Richards Koch, vor vier Monaten ermordet worden. Blankes Entsetzen ergriff sie, als sie auf einmal begriff: Sie war nicht anders, denn sie war eine Massai. All die Jahre bei den Goldmans, die liebevolle und aufmerksame Erziehung durch Paddy und Diane und ihre Freundschaft mit Emelie und Aischa waren nichts als eine dünne Schicht Zivilisation über ihrem ursprünglichen Erbe. Sie konnte ihrem Blut nicht befehlen zu schweigen.

Die Musik wurde lauter. Es war ein dumpfes Dröhnen, das sie ergriff und sie zwang, sich darauf zuzubewegen. Iman konnte sich dem Sog nicht wiedersetzen und ging immer weiter in den Schlund der Dunkelheit hinein.

Hörte sie die Musik mit dem Herzen oder mit den Ohren?, fragte sie sich. Sie drehte sich um. Würde sie den Weg nach Kupenda wiederfinden oder schied sie diese Nacht für immer von den Menschen dort? Iman ging weiter, bis nur noch einige Büsche sie mit ihren Blättern und Dornen von der Musik trennten.

Die Bäume glänzten im Schein eines gewaltigen Feuers, und das Blut schien von ihren Blättern zu tropfen. Iman teilte die Äste des Busches am Rand der Lichtung. Sie kannte den Ort. Leander und sie waren als Kinder über die Farm gestrichen und dabei auf diese versteckte Lichtung in der Dichte des Waldes gestoßen. Damals hatten sie sich aus Blättern und Zweigen Engelsflügel gebastelt und waren von Ast zu Ast gesprungen. Auf dem Stamm eines umgefallenen Affenbrotbaumes hatten sie die belegten Brote gegessen, die Diane in der Küche für sie hatte zubereiten lassen. Leander hatte damals seine kleine Hand auf ihren Arm gelegt und gesagt: »Das ist unser Flecken Erde, Iman. Wir wollen ihn niemandem zeigen, vor allem nicht ihnen! Versprichst du mir das?« Iman hatte genickt.

Sie erinnerte sich nun an Leanders Blick bei diesen Worten. Es war, als ob er hatte fragen wollen, ob sie ihn liebte oder die Familie auf Kupenda. Weshalb war für ihn beides nicht möglich? Könnte sie ihm heute anders begegnen? Dann hatten sie weiter Engel gespielt und dabei »Maleika, Maleika« gesungen, was nicht Massai, sondern Suaheli war.

Heute Nacht spielte Leander ein anderes Spiel, dachte sie. Seine Regeln machten ihr Angst.

Iman bog die Zweige weiter zur Seite und hörte einen Schrei, der ihr den Atem stocken ließ. Er klang nach elendem Verenden. Ein Gejohle, das aus vielen Kehlen kam, erstickte den Schrei. Iman erkannte Leander, der aufrecht zwischen den Menschen stand, die auf dem Boden um ihn herumhockten und sich im Takt der Musik wiegten. Ihre Bewegung wirkte wie eine Welle, die jeden Augenblick aufschäumen und alles verschlingen konnte. Wie viele mochten es sein? Iman versuchte zu zählen. Vierzig, fünfzig Menschen vielleicht? Es waren bei weitem nicht alle hier, die auf Kupenda arbeiteten. Aber es schienen genug zu sein, um Unfrieden zu stiften und die Rettung der Farm zu verhindern.

Leander hielt einen frisch enthaupteten Kalbskopf hoch in die Luft. Blut rann über seine Finger. Hinter ihm loderte der riesige Scheiterhaufen, dessen Hitze seine Haut golden glänzen ließ. Er war nackt und hatte seinen Körper mit dem Fett und dem roten Ocker der Krieger eingerieben. Nun strich er sich das Kalbsblut über Stirn und Wangenknochen. Dann hob er die Hand und die Musik verstummte.

»Brüder und Schwestern!«, rief Leander. »Es ist genug. Die Weißen werden uns unser Land nicht von selber wiedergeben. Wir müssen uns wieder holen, was unseren Vätern gestohlen worden ist.« Er machte eine kurze Pause, um tief Luft zu holen. »GESTOHLEN!«, schrie er nun, und die Menschen um ihn herum sprangen auf. Sie begannen, begeistert mit den Füßen zu stampfen und näher und näher an ihn heranzurücken.

Leander wirbelte nun herum, warf den Kopf nach hinten und öffnete den Mund zu einem Schrei. Die Menge begann zu heulen und noch wilder zu stampfen. Leander fing an zu tanzen. Dabei hielt er den Kalbskopf hoch über seinen offenen Rachen. Das Blut tropfte dunkel zwischen seine leuchtend weißen Zähne. Die Menschen sprangen auf ihn zu und griffen nach dem Kalbskopf. Sie wollten von dem Blut trinken und den Schwur leisten. Leander hob seinen Arm, um sie zurückzudrängen. »Schwört mit mir, dass ihr das Blut der weißen Diebe trinken wollt, so wie ihr das Blut der Kälber trinkt!«

»Wir schwören!«, brodelte die Masse und stampfte wieder im Takt der Musik. Leander machte ein Zeichen, und vier weitere Kälber wurden in den Kreis geführt. Ein Mann drehte ihnen den Kopf nach hinten, und Leander hob eine Panga. Blut spritzte den Menschen in einer schaumigen Fontäne ins Gesicht. Die Menge heulte auf. Männer legten ihre Lippen an die klaffende Wunde und tranken. Leander verteilte das Blut mit seinen Fingern auf den nackten Brüsten der Frauen. Die Mädchen wiegten sich und bewegten ihre Lippen. Iman sah den Glanz in ihren Augen, als sie Leander ihre Körper entgegenreckten.

Da hob Leander wieder die Hand, und die Menschen verstummten.

»Komm«, sagte er dann. Iman erschrak. Hatte er sie gemeint?

Doch aus dem Schatten eines Baumes nicht weit von ihr löste sich eine Frau. Sie war nackt bis auf einen Lendenschurz. Ihre Brüste waren voll, aber hingen nicht nach unten wie die einer Massai, die in ihrem Alter schon drei oder vier Kindern das Leben geschenkt hatte und unter der sengenden Sonne auf dem Feld arbeitete.

Iman kniff die Augen zusammen. War das Carola? Sie konnte es nicht mit Gewissheit sagen.

»Komm«, wiederholte Leander und griff die Frau am Handgelenk. Sie zögerte, schien Angst zu haben. Leander zog sie näher an den knisternden und Funken speienden Scheiterhaufen.

Was hatte er vor? Iman beugte sich vor, um besser sehen zu können.

Als er die Frau in die Mitte der Menge zog, war dies wie ein Signal. Die Männer begannen, die Körper der Frauen weiter mit dem Blut der Tiere zu beschmieren. Sie rieben sich aneinander, die Sinne berauscht von der Dunkelheit, der Musik und ihrem verbotenen Treiben.

Iman sah, wie die Frau neben Leander wie erstarrt dastand. Ihre Schenkel zitterten, und sie hob abwehrend die Arme.

Leander griff der Frau in die eng an ihren Kopf geflochtenen Haare. Massaifrauen trugen ihre schmalen Schädel kahl rasiert, was die Schönheit ihrer Züge noch betonte. Leander drehte den Kopf der Frau mit einem Ruck hin zum Feuer. Iman sah ihr Gesicht nun genau und erschrak: Es war tatsächlich Carola Thompson.

Leander zog Carola vor sich und legte seine Hände von hinten unter ihre schweren Brüste. Auch ihre Haut glänzte vor Fett und Ocker. Der Schein des Feuers lag auf den Spitzen ihrer Brüste und der glatten Haut ihres Bauches und ihrer Schenkel.

Iman zwang sich zum Hinsehen. Leander wiegte Carolas Körper im Takt der Musik in seinen Armen. Sie schien vor Furcht wie betäubt. An Leanders Gesten und Bewegungen war nichts Wohlwollendes. Er wirkte wie eine Python, die ein Zicklein vor dem Fressen hypnotisierte.

Mit einem Mal schwieg die Trommel, und die Menschen hielten in ihrem Tun inne. Iman erkannte nun die meisten der Gesichter.

»Als unsere Väter in Uhuru um die Freiheit unsers Landes kämpften, da sagten die Weißen, wir trieben es mit den Ziegen im Wald, um uns einen Schwur aufzuerlegen. Schauermärchen! Aber wir werden sie lehren, wie man uns behandelt!«, rief Leander.

Er beugte Carola mit einem Ruck in der Hüfte nach vorne und drang in sie ein. Ihr Mund öffnete sich zum Schrei, doch der Laut wurde erstickt in dem Geheule der Masse. Alle begannen nun um die beiden herumzutanzen.

Leander schob sich wieder und wieder in Carola und beschmierte dabei ihren Rücken und ihre Arme mit dem Blut der geschächteten Tiere. Carolas Körper wurde weich und biegsam, und sie ging mit Leanders Bewegungen mit. Er kam mit einem Schrei, als er sich aus Carola zurückzog. Sie fiel auf ihre Knie, drehte sich herum und begann, seine Beine und Lenden zu küssen.

Sie liebte ihn, dachte Iman mit einem Mal. Sie war seiner Macht verfallen. Diesem Zauber, den sie alle spürten. Sie würde sich ihm nicht widersetzen und ihm alles verzeihen. Wäre sie selber anders?

Iman sah wieder auf. Ihr blieb keine Zeit mehr zur Flucht, denn der Busch schützte sie nicht mehr. Sie stand bloß im Schein der Fackeln. Leanders Blick legte sich auf sie. Er lächelte, und es sah aus, als ob ein wildes Tier seine Lefzen hochzog. Sein Finger zeigte mit stummer Gewalt durch die aufgewühlte Menge hindurch direkt auf sie.

Blutsbruderschaft

»Jetzt du, Iman«, sagte Leander. Der Klang seiner Stimme erlaubte keinen Widerspruch. Seine Anhänger saßen in einem schweigenden Kreis um sie herum. Man konnte ihr Warten und ihre Gier spüren.

Er hielt sie mit einem Griff in den Nacken nach unten gepresst und zwang sie mit aller Kraft in die Knie. Iman musste nachgeben. Tränen stiegen ihr auf, doch sie würgte sie wieder nach unten. Dann wurde sie zornig. Sie stammte doch von demselben Blut ab wie er! Sie durfte hier nicht weinen. Was immer geschah, sie durfte sich keine Blöße geben, denn er würde jede Schwäche ausnutzen.

Dennoch zitterten ihre Glieder. Die Umstehenden begannen zu schreien und zu heulen. Es klang wie eine Forderung nach Blut.

Leander beugte sich zu ihr herunter und hob ihren Kopf an.

»Was machst du hier, Schwester?«, fragte er sie durch das Tosen hindurch. Aus den Augenwinkeln sah sie, wie Carola um sie beide herumtanzte. Sie wirkte berauscht und drehte sich immer wieder wie hypnotisiert dem Feuer zu.

Sie waren alle verrückt, dachte Iman. »Lass mich los, Leander. Wer glaubst du, dass du bist? Enkai höchstpersönlich?«, zischte sie zurück.

In Leanders Gesicht veränderte sich etwas. Sie hatte einen Fehler gemacht, dachte Iman noch, als der erste Schlag sie hart an der Schläfe traf. Dies war nicht mehr ihr Bruder. Dies war ein Fremder.

»Steh auf«, sagte Leander. Seine Stimme hallte in ihrem Kopf wider. Iman zitterte. Sie fror. Sie wollte sich die Arme um den Körper schlingen, doch jemand hielt ihre Arme nach hinten auf ihren Rücken gebogen. Iman wandte den Kopf. Es war Carola. Alles Mitleid mit ihr, das Iman zuvor gespürt haben mochte, verflog.

»Lass mich los, du Ziege«, sagte sie. »Alle Böcke dieser Welt mögen dich bespringen, wenn es nach dir geht!«

»Steh auf!«, sagte Leander erneut und zog sie mit einem Ruck auf die Füße. Iman sah zu Boden. Neben ihren bloßen Füßen sah sie Kleider liegen. Ihre Jeans, die Wachsjacke, der Pullover, ihr T-Shirt. Deshalb fror sie trotz des lodernden Feuers: Sie war nackt, wie all die anderen Menschen dort, die noch um sie tanzten oder sich unter den tief hängenden Ästen der Büsche liebten. Die Welt bestand nur noch aus zuckenden Leibern. Ihre eigene Haut roch scharf nach Ochsenfett, Blut und Ocker. Man hatte sie eingeschmiert. All dies war wie ein Alptraum. Sie schloss die Augen kurz und öffnete sie wieder, als Leander sie schmerzhaft in den Arm kniff.

»Wenn du nicht mein Fleisch und Blut wärst, wüsste ich jetzt eine Bestrafung für dich!«, sagte Leander drohend. »Carola erwartet mein Kind. Wehe, du beleidigst sie!«

Iman schnaubte: »Wenn Old Thompson das erfährt, hängt er dich an deinen Eiern am höchsten Baum in seinem Garten auf.«

Leander riss ihr den Kopf nach hinten. »*Olapa oibor inkera*. Kinder scheinen heller als der Mond. Mein Erbe wird allen eine Freude sein.«

»Was willst du tun?«, fragte sie und sah ihm in die Augen. Sie musste jetzt mutig sein. »Hast du alles Gute vergessen, was man dir getan hat?«

»Ich nehme mir, was mir zusteht. Es ist keine leichte Aufgabe, aber sie ist mir in die Wiege gelegt worden. *Meyek olenkaina ilala lenyena*.«

Ein Elefant war es nicht müde, sein Elfenbein zu tragen, dachte Iman. Er tat nur seine Pflicht. Irgendein altes Weib in einem Kral, irgendein weiser Mann in seiner Manyatta musste die Macht in Leanders Wesen erkannt und ihm den Sinn verdreht haben. Wer war er nun und wer würde er sein? Ja, sie war wie er gewesen, doch nun hatte er Dinge gesehen und gelernt, von denen sie keine Ahnung hatte. Sie war ihm unterlegen. Was, wenn er den Schwur von ihr forderte. Würde sie die Kraft haben, sich ihm zu widersetzen?

Mit einem Mal küsste Leander sie. Sie schmeckte das Blut auf seinen Lippen und musste würgen. »Trink, Iman. Dann gehörst du zu uns – ob du willst oder nicht. Es ist ein Zauber unserer Großmutter. Du musst dich ihm beugen! Du weißt, was geschieht, wenn du dich ihm widersetzt, nicht wahr? Mein Fluch und seine bösen Geister werden dich finden, überall auf dieser Welt. Sie werden dich bei lebendigem Leibe zerreißen. Hilf mir oder du bist verflucht. *Meituku olkine ngiro*.«

Iman zitterte. Sie wusste, er sprach die Wahrheit. Alles, was an ihr Goldman war, schien verstummt. Sie hatte Angst, furchtbare Angst. Er zwang ihren Kiefer auf. Iman versuchte, sich aus Carolas Griff zu befreien. Es war sinnlos. Sie spürte, wie Nägel sich in ihr Fleisch gruben. Es schmerzte.

»*Meituku olkine ngiro*!«, wiederholte Leander und ließ das Kalbsblut in ihren Mund tropfen.

»Jetzt sag: *Ich schwöre!*«, forderte Leander.

Iman nahm all ihren Mut zusammen, indem sie sich mit aller Kraft an der Erinnerung an die Liebe und den Frieden auf Kupenda festhielt. Und dann schüttelte sie den Kopf. »Nein. Ich werde Kupenda und unsere Freunde nie verraten. Du hast zu viele schlechte Filme gesehen.«

»Im Gegenteil, Iman. Anstatt so wie du in deinen vielen leeren und öden Stunden Filme anzusehen, habe ich die Dinge auf Kupenda beobachtet. Ich habe meinen eigenen Schluss daraus gezogen. Jetzt muss ich handeln. Ich nehme mir, was mein ist. Was *unser* ist, wenn du willst. Ich bin bereit, mit dir zu teilen, so wie ich vom ersten Augenblick unseres Lebens an alles mit dir geteilt habe. Wir sind Zwillinge. Das kann kein Zufall sein.«

»Es gibt nach heute Nacht kein *Unser* mehr, Leander«, sagte Iman.

Leander lächelte. Er durchschaute sie, dachte Iman entsetzt.

»Iman, weißt du denn nicht, wer deine Mutter war und wo sie herkam? Du hast dich brav an Paddys Verbot gehalten, während ich mein Leben in die Hand genommen habe. Unser Großvater war einer der mächtigsten Häuptlinge, den der Stamm je hatte. Unsere Großmutter war eine weise Frau, die jedes Übel heilen konnte und deren Flüche sich immer erfüllten. Sie bestrafte jedes Vergehen unnachsichtig. Als Großvater starb, verschwand auch

Großmutter spurlos. Sie ging mit ihm zu den Ahnen, so stark war ihr Bund. Ich habe alles von ihnen gelernt.«

Sein Gesicht war dem ihren nun ganz nahe. Iman zitterte so, dass ihre Zähne aufeinanderschlugen. Er flüsterte, sodass nur sie ihn hören konnte: »Hörst du nie die Stimme deines Blutes? Weißt du nicht, was um uns herum passiert? *Milo ilgum eranyi*! Geh nicht Kräuter sammeln, wenn es Zeit ist zu tanzen. Willst du Unwichtiges tun, wenn die Stunde des Kampfes schlägt?«

Iman schüttelte wieder den Kopf. Nein, sie wollte nicht schwören. *Nie.*

»Entscheide dich. Bist du für mich oder gegen mich? Willst du kämpfen und die Leute, die dich so abgerichtet haben, strafen? Wenn nicht, bist du nicht besser als dieser zahme Leopard, den Emelie mit sich herumzieht«, sagte Leander.

Er hob die Panga auf, die neben seinen Füßen auf dem Boden gelegen hatte. Iman hörte Carola auflachen. Die lange Klinge des scharf geschliffenen Buschmessers lag auf einmal an ihrer Kehle. Das Metall fühlte sich kühl an. »Entscheide dich: Ich oder die anderen«, sagte er wieder.

Iman schwieg. Leander drehte nach ein paar Augenblicken sein Handgelenk ein wenig, und Iman spürte es warm über ihren Hals fließen.

»*Ich schwöre*!«, forderte Leander.

»Nein. Ich schwöre nicht«, sagte Iman. Ihre Stimme klang heiser. »Niemals.«

Leander legte seine Stirn an ihre. Ihrer beider Atem vermischte sich.

»Nein«, sagte sie mit letzter Kraft.

Die Pein in ihren Schultern wurde unerträglich. Sie war

verloren, dachte Iman. Aber sie würde nicht die Menschen verraten, die sie liebte.

»Dann sei verflucht. Mein Fluch und seine Geister werden dich finden, Iman, wo immer du hingehst. Sie werden dich auffressen und als lebendige Tote wieder ausspucken. Wenn du dich am sichersten glaubst, wirst du dem Ende am nahesten sein. Du sollst keinen Frieden und kein Glück mehr finden«, sagte Leander.

Imans Beine gaben unter ihr nach. Die Welt um sie herum wurde dunkler als die Nacht.

Iman erwachte im Morgengrauen. Es raschelte in den Blättern über ihrem Kopf. Sie sah die schwarz-weißen Schwänze der Colobusaffen in dem hellgrünen Laub verschwinden. Der Tau spritzte. Hexen, so hatten Leander und sie diese Tiere als Kinder genannt. Iman versuchte, sich aufzusetzen.

Die Lichtung lag verlassen da. War das alles nur ein Traum gewesen? Sie sah die Asche des Lagerfeuers. In dem grauen Kreis glühten noch verkohlte Baumstämme. Auf dem sandigen Boden rund herum konnte sie dunkle Flecken erkennen. Neben einem flachen Stein lag ein Kadaver, dessen Kopf fehlte. Fliegen ließen sich in Wolken auf dem toten Tier nieder. An dem Stein selber klebten dunkle Haare.

Imans Haut spannte schmerzhaft über ihren Gliedern. Aus ihren Poren stieg ein ekelhafter Geruch in den reinen Morgen. Er traf sie wie ein Schlag, und ihr Magen stülpte sich um.

Alles an ihr war roh und wund. An ihren Armen, Knien und Schenkeln waren Schürfwunden. Ihr Mund fühlte sich pelzig an. So, als ob ein kleines Tier sich darin zusammengerollt hatte und sich nun ausstreckte. Sie würgte. Ihr Kopf schien sich zu drehen. Am schlimmsten aber war das Brennen in ihrem Inneren.

Leander hatte sie verflucht. Sie fasste sich unters Kinn und spürte ein Rinnsal geronnenes Blut. Es gäbe kein Entkommen, hatte er gesagt. Sie sah sich um. Alles war still. Es war wie ein Alptraum. Wie konnte sie nach Hause kommen, nackt, ohne Kleider? Und wo war überhaupt ihr Zuhause? Wer war sie jetzt noch?

Sie hatte nicht geschworen. Doch sie trug den Fluch mit sich hinaus in die Welt. Jeder, der ihr helfen wollte, würde ebenfalls leiden. Sie konnte nie wieder nach Kupenda. Das war Leanders Strafe für sie.

Iman versuchte zu atmen, doch um ihr Herz lag ein Band aus Eisen. Er hatte die Wahrheit gesagt. Sie konnte nicht fliehen, dachte sie mutlos. Sie hatte viele Mal davon gehört, dass Schwarze verflucht worden waren. Sie hatte gesehen, wie alle Kraft sie verließ und sie aufhörten zu hoffen. Es gab keinen Schutz gegen den Fluch und kein Gegenmittel. Nur wer den Fluch ausgesprochen hatte oder aber ein noch mächtigerer Zauberer als er es war, konnte ihn auch aufheben. Aber wer sollte das sein? Ihr Großvater war tot, ihre Großmutter war verschwunden.

Sie war eine lebende Tote. Dabei hatte sie noch nicht einmal versucht davonzulaufen. Iman spürte zwei Seelen in ihrer Brust ringen: Das Massaimädchen wusste, dass es kein Entrinnen gab, und die Tochter eines Europäers wehrte sich dagegen, denn Flucht und Erlösung mussten möglich sein …

Iman stand mühsam auf. In der Asche des Lagerfeuers

sah sie etwas Blaues liegen. Es war der Rest ihrer Jeans. Sie war gerade noch tragbar. Ihr Pullover war ebenfalls angekohlt, doch er verdeckte das Nötigste. Die Wachsjacke war steif von getrockneten Blutflecken. Als Iman sie zurück in die Asche fallen lassen wollte, fiel ihr etwas ein. Sie griff in die angekohlte Innentasche des karierten Futters und die Asche des kleinen Fotos ihrer Eltern rann durch ihre Finger.

Als sie auf Kupenda ankam, lag das flamingofarbene Haus in der Morgensonne. Die Wagen parkten in der Auffahrt, und die Vorhänge waren noch zugezogen. Iman erreichte ungesehen die ersten Stufen des Hauses. Erst hier erlaubte sie es sich, Atem zu schöpfen. Sie huschte ins Haus. Ehe sie ging, wollte sie nur noch ihren Pass und Geld holen. Sie musste fort, auch wenn sie noch nicht wusste, wohin. Nur so konnte sie die, die sie liebte, vor ihr schützen.

Emelie war über dem Warten auf Iman in dem Lehnstuhl am Kamin des Arbeitszimmers eingeschlafen. Sie schreckte auf und lauschte. Die Tür war gerade ins Schloss gefallen. Dann hörte sie leise Schritte auf der Treppe nach oben steigen. Iman. Wo war sie gewesen?

Emelies Inneres krampfte sich vor Furcht zusammen. Nach einiger Zeit kam Iman wieder die Treppe hinunter. Emelie hörte sie durch die Eingangshalle auf die Tür des Arbeitszimmers zukommen. Sie stand rasch auf und verbarg sich hinter dem Vorhang. Durch einen Spalt sah sie, wie sich der Türknopf drehte. Die Tür wurde aufgestoßen, und Iman glitt ins Zimmer. Emelie sah ihr ins Gesicht und erschrak: Imans schöne Züge hatten alles Gefällige verloren. Sie beobachtete, wie Iman zum Schreibtisch ging, sich in den Drehstuhl setzte und die oberste Lade aufzog. Emelie hielt den Atem an. Dort bewahrte Carl eine kleine Kasse auf. Viel war nie darin, doch es war gerade genug, um einige ausstehende Gehälter zu begleichen oder einen Einkauf in Naivasha zu bezahlen.

Iman drehte den kleinen Schlüssel und schlug die Kassette auf. Mit raschen Fingern zählte sie die Scheine durch und steckte sie in die Brusttasche ihrer ausgewaschenen Jeansjacke.

Da trat Emelie hinter dem Vorhang hervor und fragte sie: »Hast du alles, was du brauchst?« Ihre Stimme klang heiser vor Wut und Enttäuschung.

Iman wollte aufspringen, doch Emelie zwang sie in den Lederstuhl zurück. Iman leistete keine Gegenwehr und begann zu zittern. Unter ihren Augen lagen tiefe Schatten. Emelies Zorn war verflogen. Irgendetwas Furchtbares war geschehen. Aber was? Sie strich Iman über die Haare. Sie waren nass, sie musste geduscht haben.

»Wo kommst du her, Iman? Wo warst du heute Nacht? Lass mich dir doch helfen! Wofür brauchst du das Geld?«, fragte Emelie. »Du wirst schon wissen, was richtig ist.«

Iman sah sie an. Ihre Haut war grau vor Müdigkeit. »Niemand kann mir helfen. Ich bin verloren.« Sie begann zu weinen.

»Unsinn!«, sagte Emelie und lachte. »Also, was ist los? Du kannst mir alles sagen. Mich wirft so leicht nichts um.«

Iman lehnte ihren Kopf an Emelies Körper, und das Licht fiel auf den frischen Schnitt an ihrem Hals. Nun sah Emelie auch die Schürfwunden an ihren Handgelenken und Schenkeln.

»Mein Gott, Iman. Was ist geschehen?« Sie ging neben ihr in die Knie und zog sie zu sich hinunter. Sie hielt Iman und wiegte sie so lange, bis diese die Kraft fand zu sprechen.

»Und diesen Unfug glaubst du? Verflucht, sagst du? So etwas habe ich ja noch nie gehört.« Emelie versuchte, ihre Stimme überzeugt klingen zu lassen. Aber sie wusste, dass es hier um mehr ging, als um Tatsachen, die rein mit dem Verstand zu erfassen waren. Iman war auch eine Massai. Emelie kannte viele Geschichten von Flüchen und Zaubern. Sie kannte die Furcht, mit der weise Männer und Frauen ihre Stämme beherrschten. Es ging hier um etwas Großes und Gefährliches, das für Außenstehende nicht einzuschätzen war.

Natürlich hatte sie auch von den Zeremonien gehört. Wildeste Gerüchte kursierten von Beischlaf mit Tieren und Orgien im Mondlicht. Alles Unsinn, hatte Emelie immer gesagt. Nun zweifelte sie an diesem Urteil. Imans Angst und Verzweiflung waren echt. Ihre Seele war gefesselt. Sie glaubte daran und keine Kraft, kein logischer Beweis dieser Welt konnten diesen Glauben erschüttern. Sie mussten sie vor sich selbst schützen.

Iman fasste Emelie um die Handgelenke. »Du darfst niemandem davon erzählen, hörst du? Versprichst du mir das? Was immer geschieht, es muss unser Geheimnis bleiben.«

Emelie sah die Angst in Imans Augen. Etwas fraß sie jetzt schon von innen auf. Sie verstand ihre Angst; Massai, die verflucht worden waren, lebten mit diesem Fluch. Nichts und niemand konnte ihnen helfen. Es war wie eine

Vorhersehung, die sich mit unheimlicher Kraft selbst erfüllte.

»Was soll ich ihnen denn sagen, wenn du plötzlich weg bist?«, fragte Emelie.

Iman zuckte mit den Schultern. »Sag ihnen alles, nur nicht die Wahrheit. Emelie, ich bin verloren.« Sie begann wieder zu weinen.

Emelie fühlte sich mit einem Mal kraftlos.

Iman schmiegte sich ein letztes Mal an sie, ehe sie aufstand. »Jetzt weiß ich, weshalb Paddy nicht wollte, dass ich als Kind meine Großeltern im Kral besuchen ging. Ich habe es ihm damals übelgenommen, dabei wollte er mich nur schützen. Du siehst ja, was mit Leander geschehen ist.« Iman schüttelte den Kopf. »Ich kann jedoch noch immer nicht über ihn urteilen. Dazu wird er mir stets zu nahe sein. Niemand, der kein Zwilling ist, kann das verstehen.«

Sie schulterte ihren kleinen Beutel. »Ich muss jetzt gehen. Nur so kann ich euch vor mir schützen. Vielleicht auch vor Leander. Nimm dich in Acht, Emelie. Nehmt euch alle in Acht. Mehr kann ich nicht sagen. Ich gehöre nicht mehr zu euch.«

Emelie stellte sich ihr in den Weg. »Du täuschst dich, Iman. Du gehörst immer zu uns. Keine Kraft der Welt kann unseren Bund lösen. Du kannst immer zu uns kommen, wenn du Hilfe brauchst. Kupenda ist und bleibt dein Heim.« Mit diesen Worten schloss sie den Knopf an der Brusttasche der Jacke, in die Iman das Geld gesteckt hatte.

Emelie spürte nun ebenfalls Tränen aufsteigen. Wie war es nur so weit gekommen? Sie umarmte Iman zum Abschied und sagte: »Wenn du mehr brauchst, ruf mich an.«

Iman befreite sich aus der Umarmung. »Ich muss tun, was mir vorhergesagt worden ist. Wenn du versuchst, dem Schicksal zu entkommen, findet es dich mit doppelter Gewalt. Bitte such mich nicht und vergiss, was ich dir erzählt habe. Wenn ich es kann, dann komme ich wieder. Eines Tages.«

Emelie schüttelte traurig den Kopf. »Du bist meine Schwester, was immer geschieht. Das ist unser Schicksal und nichts anderes.«

Iman ging aus dem Zimmer und schloss die Tür hinter sich.

Emelie saß noch immer in dem hohen Ledersessel hinter dem Schreibtisch, als Richard die Tür zum Arbeitszimmer öffnete. Er ging auf sie zu und nahm sie in den Arm.

»Du hast das Richtige getan. Mehr konntest du nicht tun. Gegen diesen Glauben kommen wir nicht an, das weißt du.«

Emelie hob den Kopf. »Hast du uns belauscht?«

»Nur am Schluss. Ich wollte dich hier unten nicht alleine lassen.«

Emelie schmiegte sich wieder an ihn. Sie hatte ihren Kampf alleine kämpfen müssen, aber Richard hatte ihr geholfen, ihn zu gewinnen. Wer konnte Iman helfen?

»Ich habe es seit dem Tag von Dianes Beerdigung kommen sehen«, sagte er. »Wenn Leander hier noch einmal sein angeschmiertes Gesicht zeigt, dann kann er was erleben. Wenn nur Massimo noch hier wäre, würde uns schon etwas einfallen!«

»Massimo?« Emelie schüttelte den Kopf. »Der war immer Leanders Freund. Ihn wirst du so leicht nicht überzeugen können. Außerdem seid ihr nicht mehr auf dem Schulhof von Pembroke in Gilgil, wo ihr euch schlägert.«

»Sind wir das nicht? Irgendwie kommt es mir aber noch so vor. Männer sind ihr Leben lang auf dem Schulhof, wusstest du das nicht?«, fragte Richard.

* * *

Als Iman an der Scheune ankam, in der Leander früher seine Rennwagen geparkt hatte, zögerte sie. Wenn sie nun nach rechts abbog und den langen, staubigen Weg bis zum Eingangstor von Kupenda hochging, konnte sie an der Straße warten, bis ein Matatu des Weges kam und sie eines dieser Sammeltaxis bis nach Nairobi mitnehmen konnte. Sie hatte ihren Lebtag noch keinen Fuß in ein Matatu oder einen öffentlichen Bus gesetzt. Ihr Leben würde sich ändern, dachte sie und versuchte, die Angst zu verdrängen.

Wenn sie sich hingegen nach links wandte, ging es den Hügel hinauf, wo im Schatten des Baumes die beiden Gräber lagen. Sie schienen geradezu auf sie zu warten. Sie konnte nicht gehen, ohne sich von Paddy und Diane verabschiedet zu haben, dachte sie. Leanders Fluch saß wie ein Splitter aus Glas in ihrem Herzen, und er würde ihre Seele in Stücke schneiden. Sie wollte noch einmal Mensch sein, ehe es zu spät war. Paddy hatte sie alle beide schützen wollen, doch Leander hatte es ihm nicht erlaubt. War es für sie schon zu spät? Sie schulterte ihren Beutel und stieg die Anhöhe hinauf.

Ein Wind hob sich, als sie die Grabsteine erreichte. Iman stellte ihren Beutel zwischen die Wurzeln des Baumes und kämpfte gegen den Schwindel an, der sie erfasste. Sie hatte seit dem Vorabend nichts mehr gegessen.

»Hallo, Paddy. Hallo, Diane.« Iman ging neben den Grabsteinen in die Knie. Dann schwieg sie. Was konnte sie ihnen noch sagen? Dass sie die Liebe und die Hoffnung verraten hatte? Die Grabsteine verschwammen vor ihren Augen. Alles war verloren. Sie besaß nichts, außer ihrem Pass und dem Geld, das sie ausgerechnet Emelie und Kupenda gestohlen hatte. Sie hatte nun keine Familie und keine Freunde mehr.

»Ich könnte in einem Hotel arbeiten«, sagte sie. Aber bei Kabir Khan wollte sie nicht vorstellig werden. Nein, sie musste sich von Kupenda und allen, die sie kannten, fernhalten. Sie sah hoch in die Zweige des Baumes. Er schien den gesamten Himmel abzudecken. Was besagte gleich wieder die Legende von Kupenda? Eine junge osmanische Prinzessin sollte sich hier das Leben genommen haben? Sie hatte ebenfalls alles, was sie liebte, verloren. Iman hatte nicht erkannt, was sie an Massimo gehabt hätte, bis er gegangen war. Nun war es zu spät für sie und ihn. Sie war verflucht. Der Weg nach Kupenda war ihr verschlossen. Leander hatte einen Weg eingeschlagen, auf dem sie ihm nicht folgen konnte.

Als sie sich mit der Hand auf der roten Erde abstützte, fühlte sie etwas Hartes unter ihrer Handfläche. Iman sah nach unten. Eine Münze schimmerte neben ihrer Hand. Geld! Viel war es sicher nicht, aber sie konnte jeden Schilling gebrauchen. Das Stück Metall glänzte wie frisch geprägt. Sie nahm es auf, und es lag schwer auf ihrer Handfläche. Das war kein Schilling, sondern reines Gold, dachte sie. Umso besser. Damit konnte sie sich ein Hotel leisten. Es verschaffte ihr Zeit, um zu überlegen. Aber wo kam es her? Sie sah sich die Prägung genauer an. In das Gold war ein Schiff gestanzt und am Rand der Münze erkannte sie arabische Lettern.

Mit einem Mal lachte Iman auf. Ihre Finger schlossen sich fest um die Münze. Die Prinzessin, natürlich! Es war eine Münze aus ihrer Mitgift, die sie so oft gesucht, aber nie gefunden hatten. Die Münze war eine Antwort auf all ihre Fragen.

»Nur Mut, Iman.« Sie stand auf und sandte einen Kuss hin zu den Grabsteinen. Ein Teil von ihr gehörte auf immer hierher. Selbst wenn Leanders Fluch sie in tausend Stücke reißen würde. Von dieser Münze würde sie sich nie mehr trennen.

Sie schlüpfte aus einem ihrer Stiefel und legte die Münze unter die Sohle. Da war sie gut versteckt. Dann machte sie sich an den Abstieg. Iman wanderte über Kupenda zu der großen, staubigen Straße, die nach Nairobi führte, wo die Hochhäuser um die Kenyatta Avenue in den Himmel ragten.

Mama Ginas Mädchen

Iman ging langsam über die Kenyatta Avenue. Die Straße wirkte wie eine Schlucht auf sie. Häuser ragten rechts und links des Bürgersteigs auf. Autos hupten unablässig, ihre Fahrer bremsten für nichts und niemanden und stellten dann ihre Wagen ab, wo es ihnen gerade passte. Auf dem breiten Gehsteig verkauften fliegende Händler Zeitschriften, Lotterietickets, Zigaretten und Süßigkeiten.

Von der anderen Seite des Lebens aus betrachtet war dies nicht mehr die Straße, die sie einmal gekannt hatte, dachte Iman. Früher waren Emelie, Aischa und sie hier gebummelt und hatten neue Kikoi-Stoffe für den Strandurlaub gekauft, ehe Diane sie auf einen überteuerten Tee ins Stanley Hotel eingeladen hatte. Auf dem abgestorbenen Baumstamm in der Mitte des Cafés hatten sie gemeinsam all die eingeritzten Nachrichten gelesen, die Reisende aus ganz Afrika dort hinterlassen hatten.

Diese Erinnerung gehörte einer anderen Welt und einer anderen Zeit an. Sie war nun eine Ausgestoßene. Wer ihr half, dem würde es nicht besser ergehen als ihr selber. Was konnte sie vom Leben noch erwarten? Sie gehörte weder hierhin noch dorthin.

Einige Männer machten schnalzende Geräusche mit ihrer Zunge, als sie an ihnen vorbeiging. Andere Frauen zogen beim Anblick ihres kurzen Kleides die Augenbrauen hoch. Es war, als ob auf ihren Gliedern noch immer das Blut, die Asche und der Ocker glänzten. Iman griff ihren Beutel fester und legte sich die Jeansjacke über den Arm. Es war ein kühler Nachmittag. Nairobi stand ein kalter Sommer bevor. Dennoch sammelte sich Schweiß auf ihrer Stirn und in ihren Achselhöhlen. Ihr Magen knurrte. Auf der anderen Seite der Straße saß ein kleines Mädchen, das mit spitzen Fingern die geviertelten Maiskolben auf der Glut ihres Chico umdrehte.

Als Iman nach rechts und links sah, um die Straße zu überqueren, wurde sie angerempelt. Ihre Tasche und die Jacke fielen zu Boden, und ihre Schulter schmerzte.

»Entschuldigung, Schwester. Hab ich dir wehgetan?« Ein junger Mann sah ihr besorgt ins Gesicht. Als ihm Iman antworten wollte, gab er ihr noch einen Stoß. Sie fiel nach hinten auf das Pflaster und schrie vor Schreck auf. Der Mann riss ihre Tasche und die Jacke an sich und lief davon. Im Rennen schlug er Haken wie ein Hase.

»Nein! Haltet den Dieb!«, rief Iman. Sie kam wieder auf die Füße und wollte ihm hinterherrennen. Doch er war bereits im Gewühl des City Market verschwunden. Dort würde sie ihn nie mehr wiederfinden. Iman rief ihm verzweifelt hinterher: »Komm zurück! Da drin ist alles, was ich habe!« Sie begann zu weinen. Was sollte sie nun tun? »Komm zurück, bitte …«

Passanten sahen sie neugierig an, und der Verkehr brauste weiter um sie herum.

»Kann ich dir helfen?«, hörte sie eine Frauenstimme fragen. Starke Hände, an deren Fingern Goldringe steckten, richteten sie auf und klopften sie ab. »So was, jetzt beklauen die Kerle schon unsereiner. Was für ein Schwein. Hast du dir wehgetan?«

Iman schüttelte den Kopf. »Nein. Aber all mein Geld und meine Papiere sind weg. Ich weiß nicht, wo ich nun die Nacht über bleiben soll.«

»Armes Kind«, sagte die Frau. »Lass dich mal ansehen. Ich bin Mama Gina.« Sie drehte Iman einmal vor sich im Kreis. »Bist ein feines Vögelchen, was? Eine halbe Weiße. Ich kenne viele, denen das gefällt.« In ihrem Vorderzahn, zwischen den fleischigen Lippen, glitzerte ein Diamant. »Wie heißt du?«

»Iman.« Früher war sie eine halbe Massai gewesen, nun war sie eine halbe Weiße. Man sah immer nur das andere im Menschen.

»So ein Pech aber auch. Was willst du jetzt machen?«, fragte Mama Gina sie. Iman stieg der Geruch ihres süßen, schweren Parfums in die Nase.

Sie zuckte die Achseln und wischte sich die Tränen weg. Wie hatte sie denken können, dass sie einfach so gehen könnte? All dies war ihr von nun an vorherbestimmt. Sie versuchte, dem Schicksal zu entkommen, und es fand sie mit doppelter Kraft. Sie konnte tun, was sie wollte. Sie war dem Fluch ausgeliefert. Vielleicht wurde alles nur noch schlimmer, wenn sie dagegen ankämpfte?

Mama Gina schien ihre Verzweiflung zu spüren. Sie zog sie an sich, und Iman ließ es geschehen. Die Wärme ihrer dicken Arme hatte etwas Mütterliches und Trostreiches an sich. Dann hielt Mama Gina sie wieder auf Armeslänge von sich.

»Suchst du Arbeit, Iman?«, fragte sie.

Sie musterte Mama Gina: Ihre braunen Augen glänzten

feucht unter falschen Wimpern, und ihre vollen Lippen waren rubinrot angemalt. Sie trug ein hautenges Kleid, das sich über ihren ausladenden Leib spannte. Ihre Füße steckten in hochhackigen violetten Riemchensandalen. Sie konnte sich schon vorstellen, welche Art Arbeit Mama Gina ihr nun anbieten wollte.

»Nein danke«, sagte sie dann.

»Was willst du denn machen, jetzt, da dein Geld und deine Papiere weg sind? Hast du Familie? Kennst du jemanden in Nairobi, der dir helfen kann?«

Iman zögerte und schüttelte dann den Kopf. Wer ihr half, dem konnte ebenso wir ihr ein Unglück zustoßen. »Nein, ich kenne niemanden hier«, sagte sie.

Mama Gina lachte. »Na, dann komm erst mal mit mir. Dann sehen wir weiter.«

»Lieber nicht«, sagte Iman.

Mama Gina ließ sie los und stemmte die Arme in die Hüften. »Mädchen, ich will dir nur helfen. Wenn ich in deiner Lage wäre, dann würde ich mich über jede Hilfe freuen. Aber wenn du dir nicht helfen lassen willst, bitte.« Sie wandte sich um und ging weiter die Kenyatta Avenue hinauf.

»Warte«, rief Iman. Es stimmte, sie war allein auf dieser Welt. Wo sollte sie jetzt noch hin? Es war schon nach fünf Uhr. In einer Stunde nur würde es dunkel sein. Wenn sie dann noch alleine auf den Straßen Nairobis unterwegs sein würde, wäre das schierer Leichtsinn.

Mama Gina wandte sich um. »Ja? Hast du deine Meinung geändert?«

Iman holte sie ein. »Was für eine Art Arbeit ist das denn genau?«

»Komm mit, ich zeige es dir. Was immer mit dir passiert ist – ich biete dir eine Möglichkeit, erst einmal zu überleben. Das hat schon alles seine Richtigkeit«, sagte Mama Gina.

Was immer mit ihr passiert war … Sie konnte jedenfalls arbeiten und Geld verdienen. Niemand, der sie kannte, würde sie dort sehen.

Iman nickte. Mama Gina lachte zufrieden auf und fasste sie unter dem Arm.

»Iman, du hast Glück, mich getroffen zu haben. Komm mit mir, wir essen etwas Posho mit Ugali und unterhalten uns dabei.«

Mit diesen Worten ging sie Iman die Kenyatta Avenue entlang voraus, bis sie zu einer kleinen Abzweigung kamen. Mama Gina bog in die Gasse ein. Es stank nach Urin.

»Komm«, sagte Mama Gina. »Meine Bar ist dort hinten.« Sie zeigte auf ein Schild, auf dem in roten und violetten Buchstaben die Worte *Mama Ginas Mädchen* zwischen sich windenden Körpern und Cocktailgläsern leuchteten.

Iman erschrak bei dem Anblick. »Nein, ich will das nicht. Ich bin keine Prostituierte«, sagte sie bestimmt.

Mama Gina wirkte verletzt. »Mädchen! Mein Club ist sauber. Er gehört einem reichen *Mzungu*. Der weiße Mann kommt mit seinen Freunden, und meine Mädchen tanzen für sie. Wer redet denn von Prostitution? Du musst nur ein bisschen gute Laune ausstrahlen. Das kannst du doch, oder?«

Iman schüttelte den Kopf. »Ich glaube, ich gehe lieber auf die Avenue zurück. Mir wird schon noch etwas einfallen.«

Mama Gina seufzte. »Also gut, wie du willst. Weißt du was? Wenn du möchtest, dann bleib nur diese eine Nacht in meinem Haus. Du weißt ja sonst nicht, wo du hinsollst. Und morgen können wir weitersehen.« Mama Gina streckte ihr die Hand hin.

Das klang nach einem freundlichen Angebot, dachte Iman. Vielleicht gab es ja doch Güte und Großzügigkeit auf der Welt und der Fluch war ihr noch nicht hierhergefolgt. Sie fasste ihre Hand. Die Finger hielten die ihre stark und bestimmt.

»Na, also«, sagte Mama Gina und zog Iman mit sich.

Die Tür zu dem Club wurde geöffnet. Drei Männer in Armeehosen und weißen Unterhemden, die ihre muskulösen Oberkörper noch betonten, standen im Eingang. Um ihre Hälse glitzerten Goldketten, und sie trugen trotz der anbrechenden Nacht Sonnenbrillen. Ihre Haut war blauschwarz. Sie waren keine Kenianer, sondern stammten aus dem Westen des Kontinents. Einer von ihnen grinste, als er Iman kommen sah. Über seinen Unterarm zog sich eine Narbe wie eine weiße Schlange.

Mama Gina zog Iman in den Gang des Hauses. Der Mann mit der Narbe machte ein zischelndes Geräusch mit seiner Zunge, als sie ihn passierte, und Iman wich einen Schritt zurück. Wie schreckhaft sie geworden war, dachte sie gleichzeitig. Sie sah und hörte Leander und seine Drohung überall.

»Das ist nur Tomtom«, sagte Mama Gina mit einem warnenden Blick zu dem Mann. »Keine Sorge. Hunde die bellen, beißen nicht.«

Iman nickte. Sie fühlte sich mit einem Mal kraftlos. War es ein Fehler gewesen, Mama Gina zu trauen? Die schloss gerade die Tür zur Straße hin, und Iman hörte, wie sie den Schlüssel zweimal im Schloss drehte. Weshalb sperrte Mama Gina die Tür zu?

»Was soll …«, begann Iman.

Mama Gina lächelte sie an. »Nur zur Sicherheit. Du weißt ja, was für Gesindel sich auf den Straßen von Nairobi herumtreibt.« Dann wandte sie sich an Tomtom und sagte: »Bring Iman hoch. Und, noch was …«

»Ja?«, fragte der mürrisch, als er Iman, die vor Schreck starr war und sich gegen ihn sperrte, Richtung Treppe schob.

»Benimm dich. Ich will keine blauen Flecken sehen, okay?«, sagte Mama Gina.

Iman sah Tomtom nicken. Sein Geruch nach Schweiß und anderen Ausdünstungen drehte ihr den Magen um. Er gab Iman einen Stoß. Sie stolperte, fing sich aber gerade noch. Und sie begriff, dass sie dem Fluch nicht entkommen war. Im Gegenteil, Leanders Weissagung erfüllte sich gerade mit furchtbarer Kraft.

Der Tanz

Iman stand hinter dem Vorhang. Sie atmete mühsam. Tomtom hatte sie am Morgen in die Brust getreten, und es schmerzte bei jedem Atemzug. Gleich war sie mit dem Tanzen dran. Ihr enges, mit blauen Pailletten besetztes Kleid war so kurz, dass es gerade ihre Scham bedeckte. An ihrem Handgelenk leuchtete noch ein roter Fleck, dort, wo Tomtom seine Zigarette ausgedrückt hatte. Er hatte ihr ein billiges, breites Armband darüber geschlossen.

Iman hörte, wie Mama Gina sie auf der Bühne ansagte. Sie schloss kurz die Augen.

Sie musste hier raus. Wie hatte sie nur so gutgläubig sein können? War das auch Leanders Fluch? Dass sie niemandem auf der Welt mehr trauen konnte?

Sie versuchte, durch einen Spalt im Vorhang in die Bar zu sehen. Es musste doch noch einen zweiten Ausgang geben! Doch sie konnte nichts erkennen. Der Zuschauerraum vor dem Stoff aus violettem Samt lag im Dunklen. Einige Lichter richteten sich grell auf die Bühne und blendeten sie. Vielleicht konnte sie etwas erkennen, wenn sie erst einmal auf der Bühne stand, dachte Iman, jedoch ohne viel Hoffnung.

Leanders Fluch hatte sie gefressen und noch nicht einmal geschluckt. Aber sie würde auch dann nicht anders handeln, wenn er sie noch einmal vor die Wahl stellen würde.

Tomtom hatte sie in der vergangenen Woche in ihrem Zimmer eingesperrt. Das Fenster war verhängt gewesen, und kein Licht, kein Laut war zu ihr gedrungen. Sie hatte im Eck gekauert, die Arme um die angezogenen Knie geschlungen, so wie ein verwundetes Tier. Tomtom war zwei oder dreimal am Tag zu ihr gekommen.

Sie fürchtete schon bald seine Schritte auf der Treppe und hatte sich nach seinen ersten Tätlichkeiten unter der Matratze und hinter dem Stuhl zu verstecken versucht. Was war nur geschehen?, dachte sie.

Leander. Leander war geschehen. Sie schluckte die Tränen herunter. Wenn sie nun ihr Make-up verschmierte, gab es nur noch mehr Ärger. Sie musste jetzt einen klaren Kopf bewahren.

In diesem Augenblick zog Mama Gina den Vorhang beiseite. Mit ihr kam der Dunst von Zigaretten, Alkohol, Desinfektionsmittel und Schweiß in den Hinterraum.

»Mach, dass du rauskommst!«, zischte sie ihr zu. »Unser Eigentümer ist auch hier. Er mag Mädchen wie dich. Du tanzt nur für ihn, okay? Da drüben sitzt er, merk es dir.«

Sie zeigte auf einen runden Tisch nahe der halbmondförmigen Bühne. Iman blickte über den Rand ihrer lächerlich großen Sonnenbrille hin zu dem Mann und wollte ihren Kopf augenblicklich wieder zurückziehen. Dort an dem Tisch saß Old Thompson! Er lachte und schenkte sich gerade Champagner nach. Dabei sprach er mit jemandem an seinem Tisch. Doch die Stange in der Mitte der Bühne verdeckte Iman die Sicht. Dann lehnte sich der andere Mann nach hinten, und Iman erschrak noch mehr.

Es war Kabir Khan. Und noch ein dritter Mann saß bei ihnen. Seine Haut war tief von der Sonne gebräunt, und seine Augen leuchteten hell in der Dunkelheit der Bar. Ihn kannte Iman nicht.

Khan und Thompson. Was, wenn sie sie erkannten?

»Ich kann da nicht hinausgehen«, sagte Iman zu Mama Gina. Die ersten Töne einer Version von »I wanna be loved by you« erklangen; laut, falsch und von Stöhnen und Seufzern erfüllt. »Ich kann es nicht.«

Mama Gina gab Iman mit spitzen Fingern einen Stoß in die Seite. »Und ob du kannst. Sonst nimmt Tomtom dich in die Mangel. Kein Tanz kann so schlimm sein.«

Sie schob Iman unsanft auf die Bühne und schloss den Vorhang hinter ihr.

Iman griff nach der Stange in der Mitte der Bühne. Beinahe ließ der Schweiß an ihren Händen sie daran abgleiten. Die Lichter blendeten sie, und Musik füllte ihre Ohren. Sie ließ die blonden Haare der Perücke vor ihr Gesicht fallen und ging in die Knie. Pfiffe stiegen aus dem Publikum auf. Old Thompson setzte sich auf. Khan trank mit gelangweilter Miene einen Schluck aus seinem Glas. Der dritte Mann schien auf seinem Mobiltelefon seine Nachrichten abzurufen.

Die Stange war nun zwischen ihren Schenkeln. Iman wand sich darum und glitt daran auf und ab. So, wie Tomtom es ihr eingebläut hatte.

Old Thompson prostete ihr zu. Sie begann, sich langsam um die Stange zu drehen.

Der Unbekannte an Thompsons Tisch hatte sein Telefon weggesteckt und musterte sie nun aufmerksam.

Iman bog sich nach hinten und kam im Takt der Musik

wieder hoch. Ihr Blick glitt durch den Raum. Da, in der gegenüberliegenden Wand war eine Tür eingelassen. Darüber leuchtete ein grünes Schild, auf dem ein Mann lief. Das war der Notausgang, dachte Iman und schwang ihr Bein nach oben. Wenn hier jemand in Not war, dann sie. Sie musste hier raus. Ein schlimmeres Schicksal als dieses konnte sie nirgends erwarten. Aber wie kam sie zu der Tür?

Die Stimme Old Thompsons drang durch die dröhnende, aufpeitschende Musik an Imans Ohr. »Du kommst mir bekannt vor. Haben wir uns schon einmal gesehen? Hier vielleicht?« Er stand auf, griff nach einer Haarsträhne ihrer Perücke und ließ sie wieder fallen. Dann versuchte er, ihr die Sonnenbrille anzuheben. Iman zog den Kopf zurück.

»Hast du deine Zunge verschluckt?« Thompson zuckte mit den Schultern. »Auch gut. Weiber quatschen eh zu viel. Ich bringe schon noch einen Laut aus dir heraus. Nachher vielleicht, wenn wir alleine sind.«

Mit diesen Worten zog er Iman von der Bühne auf seinen Schoß und schob seine Hand unter ihren Rock. Seine Finger rieben an ihren Schenkeln. »Du hast schöne, glatte Haut. Schenk uns nach, Mädchen. Männer sind wie Pferde, du musst sie gut füttern und tränken.«

Iman warf einen raschen Blick hin zu Tomtom. Er sprach gerade mit einem Kunden. Dann sah sie wieder unaffällig hin zur Tür. Der Tisch, an dem sie mit den drei Männern saß, stand zwischen dem Ausgang und der Bühne. Sie griff nach der Flasche Champagner. Als sie Kabir Khan nachschenken wollte, legte dieser seine Hand auf sein Glas. »Danke, für mich nicht mehr«, sagte er.

Er bedankte sich bei einer Hure, dachte Iman. Old Thompson machte Anstalten, sie zu Khan hinüberzuschieben. »Willst du sie haben? Ich weiß ja, dass du eigentlich Brüste wie Mumbai Mangos magst. Die hier ist flach wie ein Junge.«

Khan schwieg. Was hatte *er* hier mit Old Thompson zu suchen?, fragte sich Iman. Hatte Carl doch Recht gehabt, ihm zu misstrauen? Aischa hatte es nicht glauben wollen.

Old Thompson lehnte sich nach vorne, und seine Finger näherten sich wieder ihren nackten Schenkeln. »So brav, Khan? Irgendwo muss ein Witwer sich doch sein Vergnügen holen. Komm, wir können es oben zusammen machen.«

»Nein, danke. Ich bin zwar Witwer, aber ich habe wieder eine Freundin«, sagte Kabir Khan.

Thompson hob nun mit rotem Gesicht sein Glas und prostete ihm zu. »Sicher ein Mädchen aus ehrenwerter indischer Familie. Auf die Liebe!« Er zog seine Hand unter Imans Kleid hervor und glitt mit den Fingern über ihren Bauch nach oben. »Wer ist dein Beschützer von den Jungs? Tomtom?«, fragte er sie.

Khan erhob sich. »Ich gehe nun besser. Danke für den Drink, Thompson.«

Wenn Khan jetzt ging, dann war sie Old Thompson ausgeliefert. Oder sie konnte versuchen, doch noch durch diese Tür zu entkommen, dachte Iman. Nur eines würde sie nicht tun: Sich Khan zu erkennen geben. All dies war zu furchtbar, als dass es jemand je erfahren durfte. Nein, sie war auf sich allein gestellt und von der Gesellschaft ausgestoßen.

Der dritte Mann, der bisher schweigend am Tisch gesessen und seinen Champagner getrunken hatte, lehnte sich nun nach vorne, um Iman besser sehen zu können. Seine Augen waren selbst im Dämmer der Bar von einem unwirklichen Blau. Sein Blick schien direkt durch ihre Brille und unter ihre Perücke zu gehen. Iman fühlte sich ihm ausgeliefert. Als sie ihm von dem Champagner anbot, schüttelte er den Kopf.

»Bleibst du noch, Dominique?«, fragte Khan ihn.

Der andere nickte. *Dominique.* Den Namen hatte Iman noch nie gehört. In Kenia kannte jeder jeden …

»Wann geht dein Flug nach Paris?«, fragte Kabir Khan den Mann.

»Morgen Abend. Ich nehme die Nachtmaschine der British Airways nach London und steige dort um.« Er sprach mit einem Akzent. War er Italiener? Oder Franzose?

»Na dann, auf bald. Du bist immer willkommen hier, das weißt du. Ich bin schon auf die Bilder gespannt, wenn sie rauskommen.«

Dominique stand auf und erwiderte Khans Umarmung. »Danke, Kabir. Ich sende dir die Ausgabe, sobald sie erschienen ist. Auf bald.«

Dominiques Körper war schmal und sehnig. Er wirkte wie von der Sonne hartgebacken. Neben seinem Fuß stand eine große schwarze Tasche, die bis obenhin voll gepackt war.

Khan wandte sich zum Gehen. Der Türsteher öffnete ihm den Notausgang. *Jetzt,* dachte Iman, als sich die Hand von Old Thompson wie eine Fessel um ihr Handgelenk legte.

»Wollen wir beide wenigstens zusammen mit der Kleinen aufs Zimmer gehen?«, fragte er Dominique und hielt Iman fest auf seinem Schoß.

Dominique trank sein Glas aus und schüttelte den Kopf. Er griff in die Brusttasche seines Hemdes und nahm eine Rolle Geldscheine heraus. Mama Gina stand mit einem Mal neben dem Tisch und Tomtom hinter ihr. Wo kamen die beiden denn so schnell her? Sie rochen Geld wie Fliegen den Kot, dachte Iman.

»Das sind fünfhundert Dollar. Bring das Mädchen auf ihr Zimmer. Ich komme gleich nach. *Allein*«, sagte Dominique zu Mama Gina.

Mama Gina griff Iman am Arm und zog sie hoch. »Entschuldigung, Thompson. Kundschaft und Geschäft gehen vor, sagst du mir immer. Das Mädchen ist heute Nacht vergeben.«

Tomtom schob ihm ein anderes Mädchen zu. »Hier, nimm Diamantina heute Nacht. Sie weiß, was dir gefällt.«

Iman sah noch einmal hin zu der in die Wand eingelassenen Tür. Es war sinnlos. Sie hatte ihre Chance auf eine Flucht vertan. Was stand ihr nun bevor? Dominique hob seine schwarze Tasche an und überprüfte ihren Inhalt. Mama Gina zog Iman weg vom Tisch und zwang sie die Treppe nach oben.

Iman saß auf den schmutzigen Laken ihres Bettes und wartete. Am Fenster war die Abdunkelung entfernt worden, und Moskitos verfingen sich in dem feinen Gitter, das davorgenagelt war. Einige der Mücken und Motten kamen dennoch durch die Löcher im Draht und verglühten mit einem Zischen an der Neonlampe, die den Raum mit einem kalten, grellen Licht füllte. An der kahlen Wand waren kleine verkrustete Blutflecke. Über dem Bett hing ein halb eingerissenes Poster, das Diani Beach nahe Mombasa zeigte. Verblasste Palmen vor einem schäumenden Meer, hinter einer weißen Linie aus Sand. Diani. Paddy hatte an Diani Beach einmal eine Affenfalle gebaut. Und Diane war wütend geworden, dass er dazu alle Bananen verwendete, die sie eben erst auf dem Markt erstanden hatte.

Iman fror. Es war Juni und bereits sehr kalt in Nairobi. Sie legte sich die Arme um den Leib. Neben der auf dem Boden liegenden Matratze stand ein Glas Wasser, das noch halb voll war. Iman verzog den Mund. Immerhin, das Glas Wasser war noch halb voll, nicht halb leer. Gut so. Das hatte Leander ihr nicht austreiben können.

Sie zog sich das Laken um die Schultern. Es stank nach dem, was Tomtom mit ihr getan hatte. Der Gedanke an einen weiteren Mann, der sie berühren könnte, entsetzte sie. Irgendein Mann, jeder, der gerade bezahlen konnte. Auch mehrere die Nacht. Es war furchtbar. Das war es, was Leanders Fluch bewirkte. Wenn sie nicht zu ihm gehörte, dann würde sie auch zu niemand anderem mehr gehören, hatte er gesagt. So war es gekommen.

Iman krümmte sich und dachte an die Münze, die noch immer verborgen unter der Sohle ihres Schuhs lag. War das die Lösung, auf die sie der Fund hatte hoffen lassen? Ihre Seele lag im Sterben. Folgte ihr nun ihr Körper?

Sie hörte Schritte die Treppe hinaufkommen. Die ausgetretenen Stiegen knarzten. Es waren zwei Männer, Iman hörte sie reden. Sie konnte Tomtoms Stimme erkennen, die ungewöhnlich hoch war für einen Mann seiner Statur. Der andere Mann, Dominique, antwortete ihm, tiefer, rauer. Beide lachten.

Iman setzte sich auf. Eine Gänsehaut überzog ihre Arme, doch die eisigste Kälte breitete sich in ihrem Innersten aus. Die Tür öffnete sich. Tomtom ließ Dominique herein und ging dann wieder pfeifend die Treppe hinunter.

Dominique lehnte sich an die Tür und schwieg. Iman kauerte noch immer auf dem Bett. Sie hielt sich die geballten Fäuste wie ein Kind vor die Augen gepresst.

»Sieh mich bitte an«, sagte Dominique. Iman rührte sich nicht.

»Bitte«, wiederholte er. Seine Stimme klang nach Zigaretten und nach langen Nächten.

Sie öffnete die Augen ein wenig.

»Setz dich auf.«

Iman gehorchte widerstrebend. Er ging von der Tür durch den Raum und setzte sich auf den Stuhl gegenüber dem Bett. Von dort aus beobachtete er sie unablässig. »Gut. Jetzt steh auf.«

Sie tat, wie ihr geheißen. Was hatte sie sonst für Möglichkeiten?

»Dreh dich um, ganz langsam. Du bist groß und schlank. Starke Schultern, langer Hals. Schön. Jetzt nimm diese elende Perücke ab, ich will dein Gesicht sehen.«

Iman schüttelte den Kopf. »Das darf ich nicht«, sagte sie.

»Keine Sorge. Ich zahle, also ist für die Schweine da unten alles okay. Nimm endlich die Perücke ab. Und die Brille auch. Ich will sehen, ob sich meine Vermutung bestätigt. In der Nacht sind alle Katzen schwarz, das habe ich in meinem Job gelernt.«

Dominique stand auf und ging auf sie zu. Aus einem der Nachbarzimmer kamen ein Schrei und dann ein Krachen. Dann war wieder alles still, ehe ein Mädchen weinte.

Iman wandte den Kopf hin zu den Geräuschen. Ihre Angst kam wieder.

Dominique zog Iman die blond gelockte Perücke vom Kopf und hob vorsichtig die Sonnenbrille von ihrer Nase. Er drehte Imans Kopf in das flackernde, kalte Licht. Als er ihr geschwollenes Auge sah, das Tomtoms Linke ihr zugefügt hatte, sog er die Luft zwischen den Zähnen ein. Er strich sanft mit seinem Zeigefinger über die Wunde. »Das heilt wieder, keine Sorge.« Dann fasste er Imans Kinn und wandte ihren Kopf zweimal hin und her. Er stieß einen leisen, bewundernden Pfiff aus. »Das habe ich mir gedacht. Mit den Jahren entwickelt man ein Auge für Schönheit. Die haben auch deine Perücke und die Brille nicht verbergen können. Wangenknochen und Lippen, daran entscheidet sich alles. Die Mädels bei *Vogue* werden Augen machen, wenn sie dich sehen.«

Er nahm die Flasche Babyöl, die neben dem Stuhl auf dem Boden stand. »Das ist für die Vorlieben unseres Freundes Thompson, oder?«, fragte er und goss sich etwas davon auf seinen Hemdzipfel. Dann rieb er Imans Gesicht ab. Die billige Schminke färbte die teure Baumwolle.

»So, jetzt bist du sauber.« Er fuhr ihr mit der Hand über den kahlrasierten Kopf. »Du siehst aus wie eine Göttin. Was machst du nur an einem Platz wie diesem? Kannst du Lesen und Schreiben?«

Iman nickte. Der Mann hatte eine angenehme Ausstrahlung, und doch spürte sie, dass er es gewohnt war, seinen Willen durchzusetzen. Seine nächsten Worte trafen sie wie ein Schlag.

»Zieh dich aus und stell dich an die Wand dort. Da, wo das Licht hinfällt.«

Iman wagte es kaum zu atmen. Also doch. Nein, das konnte sie einfach nicht!

Dominique hatte sich seiner schwarzen Tasche zugewandt und löste die Schnallen daran. Sie sah, wie er ein Stativ entfaltete und eine Kamera daraufschraubte. Dann wandte er sich wieder ihr zu und zog die Augenbrauen hoch. »Du bist ja noch immer angezogen! Mach schon, ich fresse dich nicht. Frauen sind nicht mein Fall. Auf jeden Fall nicht so. Zieh dich aus.«

»Alles?«, fragte Iman zögernd.

Er sah mit gerunzelter Stirn in sein Objektiv. »Natürlich. Stell dich vor die Wand. Und sprich mit mir.«

Iman wollte den Mund öffnen, doch Dominique sah noch einmal von seiner Kamera auf und lächelte sie an. »Nicht mit Worten. Ich glaube, es wird noch lange dauern, bis du all dies in Worte fassen kannst. Vielleicht wird es nie geschehen. Sprich mit mir, mit deinem Körper, deinen Augen. Beweg dich. Hör auf die Musik in deinem Kopf. Tanz, tanz dich frei. Nicht wie da unten. Tanz nach dem Rhythmus deines Herzens.«

Iman zog sich aus und stellte sich vor die Wand. Die Kamera baute einen Wall zwischen ihnen auf. Dominique begann, den Auslöser zu drücken. Das monotone Geräusch beruhigte Iman. Was immer er wollte, es war nicht ihr Körper. Oder zumindest nicht auf die Weise Tomtoms oder Old Thompsons. Es war, als könnte sie noch eine Nacht lang weiterleben. Dennoch gelang es Iman nicht, sich zu bewegen. Sie stand starr vor der Wand. Alles war zu entsetzlich gewesen, und Dominique und seine Kamera überforderten sie. Sie hatte nichts zu sagen, und ihrem Kopf spielte keine Musik.

Nach einer Weile sah Dominique wieder auf. »Das geht alles viel zu schnell, nicht wahr? Verzeih«, sagte er. Dann besah er sich die Bilder auf dem kleinen Bildschirm seiner Kamera. »Du bist, selbst wenn du allen Schmerz der Welt in deinem Blick hast, wunderschön.«

Das eine Treffen in Nairobi

»Steig ein!«, sagte Aischa und öffnete die Tür des Landrovers von innen. Kate hob die Hüfte, deren Knochen ihr zersplittert worden war, und stieg umständlich ein. Ihr Gesicht war sorgfältig geschminkt, und sie trug ein schlichtes, weißes Leinenkleid, das ihre schmale Figur betonte.

»Hui, was hast du denn heute vor?« Aischa schnupperte. »Sogar Parfum hast du aufgelegt.«

Kate errötete und stellte ihre Tasche auf den Boden des Wagens. Dabei mied sie sorgsam die Klumpen aus getrocknetem Matsch, die dort lagen. Aischa sah, dass die Haut auf Kates Armen zwar von der Sonne gebräunt, aber dennoch mit weißen Erhebungen und Kratern gesprenkelt war. Kates erster Mann hatte dort im Suff seine Unterschrift hinterlassen. Aischa schien der Anblick wie ein Zeichen für das, was ihr heute in Nairobi im Haus ihrer Großmutter bevorstehen würde. Nichts zerstörte einer Frau das Leben so sehr wie ein schlechter Mann. Niemals würde sie Meena erlauben, so über sie zu bestimmen. Dieses eine Treffen machte sie noch aus Höflichkeit mit. Dann war Schluss mit dem Unsinn.

»Man tut, was man kann. Ich muss zur Bank, um für den Kredit für Kupenda zu bürgen«, sagte Kate. »Danke, dass du mich mitnimmst.«

»Na, so schön, wie du aussiehst, bekommst du jeden Kredit. Oder alles, was du sonst erreichen möchtest«, erwiderte sie.

Kate lächelte und schwieg. Aischa sprach weiter: »Ich nehme dich gerne mit. Alleine langweile ich mich sowieso nur.«

In Wahrheit hatte sie Angst davor, was sie in Nairobi erwarten würde. Meena die Stirn zu bieten würde nicht einfach werden. Sie musste doch mit ihrem Vater sprechen. Würde er ihr etwa nicht helfen? Er war Meena ein pflichtbewusster Sohn, aber alles hatte doch seine Grenzen. Weshalb hatte er ihr Studium bezahlt, wenn er sie dann nach Indien verheiraten wollte? Das konnte so nicht weitergehen, entschied sie. Dennoch war es besser, die Angelegenheit in der Familie zu behalten.

Sie fuhr die Auffahrt zur Hauptstraße nach Nairobi entlang. Der Horizont war beinahe farblos in seiner Klarheit. Die Straße streckte sich ihm wie eine Startbahn in den Himmel entgegen. Hinter ihr öffnete sich die Weite des Grabenbruchs.

Die Schönheit des Anblicks nahm Aischa fast den Atem. Hier wollte sie immer bleiben. Nichts anderes auf der Welt konnte so großartig aussehen. Auch deshalb musste sie Meena klarmachen, dass sie ihr keinen Mann suchen musste. Sie wusste, wen sie heiraten wollte. Eines Tages würde das auch möglich sein. Carl und sie mussten nur auf den richtigen Zeitpunkt warten. Und sie musste ihm Mut machen. Sie wollte weiter auf Kupenda leben. Bei Carl. Bei Emelie und bei Iman. *Iman*. Wo war sie? Emelie hatte nur gesagt, sie käme wieder. Aber sie hätte ihr versprochen, nichts zu verraten.

Aischa schluckte die aufsteigende Bitterkeit hinunter. War sie schon jetzt nicht mehr Teil der Gruppe? Sie spürte Tränen aufsteigen. Weshalb war alles gerade so schwierig in ihrem Leben?

»Magst du ein Stück Schokolade?« Kate hielt ihr eine angebrochene Packung Lindt hin. Diese feine Schokolade gab es in Kenia nur in ihrem Café zu kaufen. Aischa brach sich ein Stück ab und biss hinein. Der Geschmack mischte sich mit ihren Tränen, die Kate nicht bemerkt hatte.

Zartbitter, so wie das Leben, dachte sie dann.

Der Verkehr in Nairobi war wie immer nervenaufreibend. Matatus und Sammeltaxis füllten die Luft mit einem Dauerhupen, Menschen sprangen durch ihre offenen Türen ein und aus, Radfahrer mit zwei Passagieren auf dem Gepäckständer drängelten sich zwischen Bussen und Autos, und unzählige Fußgänger überquerten die Straßen, wann es ihnen gerade passte.

»Puh, geschafft«, sagte Aischa, als sie die Kenyatta Avenue erreichten. »Wo ist die Bank?«

»Da vorne, ich muss zu Barclays. Halt einfach hier an, okay?«

Aischa lenkte den Wagen an den Straßenrand. Es fehlte nur wenig und das Auto hinter ihnen wäre auf sie aufgefahren. Der Fahrer hupte wütend. Aischa winkte zur Entschuldigung durchs offene Fenster.

»Wollen wir uns danach noch zum Tee im Stanley treffen?«, fragte sie Kate. Aischa hörte, wie hoffnungsvoll ihre eigene Stimme klang. Alles war recht, um das ihr bevorstehende Treffen hinauszuzögern. Kate öffnete die Tür. »Ich würde gerne, kann aber nicht. Ich habe danach schon etwas vor.«

Aischa drängte sie nicht weiter. Kate winkte ihr noch zu. Dann sah Aischa ihr nach, wie sie in der Drehtür der Bank verschwand. Mit einem Mal verstand sie. Kate hatte ein Rendezvous. Das Lächeln, das Kleid, die Schminke… Ja, natürlich! Was für ein Glückspilz, wer immer es war, dachte Aischa. Sie löste die Zentralverriegelung aus und fuhr wieder an.

»Nun zu Großmutter nach Muthaiga. Auf in den Kampf«, sagte sie zu sich selber.

Sollte sie Carl anrufen? Sie zögerte. Die Ampel an der Kreuzung schaltete auf Rot.

Carl. Sie brauchte seine Nähe wie die Luft zum Atmen. Bei dem Gedanken an das, was ihre Großmutter mit ihr vorhatte, schien sie schier zu ersticken. Würde Carl wirklich mit ihrem Vater und Meena sprechen? Sie musste mit ihm reden, jetzt gleich. Aischa zog ihr Mobiltelefon heraus und wählte seine Nummer. Eine monotone Frauenstimme sagte, der Apparat sei abgeschaltet und der Teilnehmer erst später wieder zu erreichen.

Es war vielleicht besser so, dachte sie. Selbst wenn sie ihre Großmutter von ihrem Plan abgebracht hatte, würde ihr ihre Familie nie eine Ehe mit Carl erlauben. Er war ein Christ, er war keiner von ihnen. Aischa schluckte. Der Gedanke schmerzte mehr, als sie es erwartet hätte. Sie hatte das doch immer gewusst, oder? Hatte sie nicht deshalb auch eine Armeslänge Abstand zu ihm gehalten? Hatte sie sich nicht selber schützen wollen? Vielleicht begriff sie erst jetzt, wie viel Carl ihr wirklich bedeutete.

Die Ampel schaltete auf Grün. Aischa setzte den Blinker und fädelte sich in Richtung des Wegweisers nach Muthaiga ein, dem ruhigen und wohlhabenden Vorort von Nairobi, in dem ihre Großmutter lebte.

Aischa parkte den Wagen auf der Auffahrt vor dem gelb gestrichenen Haus. Die Tür zu der langen Veranda stand offen, und die beiden Schäferhunde ihrer Großmutter kamen bellend und zähnefletschend herausgerannt.

»Tyson, Ali«, rief Aischa. Die Hunde sprangen an ihr hoch und schnappten spaßhaft nach ihren Fingern.

»Ruhig, Jungs, das bin ja nur ich.« Aischa ließ es zu, dass sie an ihr hochsprangen und ihre Jeans an den Schenkeln mit Matsch beschmierten. Die Rüden waren wohl die schärfsten Hunde in Nairobi, aber ihre Großmutter brauchte sie zu ihrem Schutz als alleinlebende Frau. Meena kam nun aus der Tür.

»Ah, Aischa. Gut, dass du da bist. Wir haben keine Zeit zu verlieren. Komm hoch, die Friseuse wartet schon.« Sie scheuchte die Hunde weg. Aischa ließ die nach Sandelholz und Patschuli duftende Umarmung ihrer Großmutter über sich ergehen. Meena hatte ihren besten Schmuck angelegt und trug einen Shalwar Khameez aus teuerster Seide. Sie wirkte wie eine Königin. Meena führte Aischa ins Haus.

Zyklamfarbene Seide glitt über Aischas nackte Haut. Das Oberteil war an dem weiten Kragen mit Goldfäden und bunten Perlen bestickt. Dasselbe Muster zierte auch den Saum der Ärmel. Meena zog ihr gerade den Gurt an der Hose fest, die an den Knöcheln eng zulief.

»Nicht schlecht«, sagte sie dann, drehte Aischa einmal

vor sich im Kreis und drückte sie auf den Stuhl vor dem Frisiertisch. Die junge Friseuse legte Aischa ein Handtuch um die Schultern und begann mit der Arbeit.

»Schließ die Augen«, sagte sie und verteilte ihr das Make-up mit einem Schwämmchen auf der Haut. Dann spürte Aischa, wie sie mit einem Pinsel Puder auf ihre Nase und ihre Stirn stäubte und mit einem anderen einen sorgfältigen, breiten Strich auf ihren Lidern zog. Der Lippenstift schmeckte nach Wachs.

»Wie sollen wir ihr die Haare machen?«, fragte das Mädchen Meena.

Sie selber war wohl gar nicht mehr vorhanden, dachte Aischa.

»Lass es offen. Aber gib ihm Halt«, sagte Meena. Die Friseurin toupierte und sprühte, bis Aischa die Augen tränten. Sie fühlte sich, als wäre sie ein Pferd, das gestriegelt wurde.

»Jetzt sieh dich an, Aischa.« Meenas Stimme klang beinahe zärtlich. Aischa gehorchte. Eine schöne Fremde sah ihr aus dem Spiegel entgegen. Ihre Großmutter strich ihr übers Haar.

»Es fehlt nur noch der Schmuck«, sagte Meena Patel und öffnete eine kleine Schatulle, in der Gold, Silber, Perlen und Ketten mit Edelsteinen in kleinen Fächern geordnet lagen.

»Hm. Das habe ich gesucht.« Sie löste Aischa den schlichten Goldknopf aus dem Nasenflügel und stach stattdessen einen Rubin hinein. In ihre Ohren hängte sie schwere Goldmünzen, an jeden Finger steckte sie einen Ring, und um ihre Handgelenke streifte sie zahllose goldene Armreife, die bei jeder ihrer Bewegung klirrten.

»Das genügt. Zur Hochzeit können wir dich dann

schmücken, dass die Sterne verblassen«, sagte Meena. »Komm jetzt, Aischa. Der Mann wartet bereits unten. Ich kenne seine Familie gut. Von allen Zuschriften und Gesprächen erschien mir seine Werbung am aussichtsreichsten. Wir müssen nur noch über die Mitgift verhandeln. Bei meiner einzigen Enkeltochter werde ich mich allerdings nicht lumpen lassen.«

»Warte«, sagte Aischa zu ihr.

»Worauf?« Meena wandte sich erstaunt um.

Aischa fuhr sich mit beiden Händen durch die Haare und rieb das Haarspray darin hinaus. Dann band sie sich die Haare im Nacken zu einem Knoten, sodass sie aussahen wie ein Vogelnest. Die Friseuse schrie auf. Aischa lächelte kurz und ging zu dem kleinen Waschbecken im Eck des Zimmers. Sie spritzte sich eiskaltes Wasser auf die Haut und rieb sich das kunstvolle Make-up ab, so gut es ging. Ihre Haut war rot.

»Aischa!« Meenas Stimme klang entsetzt.

»Moment noch«, sagte sie und zerrte an der seidenen Hose, bis der dünne Stoff riss. Aischa griff zu ihren Jeans, stieg hinein und ließ das Oberteil darüber fallen.

»So, jetzt können wir gehen, Großmutter. Du hast doch gesagt, der Mann wartet bereits.«

* * *

Iman saß neben Dominique im Flugzeug. Der Sitz der ersten Klasse war weich und bequem.

»Champagner?«, fragte die Stewardess.

»Komm, wir feiern die Entführung aus dem Serail. Du bist jetzt frei. Aber nur ein Glas. Alkohol ist sonst nicht gut für deine Haut und deine Figur«, sagte Dominique.

Iman nippte an dem Getränk. Sie hatte keine Kraft mehr, um über irgendetwas selbst zu entscheiden. Sie war Mama Gina entkommen, das allein zählte erst mal. Aber würde der Fluch sie nun auf andere Art zu fassen bekommen? Konnte sie Dominique trauen? Oder war auch er ein Teil von Leanders Rache?

Nachdem Dominique in jener Nacht mit dem Fotografieren fertig gewesen war, hatte er sich die Bilder auf seiner Kamera angesehen. »Wenn dein Auge abschwillt, bist du eine der schönsten Frauen, die ich je gesehen habe. Du hast Seele... Aber jetzt schlaf. Morgen komme ich wieder und hole dich ab. Du kommst mit mir nach Paris. Ich mache aus dir ein Model, wie die Welt es noch nicht gesehen hat.«

Sie hatte nicht geschlafen, sondern sich die Münze der Prinzessin aus ihrem Versteck geholt und sie sich noch einmal angesehen. Wenn er nicht kam, wollte sie sich umbringen, hatte Iman sich gesagt. Dann gab es keinen anderen Ausweg mehr für sie. Keine Goldmünze der Welt könnte sie daran hindern. Sie war wach geblieben, bis der Morgen weiß und kalt über der großen Stadt angebrochen war.

Dominique hatte sein Versprechen gehalten. Er war gekommen und hatte sie nach kurzer Verhandlung mit Mama Gina mitgenommen. Wie viel er ihr gezahlt hatte, das wusste Iman nicht. Aber sein Geld hatte auch bewirkt, dass ihr bei der Behörde sehr schnell ein neuer Pass ausgestellt wurde. Der Flug nach London war noch am selben Abend gegangen. Nein, die Dame hatte kein Gepäck aufzugeben, hatte Dominique zu der Frau am Check-in gesagt. Diese hatte sie verwundert angesehen.

Dominique klappte gerade seinen Bildschirm aus der Armlehne seines Sitzes und trank noch einen Schluck Champagner. »*Pulp Fiction*, einer meiner Lieblingsfilme, wunderbar«, sagte er.

Sie wäre jetzt frei, hatte er gesagt. Iman dachte über seine Worte nach. *Frei*. Was bedeutete das? Sie würde nach dem, was geschehen war, nie wieder frei sein. Sie konnte nur versuchen, zu überleben. Iman sah aus dem Fenster. Draußen herrschte dunkle Nacht, und unter ihr zog der Kontinent vorbei. Afrika. Sie würde es nie hinter sich lassen. Leanders Fluch war das Erbe ihres Blutes.

Drei Minuten

Emelie saß auf dem Rand der Badewanne. Es war früher Morgen, und durch das offene Fester fiel Sonnenlicht. Sie war gerade aufgewacht. Nun wartete sie. Wie lange konnten drei Minuten sein? Sie sah auf das Plastikröhrchen in ihrer Hand. In dem doppelten Sichtfenster zeigte sich auf einer Seite ein blauer Strich. Das andere Fenster war noch leer. Emelie seufzte. Wie hieß es doch so schön in dem englischen Sprichwort, das Richard immer zitierte? *Water watch doesn't boil.*

Ihr Blick schweifte herum. Für Diane war das Badezimmer ein voll berechtigter Raum gewesen. Neben der Tür stand ein mit hellrotem Samt überzogenes Sofa, und im Eck wucherten Topfpflanzen beinahe bis zur Decke. An der Wand hingen gerahmte Bilder, die sie alle als Kinder gemalt hatten. Auf dem von Nomaden geknüpften Teppich hatte sie früher gespielt, während Diane in der Badewanne gelegen hatte, erinnerte sich Emelie. Als sie älter war, hatten sie sich hier unterhalten, wenn Diane sich geschminkt und angezogen hatte. Diane hatte immer lange, bunte Kleider getragen, wenn sie mit Paddy zusammen eingeladen war, und schweren Silberschmuck. Seltsam, sie hatte sie nie Gold tragen sehen, dachte Emelie und drehte an ihrem eigenen Ehering. Dann sah sie wieder auf ihre Armbanduhr, die auf der Ablage über dem Waschtisch lag.

»Noch eine Minute«, sagte Richard da und kam herein. »Und?« Er nickte in Richtung des Plastikröhrchens, das Emelie in der Hand hielt.

»Noch nicht«, sagte sie nur.

Er ließ sich neben ihr auf dem Rand der Wanne nieder. Dann sah er auf seine eigene Uhr. »Der Countdown läuft. Zehn, neun, acht …«

»Richard …«

»Ja, was, soll ich etwa aufhören? Ich halte es vor Spannung kaum aus.«

»Nein, nein, nein. Richard, sieh doch! Ein Strich. Ein zweiter blauer Strich.«

»Was? Wo?«

»Hier.« Sie hielt ihm das Röhrchen mit dem doppelten Sichtfenster vor die Augen.

Richard nahm es, und ein breites Lächeln kam auf sein Gesicht. »Das ist mein Sohn«, sagte er dann.

»Was, wenn es eine Tochter ist?«, sagte Emelie und lachte.

»Dann ziehe ich einen elektrischen Zaun um Kupenda und richte überall Selbstschussanlagen ein, damit ihr kein Kerl zu nahekommt. Emelie, wir erwarten ein Kind!« Er nahm sie in die Arme und küsste sie. Und ehe sie es sich versah, hatte er sie auf den Teppich in der Mitte des Badezimmers gezogen.

»Richard! Müssen wir denn jetzt nicht vorsichtig sein?«

»Als meine Mutter mit mir schwanger war, ging sie erst einmal vier Wochen lang auf eine Kamelsafari am Turkanasee. Nachts schliefen mein Vater und sie auf dem bloßen Erdboden. Das macht stärkere Kinder, als wenn man sie in Watte packt!« Er ließ die Hand unter ihren Bademantel gleiten. »Und jetzt müssen wir vor allen Dingen feiern!«

Die Stadt der Lichter

Imans Kopf drehte sich vor lauter neuen Eindrücken. Die Masse der Menschen auf den Pariser Straßen erschreckte sie. Die Gehsteige dort waren breit und in Straßencafés saßen Menschen unter breiten Markisen. Über den Dächern leuchtete eine goldene Kuppel in den Himmel, der sommerlich blau war, aber viel enger wirkte als der über Kupenda.

»Das ist der Invalidendom. Und wenn du dich umdrehst, siehst du die Pont Alexandre III. Und an klaren Tagen sogar Montmartre«, sagte Dominique.

Iman hatte in die verschwommen graue Richtung geblickt, in die Dominique gezeigt hatte. Er lachte. »Bevor es in Paris einmal einen klaren Tag gibt, schneit es schwarze Flocken! Komm, wir frühstücken und gehen dann einkaufen, bevor ich dich in die Agentur bringe. Agnès, die Eigentümerin, wartet schon auf dich.«

Auf der Avenue Montaigne flanierten tadellos gekleidete und mit Schmuck und Tüten behangene Frauen. Sie hatten Iman erstaunt gemustert, als diese in einem von Dominique geliehenen T-Shirt und Jeans aus dem Taxi gestiegen war. Iman legte den Kopf in den Nacken und sah nach oben.

»Wow«, sagte sie, als ihr Blick über die Gipfel der Birken an den Fassaden der Haussmann-Gebäude nach oben glitt.

»Komm jetzt. Du brauchst ein Kleid, eine Jacke und eine Tasche.« Dominique zog sie in den Laden von *Yves Saint Laurent*.

Und dann ging es in die Agentur. Iman war Dominique durch den Wirbel des Hallenviertels gefolgt, wo sich Gaukler, Touristen und Flaneure auf seinen Straßen gemischt hatten. Iman hatte die bunten Röhren des Centre Pompidou andere Dächer überragen sehen. Nun stieß Dominique die Eingangstür auf, und Iman sah eine weitere Tür vor sich. Über ihre beiden Flügel zog sich der Schriftzug *Moving*. Dominique klingelte, und Iman hörte einen Summton. Der Empfangsraum der Agentur war weiß gestrichen und entlang der Wand standen eine Reihe Stühle aus Metall und weißem Leder. An den Wänden hingen vergrößerte Titelbilder internationaler Modezeitschriften.

»Die Mädchen darauf werden von der Agentur vertreten«, sagte Dominique.

Iman versuchte, in den Gesichtern der Mädchen zu lesen. Keine von ihnen war schwarz oder auch nur dunkelhäutig. Aber alle waren von makelloser Schönheit.

»Setz dich, Iman.« Dominique wandte sich der Rezeptionistin zu, die mit zwei Knöpfen im Ohr und zwei Lautsprechern vor dem Mund hinter ihrem Schreibtisch saß. Sie telefonierte mit zwei Kunden gleichzeitig, und Iman bekam nur Wortfetzen ihres stark akzentuierten Englisch mit. »Nein, Caroline ist nicht für die Kampagne zu haben. *L'Oreal* hat sie gebucht, da kann sie nicht *Revlon* machen, okay? – Sie wollen Monika morgen in New York? Gut, ich buche das Ticket. Erster Klasse, das schlage ich auf Ihre Rechnung.« Kurze Pause. »Unsere Mädchen reisen nur erster Klasse.« Wieder eine kurze Pause. »Sie sind sicher, dass Mario die Fotos macht? Deal.«

Dann sah sie auf. »Dominique, wen hast du uns denn diesmal mitgebracht?«

»*Salut*, Marie«, sagte Dominique nur. »Sag bitte Agnès, dass wir hier sind.«

Wie sicher er wirkte, dachte Iman.

Und als er noch sprach, wurde schon eine der Türen aufgestoßen. Eine ganz in Schwarz gekleidete hellblonde Frau kam in das Empfangszimmer und schlang ihre Arme um Dominique. Sie küsste ihn auf beide Wangen.

»Dominique, schön, dass du wieder da bist! Die Bilder von Claudia in Kenia sind unglaublich geworden. Die *Vogue* will eines davon als Cover verwenden.«

Er erwiderte ihre Umarmung und drehte sich dann zu Iman um. »Agnès, das ist Iman«, sagte er und schob sie nach vorne. »Ich hatte dir ja schon vom Flughafen in Nairobi aus eine Mail gesandt.«

Agnès streckte beide Arme aus und legte Iman die Hände auf die Schultern. Sie musterte sie aus großen, braunen Augen und lächelte sie dann an.

»Du bist also Iman. Willkommen bei *Moving*! Dominique hat nicht zu viel versprochen. Wir bringen dich ganz groß raus.« Sie hob Iman das Gesicht ins Licht und berührte kurz die geschwollene Haut um ihr Auge. Dabei schüttelte sie kurz den Kopf und sagte zu Dominique: »Jetzt vermessen wir sie erst einmal. Ich habe bereits wegen der Probeaufnahmen mit mehreren Fotografen gesprochen. DB muss auch von ihr gehört haben: Er hat mich angerufen, stell dir vor. Du kennst ihn ja. Sonst muss man ihn zehnmal bitten, ehe er sich ein neues Mädchen ansieht. Iman braucht noch eine Nacht guten Schlaf, dann schicken wir sie rum.«

Dominique legte seinen Arm um Imans Schulter. »Nein, Agnès«, sagte er dann. »Iman arbeitet nur mit mir und mit niemand anderem. Vor allen Dingen nicht mit DB, damit das klar ist. Der hat mir schon genug Aufträge vor der Nase weggeschnappt. Soll er sich doch selber seine Mädchen finden! Er jedenfalls bekommt Iman nicht. Wenn sie mit mir arbeitet, ist sie für niemand anderen zu haben.«

Iman wollte etwas sagen, doch Agnès antwortete ihm schon: »Kein Problem. Du weißt selber, was für sie am besten ist.«

Als es so weit war, verabschiedete Iman sich zögerlich von Dominique. Er war wie ein Rettungsring für sie und der einzige Mensch, den sie in dieser fremden Stadt kannte.

»Keine Sorge«, sagte er. »Ich lasse dich in guten Händen zurück und hole dich nachher wieder ab.«

Iman folgte Agnès in die Agentur. Dennoch hinterließ Dominiques Reaktion auf diesen DB ein unangenehmes Gefühl bei ihr. Weshalb war er so besitzergreifend?, wunderte sie sich. Seine Worte riefen die Erinnerung an die Nacht auf Kupenda wach: Sei für mich oder gegen mich, hatte Leander gesagt. Unsinn, ermahnte sich Iman. Er hatte sie gerettet und wollte sie nur schützen.

»Arme hoch«, sagte Agnès da mit einem Maßband in der Hand. Iman gehorchte.

Als Iman am nächsten Morgen erwachte, drang der Sonnenschein des Pariser Julis in das Gästezimmer von Dominiques Appartement. Sie setzte sich auf, als es an der Tür klopfte. Sie hatte nicht von Tomtom geträumt, zum Glück.

»Ja«, sagte sie und zog sich das Laken vor den nackten Körper.

Dominique steckte seinen Kopf zur Tür herein. Er war frisch rasiert. »Mein Assistent ist gekommen. Mach dich fertig, wir fahren ins Studio.«

Iman ging in das kleine Badezimmer, das sich an ihr Schlafzimmer anschloss. Nach einer heißen Dusche schlüpfte sie in frische Wäsche, die sie gestern erstanden hatten, und wieder in Dominiques enge, ausgewaschene Jeans, sein weißes T-Shirt und in die neue Jacke aus leichtem, grauem Leinen. Konnte sie wirklich so horrend teuer gewesen sein? Iman wunderte sich kurz, ob sie sich gestern in diesem Geschäft verhört hatte, denn Dominique hatte ohne zu zögern gezahlt. Iman packte dann einen Kamm und eine kleine Tube Creme in die Tasche, die sie ebenfalls gestern bekommen hatte. Sie sah noch kurz in den Spiegel. Ihre Augen glänzten, und ihr kurzes Haar war noch feucht von der Dusche.

Bei all dem Trubel der letzten vierundzwanzig Stunden hatte sie kein einziges Mal an Leanders Fluch gedacht. Nicht einmal das Blut eines geschlachteten braunen Ziegenbocks könnte sie mehr reinwaschen, hatte er ihr gedroht.

Sie musste lachen und setzte sich auf den Rand der Badewanne. Das Blutvergießen eines Ziegenbocks hier in Dominiques kleinem Gästebadezimmer gäbe vielleicht eine Schweinerei!

Iman durchquerte den langen Gang in Dominiques Apartment. Sie hörte Stimmen aus der Küche. Zwei Männer unterhielten sich. Iman hielt in ihrem Schritt inne.

»Meinst du, DB mag auch Männer lieber als Frauen?«, fragte der andere Mann gerade.

»Nein, das glaube ich nicht. Er hat ja jede Menge Affären. Ich habe gehört, dass ihm ein Mädchen in seinem Land das Herz gebrochen hat. Angeblich hat er sich geschworen, dass sie nun zu ihm kommen muss. Er jedenfalls will nichts mehr tun, um sie zu finden. Kannst du dir das vorstellen?«

»Nein, *chéri*«, kam die Antwort.

Iman betrat die Küche und wäre beinahe sofort rückwärts wieder hinausgegangen. Dominique hielt einen jüngeren Mann eng umschlungen. Sie küssten einander. Dann sah Dominique zu ihr und sagte wie selbstverständlich: »Iman, das ist Eric, mein Assistent. Komm, trink deinen Tee und iss dein Obst. Dann fahren wir.«

»Fertig?«, fragte Dominique und sah von seinem Objektiv auf.

Iman nickte.

»Eric, die Lichter müssen heller sein. Ich sehe Schatten auf ihrem rechten Wangenknochen. Ihr Gesicht muss vollkommen ausgeleuchtet ist. Ja, so ist es gut. Jetzt komm neben mich. Musik. Die Stones, okay?« Dann nickte er Iman zu. »Los, Iman. Sprich mit mir. Tanz. Erzähl mir von deiner Welt und deinem Leben.«

Iman konzentrierte sich. Es gab nur noch das gleißend helle Licht, das das gesamte Studio hinter den Lampen zu schlucken schien. Die Musik ließ das Blut schneller durch ihre Adern fließen, und der Auslöser klickte rhythmisch. Iman trug ein Kleid, das Eric aus den vollgepackten Garderobenständern ausgesucht hatte. »Hier, nimm das. Es passt zu dir. Ein Kleid für eine Göttin.«

Die Robe aus dunkelblauer, von Hand bestickter Seide von *Chanel* saß ihr wie auf den Leib geschneidert. Ein hoher Spitzenkragen reichte beinahe bis zu ihrem Hinterkopf, während vorne ein tiefer Ausschnitt die Brust betonte. An den Nähten der langen Puffärmel aus Chiffon hingen Pfauenfedern. Jedes Mal, wenn Iman die Arme hob, hatte sie den Eindruck zu fliegen. Sie flog mitten hinein in das strahlende Licht, das sie so blendete, wie die Sonne auf Kupenda es nie getan hatte. Sie flog in einen Traum, den sie nie geträumt hatte. Alles, was geschehen war, ergab nun einen Sinn.

Dominique musste sie gerettet haben. Vielleicht war Leander doch nicht so mächtig, wie sie es gedacht hatte. Sie drehte sich, beugte sich nach vorne, streckte die Arme nach hinten weg und schritt dann aus, sodass die lange, zum Fischschwanz geschnittene Schleppe des Kleides nachwippte. Sie bewegte sich immer freier und immer wilder, verspürte weder Hemmungen noch Scham. Der Auslöser klickte pausenlos, und Eric tanzte neben Dominique vor Begeisterung.

»Pause«, sagte Dominique endlich und begann sogleich, das Ergebnis der vergangenen zwei Stunden Arbeit zu begutachten.

»Klasse. Alles klar, Iman?«, fragte er dann.

Sie nickte. Ja, alles klar. Dieser Beruf war wunderbar: Sie konnte tun, was sie wollte, solange es nur gut aussah. War das Freiheit? Sie nahm den Teller mit Tomaten und einem in Scheiben geschnittenen weißen Käse, den Eric ihr reichte, entgegen. Der weiße Käse hatte den neutralen Geschmack von Kates Joghurt.

Von Kate, dachte sie auf einmal, hatte sie sich ebenfalls nicht verabschiedet. Wie von allen anderen nicht, die sie liebte. Was Emelie ihnen wohl erzählt hatte? Iman stellte den Teller ab. Es war besser, sie wussten nichts von ihr. Leander hatte sie gewarnt. Wenn sie nicht bei ihm war, konnte sie auch mit den anderen nicht mehr sein, das hatte sie begriffen.

»Sollen wir weitermachen?«, fragte sie Dominique, der noch an seinem Baguette mit Huhn und Avocado kaute und die Bilder mit seinem Assistenten, dem Stylisten und dem Make-up-Artisten besprach.

Er nickte. »Okay. Solange du *so* arbeitest, steht deiner Karriere nichts im Wege. Solange du so *mit mir* arbeitest. Agnès hat vorhin wieder angerufen. DB will dich unbedingt buchen. Wenn du mit ihm arbeitest, sind wir geschiedene Leute.«

Erics Gesicht blieb unergründlich, ehe er sich dem Buffet zuwandte und begann, das Essen zusammenzuräumen.

»Was hast du gegen ihn? Übertreibst du nicht?«, fragte sie dann. Seine Art, sie zu kontrollieren, gefiel ihr nicht. »Du hast doch gesagt, ich wäre frei.«

»Du bist frei, weil ich dich befreit habe.« Sein Gesicht war auf einmal hart.

Iman erschrak. Wie konnte er sie daran nur immer wieder erinnern?

Dominique strich sich über die Augen. »Entschuldige. DB hat mir zu viele lukrative Aufträge weggeschnappt.

Alle wollen mit ihm arbeiten. Ich brauche deine Hilfe, Iman. Bleib bei mir«, sagte er dann.

Iman nickte. »Natürlich bleibe ich bei dir. Glaubst du, ich habe vergessen, was du für mich getan hast? Ich bin stolz auf diese Arbeit hier. Das ist das erste Mal in meinem Leben, dass ich auf etwas richtig stolz bin.«

Sie raffte die Schleppe ihres Gewandes und wollte wieder vor die weiße Wand treten. Aber Dominique schüttelte den Kopf. »Eric, schlaf nicht. Gib Iman das Grüne von *Gaultier*. Das sieht sicher wunderbar an ihr aus. Ich will die Bilder heute noch an die Agentur senden. Na hop, hop, hop«, fügte er gereizt hinzu. »Du weißt, wenn du nicht schnell genug bist, warten draußen schon zwanzig andere, die diese Arbeit machen wollen.«

Iman drückte kurz und tröstend Erics Arm, als sie ihm in die Umkleide folgte. »Das meint er nicht so«, sagte sie zu ihm. Sie wollte nichts Schlechtes über Dominique denken.

Eric griff zu einem kurzen, aus grünem Satin geschnittenen Kleid. »Das Grüne von *Gaultier*«, sagte er dann. »Und er meint es doch so. Du wirst schon noch sehen. Obwohl ich es dir wirklich nicht wünsche.«

Der verlorene Sohn

Carl hörte Aischa schon hupen, als er noch seinen Kaffee trank. Er stand auf und tunkte im Davongehen noch den Toaststreifen in den letzten Rest des weichgekochten Eis. Als er aus dem Haus trat, winkte sie durch das Seitenfenster des Landrovers.

»Guten Morgen«, sagte er. Die Haut ihrer Wange war duftend und warm, als er sie zur Begrüßung küsste. »Es geht los.« Carl hörte selber die Erregung in seiner Stimme. Er lehnte sich in dem durchgesessenen Sitz zurück und sah kurz hin zu dem Haus, das Paddy für Leander hatte bauen lassen. Es stand nun leer. Wo waren Leander und Iman? Emelie hatte auf alle seine Fragen hin nur geschwiegen.

»Bist du so gespannt wie ich?«, fragte er Aischa.

»Sicher«, sagte sie, ohne ihn anzusehen.

»Wenn die Windräder so arbeiten, wie von den Ingenieuren versprochen, dann ist die Energiezufuhr für die Lodge gesichert.«

Aischa antwortete nicht.

»Aischa?«

Sie schreckte auf. »Ja?«

»Woran denkst du?«, fragte er sie.

»Oh, an nichts. Entschuldige. Ich habe nur schlecht geschlafen. Was hast du gerade gesagt?«

Carl wiederholte seine letzte Frage nicht. »Der Ingenieur hat gesagt, die Windräder wären gestern fertig geworden. Sie sollten uns genug Energie für das Haupthaus und die vier Gästebandas geben. Die Baumhäuser brauchen keinen Strom. Wir haben sie komplett aus alten Dhau-Brettern gebaut. Kein neuer Baum musste dafür gefällt werden. Auf die Dächer lasse ich Stroh legen, davon haben wir ja genug. Das Wasser für die Duschen lassen wir von der Sonne in schwarzen Gummi-Tanks erwärmen. Das ist die einfachste Art von Solarzellen. Sie werden heute aus Nairobi geliefert ... Erstaunlich, wie einfach es ist, im Einklang mit der Natur zu leben.«

Aischa bog nun in einen von den Spuren einer Büffelherde aufgerissenen Feldweg ein. Sie schaltete zurück und beschleunigte den Wagen dann wieder den Berg hinauf. Freute sie sich so wie er?, fragte sich Carl. Nein, sie teilte seine Begeisterung nicht, das spürte er. Es war, als ob ein Teil von ihr seit einigen Wochen nicht mehr auf Kupenda war. Das kannte er gar nicht an ihr. Er sah auf ihre schlanken Hände und erkannte darauf verblasste Henna-Malereien. War sie auf einem Fest gewesen? Aischas Familie war groß und irgendjemand feierte immer irgendetwas.

»Ist alles in Ordnung, Aischa?« Er beugte sich zu ihr hinüber und drückte ihren nackten Arm.

»Ja, natürlich«, erwiderte sie, den Blick geradeaus nach vorne gerichtet.

Carl zögerte. Er hätte sie jetzt so gerne an sich gezogen. Jedes Mal, wenn er sich ihr hatte erklären wollen, war sie ihm ausgewichen. Wie sollte er je den Mut finden, sie ganz und gar für sich zu gewinnen? Wenn ihre Familie und sie selbst erwarteten, dass er Aischa zuerst heiratete, ehe sie zusammensein konnten, so war er bereit, das zu tun. Aber Aischa erlaubte ihm ja nicht einmal, dieses Thema anzuschneiden. Er wurde traurig und auch ärgerlich. Konnte sie ihm nicht ein Zeichen geben? Konnte sie ihm nicht sagen, was sie von ihm erwartete?

Carl blätterte in den Papieren, die er auf dem Schoß hielt und die Emelie ihm am Morgen noch in die Hand gedrückt hatte. »Vorbestellungen«, sagte er dann zufrieden. »Eine Reihe von Buchungen für Weihnachten, wenn wir aufmachen. Sehr gut. Einige Journalisten, die natürlich umsonst wohnen wollen. Alle anderen zum vollen Preis. Was macht die Einrichtung der Baumhäuser und der Gästebandas?«

Aischa sah kurz zu ihm hinüber. Er bemerkte die Schatten unter ihren dunklen Augen. Wie gerne hätte er sie dort berührt! Doch er wagte es nicht. Es war jedoch keine Frage des Mutes, sondern eine Frage des Respektes. Aischas Familie, ihr Glaube, ihre ganze Art, verbot Tändeleien. Vielleicht war es ja dieser Ernst, der ihn sie so lieben ließ.

»Um die Einrichtung kümmert sich Emelie. Sie hat diesbezüglich mehr Geschmack als ich. Am besten wäre Iman gewesen, aber …« Sie brach ab, redete dann aber weiter. »Emelie hat aus bunten Kikoi-Stoffen Kissen und Decken schneidern lassen. Sie holt sie heute in Nairobi ab. Ich denke, in den Baumhäusern brauchen wir keine Vorhänge. Die Menschen kommen doch wegen des Lichts, oder? Auf den Boden legen wir Ziegen- und Antilopenfelle. Emelie will in Nairobi auf dem Massai Market noch Kunst einkaufen. Morgen bestelle ich in Naivasha die Rattanmöbel und treffe auch den Schreiner.« Sie griff das Steuer fester und sagte noch: »Achtung!«, als das Auto auch schon durch ein Schlagloch sprang.

Carl lachte, aber Aischa sah sich besorgt um. »Herrje, die letzten Regen haben das Land verwüstet. Aber gleich sind wir da.«

Carl stützte sich am Armaturenbrett des sich rüttelnden und schüttelnden Wagens ab. Da vorne war der Hügel, auf dem die Windräder stehen sollten. Er hatte sich heute schon beim Aufstehen auf den Anblick gefreut: Ihre Blätter konnten sich in der steten Brise von Kupenda drehen. Die Anschaffung und die Verbindung mit dem Gäste- und Haupthaus waren teuer gewesen. Er reckte den Hals. Aber alles, was er nun sah, war ein letzter Stamm Holz, der einsam in die Höhe ragte.

»Wo sind sie, Aischa?«, fragte er. »Wo sind die Windräder? Das ist doch die richtige Anhöhe, oder?«

Aischa trat aufs Gas, um den vom Regen der Nacht rutschigen Hügel zu bezwingen. Dann hielt sie den Wagen an und stellte den Motor ab. Sie sah sich um. »Das ist die richtige Anhöhe, Carl.« Ihre Stimme klang hilflos.

Er stieg aus. »Was war hier los? Wer hat das getan?« Seine Stimme klang heiser. Dann ging er in die Knie und besah sich die Verwüstung. Überall in dem hohen Gras lagen Bruchstücke an Metall und Holz um sie herum.

»Oh, nein«, sagte er, »bitte nicht.«

Jemand hatte die Windräder zerstört. Das Holz war zerhackt und auf dem Hügel verstreut worden. Die Bretter waren verkohlt, das Leichtmetall der Flügel war verbogen und eingerissen worden. Viele der teuren und in Kenia nur schwer zu beschaffenden Einzelteile fehlten. Carl schluckte. Er spürte Wut in sich aufsteigen.

»Oh, nein«, sagte nun auch Aischa. Sie ging neben ihm in die Knie und legte ihm die Hand auf die Schulter. »Das kann doch nicht sein. Wer war das nur?«

Carl hörte die Tränen und den Zorn in ihrer Stimme. Es war September. Ohne diese Windräder konnten sie den Betrieb nicht wie geplant vor Weihnachten aufnehmen. Damit waren sie erledigt. Die Bank würde ihnen sicherlich nicht noch mehr Geld geben. Alles war umsonst gewesen. Die Hoffnung, die Freude, die Arbeit. Kupenda würde an Old Thompson fallen. »Verzeih, Paddy«, flüsterte Carl und begrub sein Gesicht zwischen den Fingern. Dann wandte er den Kopf hin zu der Ebene. Rauch stieg aus den Manyattas der Massai. Ja, er hatte Angst, gestand er sich ein. Aber vor allen Dingen war er zornig. Er hatte jetzt genug. Carl stand auf und klopfte sich die Hosen ab. Seine Hände zitterten, doch er wusste, was er tun musste.

»Ich weiß genau, wer das war. Komm, Aischa, wir statten Leander einen Besuch ab.«

»Carl, nein. Sei vorsichtig.«

»Es reicht, sage ich, hörst du? Wer ist Herr auf Kupenda, er oder ich?«

Carl sah Erstaunen in Aischas Gesicht. Hielt auch sie ihn für einen Schwächling und einen Träumer? Dachten denn alle, dass er die Farm einfach so aufgeben würde? Nun, sie hatten sich getäuscht.

Aischa machte einen Schritt auf ihn zu. Einen Wimpernschlag lang spürte er ihre Lippen auf den seinen. Sie legte ihm die Hand auf die Wange. »Du«, sagte sie leise. »Du bist Herr auf Kupenda. Und wir alle wollen, dass es so bleibt. Ich komme mit dir in den Kral. Es wird Zeit, Leander in die Schranken zu weisen.«

Carl nahm ihre Hand in die seine. Sie bei sich zu haben machte ihn stark. Es gab nun kein Zurück mehr für ihn. Was würde Aischa sonst von ihm denken? Nein, er musste sich vor sich selber, nicht nur vor ihr beweisen. Sie gehörte zu ihm, dachte er und nickte ihr zu. Wenn er Angst vor dem Treffen mit Leander hatte, so durfte er es nicht zeigen. Dennoch wagte er es, mit der Hand über Aischas Haare zu streichen. Sie schloss einen Augenblick lang die Augen, und ihr Gesicht war dem seinen ganz nahe.

»Kupenda gehört uns«, sagte er leise zu ihr. »Es ist dein Heim ebenso wie meines. Ein Wort von dir genügt, das weißt du.«

Aischa nickte. »Du musst mich nur fragen«, sagte sie und wandte sich ab.

Der Zauber des Augenblicks war verflogen, das spürte Carl. Täuschte er sich oder hatte Aischa eben Tränen in den Augen gehabt? Er müsste sie nur fragen? Gut, er würde Rai und Meena gegenüber schon die richtigen Worte finden.

Emelie und Richard saßen im Wartezimmer des Arztes. Emelie legte die Zeitschrift beiseite, die sie nun schon zweimal durchgeblättert hatte. Da steckte der Arzt seinen Kopf durch die Tür des Wartezimmers. Seine krausen Haare waren grau an den Schläfen, und seine Augen wirkten vergrößert durch die dicken Gläser der Brille. Emelie kannte ihn schon lange: Diane hatte sie, als sie noch ein junges Mädchen war, zum ersten Mal in die Praxis gebracht.

»Patientin Littlewood?«, fragte er. »Fertig zum Ultraschall?«

Emelie erhob sich. Richards Hand legte sich warm um ihre. »Stell dir vor, in wenigen Minuten sehen wir das Baby. Vielleicht kann man schon erkennen, was es ist. Ich bin so gespannt.«

Der Raum mit dem Ultraschallgerät lag im Halbdunkel. Emelie legte sich auf die Liege und hob ihr T-Shirt an. Der Arzt verteilte die blaue, kühle Paste auf ihrem Bauch.

»Na, dann wollen wir mal sehen«, sagte er mit zuversichtlich klingender Stimme.

»Emelie, da ist es. Da ist es«, rief Richard, ehe sie selber es wagte, die Augen zum Bildschirm zu heben. Tatsächlich, da war es. Das Ergebnis ihrer Liebe war winzig klein und wie ein Böhnchen geformt. Richard presste ihre Finger so fest, dass sie beinahe aufgeschrien hätte.

»Können Sie sehen, ob es ein Junge oder ein Mädchen ist?«, fragte er.

Emelies Blick dagegen blieb auf dem Böhnchen haften, das sich da in ihrem Inneren eingenistet hatte. Es schwebte reglos in dem hohlen Raum.

Der Arzt räusperte sich. »Dafür wäre es noch zu früh.«

»Dafür ist es noch zu früh? Wie schade«, erwiderte Richard.

Wie still das Böhnchen dalag. Nichts rührte sich. Sie durften es nicht stören. Es brauchte Ruhe, um zu wachsen, dachte Emelie.

Nun drückte der Arzt auf einen Knopf am Gerät. Das Bild des Embryos gefror auf dem Bildschirm. Der Arzt nahm den Schallkopf von ihrer Bauchdecke und wandte sich Emelie und Richard zu. Er nahm die Brille ab und fuhr sich mit den Fingern über die Augen. Er wirkte müde.

»Es tut mir leid, aber ich kann keinen Herzschlag erkennen. Der Fötus hat sich leider nicht weiterentwickelt«, sagte er.

»Was heißt das?«, fragte Emelie und stützte die Ellenbogen auf. Das konnte doch nicht sein. Da auf dem Bildschirm sah sie doch ihr Kind! Der Arzt musste sich täuschen. Der aber berührte kurz ihre Finger, die die Armlehnen der Liege umklammert hielten. Sein Gesicht drückte tiefes Bedauern aus.

»Es tut mir wirklich sehr, sehr leid. Es ist immer schrecklich, so eine Diagnose stellen zu müssen. Der Fötus ist wohl schon seit ungefähr zwei Wochen tot. In der sechsten Woche beginnt das Herz zu schlagen. Das ist immer ein kritischer Zeitpunkt. Wir müssen ihn zu ihrem Besten heute Nacht noch entfernen. Ich werde Ihnen eine Einweisung ins Krankenhaus schreiben.« Der Arzt ging zu seinem Schreibtisch. Er schrieb etwas auf einen Block und signierte. Dann zog er eine Schublade auf und nahm eine Tablettenschachtel heraus. Als er eine Pille aus der Verschweißung löste, atmete er tief durch und sagte: »Nehmen Sie die jetzt. Das weitet den Muttermund. Dann können wir in zwölf Stunden operieren.«

»Aber sind Sie sich denn ganz sicher?«, fragte Richard und stand auf. »Sehen Sie doch bitte noch einmal auf den Schirm.«

Der Doktor schüttelte den Kopf. »Es tut mir wirklich leid. Aber das passiert oft, sehr oft sogar. Vor allem bei einer ersten Schwangerschaft. Ich weiß, das wird Sie jetzt kaum trösten, aber eine solche Fehlgeburt hat für die allgemeine Fruchtbarkeit und für weitere Schwangerschaften nichts zu bedeuten.«

Emelie sah noch einmal hin zu dem Ultraschallgerät, auf dem noch immer das Bild des toten Fötus zu sehen war. Er schien still und friedlich in ihrem Inneren zu schweben. Sie spürte Tränen in sich aufsteigen. Wie hatte der Morgen so enden können? Nichts, aber auch gar nichts, hatte sie darauf vorbereiten können. Sie schloss den Anblick des in sich zusammengerollten kleinen Wesens in ihr Herz, wo sie ihn für immer behalten wollte. Der Schmerz in ihrem Inneren wurde so groß, dass es ihr den Atem abschnitt. Sie rang nach Luft. Bedeutete dies, dass Richard und sie nie Kinder haben konnten? Richard schlang die Arme um sie.

»Keine Sorge, Kleines. Ich lasse dich nicht alleine. Wir schaffen das.«

* * *

Im Kral herrschte reges Treiben, als Carl und Aischa durch die Umzäunung aus Dornbüschen traten. Kinder schrien und lachten. Sie jagten Windräder und Spielzeugautos vor sich her, die aus alten Blechdosen und leeren Milchtüten hergestellt waren. Frauen fegten mit einem Bündel Zweige ihre Manyattas aus. Auf der Hüfte hatten sie meist einen Säugling hängen. Neben den Hütten kochte auf Kreisen aus glühenden Kohlen die Milch für ihren heißen, süßen Tee. Vor der Mehrzahl der Manyattas rauchte ein Chico. Die meisten der Männer waren als Hirten auf den Weiten Kupendas unterwegs; alle anderen waren im Kral. Sie saßen im Schatten der Akazien oder der Manyattas und trugen rote Massaishukas oder Hemden und Hosen nach europäischer Art. Niemand machte ein Aufheben um ihre Ankunft, bemerkte Aischa. Es gab auf Kupenda viele Krale, doch dies war der größte und der dem Haupthaus am nächsten gelegene.

Wenn Leander sich einen Kral ausgesucht hatte, dann diesen, dachte sie. Sie erkannte unter den Männern einige, die beim Errichten der Bandas und auch der Windräder geholfen hatten. Bald hätten sie ihre Arbeit in der Lodge angetreten … Kate hatte mit überraschender Leichtigkeit einen großzügigen Kredit für Kupenda bewilligt bekommen und keiner hatte bisher seine Anstellung verloren. Nun lagen die Dinge anders. Das hatten sie sich selber eingebrockt.

Die Männer erhoben sich nicht, als sie Carl kommen sahen. Sie schlürften Pombe, das Bier der Eingeborenen, aus einem großen Topf. Einige von ihnen kauten an Zuckerrohr und Maiskolben. Was dachten sie? Die Laune der Menschen war nicht zu deuten.

Carl blieb in der Mitte des Krals stehen. Er verschränkte die Arme vor der Brust und schwieg. Er wartete. Letztendlich erhob sich einer der Männer und kam schleichend auf ihn zu. Aischa kannte ihn. Er hatte ihr vor einigen Wochen beim Brandmarken der Kälber geholfen.

Carl sah ihm entgegen. »Ich hoffe, du bewegst dich etwas schneller, wenn du für unsere Gäste auf der Lodge das Frühstück machst, ist das klar?«

Der Mann sah ihn erstaunt an, nahm die Hände aus den Hosentaschen und fragte: »Womit kann ich dir helfen, Bruder?«

»Ich komme, um Leander zu besuchen. Wo ist er?«

Der Mann sah sich zögerlich um, als Aischa auch schon Leanders Stimme hörte.

»*Häuptling Leander*. So heiße ich jetzt. Ich bin hier, Carl.

Sieh an, du kommst selber. Mutig, mutig, dich in meinen Kral zu wagen.«

Aischa wandte sich um. Leander kam geduckt aus einer der Manyattas. Hinter ihm war noch jemand in seinem Heim, das konnte Aischa sehen. Sie blinzelte im Sonnenlicht und sah weiße Haut. Carola Thompson folgte Leander ins Freie und setzte sich stumm in den Schatten ihrer gemeinsamen Manyatta. Unter ihrer Shuka zeichnete sich deutlich ihr Bauch ab. Aischa nickte Carola zu, die den Gruß erwiderte.

Leander kam auf sie zu. Sein Körper war nur von einer roten Shuka verhüllt und an den nackten, muskulösen Oberarmen spannten sich Armreifen. In seinen Ohren hingen Ketten aus Perlen, und er hielt seinen Stab wie einen Speer. Aischa bemerkte, dass seine Haare gewachsen waren: Er trug sie nun lang und am Hinterkopf geflochten. Eine Paste aus Fett und Ocker beschwerte sie und hielt sie an ihrem Platz. Leander musterte Carl von oben bis unten und lächelte dann herablassend.

Aischa konnte ihren Blick nicht von ihm lösen. War das noch der Mann, mit dem sie früher als Kinder gespielt hatten? Leander hatte immer ein wenig Abstand zu ihnen gehalten, solange sie zurückdenken konnte. Er war immer seinen eigenen Weg gegangen. Davon mochte man beeindruckt sein, so wie Emelie es gewesen war. Oder man mochte verärgert darüber sein, so wie Carl. Seine Macht umhüllte ihn. Wie konnte man die Gegenwart eines Menschen nur so fühlen? Sie wollte beinahe vor ihm niederknien, dann fasste sie sich. Es war verrückt und ängstigte sie.

Aischa beobachtete Carl unter gesenkten Augenlidern.

Was empfand er seinem Vetter gegenüber?, fragte sie sich. Auch sie waren gemeinsam aufgewachsen. Aber vielleicht standen sie noch immer im Wettbewerb miteinander.

»In *deinen* Kral?«, fragte Carl, ehe er mit einem Mal seine Stimme hob. Sie hallte zwischen den Manyattas wider. »Kommt her, alle, bis auf den letzten Mann!«, befahl er.

Die Männer zögerten und sahen sich an. Niemand rührte sich.

»Kommt her, habe ich gesagt!«, wiederholte Carl.

Da erhob sich der erste Mann, und andere folgten mürrisch seinem Beispiel. Sie kamen in die Mitte des Krals, doch sie stellten sich um Leander herum. Niemand sah Carl an.

Leanders Nähe gab ihnen Kraft, das spürte Aischa. Solange sie um ihn herumstanden, fühlten sie sich sicher.

Carls Stimme trug nun weit über die Mitte der Siedlung hinaus. »Dieses Land ist meines. Ich weiß, was ihr vergangene Nacht getan habt. Aber ihr habt mehr zerstört als nur meine Windräder. Ihr habt euer eigenes Leben zerstört. Eure Arbeit und auch eure Zukunft. Wer wird nun das Essen für eure Frauen bezahlen, die eure Kinder stillen? Hat euer großer Häuptling euch das auch gesagt? Wird *er* es tun?«

Niemand antwortete. Der Wind trieb einige Buschräder vor sich her. Sie machten ein schleifendes Geräusch auf der Erde. Die Kinder hatten aufgehört zu spielen und standen verschüchtert in kleinen Grüppchen zusammen.

Leander lächelte wieder, aber Carl griff entschieden nach seinem Arm und fragte ihn laut: »Was hast du getan, Leander? Und mit welchem Recht? Ich habe genug von deinen Scherzen und deinem Mummenschanz. Du bist nicht der Erbe von Kupenda. Das bin ich.« Er wandte sich wieder an die versammelten Massai. »Dieses Land ist nicht nur meines, weil mein Urgroßvater es für gutes Geld erstanden hat. Es ist meines, weil er, wie auch dann mein Großvater und mein Vater nach ihm, keine Minute gelebt haben, ohne dieses Land nicht zu lieben. Und es ist heute mein Land, weil ich keinen Atemzug tue, ohne nicht an Kupenda zu denken. Und wenn ich an Kupenda denke, dann denke ich an euch alle. Denn wenn wir nicht alle zusammenhalten, werden wir Kupenda verlieren.«

Die Männer hörten Carl zu, als er weitersprach: »Was hat euer Häuptling Leander euch versprochen? Dass ihr aus eurem Kral verjagt werdet, wenn unser Nachbar Thompson seine Planierwalzen schickt? Dass eure Rinder dann auf Asphalt nach Gräsern suchen und elend verhungern werden? Dass eure Söhne gezwungen sein werden, zu stehlen und zu lügen? Dass eure Töchter ihren Körper verkaufen werden, statt Lesen und Schreiben zu lernen? Hat er euch das Ende von Kupenda versprochen? Dann hat er die Wahrheit gesagt.«

Die Massai sahen sich an und begannen, leise miteinander zu sprechen.

»Hört nicht auf ihn«, rief Leander. Er schlang sich die Shuka um die Schultern und schlug zweimal mit seinem Stab auf den Boden. Roter Staub wirbelte auf. »Er lügt. Ich bin euer Häuptling. Mein Vater war ein Goldman, meine Mutter eine von euch. Wie kann jemand wie Carl euch verstehen? Kupenda soll mir gehören. Dafür kämpfen wir. Kann ich auf euch zählen?«

Die Männer zögerten. Der erste unter ihnen trat zu Leander. Mehrere folgten ihm und schließlich bildete sich eine kleine Gruppe um Leander. Carl stand aufrecht und einsam in der Mitte des Krals.

Aischa schloss die Augen. Sie hoffte inständig, dass sich auch jemand für Carl und das Recht entscheiden mochte.

Dann stellte sich der erste Mann zu Carl. »Ich komme zu dir«, sagte er leise.

Aischa sah, wie sich Carl entspannte.

Die Gruppe teilte sich. Die Mehrzahl der Männer stand um Leander herum, doch einige hatten auch Carl gewählt.

Carl tat nun einen Schritt beiseite und der in die Dornenhecke geschnittene Eingang des Krals stand offen.

»Ihr habt eure Wahl getroffen«, sagte er zu der Gruppe, die sich für Leander entschieden hatte. »Packt eure Sachen und verschwindet. Ihr habt auf meinem Land nichts mehr zu suchen. Ihr habt kein Recht mehr, euch hier aufzuhalten. Häuptling Leander, ich will dass du und deine Anhänger bei Sonnenuntergang von meinem Land verschwunden seid. Nimm deine Frau auch mit. Sonst helfe ich nach, und zwar ordentlich. Das Recht ist auf meiner Seite.«

Leander sah Carl scharf an, doch dieser hielt der stummen Drohung gelassen stand. Kannte sie Carl? Kannte sie ihn wirklich?, dachte Aischa, und ein warmes Gefühl erfüllte sie, als sie ihn beim Sprechen beobachtete. Vielleicht haben wir uns alle in ihm getäuscht. Auch er hatte sich in den vergangenen Monaten verändert. Er war an seinem Erbe und an seiner Aufgabe gewachsen.

»Das wirst du mir büßen«, sagte Leander leise zu ihm. »Wir werden uns wiedersehen.«

»Hau ab, sonst vergesse ich alles, was uns noch verbindet«, erwiderte Carl. »In einer Stunde sehe ich alle Männer oben am Hügel. Wir bauen die Windräder wieder auf, so gut es eben möglich ist. Verstanden?«

Ein vielstimmiges »Aiihh« kam aus den Reihen der Männer.

Carl hielt einem nach dem anderen die Hand hin, und die Männer schlugen nach Art der Massai dreifach ein: erst die ganze Hand, dann verhakten sich nur die Daumen, dann wieder die ganze Hand.

Aischa hielt sich an Carls Arm fest, bis sie das Auto erreichten. Sie spürte die Blicke des gesamten Krals in ihrem Rücken. Die Stille zwischen den Manyattas war ihr unheimlich.

»Ich fahre«, sagte Carl und streckte seine Hand aus. Sie händigte ihm ohne Widerrede den Schlüssel aus. Er ließ den Motor an. Aischa begriff jetzt erst, wie viel Angst sie eben gehabt hatte. Das Gefühl schnürte ihr noch immer die Kehle zu. Sie konnte nichts sagen.

Als Carl den Wagen aus dem Kral lenkte, wandte sie sich noch einmal um.

Leander stand noch immer in der Mitte des Platzes. Seine Männer bildeten einen Ring um ihn, doch allmählich verstreuten sich die Leute. Der Kral setzte sein Leben fort, als wären sie nie da gewesen und als hätte die Konfrontation mit ihrem Häuptling nie stattgefunden. Carola, so sah Aischa, war in den Schatten ihrer Manyatta zurückgekehrt.

Sie würden Leander wiedersehen, da war sie sich sicher, dachte Aischa. Er war noch nicht besiegt, und Kupenda war noch lange nicht gerettet. Es stimmte, was er gerade gesagt hatte. Er war ein Goldman, *und* er war ein Massai.

Eine mächtige Mischung. Aber wenn Carl sich seinen neu gefundenen Mut bewahrte, dann konnte er den Kampf gegen ihn gewinnen.

Hoffentlich gelang ihm das. Hoffentlich. Würde er es je wagen, Rai gegenüber so entschlossen aufzutreten, wie er es eben mit Leander getan hatte? Und wollte sie das überhaupt? Könnte sie mit ihrer Familie brechen und nur noch zu Carl gehören? Aischa mochte sich keine Antwort auf diese Frage geben.

Herbst in Paris

Iman stand am Fenster ihrer Wohnung im ersten Stock eines Hauses im Marais. Es war früh am Morgen, und die Pflastersteine der noch leeren Straßen glänzten feucht vom Regen. Auf ihrem Sofatisch lag aufgeklappt eine Zeitschrift. Die Modelle schienen auf den Bildern zu tanzen, und die Fotos strahlten Energie und Frische aus. DB hatte sie geschossen.

Gleich müsste sie gehen, dachte Iman, aber etwas Zeit blieb ihr noch. Eric wollte sie auf seiner Vespa zur Arbeit abholen. Sie sah auf den Zettel in ihrer Hand. Eine Telefonnummer stand darauf gekritzelt. Es war DBs Handynummer. Agnès hatte sie ihr in der Agentur zugesteckt.

Wenn Dominique davon erfahren würde, dann war es vorbei mit ihrer Freundschaft. Sie sah wieder auf die Bilder in dem Magazin. Dann wählte sie die Nummer.

Ihr Leben lang wollten Männer sie beobachten und kontrollieren. Das ertrug sie nun nicht mehr. Sie wollte ihre eigenen Entscheidungen treffen. Lag die verhängnisvolle Nacht auf Kupenda erst vier Monate zurück? Sie fühlte sich sicher in Paris, und sie war stolz auf ihre Arbeit. Weshalb sollte sie denn nun weiterhin nur mit Dominique zusammenarbeiten? DB machte die besten Kampagnen, und sie wollte weiterhin die besten Aufträge erhalten. Das musste Dominique doch verstehen, oder?

Sie drückte ihr Telefon gegen das Ohr. Ein Freiton erklang. Es klingelte und klingelte. Dann wurde abgehoben, und sie hörte es knacken und rascheln. Es klang, als müsste sich DB erst seinen Weg zum Telefon durch Kissen freischaufeln. Lag er etwa noch im Bett?

»Hallo?«

Sie hörte eine raue Männerstimme, die verschlafen und verkatert klang. Aber auch sympathisch. Und sie kam ihr auf unbestimmte Weise bekannt vor. Aber die Leitung war schlecht, und es rauschte im Hintergrund. Woher wusste sie schon, wo er sich gerade für Modeaufnahmen befand?

»Hallo?«, fragte DB nun weitaus ungeduldiger.

Iman verließ aller Mut. Wollte sie Dominique auf diese Weise danken, dass er sie gerettet hatte? Sie wollte ihren Freund nicht verraten, aber so musste er dies empfinden.

Sie legte auf. Sie hatte noch nicht die Kraft, sich zu entscheiden. Dann speicherte sie DBs Nummer in ihr Handy ein. Zettel verloren sich zu leicht. Vielleicht wollte sie ihn später noch einmal anrufen, sagte sie sich.

Iman zog sich die Mütze und die Handschuhe über und trat vor die Haustür. Sie fröstelte. Die kalte Novemberluft schnitt ihr in die Lungen. Sie sah die noch leere Straße auf und ab. Wo blieb Eric? Ihre Müdigkeit verstärkte das Gefühl der Kälte noch. Erst gestern war sie aus New York zurückgekommen, wo ein Schneesturm den Betrieb von JFK lahmgelegt hatte. In zwei Tagen war für sie ein Flug nach St. Barts in der Karibik gebucht, um mit Dominique für die kommende Saison Bikiniaufnahmen zu machen. Kein Wunder, wenn sie sich erkältete, dachte sie und überquerte die Straße. Vor allem aber war sie müde. Ihr blieb ja nicht einmal genug Zeit, um sich Taschentücher zu kaufen.

Ein weißer Lieferwagen fuhr die Einbahnstraße in falscher Richtung entlang. Er belieferte den Kiosk an der Ecke mit neuen Zeitungen und Zeitschriften. Der Fahrer stieg aus und begann, aus dem Laderaum die Bündel an Magazinen auszuladen.

Der Eigentümer des Kiosks erkannte sie und sagte zu ihr: »*Salut, déesse. Ça va?*« Es kam ihr immer noch eigenartig vor, als Göttin bezeichnet zu werden. Der Mann griff sich eine Ausgabe der französischen *Vogue* und deutete auf das Titelbild. Iman war darauf abgebildet. »*Pas mal*«, sagte er anerkennend und hielt ihr die Zeitschrift hin. Iman lächelte. Nein, wirklich nicht schlecht. Sie sah noch einmal auf das Bild. War sie das wirklich? Sie erkannte sich kaum wieder. Ihr wurde schwindelig. Da gewann das Gesicht plötzlich an Leben. Nein, sie war das nicht. Es war Leander! Die hohen Backenknochen, die mandelförmigen Augen, der volle Mund, der beinahe kahle Schädel, der die Vollkommenheit der Züge noch betonte. Leander. Wie hatte sie glauben können, ihm zu entkommen? Er war hier. Iman legte sich die Hände über die Augen und keuchte auf.

»He, alles in Ordnung?«, fragte der Mann am Kiosk.

Iman sah auf. All ihre Sinne waren geschärft. Es roch nach Feuer. Der Fahrer des Lieferwagens hatte sich eine Zigarette angezündet. Iman schüttelte sich. Nein, der Duft war intensiver als üblich. Es roch nach Holz, nach Busch und nach Asche, deren Wirbel die Luft füllte. Menschen schrien grell und fordernd. Nein, es war nur die Sirene einer Feuerwehr auf der Rue St. Antoine. Es brannte wohl bei St. Paul. Flammen, die ein Bild zerfraßen. War es ihr Gesicht oder das ihrer Mutter, das dort zu Asche zerfiel? Sie hatte einen Schmuck getragen, der einen Zauber ausgeübt hatte. Er war mächtiger als alles andere gewesen, mächtiger als alle Sitten und alle Konventionen, und hatte selbst ihrem Vater, dem aufrechten Engländer, die Sinne betäubt. Vielleicht wollte er sterben, als er die einmotorige Maschine in das Grasland der Savanne stürzen ließ. Der Gedanke war ihr noch nie gekommen.

Iman wurde schwindelig. Sie stützte sich an der Hauswand ab. Hatte sie wirklich geglaubt, sie könnte so einfach davonlaufen? Die grellen Lichter eines Fotostudios konnten das Dunkel jener Nacht von Kupenda nicht besiegen.

»*Ça va, Mademoiselle*?«, hörte sie den Kioskbesitzer noch einmal fragen.

Iman gelang es zu nicken. In diesem Augenblick hupte es hinter ihr, und sie wandte sich um. Eine Vespa hielt auf der Straße und ein ihr unbekannter junger Mann hob sich den Helm vom Kopf.

»*Salut*, Iman. Ich bin Claude, Dominiques neuer Assistent. «

»Wo ist Eric?«, fragte Iman, während sie mit zitternden Händen den Helm, den er ihr reichte, entgegennahm. Der Kioskbesitzer sah sie noch immer besorgt an.

»*Elle ne va pas bien*«, sagte er zu dem jungen Mann. Es ginge ihr nicht gut.

»Was ist los?«, fragte Claude.

»Es geht schon wieder«, sagte Iman und setzte sich den Helm auf. »Ich bin nur etwas müde.«

Claude half ihr, den Helm unter dem Kinn zu schließen. Als er wieder sprach, bildeten sich kleine Wolken vor seinem Mund. Er lachte.

»Gestern Eric, heute Claude. So ist das mit Dominique. Man muss seine Zeit nutzen. Keine Sorge, Eric fällt immer auf die Füße. Er hat schon wieder einen neuen Job. Jetzt steig auf und halt dich fest. Der Kunde ist schon im Studio.«

»Was schießen wir heute?« Iman fühlte sich noch immer wie betäubt. Sonst hätte sie nie vergessen, welcher Auftrag anstand. Was war nur mit ihr los?

»*Burberry*. Dominique ist bester Laune. Eigentlich wollte DB die Kampagne haben, aber er hat sie ihm weggeschnappt, weil der Kunde dich haben wollte«, rief Claude über den knatternden Lärm des Motors hinweg.

Iman nickte. Wieder DB. Sie hätte die Kampagne auch mit ihm schießen können: Bilder, die voller Freude und nicht so statisch wie Dominiques Arbeit waren.

DB war vor einigen Monaten hier in Paris wie aus dem Nichts aufgetaucht. Heute arbeitete er nur mit den besten Kunden, den besten Mädchen und den besten Stylisten. Er kam selten auf Partys, Iman hatte schon mehrere Male umsonst nach ihm Ausschau gehalten.

Claude gab Gas. Die Rue des Rosiers und die Rue du Roi de Sicile flogen an ihnen vorbei. Iman lehnte sich an seinen Rücken, um sich festzuhalten. Diese erzwungene Nähe eines männlichen Körpers erschreckte sie zutiefst. Seit der Woche mit Tomtom hatte sie keinem Mann mehr erlaubt, sie zu berühren. Sie versuchte, gegen ihren plötzlichen erneuten Schwindel anzukämpfen.

Sie musste Tomtom vergessen. Die Erinnerung an ihn

war die Fessel, die Leanders Fluch ihr hier anlegen wollte. Denn in Paris war sie doch sonst sicher vor ihm, oder etwa nicht? Ruhig atmen, Iman, sagte sie sich, ein, aus, ein, aus. Jetzt keine Panik. Es ging doch nur ins Fotostudio zu Dominique. Zu einem Freund, dem sie vertrauen konnte.

Als Iman das Studio betrat, telefonierte Dominique und der Werbechef des Hauses *Burberry* aß gerade ein Croissant. Er grüßte Iman mit einem Nicken. Iman hörte, dass Dominique zornig war. »Nein, Agnès«, sagte er aufgebracht in den Hörer, »sie arbeitet nicht mit DB, ein für alle Mal. Für wen hält er sich? Wenn du die Buchung durchgehen lässt, sind wir geschiedene Leute.« Die Stimme der Agenturchefin drang hell und aufgeregt durchs Telefon. Dominique unterbrach sie kurzerhand. »Es ist mir egal, was du ihm sagst. Er oder ich, du hast die Wahl. Ach, weißt du was? Ich sage es ihm selber. Heute Nacht noch. Auf diesem Fest bei *Gucci*. Da wird er sich ja wohl bequemen hinzukommen, nachdem er mir die Kampagne weggenommen hat!«

Er legte auf und musterte Iman mit gerunzelter Stirn. »Wie siehst du denn aus? Wie gespien! Bitte geh zeitig zu Bett, wenn du einen großen Auftrag hast, okay? Jetzt ab mit dir in die Maske. Wir haben nur den einen Tag.« Er küsste sie auf beide Wangen, was die Härte seiner Worte etwas milderte.

»Das meint er nicht so«, sagte das Mädchen, die sich um sie kümmerte. »Schau, er hat für heute Abend dieses Kleid bei Dior für dich geliehen. Ist es nicht wunderschön?«

Iman sah das Gewand am Kleiderständer hängen. Seide, mit buntem, geometrischem Muster, eng anliegend und am Hals reich bestickt. Die Schultern blieben frei und der Rock war bodenlang. Sie setzte sich, schloss die Augen und die Visagistin begann mit ihrer Arbeit. Sie tat nur, was ihr gesagt wurde. Doch Iman hatte es satt. Jeder wollte bestimmen, was sie aß, wie lange sie schlief, wen sie traf und was sie anzog, dachte sie. Leander hatte Recht, als er sagte, sie wäre nicht besser als Guppy, Emelies zahmer Leopard. Sie saß hier wie ein Affe, der geschmückt und gestriegelt wurde, ehe er auf der Bühne tanzen durfte.

Iman öffnete die Augen wieder. Ihr Gesicht war bereits geschminkt, und die Visagistin goss noch etwas flüssiges Make-up auf einen Schwamm. Iman betrachtete die Hände des Mädchens bei ihrer Arbeit. Sie bewegten sich kreisförmig über ihre Haut. An ihrer Kehle war die Stelle, an der Leander sie geschnitten hatte. Iman schloss die Augen und ließ die Visagistin ihre Arbeit machen. Der Make-up Schwamm glitt nun über die kleine Narbe und verdeckte sie.

Eine Stunde später trat Iman wieder ins Studio. Die Stimme, mit der sie sonst zur Kamera sprach, schwieg heute. Sie schluckte. Ihre Zunge schien geschwollen zu sein. Das musste von der Hitze der Studiolampen kommen. Iman blinzelte. Flogen da Funken? Die Lampen glühten wie der Scheiterhaufen in jener Nacht.

»Verdammt«, sagte Dominique da. Er steckte seinen Daumen in den Mund, saugte daran und besah ihn sich dann. »Ich habe mich geschnitten.«

Blut quoll aus einem langen Schnitt an seinem Finger. Das gesamte Studio roch danach, dachte Iman. Klebrig und auf widerliche Art süß. Der Raum drehte sich um sie. Claude hatte einen Kalbskopf auf den Schultern. Er bewegte sich schwerfällig und torkelte auf sie zu. Schatten zuckten über die Wand. Musik setzte ein, nicht anders als die Trommeln von Kupenda. Die Visagistin kam aus der Maske: Sie war nackt, und ihre Haare waren eng an ihren Schädel geflochten.

»Hilfe«, sagte Iman und verbarg den Kopf in ihren Armen. Sie krümmte sich und begann zu weinen.

Claude griff nach ihr. Über seinen Unterarm zog sich eine weiße Narbe wie eine Schlange. Der Druck seiner Hand schmerzte auf ihrer Haut. Gleich würde er ihr den Arm umdrehen und sie zu Boden zwingen, befürchtete Iman. Sie begann, mit aller Kraft nach ihm zu schlagen. Sie heulte, und sie schrie, als alle Hände nach ihr zu greifen schienen. Aber sie wollte sich wehren, so einfach ließ sie sich nicht noch einmal fangen. Iman ging auf die Menschen um sie herum los. Sie schlug, kratzte und biss sie. Irgendwo in dem Wirbel der Gesichter tauchte immer wieder der Kopf des Kunden auf. Sie schlug nach ihm, bis sein rundes Gesicht endlich verschwand, so wie der volle Mond in der Nacht von Kupenda sein Gesicht hinter den Wolken verborgen hatte.

»Iman. Hey, Iman.« Dominiques Stimme drang nur langsam in ihr Bewusstsein. Er tätschelte ihre Wange, und sie fühlte etwas Feuchtes an ihrer Stirn. »Sie kommt zu sich. Mach ihr eine Tasse Tee, Claude. Das wird ihr auf die Beine helfen«, hörte Iman ihn sagen. Sie schlug die Augen auf und sah sich um. Sie lag in der Umkleide auf dem Boden und jemand hatte ihr ein Lager aus *Burberry*-Mänteln und -Kleidern gemacht.

»Was ist passiert?«, fragte sie.

Dominique zuckte mit den Schultern. »Du hast vollkommen den Kopf verloren. Hast du die Nummer von deinem Arzt da? Sonst kann ich meinen anrufen.«

»Nein, nein. Mein Mobiltelefon ist in meiner Handtasche. Ich habe seine Nummer eingespeichert.«

Dominique wühlte kurz in der Tasche und reichte ihr ihr Handy. Dann kniete er wieder neben ihr nieder. Iman versuchte, ihre Kontakte aufzurufen, doch das Handy glitt ihr aus den Fingern. »Ich habe keine Kraft. Schau unter den Nummern nach, die ich zuletzt gewählt habe. Ich habe gestern erst mit ihm telefoniert, als ich aus New York wiederkam. Ich wollte ein Mittel gegen meine Erkältung haben.«

»Ich mache das für dich. Keine Sorge.« Dominique drückte einige Tasten.

Iman beobachtete ihn mit halb geschlossenen Augen.

Auf einmal hielt er inne und blickte stumm auf die Anzeige. Dann hob er den Kopf und sah sie entsetzt an.

»Was ist los?« Iman setzte sich auf.

»Was ist das für eine Nummer?«, fragte er mit mühsam beherrschter Stimme. »Was ist das für eine Nummer?«, schrie er dann und warf Iman das Telefon in den Schoß. Sie nahm es auf. Ganz oben war die Nummer aufgerufen, die sie am Morgen als Letztes gewählt und dann gespeichert hatte. *DB*, besagte das Namensfeld. Daneben war seine Handynummer eingespeichert.

»Dominique, es ist nicht so, wie du denkst…«, begann Iman.

»So? Wie ist es denn dann?«

In dem Moment betrat Claude den Umkleideraum mit einer dampfenden Tasse Tee.

Dominique war außer sich. »So dankst du mir also, was ich für dich getan habe. Ich habe dir gesagt, du musst dich entscheiden. Entweder du arbeitest nur mit mir, oder überhaupt nicht.«

»Weshalb will alle Welt, dass ich mich andauernd entscheide? Kann ich denn nicht machen, was ich will? Ich muss selbst wissen, was für mich das Beste ist und wie ich leben möchte«, sagte Iman. Sie setzte sich auf, doch ihr wurde sofort wieder schwindelig. Sie suchte an dem Schminkstuhl Halt.

Claude stand unschlüssig in der Tür.

»Ruf Iman ein Taxi«, sagte Dominique zu ihm. »Ich muss darüber nachdenken. Wir sehen uns heute Abend bei dem Fest, das Gucci gibt.«

Das Taxi hielt vor dem in violettes Licht getauchten Hotel Particulier im vornehmen sechzehnten Arrondissement. Iman zahlte. Sie legte sich den von *Dior* geliehenen weißen Pelzmantel um die Schultern und stieg aus. Ein Majordomus kam mit der Gästeliste in der Hand auf sie zu. Das Fest schien bereits in vollem Gange zu sein. Fanfaren ertönten, und Musik erklang. Entlang des Weges durch den Garten standen zwei Reihen schön gewachsener junger Männer und Frauen. Die Männer trugen nur einen Lendenschurz um die Hüften, die Mädchen kurze, togaartige Kleider. Als Iman sich ihnen näherte, bewegten sie sich wie Puppen. Ruckartig, kurz, aber im Takt der Musik. Kaum passierte Iman einen von ihnen, erstarrten sie wieder, und das Lächeln gefror auf ihren Gesichtern.

»Euch muss doch kalt sein«, sagte Iman. Sie erhielt keine Antwort.

Iman hüllte sich tiefer in den bodenlangen Pelzmantel. Wo war Dominique? Hoffentlich war er ihr nicht mehr böse. Sie hatte ihm so vieles zu verdanken, doch sie musste ihre eigenen Probleme lösen und konnte nicht für jemand anderen leben. Er wusste doch, was sie durchgemacht hatte. Wo war er jetzt bloß?, fragte sie sich erneut und verlangsamte ihren Schritt kurz vor dem Eingang.

»Iman! Iman! Iman!«, hörte sie die Paparazzi rufen, die hinter einem Absperrgitter nahe des Eingangs warteten. »Hierher! Lächle für uns, bitte! Wer hat dir das Kleid geliehen? Und wer den Pelz? Von wem ist der Pelz? *Magnifique*!«

Die Blitzlichter ihrer Kameras waren wie tausend kleine Schläge, die auf sie niedergingen. Sie posierte kurz und starr. Es gelang ihr nicht zu lächeln. Dann ging sie hinein. Die Fotografen hatten bereits ihr nächstes Opfer ausgemacht.

Iman nahm sich ein Glas Champagner und nippte daran. Dominique war nirgends zu sehen. Ein Kellner bot ihr Häppchen an. Sie lehnte ab. Iman stieß gegen tanzende, lachende Menschen und entschuldigte sich. Sie ging durch ein Zimmer nach dem anderen, grüßte Menschen und erwiderte höflich Fragen mit einer Gegenfrage. In einem Raum schien es lauter und lebendiger als in den anderen zuzugehen.

»Was ist hier los?«, fragte Iman einen Mann, der neben ihr stand. Er war hochgewachsen und hatte die aschblonden Haare und das feinknochige Gesicht eines Pariser Aristokraten.

»Dominique hält Hof«, sagte er und fasste sie bei der Hand. Er zog Iman mit sich durch die Gruppen an Menschen, bis sie ihn selbst sah. Dominique unterhielt sich gerade mit mehreren Leuten, Iman erkannte die Chefredakteurin der amerikanischen *Vogue* und den Eigentümer des Modehauses *Chanel*. Er hielt dabei ein Mädchen im Arm, das größer war als er und lange blonde Haare hatte. Iman hatte sie noch nie vorher gesehen. War sie ein neues Model?

Iman spürte, wie der Mann neben ihr seinen Arm um ihre Hüfte legte. Er näherte sich ihr und begann, ihre Wangen zu küssen.

»Bist du nicht die schöne Schwarze, die Dominique aus dem Hurenhaus in Nairobi geholt hat?« Er lachte.

Iman erschrak. »Woher willst du das wissen?«

»Das weiß ganz Paris. Eine Straßenhure auf dem Titel der *Vogue*. Köstlich.«

Sie sah wieder zu Dominique, der gerade das andere Mädchen eine Drehung zur Musik machen ließ. Er lenkte sie wie eine Puppe. Und zwar so, wie er sie selbst zuvor gelenkt hatte, dachte Iman. Sie hatte genug gesehen.

»Vielleicht willst du mir zeigen, was du noch so alles kannst, außer in die Kamera zu lächeln«, sagte ihr Begleiter. Er versuchte, sie hinter einen der schweren Samtvorhänge zu ziehen, doch ein anderes Paar war schon in der Nische.

»*Occupé*!«, rief der Mann verärgert, ehe er den Vorhang wieder zuriss.

Iman sah noch, dass er einem jungen Model den Rock bis über die Hüften hochgeschoben hatte. Das Mädchen stammte aus Polen, Iman kannte sie. Sie bedeckte sich rasch das Gesicht mit ihren zerrauften Haaren, als Licht auf sie fiel.

»Keine Sorge, wir finden schon ein Plätzchen. Und wenn es hinter den Büschen ist, meine Wilde«, sagte der Mann nun und wollte sie weiter mit sich ziehen. Seine Augen glänzten, und die Haut um seine Nasenflügel war gerötet. Iman versuchte sich aus seinem Griff zu befreien, aber er hielt sie zu fest. Der Mann lachte. Alles schien nun zu lachen, um sie herum und über ihr, mit weit aufgerissenen Mäulern. Die Menschen sahen aus wie Löwen nach dem Riss. Leander, dachte sie auf einmal: Sie entkam ihm nicht.

Als der Mann seine Lippen auf ihren Mund zwang, biss Iman zu. Gleichzeitig zog sie ihr Knie hoch und trat ihn mit aller Kraft zwischen die Beine. Blut tropfte von seiner Lippe, und er schrie vor Schmerz auf.

Keiner sollte sie je mehr zu irgendetwas zwingen. Und jetzt wollte sie nur noch hier raus.

Der Mann krümmte sich. »Schwarze Hexe!«, schrie er und schlug nach ihr.

Iman raffte ihr Kleid und bahnte sich achtlos ihren Weg durch die Feiernden nach draußen. Sie trat auf den Saum ihrer Robe und ein scharfer Riss ging durch die dünne Seide. Sie erreichte den Ausgang und rannte durch das Spalier aus den lebendigen Puppen.

An der Einfahrt wurde das hohe Gitter für einen letzten Gast geöffnet. Der Majordomus zog gerade den Wagenschlag auf. Es war eine Limousine. Vielleicht konnte sie den Fahrer bitten, sie im Marais abzusetzen? Sonst würde sie auf der Straße ein Taxi finden, dachte Iman.

Aus dem Dunkel des Wagens stieg ein Mann. Iman sah ihn nur von hinten, denn er sprach noch mit dem Fahrer. Er war breitschultrig und groß. Sein Smoking saß wie nach

Maß geschneidert. Um den Hals und die Schultern hatte er sich einen langen weißen Schal geschlungen. Trotz seiner dandyhaften Aufmachung bewegte er sich ungezwungen.

»DB! *Finalement*! Wir alle erwarten sie!«, hörte Iman den Majordomus rufen.

DB. Da kam der Mann, den Dominique so fürchtete und so hasste.

Jetzt verstand sie auch, warum: Dominique verhielt sich nicht anders als ein alter Gorilla, ein Silberrücken. Paddy und Diane hatten einmal mit ihnen Urlaub in den Bergen von Ruanda gemacht. Iman erinnerte sich an das dichte Grün der Blätter, die den Blick auf eine Lichtung freigegeben hatten. Auf dem vom Tau feuchten Gras war ein Stamm Gorillas gesessen, und Iman direkt gegenüber hatte ein Silberrücken gekauert. Sein mächtiger Umriss hatte sich aus dem Morgennebel gehoben, und Iman hatte die Augen sorgsam gesenkt gehalten. Direktes Ansehen war zu vermeiden, hatte der Führer sie gewarnt: Es gäbe einen jungen Gorilla im Stamm, der ihm seine Position streitig machte. Der Alte war deshalb besonders aggressiv gewesen.

Hier in Paris war Dominique der Silberrücken. Er war noch Herr einer Gruppe, doch ein junger Gorilla forderte ihn heraus. Jemand, der stärker und geschickter war als er selber. Dominique kämpfte um sein Überleben in dieser Wildbahn von Zeitschriften, Agenturen, Modellen und der eitlen Öffentlichkeit. Doch der neue Silberrücken war bereits da: DB. Afrika war nicht nur in ihr. Es war in ihnen allen. Ihr Zorn auf Dominique war verflogen. Sie würde nie vergessen, was er für sie getan hatte. Aber sie lebte heute und für ihre Zukunft.

Und DB wollte hier in Paris der Silberrücken sein? Nun, viel Glück dabei, dachte Iman, sie hatte die Nase voll. Sie drehte sich um und der Absatz ihrer Sandale aus silbernem Leder brach in einer Kuhle zwischen dem frisch aufgeworfenen Kies. Iman fiel gegen den Mann, der DB sein musste.

»*Pardon.*« Ihre Stimme klang, als ob es ihr gar nicht leidtat.

Jemand lachte. Es klang wunderbar vertraut.

»Iman. Ich sage ja immer, man muss die Frauen zu sich kommen lassen, statt ihnen nachzulaufen.«

Iman hob den Blick. »Massimo!«

»Du könntest wenigstens so tun, als ob es dir peinlich ist, Iman. Oder hast du in Paris noch die letzten Manieren verloren? Das geht uns allen so, fürchte ich.« Er schloss sie in die Arme. Seine Hände fühlten sich warm und stark an. »Du frierst. Hast du Lust auf einen heißen Kakao? Komm, wir fahren in mein Appartement. Es ist hier ganz in der Nähe.«

»Aber DB! *Monsieur*! Sie sind doch gerade erst angekommen! Man erwartet Sie«, hörte Iman den Majordomus sagen.

»*DB*? Du bist DB?«

Er nickte. »Natürlich. DB für Del Bono. «

»Kommen Sie doch bitte«, sagte der Majordomus. Seine Stimme klang flehend.

»Nein, ich gehe gerade. Mich erwartet etwas anderes, nämlich mein Schicksal. *A bientôt, Monsieur*«, sagte Massimo zu dem Mann.

Winterschlaf

Die Limousine hielt vor einem Haus der Jahrhundertwende an der Place Trocadero. Iman stieg aus. Sie mochte diesen Platz besonders, denn hier sah man den offenen Himmel am besten. Zwei mächtige Gebäude standen rechts und links der großen Terrasse vor dem Eiffelturm. In der Dunkelheit dahinter lag das Marsfeld. Iman sah, wie der Eiffelturm gerade zur vollen Stunde hell erleuchtet wurde. Dann fielen die ersten Schneeflocken. Sie streckte die Zunge aus und fing einige von ihnen auf. Massimo hatte den Fahrer verabschiedet.

»Was machst du da?«, fragte Massimo.

»Als ich klein war, habe ich Paddy immer wieder gefragt: ›Weißt du, worüber ich traurig bin?‹ Und er musste auch beim hundertsten Mal noch antworten: ›Nein, worüber?‹ Dann konnte ich sagen: ›Weil ich noch nie Schnee gesehen habe.‹«

Sie schluckte den Schnee hinunter. Es schmeckte grau und staubig. Massimo schloss seine Smokingjacke, die lose über ihren Schultern lag, fester um ihren Hals.

»Den Turm und den Schnee können wir auch von meinem Haus aus bewundern. Komm.« Er fasste ihre Hand, doch sie hielt ihn zurück.

»Wir sind nur Freunde, Massimo, nicht wahr? Ich meine,

du erwartest doch nicht, dass ich … Ich meine, dass wir … Nur weil du gesagt hast, dich erwartet dein Schicksal? Es hat sich nichts geändert, hörst du?«

Massimo zögerte kurz, dann lachte er wieder. »Iman, also wirklich. Du hast dich nicht geändert. Immer auf Verteidigung aus. Was denkst du denn? Dass ich hier mitten in Paris überraschend auf dich treffe – endlich, denn ich habe es ja oft genug über die Agentur versucht –, um dann in meiner Wohnung über dich herzufallen? Genau das hatte ich nämlich vor!« Er schüttelte den Kopf. »Was denkst du denn? Über die Kindereien von Kupenda sind wir doch schon lange hinaus, oder? Sei nicht albern. Du hast mir einmal das Herz gebrochen, das genügt.«

Er legte sich den weißen Schal über die Schultern und streifte seine Handschuhe ab. Dann gab er den Sicherheitscode am Eingang ein. Die Haustür öffnete sich mit einem leisen »Klick«. Massimo stieß sie ganz auf, trat beiseite und verneigte sich. »Nach Ihnen, *Mademoiselle*.«

Iman trat ein. Massimo drückte auf den Knopf, um den Lift zu rufen. Dann nahm er ihre Hand und küsste ihre klammen Finger. Iman sah einen kleinen Kranz von Falten um seine blauen Augen, die sie vor seiner Abreise aus Kenia nie bemerkt hatte. Hatte er in diesen sechs Monaten, in denen er schon in Paris war, so intensiv gelebt? Mit wem? Wie war es ihm gelungen, sich so schnell einen solchen Namen zu machen? Sie wollte nicht wissen, mit welchen Mitteln er genau bei den Damen der *Vogue* vorgegangen war. Doch es war ihr auch ganz egal. Sie waren Freunde, das war alles. Es stand ihm frei, sich mit anderen Frauen zu treffen oder auf Teufel komm raus zu flirten, um sich in dieser so anderen Wildnis zurechtzufinden.

»Sei nicht albern«, sagte er noch einmal.

Albern. Nein, nicht albern sein. Iman versuchte zu nicken. Dann ließ sie es bleiben. Was wusste Massimo denn schon? Was konnte sie ihm je von der Nacht auf Kupenda und dem Fluch, den Leander ihr auferlegt hatte, erzählen? Was wusste er schon von einer Welt voller Mama Ginas, von den Tomtoms, die Gassen und Gossen beherrschten? Massimo war immer geliebt, bewundert und beschützt worden. Was immer er angepackt hatte, war ein Erfolg gewesen. Vielleicht war jeder Mensch, der durchgemacht hatte, was sie durchgemacht hatte, ein wenig albern, dachte Iman. Sie folgte Massimo in den Aufzug, und sie fuhren nach oben.

»Schön warm«, sagte sie, als sie seine Wohnung betrat.

Massimo lachte. »Afrikanisches Erbe. Ich kann es einfach nicht ertragen zu frieren. Im Sommer habe ich voller Vergnügen an das kalte und nasse Nairobi gedacht. Aber nun denke ich nur an die Küste und an die trockene Hitze dort. Ich denke an das Haus meiner Mutter in Shela bei Lamu. Sie schmückt jetzt gerade für Weihnachten. Letztes Jahr hat sie einen riesigen Kranz aus Hummerscheren geflochten. Wahrscheinlich duftet dort schon alles nach ihrem italienischen Weihnachtskuchen. Er ist so trocken, dass man sich gegenseitig damit erschlagen kann, aber ohne diesen Kuchen ist Weihnachten kein Weihnachten.«

Er trat an das Fenster, das beinahe die gesamte Wand des Apartments einnahm. Der Eiffelturm schien direkt ins Wohnzimmer zu wachsen.

»Ich denke daran, wie die Sonne langsam das Gras um unsere Fischteiche versengt. Das Wasser darin verdunstet jetzt so schnell, dass wir kaum nachkommen mit dem Zugießen. Ich erinnere mich daran, dass die Fische einmal von der Sonne schon beinahe gegart worden waren, ehe Weihnachten war. *La Mamma* war gar nicht glücklich darüber.«

Iman drehte sich zu ihm. »Fehlt es dir? Ich meine, Kenia?«

Massimo streifte sich auch die Schuhe ab und bewegte seine Zehen, die in brandroten Socken steckten.

»Was für eine Frage! Fehlt es dir zu atmen, Iman? Fehlt es dir, zu sehen, zu hören, zu tasten, zu schmecken? Fehlt dir alles, was unser Leben zu unserem Leben macht? Hier fühle ich mich wie eine Schnittblume, dort habe ich Wurzeln.«

Iman schwieg.

Massimo durchquerte das Wohnzimmer, in dem die Küche hinter einer Theke eingebaut war, und schlitterte die letzten Meter auf dem Parkett. »Was mir hier aber am meisten fehlt, sind meine Flip-Flops und meine Bata-Boots. Die Schuhe hier in Europa machen mich noch wahnsinnig.«

Er öffnete den Kühlschrank und kaltes Licht fiel auf seine hohe Gestalt. Die Tage von Zwerg Nase waren schon lange vorbei, dachte Iman. Massimo goss Milch in einen Topf und stellte ihn aufs Gas. Dann löffelte er Schokoladenpulver in eine Tasse.

»Entschuldige, aber mit Mikrowellen komme ich nicht klar. Ich koche hier immer noch wie auf dem Lagerfeuer.«

»Darf ich mich umsehen?«, fragte Iman statt einer Antwort.

»Natürlich. Verlauf dich nicht.« Er rührte in der Milch

und schien sein gesamtes Können als Koch in diesen Kakao legen zu wollen.

Iman musste lachen, denn außer dem Wohnzimmer gab es wohl nur noch das Schlafzimmer und das Bad in seiner Wohnung. Verlaufen war kaum möglich.

Aber Afrika war hier überall: Auf den Regalen standen Bildbände von Peter Beard und Mirella Ricciardi. Zwischen den Büchern häuften sich Knochen von wilden Tieren, die er auf Safari gefunden haben musste, und alter Massaischmuck. Iman wandte den Blick ab von den Perlen und den Amuletten. An den Wänden hingen seine eigenen Bilder. Auf einem erkannte Iman sich selber: eine lange, grazile Silhouette gegen einen brennenden Himmel. Das Bild war vor Jahren auf Kupenda aufgenommen worden. Auf einem anderen lachte Richard als vielleicht fünfzehn- oder sechzehnjähriger Junge. Sein Gesicht platzte schier vor Zähnen und vor Sommersprossen und auf seinem struppigen, aschblonden Haar saß eine fette Kröte. Von den Mädchen hatte sich nur Aischa das Tier auf den Kopf setzen lassen, erinnerte sich Iman.

Sie machte einige Schritte in den Raum hinein. Auf den Sofas lagen Überdecken aus bunt gestreiften Kikois. Eine tiefe Schale aus osmanischem Silber stand auf dem niederen Couchtisch. Unwillkürlich griff Iman sich an den Hals, wo die Münze der Prinzessin an einem groben Lederband hing. Durch alle Wirren hatte sie sich dieses Schmuckstück bewahrt.

Massimo kam auf sie zu und reichte ihr eine Tasse. »Hier, deine Schokolade. Mach es dir bequem. Soll ich dir was zum Anziehen leihen? Ich kann dir ein Hemd und einen Pulli bringen. Meine Jeans sind dir natürlich zu weit. Du hast ja gar nichts mehr auf den Rippen.« Er zeigte mit dem Kinn auf ihr zerrissenes Abendkleid. »Das kannst du vielleicht noch auf eBay verkaufen. Ist ja schließlich von *Dior*.«

Iman schüttelte den Kopf und wärmte ihre Hände an der Tasse mit dem heißen Getränk. »Ich will nicht nach Hause«, sagte sie. »Ich habe kein Zuhause mehr.«

Massimo sah sie erstaunt an. »Wie du willst. Ich bin gleich wieder da.«

Er verschwand im Badezimmer. Sie sah Licht darin angehen und hörte das Rauschen des Ventilators. War es falsch gewesen, ihm zu trauen? *Massimo Del Kondomo,* so hatte Richard ihn einmal genannt. Sein Verschleiß an Freundinnen war einer der Gründe, weshalb sie ihn als Liebhaber nicht wollte, erinnerte sich Iman. Unsinn, es war doch nur Massimo. Massimo, der ihr nur ein Freund war.

Ja, und Leander war nur ihr Bruder, erwiderte die Stimme in ihrem Kopf. Sie hatte seit ihrer Flucht von Kupenda immer nur geschwiegen. Ein Wesen saß in ihrem Inneren, zupfte mit langen, spitzen Fingern an ihrem Herzen und lachte nur über all die Fetzen, die davon abfielen. Iman wehrte sich gegen den Gedanken. Da traf sie Massimo endlich wieder und auch noch auf diese verrückte Art und Weise, und sie machte sich schon wieder Sorgen. Iman lehnte sich in den Kissen zurück.

Massimo kam noch immer nicht wieder. Iman verbrannte sich die Lippen an der Schokolade. Massimo hatte Marschmellows in der heißen Milch aufgelöst. Früher hatten sie sie auf Stecken über dem Lagerfeuer geröstet, fiel ihr ein. Die geschmolzene Süßigkeit bildete nun einen hellen Schaum auf dem Kakao. Iman schluckte. Es schmeckte wunderbar.

Wo blieb Massimo? Sie spürte, wie müde sie war. Die Kissen umfingen sie weicher. Wie lange hatte sie schon nicht mehr gut geschlafen? Seit der Nacht von Kupenda war sie hellwach oder so schien es ihr zumindest. Das Blut floss langsamer durch ihre Adern. Ihre Augen brannten, ihre Lider wurden nach unten gezogen. Eine süße Schwere kam über sie. Sie trank den Becher mit der Schokolade aus. Wo blieb Massimo nur? Wo blieb …

Als Iman am nächsten Morgen erwachte, lag sie noch immer auf dem Sofa. Massimo hatte eine Decke aus Fellen über sie gelegt, aber sie fror an ihren nackten Armen und Schultern, die herausragten. Iman hob die Decke und sah darunter. Da hörte sie Massimo auch schon lachen.

»Keine Sorge, du hast dein Kleid noch an. Du bist gestern Abend einfach so eingeschlafen. Dein Schmuck ist auch noch da. Ist die Kette da neu?«

Iman griff sich an die Münze der Prinzessin und schüttelte den Kopf.

Massimo saß ihr gegenüber auf einem Stuhl. Er hatte die Lehne daran nach vorne gedreht. Rechts und links davon hatte er seine Beine, die in einer verschlissenen Jeans steckten, ausgestreckt. Er musste gerade geduscht haben: Seine Locken sahen noch nass aus, und seine Haut glänzte von der frischen Rasur. Massimo trank einen Schluck Kaffee aus einer Schale, die er nun wieder auf den Boden stellte.

»Dein Kaffee ist gleich fertig. Croissants hole ich später«, sagte er. Dann herrschte einen Augenblick lang Schweigen, ehe er sie fragte: »Iman, wer ist Tomtom?«

Stunde der Wahrheit

Iman zog sich die Decke bis unter das Kinn.

»Was sollen all diese Gerüchte, dass Dominique dich in einem Bordell in Nairobi aufgegabelt haben soll? Iman, sag mir, was geschehen ist.«

»Woher weißt du …«, begann sie, aber er schnitt ihr das Wort ab und setzte sich neben sie auf das Sofa.

»Meinst du, dass Dominique darüber diskret geschwiegen hat? Aber nein. Das hat doch nur zu deiner Aura beigetragen. Das Mädchen, das er aus irgendeiner Kaschemme seitlich der Kenyatta Avenue freigekauft haben will. Ich habe meinen Ohren nicht getraut. Iman Goldman als Tänzerin bei Mama Ginas Mädchen. Quatsch, habe ich allen gesagt. Ihr sprecht hier über eine Prinzessin! Aber jetzt denke ich, dass ich vielleicht Unrecht hatte. Was ist bloß mit dir geschehen?«

Iman begann zu weinen. Massimo umarmte sie und wiegte sie hin und her.

»Stimmt das alles? Wie bist du dort hingekommen? Iman, wer ist dieser Tomtom?«, wiederholte er.

Sie wollte sich aus seinem Griff befreien, doch Massimo ließ sie nicht los.

»Woher weißt du von Tomtom?«, fragte sie ihn zwischen zwei Schluchzern. »Auch von Dominique?«

»Ich bin hier die ganze Nacht gesessen, Iman. Meinst du, ich lasse dich, so zerbrechlich wie du wirkst, allein? Was, wenn du mir fortgelaufen wärst? In deinem Zustand? Ich habe dir dabei zugesehen, wie du im Schlaf mit Dämonen gekämpft hast. Vor allem mit Tomtom. Immer wieder Tomtom.« Er ließ sie jetzt los. »Bleibst du sitzen?«, versicherte er sich.

»Ja.« Sie nickte und sank in die Kissen des Sofas zurück.

Massimo strich ihr durch die kurzen Haare. »Ich kann dir helfen, Iman.«

»Nein, das kannst du nicht. Niemand kann das. Du verstehst nicht.«

»Unsinn. Aber pass auf: Ich werde dir nicht helfen, weiter davonzulaufen. Ich werde dir helfen, dich freizukämpfen. Nur wenn man seinen Dämonen ins Gesicht sieht, kann man ihnen entkommen.« Er küsste Iman auf die Stirn. »Fortlaufen macht sie nur noch wilder. Dann wollen sie dich erst recht fangen.«

»Woher weißt du das?«

Massiomo zuckte mit den Schultern. »Oh, wir alle haben unser Päckchen zu tragen. Und nicht alle Dämonen sind böse, starke Männer. Auch liebe kleine Mädchen können einen mehr quälen als tausend Teufel.« Er stand auf. »Lass uns frühstücken gehen. Ich glaube, es ist gut, wenn du aus der Wohnung kommst. Das Café dort unten an der Place Trocadero liegt in der Sonne. Hinterher gehen wir spazieren. Beim Laufen redet es sich oft leichter.«

»Ich will nichts essen.«

»Und ob du das willst. Und zwar alles, was ich dir auf den Teller lade. Sonst gibt es Ärger.«

Sie waren den ganzen Tag lang gelaufen. Vom Trocadero aus die Treppen hinunter, über das Marsfeld die Avenuen hinunter zum Invalidendom, über die Pont Alexandre III. und den Fluss entlang zu den Tulierien. Massimo hatte ihre Hand kein einziges Mal losgelassen, dachte Iman, als sie gemeinsam im Café Marly des Louvre saßen und sie eine weitere Tasse heiße Schokolade trank.

Sie hatte ihm alles erzählt und nichts ausgelassen.

Massimo rührte nachdenklich in seinem Milchkaffee. Das Stück Apfelkuchen auf seinem Teller hatte er nicht angerührt. Dann hob er den Kopf.

»Lass uns nach Hause gehen«, entschied er. »So bald wie möglich.«

»In deine Wohnung?« Iman griff zu der Jacke, die er ihr geliehen hatte.

»Nein, Iman. Nach Kenia. Ich vermiete meine Wohnung unter. Du musst wieder nach Kupenda. Du musst dich Leander stellen. Nur so wirst du dich je wieder frei fühlen. Du darfst keine Angst mehr haben. Ich lasse dich nicht allein. Und ich kann von Kenia aus arbeiten.«

»Aber was soll ich dort tun? Etwa wieder nutzlos herumsitzen? Hier habe ich wenigstens gearbeitet. Ich habe aus eigener Kraft etwas erreicht und aufgebaut. Wenn Dominique nicht mehr mit mir arbeiten will, dann tun es eben andere.«

Massimo musterte sie. »Das, was gestern Abend geschehen ist, wird dir noch tausend Mal passieren. Du bist in dieser Branche vollkommen austauschbar, glaub es mir.«

»Woher willst du das so genau wissen?«, fragte Iman zornig.

Massimo schloss seine Finger um ihre Hand. »Ich weiß

es. Glaub mir einfach, okay? Es geht hier um dich und dein Seelenheil. Und außerdem wirst du nicht nutzlos auf Kupenda herumsitzen. Meine Güte, die wissen ja gar nicht, wohin vor lauter Arbeit! Sie brauchen dort jetzt jede Hand, die ihnen helfen kann. Und du mit deiner Ausbildung bist doch wie geschaffen dafür! Kupenda wird eine wunderschöne Eco-Lodge, aber Junge, Junge, es gibt noch viel zu tun, nachdem was Richard mir erzählt hat.«

Iman sah ihn erstaunt an.

Massimo lachte auf. Iman entging nicht, wie die anderen Frauen im Raum ihn voll Interesse ansahen. »Ja, was für ein Wunder, nicht wahr? Auch Männer schließen echte Freundschaften und bleiben in Kontakt«, sagte Massimo.

»Was gibt es denn Neues?« Iman hatte es nicht gewagt, mit Emelie oder Aischa in Kontakt zu treten. Sie hatte sie schützen wollen. Mit einem Mal schämte sie sich. Drehte sich in dieser Welt alles nur um sie selber? Hatten denn andere Menschen auf der Welt keine Probleme? Vor allen Dingen ihre besten und engsten Freunde, die sie liebte?

»Emelie hat gerade ihre zweite Fehlgeburt erlitten. Richard ist ganz niedergeschlagen. Das erste Mal hat der Fötus sich wenigstens beinahe zwei Monate lang entwickelt, aber nun, das zweite Mal, kam es gar nicht erst dazu. Sie haben Angst, keine Kinder bekommen zu können.«

»Oh Gott.« Iman sank in die rotsamtenen Polster zurück. *Kupenda*. Wie unwirklich die Freiheit jenes Ortes in der sorgsam von Menschenhand gestalteten Schönheit des Cafés wirkte.

»Und Aischa? Wie geht es ihr?«

»Sie ist oft bei ihrer Großmutter in Nairobi. Richard sagt, Emelie habe kein gutes Gefühl bei der Sache. Jedes

Mal, wenn Aischa wiederkäme, sei sie gereizt und mehrere Tage nicht ansprechbar.«

Sie hatte Emelie und Aischa einfach alleingelassen. Und dabei war sie immer so stolz auf ihre Freundschaft gewesen! Und was machte sie, sobald es brenzlig wurde? Sie lief davon.

»Ich schäme mich so«, flüsterte sie.

»Das musst du nicht. Du hast Schreckliches durchgemacht. Wir alle wollen dir helfen. Aber du kannst nicht davonlaufen. Du wirst eingehen wie ein Tier. Du musst nach Hause, und ich helfe dir.«

»Und Leander? Was ist mit ihm?«, fragte Iman.

Massimo senkte den Blick. »Leander ist zusammen mit Carola Thompson verschwunden. Old Thompson muss wahnsinnig vor Zorn gewesen sein. Sie ist wirklich von Leander schwanger, und du kennst den Alten ja. Einige Leute sagen, er fühle sich so gedemütigt, dass er sein Land verkaufen und nach Südafrika auswandern will.« Dann fügte er hinzu: »Richard denkt, dass Leander sich nahe dem Turkanasee im Norden verbirgt.«

»Er kommt wieder«, flüsterte Iman. »Ich habe Angst. Das verstehst du nicht.«

»Dann hilf mir, es zu verstehen, Iman. Bitte. Denn ich will dir mehr als alles andere in der Welt helfen.«

»Wenn nur meine Großmutter noch lebte! Ich habe den Eindruck, Leander fürchtete sie, weil sie mächtiger war als er selbst. Er hat immer gesagt, sie hätte jeden Fluch heben und jeden Schwur lösen können.«

Massimo schien nachdenklich. »Wann ist deine Großmutter gestorben?«

»Ich weiß nicht einmal, ob sie wirklich tot ist. Nach

dem Tod meines Großvaters verschwand sie einfach aus dem Kral. Das ist alles, was wir von ihr wissen. Sie muss in der Wildnis gestorben sein.«

Massimo runzelte die Stirn. »Hm, seltsam. Aber ich kann all diese Geschichten über Leander manchmal kaum glauben. Wir waren doch Freunde, er, Richard und ich. Gut, zwischen Carl und ihm herrschte schon von Anfang an ein Konkurrenzdenken. Leander war immer etwas Besonderes. Ich habe deinen Bruder geliebt, und ich liebe ihn immer noch. Kann er sich wirklich so verändert haben?«

»Leander und ich sind Zwillinge, und doch erkenne selbst ich ihn nicht wieder. Ich weiß, wie sehr du ihn gemocht hast, wie sehr du ihn immer noch magst. Manchmal dachte ich sogar, du willst mich, weil du ihn nicht haben kannst.«

Massimo schüttelte nur den Kopf. Iman sprach weiter.

»Massimo, er hat mich verflucht. Ich komme nicht dagegen an. Wie soll ich je wieder frei sein? Wenn nur meine Großmutter noch lebte, könnte sie mir vielleicht helfen.«

»Lass *mich* dir helfen«, sagte Massimo. »Komm mit mir nach Hause.«

Iman zögerte, bevor sie sagte: »Gut, ich kehre mit dir nach Kenia zurück. Aber ich kann noch nicht gleich wieder nach Kupenda. Ich muss zuerst Kraft sammeln. Ich muss wissen, wie ich mich von dem Fluch befreien kann. Sonst wird die Angst vor ihm immer stärker werden. Ich werde den Menschen schaden, die ich auf dieser Welt am meisten liebe. Oder ich werde in mein Verderben rennen. Lach nicht, ich bin eine Massai. Dieser Glaube fließt in meinem Blut. Schneid mir die Pulsadern auf, dann bin ich frei!«

Massimo legte ihr einen Finger auf die Lippen. »Sag so etwas nie wieder – selbst im Scherz nicht … Wir fahren ja nicht gleich nach Kupenda. Wir fliegen hoch an die Küste nach Lamu, in das Haus meiner Eltern in Shela. Dort kannst du mit uns Weihnachten feiern.«

Iman trank ihren Kakao aus. Sie sah sich noch einmal im Café Marly um. Die hohen Fenster hatten Vorhänge aus rotem Samt, und die hohen Wände und Decken waren mit feinem Stuck verziert. Die Menschen darin wirkten so sorgsam hergerichtet und manieriert wie der Raum selber. Niemand unter ihnen konnte mitten im Busch mit seinen bloßen Händen ein Feuer machen. Nur Massimo konnte das. Er hatte Recht, ihr Platz war nicht hier, zumindest nicht jetzt. Sie musste sich Leander und dem Fluch stellen. Und sie musste den Menschen helfen, die sie nie hätte alleinlassen dürfen. Jeder hatte seinen Kampf zu führen, dachte sie. Aber man konnte sich gegenseitig dabei helfen.

»Lass uns gehen«, sagte sie zu Massimo und stand auf.

Lamu

Der Flug von Paris über London nach Nairobi verlief reibungslos. Das Flugzeug glitt acht Stunden lang durch die Nacht. Unter ihnen lag der in der Dunkelheit gesichtslose Kontinent. Iman schien es, dass das Land atmete, so wie sie selber es tat. Würde sie sich je von Leander und seinem Fluch befreien können? Sie wollte einen Weg finden. Sie wollte kämpfen. Auch gegen Leander, wenn es sein musste. Das war ihr letzter Gedanke, ehe sie einschlief.

Als Iman kurz vor der Landung erwachte, lag ihr Kopf auf Massimos Schulter, und ihre Hand war unter seinen Ellenbogen geschoben. Sein Körper wärmte sie. Massimo schien noch zu schlafen. Iman setzte sich rasch auf und rückte von ihm ab.

Lamu. Sie war nur einmal als Kind auf der Insel im Norden des Landes gewesen. Paddy und Diane hatten danach stets ein Haus in Diani Beach nahe Mombasa für den Weihnachtsurlaub gemietet. Die Reise über Land nach Lamu war zu gefährlich geworden, da Straßenräuber aus Somalia ihr Unwesen dort trieben. So blieb nur das Flugzeug. Iman lehnte sich nach vorne und sah über die sich drehenden Propeller hinaus. Vor ihnen lag die braun und grün gefleckte Savanne. Auch die Erde trug Tarnfarbe, dachte Iman. Sie sah die Gipfel um den Grabenbruch und dann den Tana-Fluss, der sich zwischen Malindi und Lamu dem Ozean entgegenwälzte. Der vollkommen blaue Ozean brach sich schäumend an dem Riff. Eine Dhau kämpfte mit der Strömung vor der kilometerlangen, unberührten Küste von Shela. Dort stand Massimos Haus.

Die Maschine drehte bei, zog einen Bogen durch die Luft und setzte auf dem schmalen Streifen der Insel Manda zur Landung an.

»*Jambo. Karibu!*« Ein Strahlen glitt über das gesamte breite Gesicht des vielleicht vierzehn Jahre alten Jungen. Er schulterte Imans kleinen Koffer und streckte ihr helfend die Hand hin. Er war der Sohn des Kapitäns, der sie mit seiner Dhau in Manda abgeholt und nach Shela gebracht hatte.

»Spring«, forderte der Junge sie auf.

Iman gehorchte. Sie hatte sich die Jeans bis zu den Knien hochgekrempelt. Das am Ufer seichte Wasser des Indischen Ozeans war durchsichtig. Ihre Füße kamen im Sand auf und kleine, bunte Fische wirbelten um ihre Zehen. Die Mittagssonne stand gleißend am leeren Himmel. Die Spiegelung des Wassers und des Sandstrandes blendete Iman. Lamu. Ein vergessener Zipfel Land, auf dem die Zeit stehengeblieben war. Hier könnte sie gesund werden, das spürte sie.

Massimo sprang nun neben ihr ins Wasser. Er beugte sich hinunter, schöpfte es mit beiden Händen und badete sein gesamtes Gesicht darin. »Willkommen in meinem Paradies, Iman.«

Dann begann er den kleinen Jungen nasszuspritzen, der sich sofort kreischend wehrte. Beide verschwanden hinter einer sprühenden Gischt von Lachen und Schreien. Vielleicht war das Leben so gut zu Massimo, weil er es ihm einfach erlaubte, dachte Iman.

Massimo bezahlte den Kapitän und drückte auch dem Jungen ein paar Schillinge in die Hand, ehe er ihm durchs Haar wuschelte. »Wir sehen uns Heiligabend!«

»Seine Tante ist unsere Köchin«, sagte er zu Iman. »Wir feiern seit Jahren zusammen Weihnachten. Niemand kann so viel und so schnell Panettone essen wie er! Letztes Jahr habe ich die Stoppuhr gestellt. Er bricht alle Rekorde.«

Massimo watete ihr voran auf das Ufer zu. Der Stoff des nassen Hemdes klebte an seiner Haut. Iman konnte die Muskeln auf seinem Rücken erkennen. Dankbarkeit erfüllte sie. Er hatte alles in Paris für sie stehen und liegen lassen. DB, der aufstrebende junge Fotograf, dem die Moderedakteurinnen zu Füßen lagen. Der sich die Kampagnen aussuchen konnte, mit dem jedes junge Model arbeiten und sicher auch schlafen wollte.

Aber er war hier mit *ihr*. Um ihr zu helfen und ihr beizustehen. Obwohl er es geradezu vermied, sie zu berühren. Gefiel sie ihm nicht mehr, nach all dem, was mit ihr geschehen war?, fragte sich Iman. Verdenken konnte sie es ihm nicht. Oder war sie wirklich nur eine Freundin für ihn?

Massimo drehte sich am Ufer nach ihr um. »Komm, meine Mutter hat Lasagne gebacken. Es geht nichts über ein leichtes italienisches Mittagessen in der Hitze von Shela! Und wehe, wir essen unsere Teller nicht leer. Dann gibt es zur Strafe *Torta della Nonna*. Mit Sahne.«

Imans Zimmer lag im obersten Stockwerk des Hauses. Sie stand auf ihrer kleinen Terrasse und sah hinunter in den mit Palmen und Schlingpflanzen bewachsenen Innenhof. Dort luden überall mit Kissen ausgelegte Nischen zum Ausruhen ein. Sonnensegel aus bunter Seide spannten sich in der Brise, und das Wasser plätscherte aus einem Brunnen in einen kleinen Pool. Er war gerade groß genug, um fünf, sechs Züge darin zu tun. Vögel nisteten in den Nischen des Bauwerks, und Schmetterlinge tranken den Nektar der Pointsetia, der Trompetenblumen und der in Rot und Zyklam glühenden Bougainvillea. Ein osmanischer Prinz hatte den kleinen Palast vor langer Zeit für seine einzige Tochter bauen lassen, doch als diese spurlos verschwunden war und sich angeblich das Leben genommen hatte, hatte er das Haus abgesperrt und es nie wieder betreten. So besagte es in jedem Fall eine Legende. Es klang wie die Geschichte ihrer Prinzessin, dachte Iman und berührte die Goldmünze an ihrem Hals.

Es ging eine seltsame Kraft von dem Schmuckstück aus. Ihr Leben würde sich zum Guten wenden, irgendwie, irgendwann, da war sie sich mit einem Mal sicher. Wenn doch Aischa und Emelie auch da wären! Aber es war noch nicht so weit. Sie hatte ihren Kampf noch nicht gewonnen.

Iman wandte sich um. In der Entfernung sah sie das Meer liegen. Es war Ebbe und große Wellen brachen sich am Riff. Fischerboote und Dhau tanzten gefährlich nahe am Verderben auf ihrem Kamm. Hier gab es den besten und größten Fisch zu holen. Aus den Gassen stiegen die Geräusche des gemächlichen Alltags von Shela zu ihr auf. Iman ließ sich auf einer Liege nieder. Sie schlüpfte aus den

Flip-Flops und lehnte sich in den mit indischer und chinesischer Seide bezogenen Kissen zurück. Die Augenlider wurden ihr schwer. Die Lasagne zu Mittag war köstlich gewesen, doch nun fühlte es sich an, als hätte sie Backsteine im Bauch.

»Wie fühlst du dich?«, fragte Massimo sie. »Ich habe geklopft, aber du hast nicht geantwortet.«

Iman schrak auf. Sie hatte ihn nicht kommen hören. Er lehnte an der Wand und hatte die Arme vor der Brust verschränkt. Massimos gebräunte Haut glänzte feucht, er musste in dem kleinen Pool des Gartens geschwommen haben. Um seine Hüften hatte er einen Kikoi gebunden. Seine Brust und Arme waren nackt, aber um den Hals trug er eine Kette, an der ein goldenes Kreuz der Tuareg hing. Sein katholischer Glaube traf auf Afrika, dachte Iman. Der Anblick seiner bloßen Haut machte sie nervös. Aber dieses Gefühl hatte nichts mit der Furcht zu tun, die Tomtom ihr beigebracht hatte. Iman wandte den Blick ab.

»Du siehst müde aus. Schlaf dich aus. Wir gehen nachher zusammen schwimmen, okay? Shela hat den schönsten Strand der Welt. Und bei Sonnenuntergang trinken wir einen frischen Mangosaft im Peponi.«

Iman nickte. Massimos Schritte verklangen. Alles wurde in ihr und um sie herum ruhig. Sie sank wieder in die Kissen. Ja, sie wollte schwimmen gehen. Später. Nun aber musste sie schlafen.

Als sie am Nachmittag in die Eingangshalle des Hauses ging, stand dort Massimo an einer Säule neben dem Tor und telefonierte. Er trug ein gestreiftes Hemd aus Baumwolle, einen Sonnenhut und noch immer den Kikoi um die Hüften. Neben ihm stand der mit den Badesachen gepackte Korb.

Iman verharrte auf der Treppe. Als sie Massimos gedämpfte Stimme hörte, erschrak sie. Er sprach Massai. *Massai*! Mit wem sprach er und weshalb? Sie hörte sogar ihren Namen in einem Satz. Nein, das war unmöglich, sie musste sich getäuscht haben. Doch, da sagte er wieder auf Massai: »Iman ist hier, und man möge das bitte ausrichten …«

Massimo, der so eng mit Leander befreundet gewesen war, der nicht hatte glauben können, dass ihr Bruder sich so gewandelt hatte. Mit wem sprach er, wenn nicht mit ihm?

Sie konnte seine Worte nicht weiter verstehen, denn ihr wurde schwindelig. Iman wollte sich mit einer Hand an der Wand abstützen, doch sie griff in eine Nische. Darin stand eine kleine Skulptur aus buntem venezianischen Glas. Sie fiel zu Boden und zersplitterte auf den Stufen aus Stein.

Massimo zuckte zusammen. Er sah auf und schloss das Mobiltelefon mitten im Satz.

Sie musste sich einfach getäuscht haben, dachte Iman. Er konnte doch nicht mit Leander über sie gesprochen haben.

Massimo schob das Telefon in seine Hosentasche und nahm den Korb auf.

»Na, gut geschlafen? Komm, lass uns gehen. Hier ist ein Hut für dich. Halt ihn gut fest, es bläst ein feiner Wind.«

Er reichte ihr einen wagenradgroßen Strohhut und schob den massiven Riegel an dem Tor zur Straße hin zurück. Das Sonnenlicht schnitt in den Halbdämmer des Hauses. Wie selbstverständlich nahm er ihre Hand.

Iman beschloss, das Gespräch zu vergessen. Natürlich sprach Massimo Massai. Viele Leute ihres Stammes arbeiteten in seinen Fischercamps um Naivasha. Sie musste es sich eingebildet haben, dass er ihren Namen gesagt hatte. Massimo würde sie nie verraten.

Sie waren allein am Strand von Shela. An den Häusern, die von der Küste zurückgesetzt dalagen und Schauspielern und europäischen Fürsten gehörten, waren die Fensterläden noch geschlossen. Ihre Bewohner sollten erst in ein, zwei Wochen hier eintreffen. Selbst die sonst so geschäftige Terrasse des Hotel Peponi lag noch so gut wie verlassen da im warmen Licht des Nachmittages.

Massimo rollte zwei Matten aus geflochtenen Palmblättern aus und streifte sich seine Kleider ab. Unter seiner Hose trug er eine Badehose.

»Ich drehe mich um, ja?«, sagte er. »Wenn du deinen Bikini anhast, auf drei, okay?«

Iman nickte und schlüpfte unter ihrem Strandkleid in ihren Bikini.

»Bist du bereit?«, fragte Massimo sie wenig später.

»Ja.«

»Auf die Plätze, fertig …«

Er ging wie ein Langstreckenläufer in die Knie. Iman musste lachen und machte es ihm nach.

»… los!«

Iman rannte los. Der heiße Sand stob unter ihren nackten Fußsohlen auf, und sie hörte Massimo hinter sich Geräusche wie eine Dampflok machen. Dann, gerade als sie die Wasserlinie erreichte, musste er sich hinter ihr zu Boden geworfen haben, denn er bekam ihren Fuß zu fassen.

»Nein!« Kopfüber stolperte sie in die Brandung. Massimo hechtete ihr nach. Er war neben ihr, unter ihr, über ihr, überall in der Gischt und der Brandung. Iman musste so lachen, dass sie Wasser schluckte und hustend wieder an die Oberfläche kam. Massimo half ihr auf die Füße. Er war ihr ganz nahe. Wasser lief von seinen nassen Locken über sein Gesicht, und er fing einige Tropfen mit der Zunge auf.

Iman konnte nur noch auf seine Lippen sehen. Sie waren von der Sonne ein wenig aufgerissen. Wollte er sie nicht küssen, so wie früher immer? Sie schob ihren Kopf leicht nach vorne, aber Massimo strich ihr über die Schultern.

»Freunde, Iman, okay?«, sagte er nur und tauchte ab in die Wellen, die mit der hereinkommenden Flut höher und höher wurden. Schon bald war sein Kopf nur noch ein Punkt nahe dem Riff, wo ein hereinkommendes Fischerboot ihn an Bord zog. Iman sah, wie er neben dem Kapitän ans Steuer trat und ihm half, das Boot über die rollenden Wellen in die schmale Meeresenge zu segeln.

Nein, Massimo würde sie nie verraten, dachte sie. Sie musste sich verhört haben. Iman legte sich auf den Rücken und ließ sich auf dem vom Salz schweren Wasser treiben. Himmel und Ozean vermischten sich. Die Wellen der hereinkommenden Flut trugen sie an den reinen Sand des Ufers.

Massimo wartete schon auf sie. »Komm, ich habe uns schon zwei Mangosäfte bestellt.« Er half ihr auf die Füße und lief ihr zur Terrasse des Hotels Peponi voran.

Nach zwei Wochen in Shela hatte Iman beinahe vergessen, dass es je Furcht und Flucht in ihrem Leben gegeben hatte. Sie heilte, langsam, aber sicher. Die Sonne zog gelassen ihre Bahn, die Menschen in den Gassen schwatzten und lachten, und die Fischerboote kehrten bis zum Rand voll von jedem Fischzug zurück. In den Gärten hingen Mangos und Avocados an den Bäumen und auf dem Markt waren die Papayas so reif, dass ihre Haut unter einem Fingerdruck sofort nachgab. Stunden glitten ineinander und wurden zu Tagen. Iman sah nicht mehr auf die Uhr und nicht mehr auf den Kalender. Sie genoss die zwölf Stunden Licht und durchschlief tief und traumlos die Nacht.

Massimo ließ sie in Ruhe. Er selber ging ein und aus, ohne jemandem darüber Rechenschaft abzulegen. Manchmal sah Iman ihm von ihrer Dachterrasse aus nach. Sie sah seinen breiten Rücken in der Enge der Gassen von Shela verschwinden. Weshalb sagte er ihr nicht, wohin er ging?, fragte sie sich dann und verbot sich den Gedanken augenblicklich. Sie waren nur Freunde, ermahnte sie sich. Bis sie sich eingestand, dass es anders war. Sie wollte es ihm sagen, nahm sie es sich eines Abends kurz vorm Einschlafen vor. Iman lag allein in dem Himmelbett, dessen Pfosten aus Ebenholz gegen die weiße Decke ragten. Dort drehte sich träge ein Ventilator. Schon bald würde sie es ihm sagen.

Als sie am nächsten Morgen auf der Veranda beim Frühstück saßen, sagte Massimo zu ihr: »Ich fahre heute mit der Dhau nach Manda. Kennst du die Ruinen von Takwa?«

Iman schüttelte den Kopf. »Nein, aber ich habe davon gehört. Ist das nicht die verfallene Stadt in der Mitte des Mangrovenwaldes?«

Massimo nickte. »Willst du mit? In einer halben Stunde geht es los. Ich gehe noch für ein Picknick einkaufen. Zieh dir lange Hosen an und nimm eine reißfeste Jacke mit. Und zieh deine Bata an, keine Flip-Flops, okay? Wer weiß, wie hoch das Unterholz nach dem letzten Regen dort angewachsen ist. Die Mangrovenkrabben haben große Scheren und mögen es nicht, wenn man ihnen auf den Kopf steigt.«

Er verließ die Veranda, die neben dem dicht bewachsenen Innenhof lag. Wiedehopfe kamen heran und begannen, die Krümel seines Toasts vom Teller zu picken, und ein weiterer Vogel holte sich die Schale der ausgelöffelten Passionsfrucht.

Iman reichte Massimo ihren Beutel, während er die Dhau noch mit einem Tau am Ufer hielt. Sie sprang an Bord. Massimo warf das Seil einem Jungen zu und fing das Boot geschickt auf, als die frische Brise die dreieckigen Segel des Schiffes augenblicklich füllte. Das weiße Leinen blähte sich. Die Dhau glitt durch den Ozean. Ihr Bug riss die Wellen auf und hinterließ eine frisch gekämmte Spur in dem Blau des Meeres. Sie überquerten die Meeresenge hin nach Manda. Der weiße Sandstrand sah aus wie mit Schnee bedeckt. Es war kein Mensch zu sehen.

»Halt du das Steuer«, rief Massimo ihr zu.

Er sprang ins Wasser und zog die Dhau mit aller Kraft auf den Sand. Dort sicherte er sie mit einem Knoten an einem über den Strand hängenden Mangrovenbaum. Iman sah zu, wie er den Inhalt seines Rucksackes überprüfte. Sie reckte den Hals und erkannte eine Panga, ein Seil, seine Kamera und Verbandszeug.

»Alles dabei. Jetzt noch das Wichtigste.« Er streckte die Hand aus und half ihr vom Boot. »Du. Komm, du wirst sehen, die Ruinen sind unvergesslich.«

Sie folgte ihm durch den feuchten Sand die Anhöhe hinauf. Der Mangrovenwald ragte wie eine Mauer vor ihnen auf. Als sie voranschritten, tat sich das Grün auf, und nur einen Atemzug später hatte es sie wieder verschluckt. Iman atmete beinahe überrascht die feuchte, schwere Luft ein, die wie ein Netz zwischen den Bäumen hing. Die Kronen und Wipfel sperrten das Licht aus. Fetzen an Nebel und letzter Tau hing noch an den langen, spitzen Blättern der Farne. Schlingpflanzen wanden sich dick wie Hafentaue um die Stämme der Mangroven. Das Unterholz reichte Iman beinahe bis zu den Knien und jeder Schritt war mühsam.

Sie sah Massimo die Panga heben. Er begann, mit kräftigen Hieben eine Bresche in die Wildnis zu schneiden. Seine Schläge in das dichte Grün mischten sich mit der Vielzahl an Vogel- und Tierstimmen. Iman war nicht erstaunt darüber, als eine Gruppe Colobusaffen begann, schwatzend und schnatternd hoch über ihren Köpfen mitzuschwingen. Sie begleiteten sie bis zu den Ruinen von Takwa, wobei die Blätter über ihren Köpfen raschelten und die Zweige brachen. Massimo schlug weiter und weiter eine Schneise in das Dickicht. Iman hörte seinen keuchenden Atem, wann immer er den Arm zum Schlag hob.

Die Stadt tauchte unvermittelt vor ihnen auf. Es waren dreißig, vielleicht vierzig Bauten, aus grauem Stein errichtet, an dem noch Spuren von Verzierungen zu erkennen waren. Die Mauern der Häuser waren eingestürzt. Doch die Anlage des Ortes, das Netzwerk der Gassen und sogar die Kanäle für das Abwasser waren noch erkennbar. Gras wuchs auf den Steinen, und Moos lag in den Ritzen der Bodenplatten. Bäume brachen aus eingefallenen Dächern und wildes Buschwerk sah aus leeren, dunklen Fenstern.

Es wurde Mittag. Die Sonne stach durch die Kronen der Bäume und malte helle Flecken auf die Lichtung. Eidechsen wärmten sich an den Steinen und neben Imans Fuß kroch ein rot-grün gestreifter, haariger Tausendfüßler vorbei.

»Wie gefällt es dir?«, wandte Massimo sich an sie.

»Ich fühle mich wie der erste Mensch, der je hierhergekommen ist!«

»Macht Spaß, das Entdecken, nicht wahr? Dieser Ort hat so viele Geheimnisse, die nie jemand lüften wird. Richard und ich sind hierhergekommen, als wir mit der Schule fertig waren.« Er zögerte, bevor er hinzufügte: »Leander war auch dabei. Es war, bevor all das mit Emelie passiert war. Als wir alle noch Freunde waren.«

»Wir Frauen bringen nur Unruhe in euer Leben.«

»Ja. Aber so ist es wohl immer gewesen in der Geschichte der Menschheit. Ich glaube an Bestimmung. Jeder muss seinen Weg gehen.«

Massimo ging in die Knie. »Komm, ich habe Hunger. Schon früher in der Schule hatte ich beim Wandertag Magenknurren, sobald sich das Schultor von Pembroke hinter mir geschlossen hat. Wenn wir mit dem Bus den Elementaita See erreicht hatten, war mein Rucksack schon ratzekahl leergegessen. Deshalb bin ich dann wohl plötzlich so gewachsen.«

Iman sah zu, wie er den Rucksack aufschnürte und einen Kikoi ausbreitete. Darauf legte er mit scharf gewürztem Gemüse gefüllte Samosas, ein Tandoori-Huhn, eine Packung Pilawreis mit Nelken und Tamarinde, vier Bananen und zwei Kokosnüsse, die er mit einigen Pangaschlägen köpfte.

»*Et voilà, Mademoiselle*. Besser als in jedem Restaurant von Paris.«

Er verneigte sich spaßhaft und ließ sich neben dem Tuch nieder. Iman tat es ihm nach. Dennoch gingen ihr Massimos Worte nicht aus dem Sinn. Er glaubte an Bestimmung? Er, ihr Jugendfreund, der sie immer verehrt hatte. Der jetzt half, da sie ihn brauchte, der sie zum Lachen brachte, wenn sie weinen musste. Der sie aufbaute, wenn sie am Boden zerstört war. Der sie gefunden hatte, als sie sich verloren glaubte. Der antwortete, wo sie nicht zu fragen wagte. Der nicht urteilte, sondern handelte. *Massimo*. Bei ihm konnte Leanders Fluch sie nicht erreichen. Bei ihm war sie sicher, dachte Iman. Wo er war, da wollte sie sein. So war es bestimmt.

»Zeit für die Vorspeise«, holte Massimo sie aus ihren Gedanken und reichte ihr die Kokosnuss, in die er mit seinem scharfen Messer ein Loch geschlagen hatte.

»Allerdings.« Statt der Kokosnuss griff sie nach seinem Nacken und nahm noch kurz den überraschten Ausdruck in seinen Augen wahr, ehe sie ihn an sich zog und ihn küsste. Wieder und wieder, bis er Atem schöpfte.

»Aber, Iman …«

»Freunde. Bis ich sage, dass es anders ist, oder etwa nicht?«, erwiderte sie leise.

Die Kokosnuss rollte aus seinen Händen ins Gras, als er Iman an sich zog. Er hielt sie so fest, dass es sie beinahe schmerzte. Seine Lippen schmeckten so, wie sie es sich vorgestellt hatte, dachte Iman. Besser als gut. Sie spürte, wie sein Kuss fordernder wurde und wie er sie dann geschickt ins Gras neben der Picknickdecke gleiten ließ. Dies hier geschah, weil *sie* es wollte. Weil *sie* es so entschieden hatte, dachte Iman. Wann war es je so gewesen?

»Woran denkst du?«, fragte Massimo und nahm ihr Gesicht in seine Hände.

»An Bestimmung. Das ist alles.« Iman ließ ihre Hände unter sein weißes T-Shirt gleiten und wollte es ihm über den Kopf ziehen.

»*Bestimmung*«, flüsterte er und küsste sie noch einmal, ehe er seine Lippen leicht wie Schmetterlingsflügel über ihren langen Hals gleiten ließ. Iman seufzte. Ihr Körper wurde weich und nachgiebig. Sie drängte sich an ihn.

»Schsch. Keine Hast.« Er küsste ihre Augenlider und sagte noch einmal: »Bestimmung. Aber auch der Weg ist das Ziel. Wir haben Zeit, Iman. Ich will, dass du eine Lösung für all deine Probleme findest, ehe wir ein Paar werden. Du musst ein Kapitel schließen, ehe du ein neues beginnst.«

»Aber …«

»Iman.« Er nahm ihren Kopf wieder zärtlich zwischen seine Hände. Seine Augen, die blau mit einigen grünen Flecken darin waren, waren den ihren ganz nahe. Sie musste ihn ansehen, ob sie es wollte oder nicht. »Ich will dich nicht so: Hier und hastig. Ich will dich ganz und gar. Vielleicht wäre es gut, wenn du Leander zuerst wiedersiehst? Wenn du dich ihm stellst, frei und mutig, so wie ich dich eigentlich kenne?«

Sie schüttelte den Kopf und entzog sich ihm. »Wenn du glaubst, mich zu kennen, gut. Aber Leander hast du offensichtlich nie gekannt.«

»Ich kann nicht glauben, dass der Mann, der einmal mein Freund war, sich so verändert haben soll«, sagte Massimo.

»Richard hat das eher begriffen als du.« Iman stand auf. »Ich habe keinen Hunger mehr. Lass uns die Ruinen besichtigen.«

»Iman, sei doch nicht kindisch. Versteh mich bitte nicht falsch. Ich will nur dein Bestes.«

»Mein Bestes? Sieh her, damit du verstehst, wozu Leander fähig ist!« Sie hob das dicke Lederband an, an dem die Münze hing. Ihre Narbe hob sich zornig und rot von ihrer Haut ab. Massimo schwieg. Der Ausdruck seines Gesichtes war unergründlich.

Iman zog sich die Socken über den Saum ihrer Baumwollhose. Sie begann, sich einen Weg durch das hochgewachsene Gras hin zu der verlassenen Stadt zu bahnen.

Als Massimo das unangetastete Picknick zusammenpackte, klingelte sein Mobiltelefon. Iman drehte sich um. Sie sah noch, wie Massimo das Gespräch mit einem Knopfdruck ablehnte.

»Wer war das?« Sie konnte sich die Frage nicht verkneifen.

Er schüttelte nur den Kopf und lächelte. »Nichts Wichtiges.«

Sie dachte wieder an das Telefongespräch, das sie vor wenigen Tagen unterbrochen hatte. »Iman ist hier«, hatte er auf Massai gesagt. Leander und er hatten immer auf Massai gesprochen. Ihr Bruder hatte Massimo sogar manchmal bei seinen geheimen Besuchen im Kral ihrer Großeltern mitgenommen.

Iman ist hier.

Mit wem sonst konnte er gesprochen haben? Er wollte sie Leander ausliefern. Massimo hatte ja keine Ahnung, worum es hier ging. Sie wischte sich die Tränen ab. Sie sollte kämpfen? Also gut. Sie wandte sich noch einmal zu ihm um und sagte: »Lass uns nach Kupenda fahren. Gleich morgen. Dann wirst du sehen.«

Heimkehr

Das Flugzeug senkte sich über dem Tal des Grabenbruchs. Paddy hatte Recht gehabt, die erloschenen Vulkane hier sahen aus wie die Brüste einer liegenden afrikanischen Gottheit, dachte Iman. Massimo ließ die Maschine einen Bogen ziehen, und Iman sah Kupenda in der Morgensonne liegen. Neben dem Haupthaus waren zwei neue Gästehäuser entstanden, hinter denen langgestreckte Solarzellen glitzerten. Außer Sichtweite der Häuser, auf einer entfernt gelegenen Anhöhe, drehten sich Windmühlen.

Sie reckte den Hals und fragte: »Landen wir jetzt?«

Er aber zog die Maschine wieder hoch.

»Was machst du?«, schrie ihm Iman über den Motorenlärm ins Ohr.

Massimo schüttelte den Kopf. »Kupenda muss warten. Du musst erst jemand anderen treffen. Jetzt gleich.«

Iman erschrak. Also doch. Und sie hatte ihm vertraut! Er hatte doch mit Leander gesprochen. Doch sie wollte sich nicht so einfach geschlagen geben.

Massimo hielt den Kurs nach Südwesten noch gute zehn Minuten lang. Dann fiel das kleine Flugzeug rapide ab, und er steuerte eine Landschaft an, in der Iman nichts außer Busch erkennen konnte.

Massimo landete gekonnt zwischen Dornbüschen und Akazienbäumen auf einem Streifen staubiger Erde. Er löste seinen Gurt, nahm sich Helm und Brille ab und drehte sich zu ihr um. »Wir sind da. Bist du bereit?«

Verräter, dachte Iman. Sie würde es ihnen zeigen. Leander und sie waren schließlich aus demselben Holz geschnitzt. Sie ließ sich zu nichts mehr zwingen und von nichts mehr einschüchtern. Sie ignorierte Massimos helfend ausgestreckte Hand und sprang vor ihm aus der offenen Tür der kleinen Maschine. Als sie auf dem Boden aufkam, sah sie auch schon die beiden Männer, die sie erwarteten. Zwei junge Massaikrieger standen in vollem Staat im Schatten eines Fieberbaumes. Beide waren hochgewachsen. Ihre Haut hatten sie zum Schutz gegen die brennende Sonne mit Fett eingerieben, und ihre Haare fielen in langen, roten Zöpfen auf ihren Rücken. Massimo begrüßte sie mit dem dreifachen Handschlag der Massai. Hand, Daumen, Hand.

Sie hatten sie erwartet, dachte Iman.

»Ist alles bereit?«, fragte Massimo die beiden Krieger.

Die Morani nickten, drehten sich um und liefen ihnen durch den Busch voran. Iman folgte den beiden, so gut sie konnte. Sie sah sich nicht nach Massimo um, der hinter ihr herging. Sie musste jetzt ihre Kraft sammeln. Das Gras begann vor Hitze unter ihren Füßen zu singen. Von überall her, so schien es ihr, beobachteten sie Augen.

Gleich, dachte sie, es kann nicht mehr lange dauern. So oder so. Sie war bereit.

Wie lange sie gelaufen waren, konnte Iman nicht sagen. Dornen hafteten in den Sohlen ihrer Batas und im Stoff der Jeansjacke, die sie sich über ihr Kleid gezogen hatte. Die Haut ihrer Schenkel war zerkratzt, und Schweiß rann in ihre Augen. Ihre Kehle war wie gegerbt, und ihr Atem brannte in der Lunge. Sie waren bisher keinem Menschen begegnet. Nur einige Impalas und Thompson-Gazellen sprangen durch den Busch. Kein Wunder, dass Leander sich hier verborgen hielt.

Die Männer hielten nun an. Sie warteten, dass Iman Atem geschöpft hatte. Dann traten sie beiseite und zeigten mit dem Arm auf eine hohe Akazie. Erst auf den zweiten Blick machte sie die Manyatta im Schatten darunter aus. Die kleine Hütte verschmolz mit der Wildnis um sie herum.

»Das letzte Stück musst du alleine gehen. Die Männer haben Angst. Sie durften dir den Weg zeigen, aber mehr auch nicht. Nur wer erwartet wird, darf sich der Manyatta nähern«, sagte Massimo.

Iman erwiderte nichts. Sie setzte einen Fuß vor den anderen. Trockenes Gras raschelte bei jedem ihrer Schritte, und Zweige knackten um sie herum. Iman spürte die Blicke der Krieger in ihrem Nacken, und sie hörte ihr von Furcht erfülltes Flüstern. Was erwartete sie in der Hütte? Was hatte Leander für sie vorbereitet? Sie würde sich nicht kampflos geschlagen geben.

Iman stand nun vor der Manyatta. In den Bäumen verstummten die Vögel. Sie wandte sich noch einmal um. Die Krieger schwiegen nun ebenfalls. Massimos Gesicht war ernst, und er ermutigte sie mit einem Nicken. Iman atmete tief durch und ging in die Knie. Sie schob den aus Blättern und Borke geflochtenen Vorhang vor dem Eingang in Kniehöhe beiseite. Sie schloss die Augen und tauchte in die Enge und die Finsternis der Manyatta ein.

* * *

Emelie saß noch in ihrem Bett, das Kissen in den Rücken gestopft. Sie wartete und lauschte in sich hinein. War sie müde? War ihr Körper schwer? Langsam drehte sie durch, das war alles, was los war, dachte sie dann. Wenn sie doch nur nicht so hoffen würde. Richard kam aus dem Badezimmer. Die drei Minuten waren vergangen. In seiner Hand hielt er das Plastikröhrchen. Sie konnte das Ergebnis nicht erkennen. Emelie setzte sich in den Kissen auf.

»Und?«

Er küsste sie auf die Stirn. Emelie schluckte. Er tröstete sie, das hieß wohl nicht schwanger. Vielleicht sollte sie es einfach sein lassen. Waren zwei Fehlgeburten nicht schon genug?

»Ein Junge oder ein Mädchen, würde ich sagen. Eines von beiden ist es ja meistens.« Richard zeigte ihr nun das Röhrchen mit den beiden Feldern. In beiden war ein blauer Strich zu sehen. Er umarmte Emelie und küsste ihr Haar.

»Du schonst dich dieses Mal, damit das klar ist. Mach bloß keinen Unsinn.«

Emelie schlang ihre Arme um seinen Hals und begann zu weinen.

»Dieses Mal klappt es. Ich weiß es«, sagte Richard. Er wiegte sie in seinen Armen und küsste wieder ihr Haar. »Da bin ich mir ganz sicher.«

* * *

Es dauerte einen Augenblick, bis Iman sich an die Dunkelheit der Manyatta gewöhnt hatte. Der Geruch nach Blut und Schweiß traf sie wie ein Schlag und erinnerte sie an die Nacht des Schwurs. Ihr wurde schwindelig.

Jemand schnalzte mit der Zunge. Eigentlich war das unter den Massai ein Zeichen des Erkennens und des Vertrauens. Finger legten sich um ihr Handgelenk und zogen sie tiefer in den niederen, runden Raum.

Iman sah hinunter auf die Hand, die sie hielt. Ihre Haut war faltig und rissig wie Erde nach einer langen Trockenzeit. Die Gelenke sahen aus wie Knoten. An dem Handgelenk bis hoch an den Ellenbogen hingen unzählige Armreifen aus Perlen, Knochen, Eierschalen und Samenkörnen. Daran baumelten wiederum Amulette, wie Iman sie noch nie gesehen hatte. Oder doch, einmal … Iman hob den Blick. Vor ihr saß eine Frau. Sie sah ewig aus, wie die Berge. Die Alte kauerte in eine rote Shuka gehüllt auf dem Boden der Manyatta. Vor ihr brodelte eine Flüssigkeit in einem Topf, in dem sie fortwährend rührte und Kräuter zusetzte.

Auch sie musterte Iman. Die Haut der alten Massai war straff über die Knochen ihres Gesichtes gespannt, und sie war auf einem Auge blind. Dennoch konnte man erkennen, dass sie einst sehr schön gewesen war. Sie hob den Kopf, und die zahlreichen Ketten um ihren Hals klirrten leise bei der Bewegung. Eines der Amulette an ihrem Arm bewegte sich. Iman erinnerte sich auf einmal, wo sie den Schmuck schon einmal gesehen hatte. Sie wusste nun, wer die alte Frau war.

Iman setzte sich ihr gegenüber auf den festgetretenen Boden der Manyatta. Zum Stehen oder Knien fehlte ihr die Kraft. Die Alte hielt noch immer ihr Handgelenk umfasst und begann, Iman mit scheuen Bewegungen die Finger zu streicheln.

»Großmutter«, sagte Iman leise auf Massai.

Die Alte lächelte, aber regte sich nicht. Als Iman wieder zum Sprechen ansetzen wollte, hob sie jedoch gebietend die andere Hand. Iman schwieg.

»Ich weiß«, sagte die Frau dann mit einer rauen, wie im Sprechen ungeübten Stimme. »Ich weiß alles.«

Massimo und Iman waren allein bei der Maschine. Die Krieger hatten ihnen den Weg zurück durch den Busch gewiesen und waren dann lautlos im Dickicht verschwunden. Imans Kopf lag an Massimos Schulter. Sein Hemd war nass von ihren Tränen und schmutzig von der Wanderung durch den Busch. Aber sie spürte seinen warmen Körper darunter leben. Ihr Herz war gefesselt gewesen, und nun war es frei.

Massimo küsste ihr Haar.

»Verzeih mir. Ich durfte dir zuvor nicht sagen, wen du treffen würdest. Das war ihre Bedingung. Sie musste nach dem Tod deines Großvaters aus dem Kral fliehen. Also hatte sie sich hier alleine in die Wildnis zurückgezogen. Die Krieger sehen ab und zu nach ihr. Sie holen sich bei ihr einen Zauber oder lassen sich von ihr heilen. Ich wusste, dass sie die Macht hat, dich von dem Fluch zu befreien.«

»Woher wusstest du, dass sie noch lebt?«

»Ich hatte schon oft Gerüchte von einer alten Zauberin gehört, die allein weit draußen im Busch lebt. Als du mir im Café Marly erzählt hast, dass deine Großmutter einfach verschwunden ist, habe ich nur zwei und zwei zusammengezählt.«

»Hat sie dem Treffen gleich zugestimmt?«

Massimo nickte. »Sofort. Sie hat dich doch nie kennengelernt, nur Leander. Wie sollte sie da dem Treffen nicht zustimmen? Auch andere Menschen haben unbeantwortete Fragen in ihrem Herzen, Iman.«

Sie sah ihn an. »Die meinen hast du beantwortet.«

»Alle?«

»Alle. Ich habe nun alle Kraft, die ich brauche. «

»Dann lass uns gehen. Ich bringe dich heim. Nach Kupenda.«

Er zog sich in den Pilotensitz hoch und begann, die Instrumente zu überprüfen.

Iman aber schüttelte den Kopf. »Noch nicht. Eines fehlt mir noch.«

»Was denn?«

Sie stieg statt einer Antwort zu ihm hoch, setzte sich auf ihn und nahm seinen Kopf in beide Hände.

»Du. Du fehlst mir noch«, sagte sie.

Ihre Lippen fanden einander augenblicklich: Seine Hände glitten unter ihre Jacke und warfen sie in den Staub der Landebahn. Iman spürte seinen Mund über ihren Hals wandern, seine Zunge sie schmecken und kosen. Dann riss er ungeduldig an seinem eigenen Hemd, die Knöpfe gaben nach, und sie fühlte seine nackte, glatte Haut unter sich. Ihre Glieder vermengten sich auf dem engen Sitz: Sie zappelten und lachten, als Iman sich am Steuerknüppel festhalten musste, um nicht aus der Tür zu fallen. Massimo zog ihr das Kleid über den Kopf. Iman wollte sich die Hände vor den Oberkörper legen, doch er schob ihr sanft die Arme weg und legte seine Hände auf ihre knabenhafte Brust. Er flüsterte: »Lass. Du bist wunderschön.«

Er küsste sie wieder und ließ seine Zunge um ihre Brüste kreisen. Seine Finger glitten über ihren Bauch zum Rand ihres Schlüpfers hin. Iman seufzte und hob ihren Unterkörper etwas an, während sie an seinem Gürtel zog. Er jedoch hielt ihre Hand fest und ließ seine Finger in sie tauchen. Iman unterdrückte einen Schrei, als er begann, sie in ihrer Feuchtigkeit auf- und abgleiten zu lassen. Er fand die Mitte ihrer Lust augenblicklich.

»Langsam, Baby«, flüsterte er. »Langsam. Wir haben alle Zeit der Welt.«

Er küsste sie wieder, aber ließ dabei nicht nach, sie zu liebkosen. Iman öffnete ihre Schenkel weiter und weiter, sie wollte mehr und mehr von ihm. Ihr ganzer Körper bog sich zurück, und während Schauer über Schauer über ihre Haut jagten, spürte sie Massimo wieder an ihren Brüsten saugen. Als sie die Hände um seinen Hals legte, um Atem zu schöpfen, kam er in sie. Sie keuchte auf, als er begann, sich in ihr zu bewegen.

»Du bist zu bald gekommen. Komm noch einmal mit mir.« Er zog sie ganz auf sich. »Beweg dich mit mir.«

Ihre Körper verschmolzen. Sie spürte sein Herz schlagen und hörte seinen keuchenden Atem. Iman begann, ihm mal zu folgen, ihn mal zu führen. Sie spürte ihn sich schneller und schneller bewegen, und als er mit einem Mal seinen Kopf aufwarf, begann sie zu lachen: vor Freude, vor Freiheit und vor Lust.

Iman hielt Massimos Kopf fest und küsste seine Locken. Die Sommersprossen seiner Nase waren dicht vor ihren Augen, und sie sah, wie sie mit der Sonnenbräune von

Shela verschmolzen. Kleine Schweißtropfen glänzten auf seiner Stirn. Sein ganzer, starker Körper schien unter ihr noch zu beben. Dann sah er auf.

»Ich habe auch noch eine Frage, die du noch nicht beantwortet hast.«

»Ja?«, fragte Iman träge und küsste ihn. »Ich höre?«

»Willst du mich heiraten?«

Es war eine Woche vor Weihnachten, und der Garten von Kupenda glühte in allen Farben. An die zwanzig Stühle standen im Schatten einer riesigen Akazie. In die Zweige des Baumes hatte Kate Girlanden aus Rosen geflochten. Das Licht des Nachmittages tauchte die Gäste in ein Bad aus flüssigem Gold.

Iman spürte die Sonne auf ihren Schultern, die aus der gerafften, hauchzarten elfenbeinfarbenen Seide ihres Brautkleides hervorsahen. Um ihre Taille trug sie einen schmalen, goldenen Gürtel und an den Füßen flache Sandalen aus goldenem Leder. Der Priester trank bereits das dritte Glas Champagner.

Iman ließ Massimos Hand nicht los: Er stand neben ihr in seinem schwarzen Anzug und dem weißen Hemd, das am Hals offen stand. Am besten aber gefiel ihr der Goldring an seinem Finger.

Wer das Schicksal aufhalten wollte, den fand es mit doppelter Kraft, dachte Iman. Nun waren sie Mann und Frau. Es war ihnen so bestimmt. Kate hatte damals Recht gehabt, als sie sagte, ihre Zeit wäre einfach noch nicht gekommen.

Massimo und sie traten gemeinsam unter die Akazie, sodass ihre Freunde ihnen gratulieren konnten.

Emelie nahm Iman als Erste in den Arm. »Wirf den Brautstrauß nicht in meine Richtung. Ich muss auf mich achten. Mit dem Ding kannst du jemandem ein Auge ausstechen.«

Iman lachte und sah auf den Strauß: Massimo hatte am Morgen auf Kupenda ein Bündel Ähren gepflückt und Jacaranda-Blüten, Christsterne und Zweige des Feuerbaums mit darin eingeflochten. Es sah tatsächlich sehr wild aus.

»Ich will Patin sein, okay?«, erwiderte Iman und umarmte Emelie.

Emelie nickte. »Wenn dieses Mal nur alles gutgeht.«

Carl war als Nächster dran. Er umarmte erst Massimo und dann Iman, ehe er den Umschlag in seiner Hand öffnete. »Ein Telegramm ist aus Paris angekommen: *Ich habe dir nur verboten, mit DB zu arbeiten. Nicht, ihn zu heiraten. Herzlichen Glückwunsch. Dominique.*«

Iman lachte, und Massimo zog sie an sich.

Nun kam Aischa auf sie zu. Ihre Haare waren straff aus der Stirn gezogen, sie trug einen Shalwar Khameez aus roter Seide und war an den Armen, Ohren und dem Hals mit Gold behängt. Unter dem Schmuck und dem Makeup wirkte sie angespannt. Iman spürte, wie die Freundin die Tränen unterdrückte, als sie sie in die Arme schloss.

»Du liebst ihn doch, oder?«, fragte Aischa.

Iman nickte. »Natürlich.«

»Du weißt ja nicht, was für ein Glück du hast, Iman. Du darfst einen Mann nur aus Liebe heiraten und aus keinem anderen Grund.«

Ehe Iman antworten konnte, trat Aischa beiseite und stieß beinahe in Kate. Dabei vermied sie es, Carl anzusehen, der wartend neben ihr gestanden hatte.

»Vorsicht!«, lachte Kate.

Iman bemerkte, wie glücklich Kate wirkte. Ganz anders als bei ihrem letzten Zusammentreffen.

»Du kommst auch noch dran«, sagte Kate zu Aischa.

Aischa erwiderte nichts, sondern gesellte sich zu ihrem Vater und ihrer Großmutter, die wieder zu ihrem alljährlichen Besuch auf Kupenda eingetroffen war. Iman sah, wie Carl einen Schritt auf Aischa zu machte und Rai ihm daraufhin einen warnenden Blick zuwarf. Was ging da vor? Doch da umarmte Richard sie, und sie vergaß den Gedanken.

AISCHA:
DAS ERBE DER LIEBE

Einer von uns

Aischa stand vor ihrem offenen Kleiderschrank. Auf dem Bett lag ihr abgewetzter, kleiner Koffer. Das war das letzte Mal, dass sie für einen Aufenthalt im Haus ihrer Großmutter ihre Sachen packte, dachte sie, denn dann hatte sie ihre Pflicht als Enkeltochter wirklich getan.

»Nur noch einmal, bitte, Aischa. Damit ich weiß, dass ich alles getan habe, um dich glücklich zu sehen. Dann kann ich in Frieden sterben«, hatte Meena vor einigen Tagen theatralisch am Telefon gesagt.

Aischa schüttelte den Kopf. Meenas ganzes Vorhaben war einfach unglaublich. Ein Teil von ihr wollte dagegen aufbegehren und alle weiteren Treffen schlichtweg ablehnen. Ein anderer Teil aber erinnerte sie an den Respekt und die Liebe, die sie ihrer Großmutter schuldete. Sie konnte Emelie und Iman nichts davon erzählen. Jetzt schon gar nicht. Sie würden nie verstehen, dass sie bei so einem Unsinn mitmachte. Aber sie stammten auch nicht aus ihrer Familie und gehörten auch nicht ihrer Religion an. Waren die Hochzeiten, auf denen sie getanzt und gefeiert hatte, ebenfalls arrangiert und erzwungen gewesen? Sie hatte nie darüber nachgedacht, stellte sie fest.

»Seine Bewerbung klingt wirklich vielversprechend. Er

kommt extra aus Mumbai eingeflogen, nur um dich kennenzulernen«, hatte Meena am Telefon gesagt. »Er ist ein reicher Mann, Aischa. Er wird sich immer um dein Wohlergehen kümmern.«

Es war bereits Abend, doch der Raum war noch warm. Das Fenster zum Garten stand offen. Eine kühle Brise strich in ihr Zimmer, und auf ihren nackten Armen bildete sich eine Gänsehaut. Aischa begann, einige Kleider aus dem Schrank zu nehmen. Da klopfte es an ihre Tür.

»Ja?« Sie wandte sich um.

Ihr Vater Rai steckte seinen Kopf zur Tür herein. »Bist du mit dem Packen fertig? Nur Mut, es ist wohl das letzte Mal«, sagte er.

»Allerdings. Uns brennt hier die Arbeit auf den Nägeln, und ich soll in Nairobi Konversation führen! Nach diesem Besuch kann Meena wirklich dankbar und zufrieden sein. Dann habe ich meine Pflicht getan.«

»Aischa.« Ihr Vater setzte sich auf ihr Bett.

»Ja?«, fragte sie und hielt im Falten eines T-Shirts inne.

»Meena will nur dein Bestes. Manchmal wisst ihr jungen Frauen selber nicht, was das ist.«

»Bestimmt nicht mit einem Witwer aus Mumbai verheiratet zu werden.«

»So schlimm scheint er nicht zu sein. Ich habe ja wie du sein Bild gesehen, und er hat in Mumbai beste Verbindungen. Die Ehe wäre für unsere Familie von Vorteil.«

»Aber, Vater …«

»Niemand lebt nur für sich selber, Aischa. Du musst immer auch an deine Familie denken.«

Aischa ließ das T-Shirt sinken. »Ihr könnt mich nicht dazu zwingen, ihn anzunehmen. Selbst wenn er dreimal extra von Mumbai nach Nairobi geflogen kommt. Das ist seine Entscheidung und nicht meine.«

»Natürlich werde ich dich zu nichts zwingen. Meena hatte bereits zwei andere Bewerber, die alle Bedingungen erfüllt haben, für dich eingeladen. Sie alle haben studiert, kamen aus guter Familie, sahen gut aus und hatten Vermögen. Du hast sie einfach abgelehnt. Die Geduld deiner Großmutter ist erschöpft. Mir hat sie damals nicht so viel Zeit gelassen.«

»Ach ja? Und was ist mit meiner Geduld? Die ist auch schon lange erschöpft. Ich kann es gar nicht fassen, dass ich diesen Unsinn mitmache.«

»Wenn ich das damals zu Meena gesagt hätte, dann wärst du nicht auf der Welt«, sagte Rai.

»Mutter hat mir immer gesagt, dass Großmutter sie nicht ausstehen könnte. Ihre Mitgift wäre ihr zu gering gewesen und ihre Familie nicht fein genug. Meena hätte ihr doch am liebsten bei der Hochzeit schon den Finger in kochenden Reis gesteckt.«

Rai musste lachen. »Blödsinn. Deine Mutter hat gerne übertrieben, das weißt du doch.«

»Fehlt sie dir?«, fragte Aischa.

Rai nickte. »Jeden Morgen, jeden Abend. Immerzu. Es ging alles so schnell, und du warst noch so klein, als sie starb. Gerade mal zehn Jahre alt. Sie war nur drei Wochen lang krank, dann hat Allah sie zu sich genommen.«

Aischa blickte zu ihrem Nachttisch. Neben einem aufgeklappten Buch stand ein Bild ihrer Mutter. Es war kurz vor ihrem Tod aufgenommen worden: Sie war eine schöne, junge Frau gewesen. Ihre langen schwarzen Haare fielen glänzend auf ihre Schultern, und die dick mit dunklem

Kajal umrandeten Augen neckten den Beobachter. Ihr Hals und ihre Schultern verschwammen im Licht der Aufnahme.

Aischa erinnerte sich an den Duft nach Zitrus, der aus den Kleidern ihrer Mutter aufgestiegen war. Sie hätte jetzt gerne bei ihr Schutz gesucht. Wenn sie ihr doch helfen könnte! Aischa nahm das Bild auf. »Erstaunlich, dass Großmutter eurer Ehe damals überhaupt zugestimmt hat, wenn die Mitgift nicht hoch genug war.«

»Ich habe mich geweigert, andere Mädchen kennenzulernen. Ich wollte deine Mutter heiraten. Die oder keine, habe ich zu Meena gesagt.«

»Aha. Hat sie sie dir denn vorgestellt?«

Rai schüttelte den Kopf. »Wir kannten uns schon von Kindesbeinen an. Meine Cousine, Kabir Khans spätere Frau, war eine Freundin deiner Mutter und hat mir von ihr erzählt. Wie hübsch sie sei und wie heiter. Deine Mutter war immer gut gelaunt und hatte für jedes Problem eine Lösung parat.«

»So.« Aischa ließ das Bild sinken. »Aber ich soll diesen Typen, der morgen aus Mumbai kommt, heiraten? Gleich nach dem ersten Kennenlernen? Das nenne ich Gleichberechtigung. Kommt gar nicht infrage.«

»Aischa …«, begann ihr Vater und stand auf.

»Nein. Weißt du, auch ich kenne jemanden seit langem …« Sie hörte selber das Zittern in ihrer Stimme.

Rai hob die Hand, und Aischa unterbrach sich selbst mitten im Satz. Sie respektierte seine Geste. Weshalb?, fragte sie sich dann, und wie lange noch? Hatte sie den Wünschen ihrer Familie nicht genug nachgegeben?

»Ich weiß, von wem du sprichst. Du musst seinen Namen nicht nennen. Schlag es dir aus dem Kopf. Er ist keiner von uns«, sagte Rai.

»Aber vielleicht bin ich eine von ihnen?«, fragte Aischa. »Du musst mir wenigstens erlauben, mit dir über Carl zu sprechen. Gib uns eine Chance. Wir kennen uns ein Leben lang.«

Ihr Vater schüttelte den Kopf. »Deine Mutter war eine von uns, selbst wenn ihr Vater nicht so viel Geld verdient hat, wie Meena es gerne gehabt hätte. Insofern hat es doch gepasst. Carl passt nicht. Außerdem hat er mir gegenüber noch nie seine Absichten erklärt.«

Aischa schwieg.

»Aischa, du hast doch nichts getan, um Schande über die Familie zu bringen?«, fragte Rai sie.

Aischa schüttelte den Kopf. Nein, leider nicht, dachte sie dann bitter. Sie wartete auf ein Zeichen von Carl und wagte es doch selber nicht, ihm eines zu geben.

»Also zwingst du mich doch, diesen Mann zu heiraten? Tust du das, Vater?«, fragte sie dann. Sie hatten sich doch immer so gut verstanden, er und sie. Wie konnte er nun so handeln? »Weshalb hast du mich dann überhaupt studieren lassen, wenn ich jetzt nur heiraten soll, damit ich versorgt bin?«

»Ich zwinge dich nicht dazu, Aischa. Aber ich spreche mit dir als meiner erwachsenen und vernünftigen Tochter. Eine Ehe ist wichtig. Ich erwarte einfach von dir, dass du das verstehst. Wir sind keine Europäer, die aus einem flüchtigen Gefühl heraus heiraten. Eine Heirat ist eine Frage der Familie und des Ansehens. Sie bedarf reiflicher Überlegung. Du bist bei deiner Großmutter in guten Händen, was immer du ihr sonst vorwerfen magst. Und dein

Studium macht dich für jeden Mann nur interessanter. Ein gebildeter Mann möchte eine Frau, derer er sich nicht schämen muss.«

»Vater. Dieser Mann, der morgen kommt …«

»Dein *zukünftiger* Mann …«, unterbrach ihr Vater sie.

Aischa überhörte seine Worte. »Er ist bereits verwitwet! Sicher ist er alt und fett.«

»Das ist jedenfalls kein Grund, ihn abzulehnen. Er wird dir sogar erlauben zu arbeiten. Das habe ich mit ihm abgemacht.«

Sie konnte es nicht fassen, dachte Aischa. Ihr Gefühl von Verrat war nun vollkommen. »Er wird mir erlauben zu arbeiten? *Erlauben*? Ich höre wohl nicht recht! Natürlich werde ich weiterarbeiten. Und zwar hier, auf Kupenda. Wir haben noch so viel zu tun …«

Rai legte seine Hände auf Aischas Schultern. Sie verstummte.

»Aischa. Du triffst morgen deinen Bräutigam. Du hast zwei andere Bewerber abgelehnt. Unsere Geduld ist am Ende. Die Hochzeit wird in einem Monat stattfinden, dann wirst du mit ihm nach Mumbai ziehen.«

»Was? Ich gehöre hierher! Nein, Vater, ich will nicht, nein.«

»Eine Frau gehört zu ihrem Mann. So war es, und so wird es auch bleiben. Hör jetzt mit diesem Unsinn auf.« Seine Stimme wurde lauter.

»Ich werde das nicht tun. Ich werde mit Carl sprechen …«

»Tu das nicht, ich warne dich. Diese Angelegenheit geht nur unsere Familie etwas an. Es gibt keinen Grund, Außenstehende mit hineinzuziehen.«

»*Außenstehende*? Die Goldmans haben uns immer nur Gutes getan. Du warst mit Paddy befreundet. Emelie und Iman sind wie meine Schwestern, ich würde alles für sie tun.«

»Du kannst sie zur Hochzeit einladen. Zusammen mit ihren Männern natürlich.«

»Ich erkenne dich nicht wieder«, sagte Aischa und sank zurück auf ihr Bett. »Wer bist du? Mein Vater oder Meenas Sohn?« Sie verbarg ihr Gesicht in ihren Händen.

Rai küsste sie auf den gesenkten Kopf. »Du bist mein einziges Kind. Selbst wenn du heiratest und Frau und Mutter wirst, bleibst du immer auch meine Tochter. Wir schulden unseren Eltern mehr als wir wissen. Vor allen Dingen Gehorsam. Genug jetzt.«

»Vater …« Aischa wollte wieder aufstehen, doch Rai drückte sie auf das Bett zurück. »Genug, habe ich gesagt. Pack deinen Koffer. Morgen früh fahren wir nach Nairobi. Und kein Wort über die ganze Angelegenheit zu Carl. Das Letzte, was wir jetzt brauchen, ist, dass du deinen Ruf ruinierst.«

Mit diesen Worten zog er den Schlüssel aus der Tür zu Aischas Schlafzimmer. »Ich sperre dich zu deinem eigenen Schutz ein. Du darfst jetzt keine Dummheiten machen. Und das …«, er griff zu ihrem Mobiltelefon, das auf dem Nachttisch lag, »nehme ich auch mit.«

Ehe Aischa etwas erwidern konnte, hatte Rai die Tür hinter sich geschlossen, und sie hörte ihn den Schlüssel im Schloss umdrehen. Dann entfernten sich die Schritte ihres Vaters. Aischa stand auf und trat zornig gegen die Tür. Ihr Volk hatte jahrhundertelange Erfahrung darin, wie man mit störrischen Töchtern umsprang, dachte sie bitter. Mutlos ließ sie sich nach hinten auf ihr Bett fallen.

Dass ihr Vater mit Meena unter einer Decke steckte, war unglaublich. Wo war der Mann geblieben, dem sie ein Leben lang so nahe gewesen war? Meena hat seine Seele flambiert und sein Herz auf Spieße gesteckt. Sie heiratete, wen *sie* wollte. Unwillkürlich dachte sie an Imans Hochzeit, die erst einen Monat zurücklag. Das Glück dieses Tages schien ihr nun weit entfernt. Iman und auch Emelie waren ihren Herzen gefolgt. Warum durfte sie diesen Weg nicht einschlagen? Wenn sie mit Carl sprach, dann würde ihr Vater sie verstoßen. Sie wusste, dass das keine leere Drohung war. Carl war keiner von ihnen, das war wahr. Aber war sie nicht schon längst eine der ihren?

Aischa stand auf und trat ans Fenster. Sie blickte in Richtung des Haupthauses von Kupenda. Es wurde nun dunkel, und sie sah die Lichter darin angehen. Ihr Handy war weg. Sie schloss die Augen und dachte an Carl. Wenn er sie doch hören könnte! Sie brauchte ihn.

Aischa schreckte auf. Sie musste einfach eingeschlafen sein, denn sie trug noch ihre Kleider. Ihre Jeans waren nun unbequem, und sie fror. Das Fenster stand noch immer offen, und das Licht auf ihrem Nachttisch brannte. Aischa sah auf den Wecker neben ihrem Bett. Er zeigte beinahe fünf Uhr morgens. Was hatte sie um diese Zeit aufgeweckt? Aischa rieb sich die Augen. Sie hörte ein Rascheln, das aus der Dunkelheit in ihr Zimmer kam. Sie hielt den Atem an. So klang kein Tier. Es raschelte wieder.

»Aischa!«, hörte sie eine Stimme leise rufen. »Aischa, bist du wach?«

Carl. Es war Carl. Er war tatsächlich gekommen: Was hatte ihm endlich den Mut dazu gegeben? Hatte er ihren stummen Ruf gehört?

Aischa lief zum Fenster. Sie lehnte sich hinaus in die Nacht. Es dauerte einen Augenblick, bis ihre Augen sich an die Dunkelheit gewöhnt hatten.

»Carl«, flüsterte sie zurück. »Carl, ich bin hier.«

Sie sah ihn aus dem Dunkel der Büsche in den Lichtkegel auf dem Rasen vor dem Haus treten. Sein weißes Hemd leuchtete und in der einen Hand hielt er ein Gewehr. Musste man nun nachts bewaffnet auf Kupenda unterwegs sein? Sie dachte an den Nachmittag im Kral, als er die Männer dort vor die Wahl gestellt hatte: Er oder Leander, es würde kein Dazwischen geben. Seitdem war Leander verschwunden und Carola Thompson mit ihm. Doch Leander lag irgendwo verborgen auf Lauer, bereit zum Sprung. Und dieses Wissen verbreitete Unruhe genug.

»Komm runter«, sagte Carl und breitete die Arme aus.

Aischa schüttelte den Kopf. »Ich kann nicht. Mein Vater hat die Tür abgesperrt.«

»Was? Weshalb denn das? Dann spring. Ich fang dich auf. Versprochen.«

Aischa zögerte. Ihr Zimmer lag im ersten Stock des Hauses. Sie reckte den Hals zur Seite: Das Schlafzimmer ihres Vaters lag neben dem ihren. Die Fenster waren dunkel. Er schlief wohl mit dem Schlüssel zu ihrem Zimmer unter seinem Kopfkissen, dachte sie.

»Wie komme ich dann wieder hoch? Lass mich einen Strang knoten«, sagte sie.

Sie zog ihr Bettlaken und die dünne Überdecke ab und machte die so gut wie unlösbaren Knoten, die sie auch zum Anbinden der Kälber auf Kupenda verwendete. Dann warf sie den Strang aus dem Fenster und ließ sich daran hinunter. Auf halber Höhe endete der Strang. Sie sah, wie Carl die Arme ausstreckte. Aischa ließ sich fallen, und er fing sie auf. Er drückte sie an sich und die plötzliche Nähe seines Körpers verwirrte sie. Carl stellte sie auf ihre Füße, doch er ließ sie nicht los. Und Aischa machte auch keinen Versuch, sich zu befreien.

»Ich habe dich seit Tagen nicht gesehen. Keiner weiß, wo du steckst oder was los ist. Du verbirgst dich hinter den Büchern von Kupenda und siehst die Sonne nicht mehr. Was machst du nur?«, fragte er.

»Ich packe.« Ihre Stimme klang dünn.

»Du packst? Wofür? Fährst du an die Küste? Ich komme mit. Lass uns unser altes Haus in Diani Beach mieten.« Er klang, als überraschte ihn sein eigener Mut.

Aischa sah ihn erstaunt an. »Aber, Carl …«, begann sie, doch er legte ihr einen Finger auf die Lippen.

Aischa schwieg. Hatte er endlich den Mut gefunden, auf den sie so lange gewartet hatte? Könnte er nun Rai so gegenübertreten, wie er es mit Leander getan hatte? Sie brauchte seine Hilfe. Alleine konnte sie den Bruch nicht vollziehen.

»Ich bin so froh, dass du hier bist«, sagte sie. »Ich habe so sehr gehofft, dass du kommst.«

Carl schüttelte den Kopf. »Ich habe lange genug geschwiegen. Ich kann so nicht mehr weiterleben. Ich habe versucht, mich gestern Abend auf meine Papiere zu konzentrieren, aber du bist mir immer wieder in den Sinn gekommen. Aischa, du weißt doch, was ich für dich empfinde.«

Sie nickte stumm. »Und ich für dich, Carl. Aber ich weiß einfach nicht, ob ich die Kraft habe, eine solche Entscheidung zu fällen.«

Er zog sie wieder fest an sich. »Vielleicht sollten wir das wirklich tun. Einfach davonfahren, meine ich. Wir haben ja noch nie einige Tage zusammen verbracht. Nur wir beide.«

»Ich weiß. Wenn du wüsstest, wie gerne ich das tun würde. Aber ich fahre morgen früh mit meinem Vater nach Nairobi.«

»Schon wieder? Was tust du dort? Du fährst ständig nach Nairobi! Aischa, ich weiß, ich habe kein Recht, diese Frage zu stellen …«

»Doch, das hast du.« Dennoch legte sie ihm die Finger auf die Lippen. »Aber tu es bitte trotzdem nicht. Du würdest es nicht verstehen.«

»Dann hilf mir doch. Wir beide wissen, was uns verbindet. Auch ich habe versucht, meine Gefühle zu verdrängen, aber sie sind über die Jahre nur gewachsen. Aischa, ich respektiere dich und deine Herkunft zutiefst. Ich habe nicht einmal versucht, dich zu küssen, obwohl ich nichts lieber will als das. Aber sag mir jetzt bitte die Wahrheit: Hast du einen Freund in Nairobi? Bist du in einen anderen verliebt?«

Diese Frage konnte sie besten Gewissens und aus vollem Herzen beantworten. Aischa schüttelte den Kopf. »Nein, Carl. Ich muss meiner Großmutter helfen, das ist alles. Deshalb fahre ich so oft nach Nairobi.«

Aischa sah, dass Carl seinen Wagen inmitten der Einfahrt geparkt hatte. Was, wenn der Askari das am Morgen ihrem Vater sagte? Ach, sei's drum, dachte sie dann.

Sie war alt genug und konnte tun und lassen, was sie wollte.

Aber ihre Gleichgültigkeit war nicht echt. Etwas in ihrem Inneren warnte sie, dass ihrem Vater die ganze Sache bitterernst war und dass er ihr keinen Ausweg mehr zugestehen wollte. Carl legte seine Stirn an die ihre. Sein Atem war warm, als er sprach.

»In den letzten Monaten kommt es mir so vor, als würde ich dich nicht mehr kennen. Oder als würdest du es mir nicht mehr erlauben, dich zu kennen.«

»Carl …«

»Aischa.« Er zog sie an sich. Sie wehrte sich nicht. Es war zu schön, ihn so nahe zu spüren. »Sag mir, dass sich zwischen uns nichts geändert hat. Sag mir, dass ich dir noch immer bedeute, was du mir bedeutest. Sag es mir, Aischa …«

Sie legte ihm ihren Finger auf die Lippen. »Schsch. Ja, es hat sich nichts geändert. Gar nichts. Und es wird sich auch nie etwas ändern. Nie, solange ich lebe.« Sie schluckte ihre Tränen hinunter.

Eine Wolke zog vor den neuen Mond und machte die Nacht noch dunkler, als sie es bereits war. Hatte sie noch einen Schritt auf ihn zugemacht oder Carl auf sie? Aischa wusste es später nicht mehr. Sie lag in seinen Armen und spürte ihn sie halten. Er zog sie noch fester an sich. Sie hob den Kopf, und er senkte den seinen. Aischa öffnete erwartungsvoll den Mund und spürte seine Lippen auf den ihren. Endlich. Wie viele Jahre umschlichen sie einander schon? *Endlich*, das sagte ihr auch sein Kuss.

»Sag mir, dass du zu mir gehörst. Sag mir, dass wir heiraten werden.«

»Schsch. Ich muss jetzt gehen. Was, wenn der Askari meinem Vater sagt, dass du hier warst?«

»Aischa, antworte mir«, forderte er.

Sie jedoch küsste ihn nur noch ein letztes Mal und wandte sich dann um. Aber Carl hielt sie noch einmal zurück.

»Ruf mich an, wenn du morgen in Nairobi ankommst. Versprichst du mir das?«

Sie nickte. Der erste Tau war gefallen. Sie glitt beinahe aus, als sie zum Haus zurücklief. Oder war es, weil ihr nun Tränen über die Wangen liefen? Tränen, die Carl nicht sehen sollte?

Oben in ihrem Zimmer sah sie noch einmal aus dem Fenster. Carl stand noch immer auf der Wiese. Er sah im ersten Grau des Morgens blass aus. Gleich würde der Morgenchor der Vögel lärmend und froh das Ende der Nacht verkünden.

Nein, es würde sich nie etwas ändern, dachte sie und trat vom Fenster weg.

Nie, solange sie lebte.

Guter Rat

»Du siehst vielleicht müde aus. Wo hast du dir denn die Nacht um die Ohren geschlagen?«, fragte Richard, als er das Arbeitszimmer auf Kupenda betrat.

Carl sah auf. Er hatte seine Arme auf der Schreibtischplatte verschränkt und versucht gehabt, etwas Schlaf nachzuholen. Doch seine Gedanken hatten sich im Kreis gedreht. Hätte er bereits viel eher handeln sollen? Aber alles war so unklar gewesen. Er hatte nie über seine Gefühle gesprochen oder die ihren erfragt. Gestern Nacht war alles anders gewesen. Das hätte er schon längst tun sollen.

So schüttelte er nur den Kopf. »Ich habe Grippe.«

»Grippe. Aha. Soso. Dann werde ich Massimo nachher mal bitten, dir einen seiner Grogs zu mischen. Die erwecken Tote wieder zum Leben. Ich fahre jetzt gleich zu ihm. Emelie hat erzählt, dass er bald als Fotograf unterwegs ist. Er muss dafür nach Alaska. Ich fände es gut, wenn wir unseren ganzen Fisch für die Lodge aus Massimos Teichen beziehen. Vielleicht können unsere Gäste neben den Wildfahrten auch bei ihm angeln? Sollen wir ihm dafür eine jährliche Fixsumme bieten?«

»Ja, sicher«, sagte Carl nur und rieb sich die Augen.

Richard legte ihm die Hand auf die Schulter. »Carl, wir

stehen kurz vor der Eröffnung. Die ersten Gäste kommen in einem Monat. Wir dürfen das jetzt nicht schleifen lassen. Alles sieht gut aus. Wir brauchen nur noch mehr Geld.«

»Aber wird uns denn die Bank den Kredit verlängern? Einfach so?«

»Ich muss mal mit Kate reden. Sie hat den besten Kontakt zur Bank. Aber wir dürfen uns jetzt, von was auch immer, nicht ablenken lassen.«

Carl nickte.

In der Ferne hörte er ein Motorengeräusch. Sie sahen aus dem Fenster. Der Landrover der Kapoors erschien über dem Hügel. Der Fahrer, der Rai sein musste, bewältigte vorsichtig die von der Erosion zerfurchte Straße. Der Wagen kam näher und wählte dann die Straße hinter Leanders leerstehendem Haus. Sie führte nicht am Haupthaus vorbei, sondern über die Farm zum Eingangsgatter. Carl erkannte Aischas blasses Gesicht hinter der Windschutzscheibe. Er wandte sich um und sah, dass auch Richard sie gesehen hatte. Carl schwieg trotzig.

»Fahren sie wieder nach Nairobi?«, fragte Richard. »Da braut sich was zusammen, Carl. Rai Kapoor ist einer dieser Menschen, den man sein Leben lang zu kennen meint. Bis er sich eines Tages umdreht und ein ganz anderer geworden ist.«

»Wie meinst du das?«

»Wenn es um Familie und Tradition geht, sind sie anders als wir. Dann zählen lebenslange Bande und Freundschaften nicht mehr. Nur Herkunft, Religion und Hautfarbe sind dann noch wichtig. Weiß er, was zwischen dir und Aischa …«

»So altmodisch kann er nicht sein. Außerdem gibt es kein *Zwischen mir und Aischa*«, unterbrach Carl ihn.

»Das ist ja gerade das Problem. Du musst ihn und Meena vor vollendete Tatsachen stellen. Alle Welt muss wissen, dass ihr zusammen seid.« Richard lachte. »Mein Vater war ein alter Jäger. Er gab mir, was Frauen anbelangt, nur einen Ratschlag: Wenn dir ein Mädchen gefällt, sagte er, dann spring mit allen vieren drauf und knurr nach allen Seiten. Lass keinen anderen an sie hin. Genau das habe ich mit Emelie gemacht. Ich wusste, ich darf sie nicht alleine auf die Suche nach dem weißen Elefanten lassen, sonst hätte ich sie an diesen Franzosen verloren.«

»Der arme Kerl.«

»Er ist sicher mit einer anderen glücklich geworden, die besser zu ihm passt. Emelie und ich haben uns schon immer gemocht. Auch wenn sie das nicht zugeben wollte. Und Aischa und du, ihr mögt euch auch schon immer.« Richard sah ihm in die Augen. »Du wirst doch wissen, was zu tun ist? Hast du denn gar keine Erfahrung mit Frauen?«

Carl lachte auf. Es klang bitter. »Wenig.«

»Wie auch immer. Wenn du jetzt nicht handelst, dann verlierst du Aischa für immer. Irgendetwas geht hier vor. Du darfst keine Zeit verlieren.«

»Was soll ich tun?«, fragte Carl leise. »Ich will Aischa so sehr. Ich will, dass sie meine Frau wird. Aber sie weicht mir aus. Was soll ich nur tun?«

»Das weiß ich auch nicht. Noch nicht. Ich fahre jetzt mit Emelie zu Massimo und Iman. Unterhalte dich mal mit Kate. Sie weiß sicher Rat.« Richard schlug ihm kameradschaftlich auf die Schulter und ging.

Carl blieb allein im Arbeitszimmer zurück. Er fühlte

sich wie in alten Tagen. Carl, der Träumer. Hatte er diesen Menschen nicht schon lange hinter sich gelassen? Gestern Nacht hatte er seine Liebe und all seinen Mut zusammengenommen. Er hatte sich Aischa offenbart. Sie hatte ihn gerufen, das wusste er. Sie hatte auf ihn gewartet. Sie liebte ihn so wie er sie.

Er hatte gestern Nacht alles bekommen, was er wollte, und doch auch nichts, dachte er. Sie liebte ihn und war nun doch mit ihrem Vater auf dem Weg nach Nairobi. Was sollte er nur tun?

Er stand auf und sah aus dem Fenster. Richard und Emelie traten gerade auf die Veranda, und Guppy folgte ihnen zu ihrem Pick-up. Bevor Emelie einstieg, sah Carl, wie Richard sie küsste. Dann streichelte er mit einer leichten Bewegung ihren Bauch. Emelie legte kurz ihren Kopf an seine Schulter, dann stieg sie ein. Guppy sprang mit einem Satz auf die Ladefläche.

Carl verstand: Emelie war zum dritten Mal schwanger. Dieses Mal musste alles gutgehen. Sie alle hatten ihre Sorgen, dachte er. Er durfte sie jetzt nicht mit den seinen belasten.

Heilmittel

Der Wagen hielt auf dem Kies der Auffahrt vor Meenas weitläufigem Haus. Ihre Großmutter hatte dreimal geheiratet, dachte Aischa, als ihr Vater den Motor abstellte. Drei Männer hatte sie quasi mit ihrem Gift zu Grabe gebracht.

Die Haustür öffnete sich, und Tyson und Ali kamen bellend aus dem Haus gelaufen. Aischa stieg aus. Wie gesund die Tiere wirkten: Ihr Fell glänzte, und ihre Nase fühlte sich kühl an, als sie ihnen den Kopf streichelte. Meena trat auf die Veranda.

»Willkommen, Aischa. Mein Fahrer ist gerade an den Jomo-Kenyatta-Flughafen gefahren, um Mahosh Neru abzuholen. Wir sind sehr auf deinen Verlobten gespannt. Es bleibt gerade noch Zeit, dich umzuziehen, dich zu schminken und zu schmücken.«

»Er ist nicht mein Verlobter, Großmutter«, sagte Aischa. Sie sah den raschen Blick, den Meena und Rai untereinander austauschten. »Ich sehe ihn mir an, dann habe ich meiner Pflicht meiner Familie gegenüber Genüge getan. Dann will ich von dem ganzen Unsinn nichts mehr hören«, sagte sie entschlossen.

»Sicher, sicher, mein Kind. Komm erst mal rein«, sagte Meena und hängte sich bei ihr ein.

Aischa dachte an Kupenda. Im Arbeitszimmer hatte sie

am Morgen bei der Abfahrt Licht brennen sehen. War Carl bereits bei der Arbeit gesessen? Vielleicht hatte er ihren Wagen davonfahren sehen. Sie spürte noch immer seine Lippen auf den ihren und hörte noch immer seine fordernden Worte: *Sag es mir, Aischa, sag es mir*.

Hatte sie ihm gesagt, was sie ihm hatte sagen wollen? Nein, aber sie hatte es ihm doch gezeigt. Hatte er sie verstanden? Heute Abend wollte sie ihn anrufen. Sie würden gemeinsam einen Weg finden, da war sie sich sicher.

Aischa stieg die Stufen zu ihrem Zimmer im ersten Stock des Hauses hinauf. Eine Schnalle ihrer Sandale hatte sich gelöst. Sie bückte sich, um sie zu schließen.

Im Erdgeschoss herrschte ein abwartendes, lauerndes Schweigen. Aischa hielt den Atem an und setzte sich lautlos auf eine der Stufen.

Da hörte sie die Stimme ihres Vaters Meena leise fragen: »Hast du alles bekommen?«

Ihre Großmutter musste zur Antwort genickt haben, denn Aischa hörte ihren Vater noch sagen: »Aber wir wenden das nur im Notfall an, nicht wahr?«

»Natürlich, das verspreche ich dir. Nun mach nicht so ein Gesicht. Diese jungen Dinger muss man zu ihrem Glück zwingen. Ich habe zum Abendessen auch noch Kabir eingeladen. Dann wirkt die ganze Sache entspannter. Und vielleicht kann er Aischa zur Vernunft bringen. Schließlich weiß er ja selber, wie das ist. Hast du denn auch alles dabei?«

»Ja, ich habe alles eingepackt.« Aischa hörte, wie ihr Vater sich in einer typischen Bewegung gegen die Brusttasche seiner Jacke klopfte. Dann aber sagte er: »Oh, nein!

Ich habe sie auf meinem Schreibtisch in Kupenda liegen lassen! Wie dumm von mir. Aber in der Eile des Aufbruchs …«

Die Stimme ihrer Großmutter klang zornig. »Wie konnte das nur passieren? Herrje, schon als Junge hattest du ein Gedächtnis wie ein Sieb. Heute kannst du nicht mehr zurückfahren und jemand anderen kannst du nicht darum bitten. Fahr morgen, in aller Frühe. So viel Zeit bleibt uns ja Gott sei Dank.«

Ihre Schritte entfernten sich. In einiger Entfernung hörte Aischa, wie Meena dem Koch Anweisungen für das Abendessen gab.

Aischa ging in ihr Zimmer. Was hatte ihr Vater so Wichtiges aus Kupenda vergessen, dass er sich morgen noch einmal auf den Weg machen wollte? Und von welchem Notfall hatten die beiden gesprochen? Wenigstens hatte sie ihr Handy wieder, dachte Aischa. Sie setzte sich auf ihr Bett und schrieb eine Nachricht an Carl: »Bin gut angekommen. Rufe dich heute Abend an, Liebster. Kuss, Aischa.«

»Du siehst einfach wunderbar aus. Du bist fast so schön, wie ich es gewesen bin. Wenn deine Mutter dir doch nicht diese kurze Statur vererbt hätte … Nun, bei der Mitgift, die ich dir gebe, kann jeder Mann darüber hinwegsehen.«

Meena kreiste um Aischa, die in der Mitte des Zimmers stand. Der Raum duftete stark nach Potpourri und dem Rosenöl, mit dem die Kosmetikerin Aischa eingeölt hatte. Sie roch wie ein ganzer Basar, dachte sie und rümpfte die Nase.

»Nun fehlt noch der Schmuck«, sagte Meena und streifte ihr einige Smaragdarmbänder über jedes Handgelenk.

»Ich möchte dir noch ein besonderes Geschenk machen. Ein Zeichen meiner Liebe und Wertschätzung.«

Meena schlug den Deckel einer Schatulle zurück, die sie in Händen hielt, und Aischa sah eine Kette aus Gold darin liegen. An der Kette hing ein Anhänger, auf dem eine zum Kranz gewundene Schlange sich selber in den Schwanz biss. »Die Kette soll dir Glück bringen. Eigentlich schenken die Männer unserer Familie sie den Frauen, die sie lieben. Die letzte hätte meine Nichte von Kabir Khan bekommen sollen, doch sie wurde ihm damals kurz vor der Eheschließung gestohlen. Ich habe dir diese von einem Goldschmied nacharbeiten lassen«, sagte Meena und legte sie Aischa um den Hals. »So, ich denke, du bist fertig.«

Aischa griff zu ihrer Handtasche.

»Die brauchst du jetzt nicht«, sagte Meena und legte sie zurück auf den Stuhl neben dem Frisiertisch.

»Aber mein Telefon! Ca…, ich meine, Emelie wollte mich anrufen…« Aischa hörte selber die Hilflosigkeit in ihrer Stimme. »Ich wollte ihr doch alles über Mahosh Neru erzählen.«

Sie musste mit den Wölfen heulen, dachte sie mit einem Mal. Und zwar lauter als sie. Meena war die Sache bitterernst. Vielleicht würde es doch nicht so leicht werden, wieder hier rauszukommen.

»Emelie wird alles bald genug erfahren. Komm jetzt. Die Tasche passt sowieso nicht zu deinem Shalwar Khameez.«

Aischa blieb keine Zeit zur Widerrede, als ihre Großmutter sie aus der Tür schob. Aus dem Wohnzimmer drangen drei Männerstimmen in den Flur. Sie erkannte ihren Vater und ihren Onkel Kabir Khan. Der dritte Mann musste Mahosh Neru sein.

Leise Musik lief im Wohnzimmer, eine Frauenstimme sang von Liebe und Verlassenwerden. Alle Männer erhoben sich, als Aischa und Meena das Wohnzimmer betraten. Als ihr Vater sie musterte, sah sie, wie seine Augen vor Stolz leuchteten.

Sie musste ihn verraten, dachte sie nur, als sie ihm die Wange küsste. Eines Tages würde er verstehen und ihr verzeihen.

Dann verneigte sie sich vor Mahosh Neru. Aischa taxierte den Mann rasch unter gesenkten Augenlidern: Er hatte hängende Schultern und einen dicken Bauch. Seine Schläfen waren grau und sein Blick schläfrig. Die Hände hielt er vor den Hüften gefaltet. Seine Finger waren kurz, die Nägel daran ordentlich geschnitten und gefeilt. Eine Gänsehaut überzog ihre Arme. Sie wollte nicht, dass er sie mit diesen Händen so hielt, wie Carl sie gestern Nacht gehalten hatte.

»Grün! Meine Lieblingsfarbe. Die Farbe der Hoffnung und die Farbe des Propheten!«, sagte Mahosh, als er ihren seidenen Shalwar Khameez begutachtete. »Er steht dir wirklich fabelhaft. Ich muss sagen, die Anzeige hat nicht zu viel versprochen.«

Er klopfte Rai Kapoor auf die Schulter. Aischa sah ihren Vater lächeln. Kabir Khans Gesicht blieb hingegen ausdruckslos.

Meena reichte Aischa eine Schale mit heißem, parfümiertem Wasser. Mahosh richtete sich auf. Er erwartete, dass Aischa ihm die Schale darbot, damit er sich die

Hände darin waschen konnte. Aischa nahm sie entgegen und sah die Rosenblätter darin treiben. Sie lächelte und ging zu Mahosh Neru hinüber. Dann tat sie, als verliere sie unmittelbar vor ihm das Gleichgewicht. Die Schale glitt aus ihren Fingern, und das heiße Wasser ergoss sich über seine Schenkel. Mahosh Neru schrie vor Schmerz auf.

»Verzeihung«, rief Aischa. »Wie ungeschickt von mir!«

Meena und Rai eilten auf den Gast zu, um ihn abzutrocknen, und schoben Aischa beiseite. Mahosh Neru unterdrückte einen Fluch.

Als Aischa aufsah, begegnete ihr mit einem Mal der Blick Kabir Khans. Sah sie Belustigung darin aufleuchten oder täuschte sie das flackernde Kerzenlicht?

Der Abend war vergangen. Aischa hatte kaum etwas angerührt von dem Festmahl, das ihre Großmutter hatte auffahren lassen: die verschiedenen Sorten von Fleisch wie Tandoori-Huhn, Lamm in Rogan Josh Soße, gegrilltes Lamm, scharf gewürzte Würste aus Rindfleisch und Fisch in Ingwersoße. Dazu hatte sie Brot, Reis und verschiedene Gemüse gereicht. Chutneys und frisch gehackte Kräuter milderten den scharfen Geschmack der Gerichte.

Mahosh Neru hatte bei Tisch neben ihr gesessen, und sie hatte ihn der Sitte nach bedienen müssen. Obwohl er es peinlich vermieden hatte, sie zu berühren, hatte sie sich in jedem Augenblick von seinen Augen betastet und bewertet gefühlt. Aischa hatte seinen höflichen Gruß zur guten Nacht nur mühsam und in aller Förmlichkeit erwidert. Sie ließ Meena und Rai ihn allein zu seinem Wagen bringen. Er hatte sich ein Hotel in der Stadt genommen.

Aischa betrat die dunkle Küche. Der Koch war bereits

zu Bett gegangen, und so räumte sie noch den Tisch ab. Aischa stellte die Teller neben das Waschbecken.

Ihre Großmutter und ihr Vater waren draußen auf dem Vorplatz. Mahosh war bereits abgefahren, aber sie verabschiedeten noch Kabir Khan. Ihre Stimmen drangen durch das offene Fenster der Küche zu Aischa. Sie ließ die Hand, mit der sie eben das Licht hatte anschalten wollen, wieder sinken. Ihre Großmutter klang ärgerlich. Aischa trat näher ans Fenster und lauschte.

»Ich mache da nicht mit«, sagte Kabir Khan. »Ich habe selber genug unter deinen Ränken gelitten. Auch dachte ich, Aischa wäre mit Carl Goldman zusammen.«

»Nur über meine Leiche heiratet Aischa einen Mann, der nicht zu uns gehört. Die Sache ist entschieden. Denkst du denn gar nicht an die Ehre und das Ansehen unserer Familie? Wir müssen jetzt zusammenhalten und Aischa zur Vernunft bringen«, erwiderte ihre Großmutter.

»Aischa kommt mir sehr vernünftig vor. Der junge Goldman ist ein sensibler, liebenswürdiger junger Mann. Meinen Segen hat sie.« Aischa hörte Kabir Khan seine Autotür aufschließen. »Außerdem, gehört er wirklich nicht zu uns? Denk mal darüber nach«, sagte er dann noch.

»Ich will daran nicht mehr denken müssen. Nie wieder. Ich dachte, ich könnte mich auf dich verlassen«, sagte Meena.

Aischa reckte den Hals und sah, wie Kabir in seiner Bewegung verharrte. »Wie kommst du denn darauf, Tante Meena? Hast du etwa vergessen, was ich der Ehre und dem Ansehen unserer Familie geopfert habe?«

Aischa stand ganz still an dem offenen Fenster der Küche.

»Meinst du, du hast in meinem Leben nicht genug Schaden angerichtet? Das kannst selbst du nicht vergessen haben!«, sagte er zu Meena.

Nun mischte sich Rai ein. »Mutter hat das natürlich nicht vergessen. Aber es ist so lange her und alles hat sich doch zum Guten gewendet, oder? Für uns alle, Kabir. Auch für sie. *Sie* hätte nie zu uns gehört. Und meine Cousine und du, ihr hattet doch auch gute Jahre. Kannst du ihr nicht einfach vergeben?«

Aischa ging auf die Zehenspitzen. Ihr Vater hatte seinen Arm um Meena Patels schmale Schultern gelegt. Er wollte den Streit schlichten, das sah sie. Meena aber zeigte mit ausgetrecktem Zeigefinger auf Kabir.

»Nun gräbst du wieder diese alten Geschichten aus. Nun, ich habe auch nicht vergessen, wie du meine Nichte beleidigt hast. Wie du ihr zur Hochzeit nicht einmal die Kette unserer Familie um den Hals legen konntest. Weil sie dir damals angeblich gestohlen worden ist. *Gestohlen*! Da lachen ja die Hühner.«

Kabir ließ nun seinen Autoschlüssel sinken. »Du hast ganz Recht, Meena. Die Kette ist mir damals nicht gestohlen worden. Ich habe sie verschenkt. An die Frau, die mir bis vor kurzem mehr als alle anderen bedeutet hat. Du hast mich damals in eine Ehe gezwungen, aber meine Gefühle hast du nie bezwingen können«, sagte er.

Meena atmete hörbar ein. »Du hast die Kette dieser … dieser …«, begann sie, doch Kabir hob die Hand.

»Genug. Schweig jetzt. Richte nicht noch mehr Schaden an, als du es bereits getan hast. Ich will nicht, dass Aischa dasselbe wie ich erleidet. Die Europäer haben nicht so unrecht mit ihrer Einstellung zur Ehe, Meena. Das Leben ist zu lang, um es mit jemandem zu verbringen, den man nicht liebt. Und es ist zu kurz, um auf die Einsicht einer bockigen Alten zu warten. Auf mich kannst du nicht mehr zählen, wenn es um die Ehre der Familie geht. Ich habe meine Pflicht vor langem getan.«

Kabir Khan stieg in seinen dunkelblauen Rangerover.

»Niemand von uns ist frei, Kabir. Wir sind nur Glieder in einer Kette. Denkst du, ich habe nicht gehört, mit wem du jetzt ausgehst? Da kommst du vom Regen in die Traufe. Und das, nachdem ich dir nach dem Tod deiner Frau so viele Kandidatinnen vorgestellt habe. Kannst du denn nicht eine neue Frau finden, die zu uns passt?«, rief Meena.

»Wichtig ist nur, dass sie zu *mir* passt. Auf Wiedersehen, Meena.« Kabir schloss die Tür, ließ den Motor an und gab Gas. Die Rücklichter seines Wagens leuchteten in der Dunkelheit auf und verschwanden dann die Auffahrt hinunter.

Meena Patel stand regungslos da. Rai hatte noch immer seinen Arm um ihre Schultern gelegt. Wenn doch ihr Vater so mutig wäre wie Kabir Khan! Wer wohl seine neue Freundin war? Sie musste Carl von diesem Gespräch erzählen. Hoffentlich schlief er noch nicht.

Aischa trug die übrig gebliebenen Essensreste in die Speisekammer und schaltete das Licht an. Die Regale waren voll mit Gläsern von Obst und Gemüse, das in Essig und Gewürze eingelegt war. Meena hielt nach alter Schule Haus.

Aischa stellte die Platte mit dem restlichen Huhn auf der Oberfläche der Tiefkühltruhe ab. Ihr Blick fiel auf eine weiße Schachtel, die im Regal darüber stand. Sie war unbeschriftet. Aischa griff danach. Enthielt sie Leckereien?

Sie öffnete sie. Weiße Pillen lagen darin. *Ketamine,* las Aischa auf dem Beipackzettel.

Der Tierarzt hatte Ketamine oft genug verschrieben, wenn ein Tier auf Kupenda betäubt werden musste. Es war ein starkes, berauschendes Medikament. Tyson und Ali wirkten nicht gerade krank, dachte Aischa. Sie drehte die Schachtel in ihren Händen hin und her. Meena betrat die Küche. Sie war noch immer zornig, das konnte Aischa sehen.

»Was machst du da?«, fragte sie und nahm Aischa die Schachtel aus der Hand.

»Sind Tyson und Ali krank?«, fragte Aischa.

»Ich habe die Pillen für meinen Nachbarn gekauft. Sein Pferd hat einen geschwollenen Knöchel«, sagte Meena. »Geh nun zu Bett, Aischa. Du sollst morgen, wenn du deinem Verlobten Nairobi zeigst, frisch aussehen.«

Aischa atmete tief durch. Kabirs Worte hatten sie ermutigt. »Ich werde Mahosh nicht heiraten.«

»Aischa.«

»Vergiss es, Großmutter. Ich fahre morgen früh wieder nach Kupenda.«

Mit diesen Worten verließ Aischa die Speisekammer und ließ ihre Großmutter allein darin zurück.

In Aischas Zimmer war bereits das Moskitonetz am Bett herabgelassen und die Decke zurückgeschlagen worden. Die Nachttischlampe brannte und eine Flasche mit Wasser stand daneben. Ihr Koffer war verstaut, und ihre Kleider lagen ordentlich gefaltet im Schrank. Doch wo war ihre Handtasche? Aischa sah sich um. Sie lag weder auf dem Bett noch auf dem Sofa, noch hing sie über dem Stuhl vor dem Frisiertisch, auf dem sie vor wenigen Stunden noch gesessen war. Meena hatte sie doch vorhin daraufgelegt? Jetzt war sie jedenfalls nirgends zu sehen.

Es klopfte an der Tür.

»Ja?«

Meena betrat den Raum. In der Hand hielt sie einen Becher. »Der Tag war lang und anstrengend. Ich habe dir eine heiße Schokolade gemacht.«

»Danke, Großmutter«, sagte Aischa. War das ein Friedensangebot? Das hätte sie von Meena nicht erwartet. Sie trank vor dem Schlafengehen immer eine heiße Schokolade, die mit Nelken und Zimt gewürzt war. Eine Angewohnheit aus Kindertagen.

Meena stellte ihr den Becher auf den Nachttisch und Aischa setzte ihn sich an die Lippen. »Gute Nacht, Aischa«, sagte Meena und wollte den Raum verlassen.

Da fragte Aischa sie noch: »Hast du meine Handtasche gesehen?«

Meena nickte »Ja. Der Riemen war angerissen. Ich habe sie dem Gärtner gegeben, damit er sie repariert. Morgen kannst du sie wiederhaben.«

»Aber mein Geld und mein Telefon sind darin.«

Meena schien zu zögern. »Daran habe ich gar nicht gedacht. Aber mach dir keine Sorgen. Es kommt nichts weg. Er ist ehrlich. Morgen früh hast du alles wieder.«

Sie verließ den Raum.

Aischa setzte sich auf ihr Bett. Jetzt konnte sie Carl erst morgen anrufen. Hoffentlich machte er sich keine Sorgen. Sie leerte den Becher in einem Zug. Auf dem Boden blieb etwas Schaum zurück. Aber dazwischen sah sie etwas anderes. Es war weiß und körnig. Aischa würgte. Es war der

Rest einer Ketamintablette, die sich noch nicht ganz aufgelöst hatte. Das Medikament wirkte rasch. Der Boden unter ihren Füßen gab nach. Das Zimmer drehte sich um sie, schneller und immer schneller. Die Wand wurde zu einer Ziehharmonika: Sie kam auf sie zu und zog sich wieder zurück. Aischa wollte um Hilfe rufen, doch ihre Zunge füllte ihren Mund aus. Sie fiel auf ihr Bett.

Zeitverschiebung

Carl verließ das Haus, als noch alle schliefen. Die Augen brannten ihm vor Müdigkeit. Er hatte die Nacht über wieder kaum geschlafen. Weshalb hatte Aischa ihn nicht angerufen? Als er versucht hatte, sie zu erreichen, hatte ihr Handy ins Leere geklingelt. Dann war die Leitung mit einem Mal tot gewesen. Er war nahe daran gewesen, nach Nairobi zu fahren, doch etwas hielt ihn zurück. Er musste erst noch mehr wissen, um zu verstehen und zu handeln. Er wollte nicht wie ein Büffel aus dem Busch brechen. Carl stieg in seinen Landrover und ließ Guppy aufspringen. Dann lenkte er den Wagen zum Haus des Verwalters Rai Kapoor. In seiner Tasche hatte er den dicken Schlüsselbund, der ihm überall auf Kupenda Zutritt verschaffte.

Jim steckte den Kopf aus der Küchentür, als Carl den Wagen vor dem Haus der Kapoors anhielt. Carl winkte ihm zu: Jim war einer der Ersten gewesen, der sich bei dem Treffen mit Leander im Kral auf seine Seite gestellt hatte. Das hatte er ihm nicht vergessen. Carl schlug die Wagentür zu und blinzelte in die Sonne.

»*Jambo*, Jim. Ist Rai im Haus?«, fragte er, obwohl er die Antwort kannte.

Jim schüttelte den Kopf. »*Hapana*. Wir erwarten ihn erst in ein paar Tagen zurück.«

»Gut. Ich hole mir nur rasch etwas ab.«

Jims Kopf verschwand wieder in der Küche.

Carl betrat das Haus. Alles wirkte sauber und ordentlich. Er stieg zuerst die Treppen zu Aischas Zimmer hoch. Vielleicht hatte sie ihm dort eine Nachricht hinterlassen, überlegte er. Die Tür zu ihrem Zimmer stand offen. Die Vorhänge waren zugezogen, das Bett war gemacht und der Schrank geschlossen. Auf dem Nachttisch lag ein Buch aufgeschlagen. Carl öffnete den Kleiderschrank. Die Kleider lagen ordentlich gefaltet darin. Nein, in diesem Zimmer fand er keine Antwort auf seine Frage, entschied er.

Carl ging den Korridor entlang und die Treppe hinunter. Wieder unten stand er einen Augenblick lang unentschlossen da.

In der Küche hörte er Jim räumen und pfeifen. Ihn zu fragen hatte keinen Sinn. Dann wandte er sich nach links und drückte die Klinke zu dem Arbeitszimmer hinunter. Die Tür war verschlossen.

Carl probierte einige Schlüssel durch: Der dritte an seinem Bund passte, und die Tür öffnete sich. Im Zimmer waren zum Schutz vor der Sonne die Vorhänge vorgezogen. Carl sah sich in dem Dämmer um: Rais Schreibtisch war aufgeräumt. Ein Dossier lag zugeklappt neben einem Füller und einem Fass Tinte. Der Computer trug eine Hülle zum Schutz gegen den Staub. Carl wandte sich zum Gehen.

Vielleicht hatte er sich getäuscht. Vielleicht gab es kein Geheimnis. Er stand schon in der Tür, als er sich noch einmal umdrehte. Auf dem Kaminsims sah er etwas liegen. Carl trat näher und sah, dass es ein Pass war, darüber lag ein dickerer Umschlag. Er nahm den Umschlag und erkannte den Namen eines Reisebüros aus Nairobi. Es gehörte einem Vetter Rai Kapoors. Als Carl den Pass aufschlug, lächelte ihn Aischa von dem Bild darin an. Ohne zu zögern riss er den Umschlag des Reisebüros auf. Darin lagen zwei Flugtickets und ein Brief, der an Rai adressiert war. Carl las:

Lieber Rai,
hier nun die Tickets, die du bei mir bestellt hast. Ich habe zwei Sitze in der Frühmaschine nach Mumbai am 18. bekommen, wie von Meena verlangt. Aischas Ticket ist noch auf ihren Mädchennamen ausgestellt, wie ja auch ihr Pass. Also sollte es keine Probleme geben. Sie kann all das in Mumbai mit der Hilfe ihres Mannes dann ändern lassen. Hoffentlich verschlafen ihr Bräutigam und sie nicht nach der Hochzeitsnacht und kommen auch pünktlich am Flughafen an. Check-in öffnet um 5 Uhr morgens. Herzlichen Glückwunsch zu deinem Schwiegersohn und mach dir um Aischa nicht so viele Gedanken. Sie wird sich wie alle Frauen in ihr Schicksal fügen und glücklich werden.

Mit Grüßen und Dank
Sangit

Carl las den Brief noch einmal. Dann sah er auf. Alles in dem Raum war unverändert, nur die Welt schien nicht mehr dieselbe zu sein. Aischa sollte am 18. des Monats nach Mumbai fliegen. Das war in vier Tagen. Sie sollte mit der Hilfe ihres Mannes ihren Namen ändern? Vorgestern Abend hatte Aischa nicht gerade wie eine glückliche junge Frau gewirkt, die in drei Tagen heiraten wollte. Aber nichts anderes besagte dieser Brief. Im Gegenteil. Er verstand ihre Tränen und ihr Zögern. Aber wusste sie denn, in welchen Schlamassel sie hier geraten war? Carl las den Brief ein drittes Mal. Jedes einzelne Wort war ungeheuerlich. Er steckte sich Aischas Pass und die Tickets in die Innentasche seiner Jacke und verließ das Haus.

Der große Baum auf der Anhöhe warf mit seiner dicht belaubten Krone einen beinahe kreisrunden Schatten in den grellen Schein der Mittagssonne. Carl hatte seinen Wagen am Fuß des Hügels geparkt. Das Gras reichte ihm nun beinahe bis zu den Schenkeln. Die Sonne der vergangenen beiden Monate hatten es hell gebrannt, und es raschelte trocken bei jedem Schritt, den er darin tat. Guppy verschwand beinahe vollkommen in dem Gestrüpp, nur die weiße Spitze seines Schwanzes sah ab und an wie eine Antenne zwischen den Grasspitzen hervor.

Als Carl die beiden Grabsteine erreichte, sah er, dass um das Kreuz von Dianes letzter Ruhestätte ein sorgsam geflochter Blumenkranz hing. Carl roch an den Rosen. Als er vor zwei Tagen das letzte Mal hier gewesen war, war der Kranz noch nicht da gewesen. In Kates Garten hatte er ähnliche Blumen gesehen. War sie hier gewesen? Er ging in die Knie, und Guppy kam neben ihn. Der Leopard machte ein heiseres Geräusch, und Carl hob den Kopf.

»Was ist denn, Guppy? Gib Ruhe.«

Er nahm eine Handvoll Erde auf und überlegte. Wer konnte ihm in dieser Situation helfen? Oder sollte er alleine handeln? Ein Gedanke durchfuhr ihn: Vielleicht liebte Aischa diesen anderen Mann. Ihm wurde augenblicklich heiß. Daran hatte er noch gar nicht gedacht.

Aber nein, das war nicht möglich. Es hatte sich nichts zwischen ihnen geändert. Es würde sich nie etwas ändern, hatte sie gesagt. Aischa liebte ihn, das wusste er. Wenn sie ihm von der Verlobung nichts gesagt hat, dann nur, weil sie sich ihrem Vater gegenüber verpflichtet fühlte. Sie war in Gefahr. Er zog sein Telefon aus der Tasche und rief ihre Nachricht vom vergangenen Nachmittag auf. Er musste handeln, dachte er und wählte ihre Nummer. Doch niemand hob ab.

Guppy strich nun um den Stamm des Baumes. Dann begann er, den Baum zu erklimmen.

»Hast du dort oben Beute versteckt? Das muss warten, wenn du mitkommen willst.«

Guppy begann, mit seiner Tatze an einem Astloch zu kratzen. Carl stand auf.

»Ich gehe jetzt. Komm.«

Carl sah, wie Guppy seine Pfote tiefer und tiefer in das Astloch steckte; er schien dort mit etwas zu spielen. Vielleicht war es ein unglücklicher Baumschliefer, der ihm nun mitsamt seinen Jungen zum Opfer fiel.

Carl wandte sich zum Gehen. Bevor er die Anhöhe hinunterstieg, drehte er sich noch einmal um. Der Anblick der beiden Gräber gab ihm Mut. Als er unten am Auto ankam, sah er noch, wie Guppy sich auf einem starken Ast im Laub des Baumes niederließ.

Carl lenkte den Wagen direkt auf die staubige Straße, die zum Haupttor von Kupenda führte. Schon aus der Ferne sah er, wie eine Staubwolke ihm entgegenkam. Jemand fuhr den Weg in hoher Geschwindigkeit entlang. Er kniff die Augen zusammen: Es war Rai Kapoor.

Carl bremste ab. Er spürte nun all den Zorn in sich aufsteigen, den er eben im Haus des Verwalters und oben am Grab seiner Eltern noch verdrängt hatte. Zorn auf eine alte Frau in Nairobi, die die Welt daran hindern wollte, sich zu drehen. Zorn auf Rai, dem Paddy und Diane immer Freunde gewesen waren und dem er nun seit mehr als einem Jahr ein guter Arbeitgeber war. Er kannte ihn schon sein Leben lang. Reichte das nicht, um als Ehemann für Aischa zu genügen? Er hatte nie etwas anderes sein wollen. Sie war nicht einmal seine Geliebte. Was sie verband, war das absolute Wissen zusammenzugehören, dachte er. Und zwar ein Leben lang. Was machte es da, dass er kein Inder und kein Muslim war?

Carl zwang sich zur Ruhe. Wenn alles gutgeht, würde Rai eines Tages sein Schwiegervater sein, rief er sich in Erinnerung.

Rais Wagen hielt neben dem seinen, und Carl kurbelte das Fenster herunter. Er sah tiefe Schatten unter Rais Augen liegen.

»Guten Morgen, Rai. Ich war gerade oben bei euch am Haus. Jim hat mir gesagt, du wolltest erst in ein paar Tagen wieder hier sein. Du hast mir gar nicht Bescheid gesagt. Was gibt es in Nairobi so Wichtiges für Kupenda zu erledigen?«

»Es tut mir leid, ich musste schnell abfahren. Es geht um ein paar ausstehende Rechnungen. Ich komme nur zurück, weil ich etwas vergessen habe.«

»Ah ja«, sagte Carl. *Etwas vergessen*. Das konnte man wohl sagen! So ein Schwein …

Rai rutschte unruhig auf seinem Sitz hin und her. »Weshalb wolltest du mich sprechen?«, fragte er dann.

»Es gab nur ein, zwei Dinge, die ich Aischa fragen wollte. Wann kommt sie wieder? Etwa auch erst in ein paar Tagen?«

»Ja, bald.« Dann fügte Rai hinzu: »Hast du gehört, dass Old Thompson ausgewandert ist? Er und seine Frau haben alles verkauft und ziehen nach Südafrika. Es hängt mit seiner Tochter und Leander zusammen. Carola hat ja ihr Erbe schon bekommen. Damit unterstützt sie jetzt wohl Leander, wo immer er ist.«

Carl stellte seinen Motor ab. Ein Mann wie Thompson schwängerte seine Angestellten, aber konnte den Gedanken an einen Mischlingsenkel nicht ertragen, dachte er.

»Seht euch vor«, sagte Rai.

»Wir alle müssen uns vorsehen. Du gehörst doch zu uns, oder?«, fragte Carl und berührte Rai am Unterarm, den er aus dem Wagen hängen ließ. »Jetzt fahr zu deinem Haus und hol dir, was du so Dringendes vergessen hast. Hoffentlich findest du es. Bis bald, Rai.«

Rai fuhr an. Carl sah in seinem Rückspiegel zu, wie der Wagen des Verwalters über die Anhöhe verschwand. Old Thompson war also weg. Den Kampf hatte Leander gewonnen. Aber genügte ihm Carolas Geld? Leander ging es um mehr, dachte Carl. Er wollte sich dafür rächen, dass nicht er als Paddys Sohn geboren worden war. Er wollte Kupenda und keine andere Farm der Welt. Der Kampf war noch lange nicht vorbei, sondern ging gerade erst los. Um Leander, dachte er, als er den Motor wieder anließ, wollte er sich später kümmern. Nun ging es um Aischa. Nichts auf der Welt war wichtiger.

Carl lenkte seinen Wagen unter den Schatten des Baumes, der Kates Thorn Tree Café seinen Namen gab. Es schien außer ihm gerade kein anderer Kunde da zu sein. Gut so, dachte er. Hinter dem Haus sah jedoch die Kühlerhaube eines dunkelblauen Rangerovers hervor. Der Wagen sah neu und sauber aus. Jemand hatte auf Kates privatem Grund und Boden geparkt. Vielleicht hatte sie Besuch? Carl stieg aus. Der Kies knirschte unter seinen Füßen, als er auf den Pavillon zu ging. Die Tür stand nicht wie sonst einladend offen, sondern war geschlossen.

Carl hörte Stimmen und Gelächter: Kate hatte einen Mann zu Gast. Er zögerte, stieg dann jedoch die Treppe zu dem Café hoch. Er musste mit Kate sprechen, und zwar alleine, dachte er. Er hatte keine Zeit zu verlieren. Wer immer da auch gerade war.

Er klopfte am Café, doch niemand erschien. Carl hob sich auf Zehenspitzen und presste sein Gesicht gegen die Fensterscheibe. Innen war alles dunkel. Er drückte die Klinke herunter, doch die Tür war abgeschlossen. Als er die Treppen wieder hinunterstieg und um das Haus herumging, hörte er das Klirren von Besteck auf Porzellan. Carl bog ums Eck und konnte nun die Terrasse von Kates Haus überblicken. Rosen und Efeu rankten sich an den Säulen hoch, die das schattenspendende Dach darüber hielten. Carl kam näher. Der Tisch war mit weißem Leinen und feinem Porzellan gedeckt, Kristallgläser fingen das Sonnenlicht ein. Nun sah er auch Kate. Sie saß im Schatten einer Säule auf dem Schoß eines Mannes und küsste ihn.

Carl stockte in seinem Schritt. Kate hatte einen Freund! Doch dann freute er sich. Wenn eine ihr Glück verdiente, dann sie.

Da erkannte er den Mann. Es war Kabir Khan. Der Anblick machte ihn zornig und traurig zugleich. Ihm war, als sei Diane gerade zum zweiten Mal gestorben. Als hätte Aischa ihm gerade wieder verschwiegen, dass ihre Großmutter sie verheiraten wollte. Als sei Iman wieder einfach spurlos verschwunden. Konnte man sich auf niemanden mehr verlassen? Musste seine Welt in tausend Stücke zerbrechen? Er wollte auf dem Absatz kehrtmachen.

Kate aber musste ihn gehört haben. Sie hob den Kopf und winkte ihm zu. Carl sah, wie sie Kabir noch einmal küsste und etwas zu ihm sagte. Auch er drehte sich zu ihm um, hob Kate von seinem Schoß und stand auf. Carl blieb unschlüssig stehen.

Kate lief die Treppen hinunter auf ihn zu. Sie strich sich die dunklen Haare aus dem gebräunten Gesicht. »Carl, wie schön! Bleib doch zum Mittagessen. Ich habe frischen Fisch mit Kokos-Chutney und Ingwersoße kochen lassen. Iman hat ihn selber geangelt und vorhin vorbeigebracht.«

»Ich habe keinen Hunger«, sagte Carl.

Kate blieb vor ihm stehen. »Was ist los?«, fragte sie.

»Was los ist? Ich dachte, du wärst unsere Freundin. Und nun steckst du im wahrsten Sinne des Wortes mit dem Mann unter der Decke, der uns Kupenda wegnehmen will.«

»Aber, Carl …«, sagte sie nur.

Er hatte sie beleidigt, das sah er. Sei's drum. Wie lange ging das schon so?

Nun trat Kabir zu ihnen. Er legte seinen Arm um Kates Schultern und hielt eine Rose in seiner anderen Hand. Sie war den Blumen an Dianes Grab tatsächlich sehr ähnlich. Carl blickte zum Esstisch und sah, dass auch dort dieselben Rosen in einer Vase standen.

Kate erahnte seine Gedanken. »Wir haben den Kranz gemeinsam geflochten und ihn an Dianes Grab gehängt.«

»Was hast du am Grab meiner Mutter zu suchen?«, fragte Carl Kabir Khan. »Willst du es ausheben lassen und dort einen Teepavillon für deine Lodge hinbauen?« Er war über den Zorn in seiner Stimme selbst erstaunt.

Kabir lächelte. »Carl, Carl, immer so hitzköpfig. Du machst doch alles gut. Es besteht keine Gefahr, dass ich oder irgendjemand anders Kupenda übernehmen wird.«

»Nein, allerdings nicht. Nicht, solange die Bank uns noch weiter Kredite gibt …«

Bei diesen Worten sah Carl den raschen Blick, den Kate und Kabir miteinander austauschten. Jetzt verstand er: Was für ein Idiot er doch gewesen war!

Der Mensch sähe nur, was er sehen wollte, hatte Paddy immer gesagt. Nun wusste er, woher das ganze Geld gekommen war, das der Umbau von Kupenda verschlungen hatte. Es war immer Kate gewesen, die mit dem Bankmanager gesprochen hatte. Sie hatte den so erstaunlich leicht bewilligten und großzügigen Kredit arrangiert.

Wie konnte er nur so blind gewesen sein? Keine Bank der Welt hätte ihm, dem unerfahrenen Erben von Kupenda, auch nur einen Hosenknopf anvertraut.

»Das Geld kommt nicht von der Bank«, sagte Carl und sah von einem zum anderen.

Kate strich sich die Haare aus der Stirn. »Nein, das kommt es nicht. Das ist doch aber auch ganz egal. Ich habe mit meinem Café dafür gebürgt und Richard mit seiner Farm. Oder wir haben vielmehr beides als Bürgschaft angeboten. Kabir wollte davon nichts hören. Er hat uns das Geld einfach so gegeben.« Kate zögerte. »Es ist viel Geld gewesen, Carl. Sehr viel Geld«, fügte sie hinzu.

»Viel Geld, soso. Aber wahrscheinlich doch weniger, als er direkt dafür hätte auf den Tisch legen müssen. Und so bekommt er, was er haben will, ohne dass er seine Karten zeigen muss. Denn wenn es schiefgeht, dann kann ich den Kredit nie zurückzahlen. Dann kann er Kupenda ja haben, einfach so, und ganz rechtmäßig.«

Kate sah zu Kabir, der darauf reagierte: »Es wird aber nicht schiefgehen, Carl. Ihr macht eure Sache wirklich gut, vor allem Aischa und du. Ihr seid ein gutes Team.«

»Nicht mehr lange.« Carl und griff in die Innentasche seiner Jacke. »Sieh dir das an, Kate.«

Kate nahm den Pass und die Flugtickets, die er ihr hinstreckte, entgegen. Sie las den angehefteten Brief und runzelte die Stirn. Dann reichte sie Kabir den Brief mit den Worten: »Hast du das gewusst?«

Kabir las und schüttelte den Kopf. »Um Gottes willen, nein. Die alte Schlange. Sie will uns alle überlisten. Wir müssen handeln. Aischa darf nicht unglücklich werden, so wie Meena mich unglücklich gemacht hat.«

»Meena hat dich unglücklich gemacht? Ich dachte, ihr haltet alle zusammen wie Pech und Schwefel«, sagte Carl.

Kabir drehte die Rose zwischen seinen Fingern. Er besah sich noch einmal den Brief, den Pass und die Tickets und überlegte. Dann sprach aus ihm wieder der Mann, der es gewohnt war, schnelle und wichtige Entscheidungen zu treffen. »Wir müssen Aischa da rausholen. Leicht wird es nicht werden. Meena hat ihre Askaris und ihre beiden Hunde, Tyson und Ali. Das sind die schärfsten Rüden von Nairobi.« Dann hellte sich sein Gesicht auf.

»Was willst du tun?«, fragte Kate ihn.

Kabir küsste sie auf die Stirn. »Carl und ich können leider überhaupt nichts tun.«

»Weshalb nicht?«

Kabir lachte und legte nun seinen anderen Arm Carl um die Schulter. Der ließ es geschehen, dass Khan ihn und Kate zu einem verschwörerischen Kreis zusammenzog. »Dazu sind wir beide zu groß gewachsen. Aber du, Kate, du kannst Aischa da rausholen … Aber zuerst müssen wir einkaufen gehen«, sagte Kabir.

»Einkaufen? Wo?«

»Zuerst im Hundezwinger. Und dann fahren wir in die Biashararoad in Nairobi, wo wir dich so fein ausstaffieren, wie es sich für eine Brautjungfer gehört.«

Böses Erwachen

Aischa versuchte, ihre Augen zu öffnen. Das Bild vor ihren Augen flimmerte erst noch und beruhigte sich dann. Wenigstens wusste sie, wo sie war, dachte sie. Der Raum um ihr Bett herum lag im Halbdämmer. Die Vorhänge an den Fenstern waren zugezogen. Aischa drehte mühsam ihren Kopf, die Bewegung schmerzte. Ihr Kopf schien auf das Doppelte angewachsen. Ihre Augen brannten unter geschwollenen Lidern, und sie war durstig. Sehr durstig. Auf dem Nachttisch stand eine Karaffe mit Wasser. Sie hob sie an und wollte etwas davon in das Glas daneben schütten. Dann zögerte sie: Das Wasser sah milchig aus. Bruchstücke von Erinnerungen tauchten in ihrem Geist auf. Musik, zu lautes Lachen, Gespräche. Essen, viel Essen. Das kalte Licht der Speisekammer. Ihre Großmutter, die ihr vor dem Schlafengehen eine heiße Schokolade gereicht hat. Der Schaum und die nicht ganz aufgelöste Tablette darunter. Dann verschwand alles wieder.

Aischa schloss die Augen. In den Bars von Nairobi schmuggelten Männer den Frauen Ketamine in den Cocktail. Aber ihre eigene Großmutter? Sie musste sich täuschen.

Aischa versuchte, sich aufzusetzen. Ihr wurde übel. Sie wartete, bis der Brechreiz verging. Ihr Kopf stand nun still.

Draußen auf der Auffahrt hörte sie jemanden sprechen. Es war ihre Großmutter, die Anweisungen gab. Aischa drückte sich die Fäuste vor die Augen. Eine neue Welle der Übelkeit erfasste sie, als sie ihre Großmutter weitersprechen hörte.

»Vorsichtig mit den Blumen! Die haben ein Vermögen gekostet. Mahosh, du bezahlst den Feinkosthändler, wenn er nachher kommt. Schließlich hast du an die dreißig Leute eingeladen, die ich überhaupt nicht kenne. All deine unverheirateten Cousinen.«

Aischa hielt sich am Bettpfosten fest und zog sich auf ihre Füße. Es dauerte etwas, bis sie ihr Gleichgewicht fand. Ruhig atmen, ermahnte sie sich. Dann setzte sie vorsichtig einen Fuß vor den anderen und ging zum Fenster. Dabei musste sie sich an Bett und Wand abstützen. Wie lange hatte sie so gelegen? Sie rieb sich das Handgelenk und bemerkte, dass ihre Uhr verschwunden war.

Als sie die Vorhänge etwas bewegte, blendete sie der helle Sonnenschein. Sie legte wieder die Hand vor die Augen. Die Welt drang wie durch Watte zu ihr. Wenn sie doch nur ihr Telefon hätte! Dann würde sie das Datum und die Zeit wissen.

Konnte Carl ihr je verzeihen? Wie dumm sie gewesen war! Wenn sie hier wieder rauskam, dann wollte sie nichts mehr aufschieben, sondern alles gleich erledigen. Es gab nicht immer eine zweite Gelegenheit im Leben.

Vor dem Haus ihrer Großmutter parkten verschiedene Autos. Die meisten von ihnen waren Lieferwagen. Dahinter konnte sie den Mercedes sehen, den Mahosh Neru sich am Flughafen geliehen hatte. Ein Mann in einem grünen Overall ging auf den Wagen zu und legte ein großes Blumengebinde auf die Kühlerhaube und um den Stern. Mahosh trat zu ihm. Sein Hemd spannte über seinem Bauch. Das schwarze Haar trug er nach hinten gegelt. Es glänzte in der Sonne und sah wie gefärbt aus.

»Mach sie gut fest. Wehe, sie bleibt nicht bis morgen frisch, wenn wir zum Flughafen fahren! Dann will ich mein Geld zurück«, drohte er.

Der Gärtner nickte nur und fuhr mit seiner Arbeit fort. Mahosh sah nach oben und Aischa machte rasch einen Schritt zurück, hinein in den dämmrigen Raum. Ihr Herz raste. Morgen, zum Flughafen? Mit einem Mal begriff sie: Sie war hereingelegt worden. Sie musste hier raus, dachte Aischa, und zwar sofort.

Hastig ging sie zum Kleiderschrank. Noch immer kämpfte sie um ihr Gleichgewicht, stützte sich an dem schweren Möbelstück ab. Als sie die Tür öffnete, hingen da nur bunte, seidene Shalwar Khameez. Wo waren ihre Jeans geblieben, wo ihr weißes T-Shirt, wo ihre beige Leinenjacke?

»Dann laufe ich eben als Frosch davon!«, sagte Aischa und rollte die Ärmel des schreiend grünen Pyjamas nach oben. Sie hatte kein Geld und keine Papiere. Ihr Telefon war verschwunden, wie auch ihre Handtasche. Aber zuerst musste sie hier raus. Für alles Weitere sollte sich eine Lösung finden. Sie kannte genug Leute in Nairobi, die ihr helfen konnten.

Aischa ging zur Tür, doch sie war verschlossen. Sie lehnte ihre Stirn gegen das Holz und atmete tief durch. Natürlich. Natürlich war sie verschlossen. Was hatte sie denn gedacht? Sie musste durch das Fenster fliehen. Als Aischa die Laken vom Bett zog, wurde ihr schlecht vor Anstrengung. Hoffentlich war sie kräftig genug, um sich daran festzuhalten, dachte sie.

Ihr Fenster lag im zweiten Stock des Hauses und der Kies der Auffahrt war hart. Aischa begann zu knoten, so ruhig und so fest sie nur konnte.

Carl. Sie wünschte, er würde dort unten wieder auf sie warten. Ob nun sein Gott oder ihr Gott sie hörte: Bitte führ uns zusammen, flehte sie stumm.

Der Gedanke an Carl gab ihr die notwendige Kraft für ihr Vorhaben.

* * *

Iman sah von der Zeitung auf, die sie auf der Terrasse des Hauses in Gilgil las. Es war ein ruhiger, sonniger und vor allen Dingen später Morgen: Sie hatte lange und tief geschlafen. Das hatte sie Massimo zu verdanken, denn er hatte sie von sich selber geheilt.

Sie schenkte sich noch Tee nach und gab Milch und Zucker dazu. Hm, gut. Das ganze Leben schmeckte gut. Wie hatte sie verdient, dass sich alles so zum Guten gewendet hat?, dachte Iman und biss in den Toast mit hausgemachter Orangenmarmelade. Jetzt musste nur Emelie noch ihr Kind bekommen. Dann sind wir wunschlos glücklich. Hatte sie nicht heute oder morgen ihren Termin beim Arzt in Nairobi? Dieses Mal musste es einfach gutgehen.

Iman wandte sich wieder der Zeitung zu. Die Nachrichten über den Verkauf der Farm von Old Thompson an einen hohen Politiker war schon wieder überholt worden von anderen Schlagzeilen. Iman überflog die Überschriften der Artikel, bis ihr Blick an einem Satz hängenblieb.

Sie las: *Die Banditen von Elyi Springs – ein Mann verhaftet. Gangster verweigert Aussage.*

Das interessierte sie. Elyi Springs war ein kleines Fischercamp ohne Strom und fließendes Wasser am Turkanasee, im Norden des Landes. Paddy hatte dort oft mit ihnen Urlaub gemacht. Nun war es seit langem geschlossen. Es hatte den Anforderungen der Luxusreisenden nicht standhalten können und lag außerdem zu abgelegen, als dass Rucksacktouristen ihren Weg je dorthin gefunden hätten. Sie drehte die Zeitung mit dem körnigen Bild ans Licht. Ja, so hatte es ausgesehen: Nur einige Zelte und Buschhütten und ein Motorboot, mit dem Paddy fischen ging. Einmal hatte er einen Victoriabarsch herausgezogen, der ihm von den Füßen bis zur Hüfte gereicht hatte.

»Banditen machten seit Monaten den Norden Kenias und besonders die Westseite des Sees unsicher«, las sie. Nun, das war nichts Neues. Der See lag nahe an der Grenze zu Somalia und die schwarze Vulkanwüste um seine Wasser war nicht nur für Skorpione und Schlangen ein ausgezeichneter Lebensraum. Die Bande hatte einen der wenigen Touristenbusse überfallen und Geiseln genommen, die sie nur für teures Lösegeld wieder hatten gehen lassen. Zudem standen sie im Verdacht, geschützte Tiere zu wildern und deren Trophäen zu verkaufen.

Einen Mann hatte die Polizei nach einem versuchten Überfall auf einen Safaribus und einer Schießerei festnehmen können. Die anderen Somalis waren geflohen. Der Anführer der Bande hatte nur noch einige Massai an seiner Seite, aber sein Aufenthaltsort war unbekannt.

Iman sah auf das Bild des Mannes, der gefangen genommen worden war.

Sie unterdrückte einen Schrei und ließ die Zeitung sinken. Das Gesicht des Gefangenen war auf dem Bild nicht zu erkennen, denn er wandte dem Fotografen den Rücken zu, als er in das Polizeiauto geschoben wurde. Seine Arme waren ihm auf den Rücken gebogen und dort mit Handschellen gefesselt worden. Die Muskeln spannten sich unter dem kurzen Ärmel eines alten Militär T-Shirts. Über seinen rechten Oberarm zog sich eine lange weiße Narbe, die aussah wie eine Schlange.

»Tomtom«, sagte Iman, und ihr wurde schwindelig. Kein Zweifel. Es war Tomtom. Er verweigerte die Aussage? Hoffentlich gerbten sie ihm das Fell, bis er sprach, ehe sie ihn in eine Zelle mit zehn anderen Schwerverbrechern sperrten. Iman hörte einen Wagen die Auffahrt hochfahren.

War Massimo schon aus der Stadt zurück? Er wollte am Nachmittag nach Nairobi und dann den Flug nach Alaska über New York nehmen. Es ging um eine Fotostrecke für Pelzmode. Iman legte die Zeitung mit der Meldung nach unten auf den Tisch.

Sie versuchte, das Zittern ihrer Finger zu unterdrücken und stand auf.

Massimos Landcruiser kam in Sichtweite der Veranda. Iman ging ihm entgegen. Ihre Beine trugen sie noch, die Sonne schien weiter, und der Wind hatte sich nicht gelegt. Sie sah Massimo aussteigen. Es gab eine Welt, in die sie gehörte, aus der sie niemand reißen konnte. *Niemand*, versuchte sie sich zu bestärken.

»Hallo, Kleines«, sagte Massimo. »Verzeih, dass ich heute Morgen einfach aus dem Haus geschlichen bin. Ich wollte dich schlafen lassen. Küss mich. Hm. Du schmeckst gut. Nach Orange. Küss mich nochmal.«

Iman versuchte zu lächeln. »Was gibt es Neues in der Stadt? Hast du die Post mitgebracht?«

Massimo nickte. »Du siehst blass aus. Ist alles in Ordnung? Hast du gefrühstückt, mein Igel?« Er strich ihr über das kurze Haar. Iman wagte es nicht, ihn anzusehen.

Er händigte ihr nun einen Stapel Briefe aus, den sie durchging. Es waren Rechnungen und Bestellungen. Als plötzlich ein schmaler Brief in ihrer Hand lag, zögerte sie. Statt eines Absenders war auf dem Papier ein Fisch abgebildet. Ein Victoriabarsch. Iman erkannte das Zeichen des Elyi Springs-Fischercamps sofort wieder.

»Was ist?«, fragte Massimo sie.

»Auf dem Umschlag steht *Camp Elyi Springs* als Absender …« Iman versagte die Stimme. Ihr Name und ihre Adresse waren zwar in Druckbuchstaben geschrieben, doch sie hätte diese Schrift unter Tausenden erkannt.

»So ein Unsinn. Elyi Springs ist schon lange geschlossen. Niemand traut sich mehr an die Seite des Turkanasees zu fahren, das weißt du. Da hat jemand irgendwie noch einen Stapel altes Briefpapier abbekommen. Heb es auf. Es war immer schön dort. Eine nette Erinnerung an alte Tage«, sagte Massimo.

»Nein«, flüsterte Iman. Der Tag hatte allen Glanz verloren. Sie wusste nun, mit wem Tomtom dort oben sein Unwesen getrieben hatte. »Leander. Der Brief ist von Leander.«

»Unsinn. Mach ihn auf.« Massimo sah nun ernst aus. »Oder soll ich es tun?« Er zog sein Messer aus der Tasche und ließ die Klinge aufspringen. Iman nahm es ihm aus der Hand und ließ die Schneide in die Falz des Umschlages gleiten. Das Papier war blau, dünn und billig. Es gab sofort nach. Iman sah hinein: Der Umschlag war bis auf ein Bild darin leer.

»Mein Gott.«

»Was ist es? Zeig es mir.« Massimo nahm ihr das Bild aus der Hand, bevor sie einen Blick darauf geworfen hatte.

Iman konnte ihn nicht ansehen. Er hätte das nie sehen sollen, dachte sie dann. Wie konnte er sie jetzt noch lieben? Von einem Schrecken zu hören war etwas anderes, als ihn zu sehen. Sie wusste, was auf dem Bild abgebildet war: Die nackte Iman, die mit Blut besudelt und bewusstlos am Boden lag. Hinter ihr war der verzehrende Schein des Feuers und schemenhaft Tänzer zu erkennen.

Massimo drehte das Bild um. Er schien etwas auf der Rückseite zu lesen und ließ dann das Foto sinken.

»Was steht dort?«, fragte sie ihn.

»Nichts.«

»Das stimmt nicht. Was steht dort? Du musst mich nicht schonen.«

Massimo ließ es geschehen, dass sie ihm das Bild aus der Hand nahm.

Iman las: *Willkommen daheim, Schwester.*

Auf der Flucht

Aischa hatte die Laken in Streifen gerissen und miteinander verknotet. Hoffentlich reichte der Stoff aus, um den Abstand bis zum Boden zu überbrücken. Sie ging in das Badezimmer nebenan, band sich die Haare zu einem Pferdeschwanz zusammen und spritzte sich eiskaltes Wasser ins Gesicht. Brr. Das war schon besser.

»Los jetzt«, ermutigte sie sich.

Aischa öffnete das Fenster des Schlafzimmers. Die Lieferwagen waren nun verschwunden, nur Mahoshs gemieteter Mercedes glänzte in der Sonne. Seine Kühlerhaube war üppig mit den Blumen geschmückt. Aischa hörte das entfernte Bellen von Tyson und Ali.

Sie ließ den Strang aus weißem Leinen an der Fassade des Hauses herunter. Er reichte bis etwa einen Meter über den Grund. Gut so. Sie knotete ihn an den Griff des Fensters, zog sich am Fensterbrett hoch und nahm den Strang in beide Hände. Gott sei Dank hatte Paddy ihnen auf Kupenda ein Baumhaus gebaut und ihnen überlassen, wie sie hinauf- und wieder hinunterkamen. Das hatte ihr Übung genug im Klettern gegeben.

Aischa stieß sich ab und kam mit ihren Füßen an der Fassade aus rotem Stein auf. Sie erreichte den ersten Stock. Die Fenster waren geschlossen, und alles war still.

Waren alle ausgegangen? Aischa glitt weiter am Strang nach unten. Sie verlagerte ihr Gewicht und kam nun seitlich am Esszimmer vorbei. In dem Raum war eigentlich immer jemand. Da hörte sie auch schon Stimmen. Aischa hielt den Atem an und klammerte sich an das Laken. Es war ihre Großmutter, die da sprach.

»Dummkopf! Ich hatte alles so gut geplant, und da verlierst du ihren Pass und die Flugtickets. Fahr gleich in die Stadt. Hier sind tausend Schilling. Da werden sie ja wohl schnell einen neuen Pass ausstellen können. Um die Tickets kümmere ich mich, ich kann Sangit anrufen.«

»Ja, Mutter«, hörte Aischa ihren Vater erwidern. Seine Stimme klang betreten. Konnten sie je wieder Freunde sein? Nein. Wenn ihre Flucht gelang, dann war Carl ihre Familie und niemand sonst. Sie musste damit leben, keine Tochter mehr zu sein, sondern nur noch seine Frau. Lautlos ließ sie sich den letzten Meter am Strang hinab, bis ihre Füße auf dem Grund aufkamen. Geschafft!

Da hörte sie wieder das Bellen der Hunde. Jetzt nichts wie weg. Sie rieb sich die schmerzenden Hände. Das Bellen war nun ganz nahe. Aischa begann zu laufen. Aus dem Augenwinkel sah sie Tyson und Ali um die Ecke kommen. Sie bellten noch begeisterter, als sie Aischa sahen. Die Hunde liefen schneller. Sie denken, sie wollte mit ihnen spielen, wie sonst auch, dachte sie verzweifelt.

In diesem Moment stieß Meena das Esszimmerfenster auf. »Was ist denn hier los? Tyson, Ali!« Dann schlug sie sich die Hände vor ihren Mund. »Du meine Güte. Aischa, sie will weglaufen! Fasst sie. Fasst sie!«

Die Hunde sprangen begeistert an Aischa hoch und rissen sie mit ihrem Gewicht zu Boden. Sie schleckten mit ihren Zungen über ihr Gesicht.

»Geht weg. Geht weg! Haut ab!« Aischa versuchte, wieder auf die Füße zu kommen. Doch da hatte ihr Vater sie schon gepackt und hochgezogen.

Ihre Großmutter kam aus dem Haus gelaufen. »Geh in die Küche, Rai. Lös noch eine halbe Tablette in Wasser auf. Damit sie am Nachmittag gerade wach genug ist, um bei der Zeremonie gerade zu sitzen und den Vertrag zu unterzeichnen. Herrje, Mädchen, du machst es dir aber auch selber schwer.«

Aischa wurde ins Haus gezerrt. Sie wandte noch einmal den Kopf: Tyson und Ali saßen auf dem Kies. Das Bild der Hunde verschwamm vor Aischas Augen, als ihr die Tränen kamen.

* * *

Es war Mittag. Massimo war bereits abgefahren und wollte erst in einer Woche wieder da sein. Iman griff nach der kleinen Tasche, die sie zuvor gepackt hatte. Viel brauchte sie nicht. Gerade frische Unterwäsche, einige T-Shirts, eine zweite Jeans und eine Fleecejacke. In der Wüste um den Turkanasee konnte es nachts sehr kalt werden. Ansonsten trug sie am Leib, was sie brauchte. Der Teppich auf den Treppen hinunter in die Eingangshalle des Hauses schluckte ihre Schritte. Die Uhr schlug einmal, und Iman erschrak vor dem tiefen, monotonen Laut. Die Tür zu Massimos Arbeitszimmer stand offen. Sie wusste, dass er dort seine Waffen aufbewahrte und ihr war auch bekannt, wo der Schlüssel zu dem Waffenschrank versteckt war. Iman betrat den sonnigen Raum und zog die oberste Lade des

Schreibtisches auf. Der Schlüssel war unter Papier verborgen und mit einem Streifen Klebeband am Holz befestigt. Sie nahm ihn und schloss den Schrank auf. Iman wählte ein kleines und leichtes Gewehr. Dann ging sie wieder zu Massimos Schreibtisch, zog ein Papier aus der Lade und begann zu schreiben.

Massimo, Liebster,
verzeih, dass ich mich einfach so davonschleiche. Dies ist mein Kampf, und ich kann von niemandem erwarten, dass er ihn für mich führt. Leander hatte Recht, als er sagte, ich müsste mich für oder gegen ihn entscheiden. Und du hast auch Recht, als du sagtest, ich dürfte nicht mehr davonlaufen. Bitte folge mir nicht. Ich komme zu dir zurück. Immer und immer wieder.

Iman

Sie durchquerte die Eingangshalle und ließ die Tür hinter sich ins Schloss fallen. Iman stieg in den Suzuki-Jeep, den Massimo ihr zur Hochzeit geschenkt hatte. Die Fahrt würde lange und unbequem werden. Um nach Elyi Springs zu kommen, musste sie mit diesem Wagen und bei diesen Straßen mit einer Fahrt von einigen Tagen rechnen. Sie lenkte den Wagen die Auffahrt hinauf. Im Rückspiegel sah sie das Heim liegen, das sie mit Massimo teilte. Unter dem roten Ziegeldach leuchtete die gelbe Fassade, und die Bougainvillea blühten in Pink, Weiß und Violett.

Oh Gott, dachte sie zum ersten Mal, wie sie Leander hasste.

Hinter Schleiern

Emelie saß wieder im Wartezimmer des Arztes. Schweigend hielt Richard ihre Hand. Sie konnte seine Anspannung spüren. Sein Gesicht blieb ernst. Was, wenn nun wieder kein Herzschlag da war?, dachte Emelie. Wenn es wieder in ihr gestorben war, einfach so?

»Alles klar, Liebling?«, fragte er sie leise. Sie nickte, und er küsste sie auf die Wange. Dann stand er auf und trat an eines der Fenster, die auf die verkehrsreiche Kenyatta Avenue hinausgingen. Emelie sah auf die Poster, die neben ihm an der Wand hingen: Glückliche Mütter in allen Hautfarben lächelten auf sie herunter. Unter ihre Gesichter waren Slogans wie *Babys an die Brust* geschrieben. Die Säuglinge hatten allesamt große, dunkle Augen und zeigten ihr zahnloses Lächeln. Traurigkeit überkam sie wie eine Vorahnung. Sie würden nie ein Kind zusammen haben. Sie würde nie wissen, wie ihr Sohn oder ihre Tochter aussehen würde.

»Littlewood?«, fragte die Krankenschwester nun.

»Ja.« Emelie erhob sich, Richard drehte sich um. Sie sah, wie er sich noch einen Augenblick lang am Fensterbrett festhielt. Auch er war wieder bereit für die schlechte Nachricht. Eine Schwangerschaft nicht beenden zu können war eine Art der Unfruchtbarkeit, hatte ihr Arzt beim letzten Besuch gesagt.

»Folgen Sie mir«, sagte die Schwester.

Emelie und Richard gingen durch den schmalen Gang zum Behandlungszimmer.

Der Arzt begrüßte sie mit einem freundlichen Lächeln. »Danke, Grace«, sagte er zu der Krankenschwester und zeigte auf die Liege neben dem Ultraschallgerät. »Bitte.«

Emelie zog sich das T-Shirt hoch und löste den Reißverschluss ihres Rockes. Sie wollte das nicht noch einmal miterleben, dachte sie mit einem Mal. Vielleicht war es besser, wenn sie das Kind einfach verlor.

Richard fasste ihre Hand. Seine Augen waren auf den noch dunklen Monitor gerichtet. Emelie spürte auf ihrem Bauch die Kühle des Gels, das der Arzt zügig darauf verteilte. Dann setzte er das Gerät auf ihrem Unterleib auf.

»Na, dann wollen wir doch mal sehen«, sagte er. Seine Augen hinter den dicken Brillengläsern blickten sie zuversichtlich an. »Keine Sorge, Emelie.«

Der Schallkopf fand das Bild sogleich. Sie konnte keine Bewegung erkennen und schloss die Augen.

»Hoppla. Was für ein Sprung«, sagte der Arzt da.

»Wie bitte?« Emelie setzte sich so abrupt auf, dass dem Arzt der Sensor aus der Hand glitt.

»Legen Sie sich wieder hin. Da, schauen Sie: Hier schlägt das Herz …« Er bewegte den Schallkopf und vergrößerte die Ansicht. Nun kam Richard um die Liege herum und setzte sich neben Emelie. Er beugte sich zu ihr hinunter und küsste sie. Seine Wangen waren feucht, und sie strich ihm stumm eine Träne vom Gesicht.

Er atmete tief durch. »Alles in Ordnung, Doktor?«, fragte er dann nach einem Räuspern.

»Alles in Ordnung. Meine Glückwünsche. Junior ist auf

dem Weg und scheint gesund und stark zu sein. Das Herz schlägt gleichmäßig. Aber, Augenblick mal …«

»Ja?« Emelie hörte die Angst in Richards Stimme, und auch sie stützte sich wieder auf die Ellenbogen. Was war es? Was sah er?

Der Arzt lachte. »Na, so etwas! Sie erwarten Zwillinge. Der eine Fötus hat sich nur hinter dem anderen versteckt.« Er sah wieder auf den Bildschirm. »Das sieht alles sehr gut aus. Genießen Sie die Zeit, Emelie.«

Sie traten in den Sonnenschein der Kenyatta Avenue und hielten beide die Aufnahme des Ultraschalls fest, die der Arzt ihnen ausgedruckt hatte.

»Littlewood und Littlewood. Was bin ich stolz«, sagte Richard.

»Auf mich oder auf dich?«

»Auf die kleinen Kämpfer da.« Er zeigte wieder auf das körnige Schwarz-Weiß-Bild. »Sie haben schon jetzt Durchhaltevermögen bewiesen. Das lobe ich mir. Meine Kinder. Sicher ein Junge und ein Mädchen. Ich werde sie *Kraft* und *Schönheit* nennen.«

»Das kannst du gerne machen. Aber meine Kinder heißen anders.«

»Fangen wir jetzt schon an, uns über die Erziehung zu streiten? Dann lass uns bitte erst einmal feiern gehen. Komm, ein frischer Orangensaft für dich, ein Bier für mich. Oder auch zwei.«

Er wollte die Straße überqueren, doch Emelie zog ihn in der letzten Minute wieder zurück: Ein Kleinbus bremste nur ganz knapp vor Richard. Der Fahrer stieg aus.

»Oh, Mann. Ich hätte Sie beinahe überfahren. Haben

Sie sich wehgetan? Verzeihung, aber die Weiber da drin haben so viel geredet und gelacht und gesungen ... Da vergeht einem noch die letzte Konzentration«, sagte er.

Emelie sah in das Innere des Wagens. Er war voll mit dicht verschleierten Frauen. Unter dem schwarzen Stoff ihrer Umhänge sahen jedoch goldbestickte Säume hervor, und ihre Füße steckten in mit Halbedelsteinen besetzten Sandalen.

Der Fahrer klopfte Richard ab. »Gut, dass nichts passiert ist. Entschuldigung, noch einmal. Ich muss weiter, nichts für ungut. Eine Hochzeit, in Muthaiga. Das sind alles die unverheirateten Cousinen des Bräutigams, die als Brautjungfern dienen. Wenn ich nicht pünktlich bin, dann wird mir dort die Hölle heißgemacht.«

»Schon gut. Fahren Sie vorsichtig.« Emelie griff Richard nun an der Hand und führte ihn über die Straße.

Sie ließen sich auf der Terrasse des Stanley Hotels nieder.

»Kaum werde ich Mutter, willst du mich zur Witwe machen«, sagte Emelie zu Richard. »Gott sei Dank ist nichts passiert.« Sie sah noch einmal hin zu dem Bus, der sich nun im Schritttempo entfernte.

Der Kellner kam an ihren Tisch, und Richard bestellte. Als er die Getränke gebracht hatte, hob Emelie das Glas. Da fühlte sie etwas Feuchtes und Klebriges an ihrem Schenkel.

»Wie ungeschickt! Jetzt habe ich gekleckert.« Sie sah auf ihre weiße Hose hinunter. Ein großer roter Fleck breitet sich zwischen ihren Beinen aus.

»Richard, ich blute. Ich blute!«, rief sie.

»Oh, nein.« Er sprang auf und fasste sie unter die Arme. Er zog sie nach hinten, sodass ihr Kopf in seinem Schoß lag. »Nein, nein, nein«, sagte er, während er auf seinem

Handy die Nummer des Arztes wählte. Der Fleck auf ihren Schenkeln wurde größer und größer. Kraft und Schönheit, dachte Emelie und begann zu weinen. Bitte bleibt bei mir.

* * *

Aischa fühlte die Hände, die über ihren Körper strichen, und fühlte sie doch nicht. Sie kleideten sie an, schmückten sie, schminkten und frisierten sie. Frauen lachten, sangen, naschten Zuckerwerk und machten anzügliche Bemerkungen. Einige von ihnen trugen festlich bestickte Shalwar Khameez, andere waren nach islamischer Sitte tief verschleiert, sodass man ihr Gesicht nicht erkennen konnte. Die Luft war schwer von Rauchwerk. Aischa wurde noch übler. Sie war betrogen worden, dachte sie dumpf. Sie konnte nichts mehr tun, um sich gegen ihre Großmutter aufzulehnen. Sie hatte nicht einmal die Kraft aufzustehen. Alles unterhalb ihrer Taille fühlte sich an wie Watte, während ihre Arme schwer wie Keulen waren. Meena hatte ihr vor einigen Stunden auf dem Kies der Auffahrt eine halbe Tablette in den Mund gezwungen, während ihr Vater sie festgehalten hatte.

Trotz der Welt aus Watte spürte Aischa Wut in sich aufsteigen. Sie fuhr sich mit einem Schrei mit beiden Händen durch die toupierten und gesprayten Haare, riss sich die goldenen Spangen aus den sorgsam hochgesteckten Zöpfen und übergab sich auf den seidenen Kaschmirteppich einer verschleierten Brautjungfer direkt vor die Füße. Sie hörte Schreie, Schimpfen und Rufen. Dann wurde wieder alles um sie herum dunkel.

* * *

Emelie lag wieder auf der Pritsche vor dem Ultraschallgerät. Sie konnte außer einem schwarzweißen Wirbel an Punkten nichts auf dem Bildschirm erkennen. Ihre Hoffnung löste sich in einen Sturm auf, dachte sie.

Der Arzt sah auf und sagte: »Sie leben noch. Ich kann ihren Herzschlag erkennen. Es scheinen starke kleine Kerle zu sein.« Er nahm Emelies Hand in die seine. Seine Augen hinter den dicken Brillengläsern sahen sie ernst an. »Ihr Muttermund ist offensichtlich schwach. Ich weiß nicht, weshalb. Er könnte möglicherweise schon eine einfache Schwangerschaft nicht halten. Und nun erwarten Sie auch noch Zwillinge. Ruhen Sie, so viel es geht. Vermeiden Sie Anstrengung und Aufregung. Dies ist vielleicht die einzige Chance, die Sie haben. Nutzen Sie sie.«

Emelie dachte an Kupenda und an all die Arbeit, die dort auf sie wartete. »Heißt das strikte Bettruhe?«, fragte sie.

Der Arzt schüttelte den Kopf. »Nein. Das kann ich Ihnen nicht auferlegen. Tun Sie, was Ihnen Freude macht. Aber achten Sie auf sich. Ich will diese Kinder lebendig entbinden.«

Emelie nickte, und sie spürte, wie Richard ihre Stirn küsste. »Ich passe auf sie auf, Doktor. Versprochen«, sagte er.

* * *

»Ich kann nichts sehen. Wie kann sich irgendjemand in so etwas bewegen? Auf so einen Mist kann nur ein Mann kommen«, sagte Kate.

Carl hielt an und drehte sich auf dem Beifahrersitz um. Er musterte Kate oder das, was von ihr noch zu erkennen war. Sie saß auf dem Rücksitz und trug ein bodenlanges Gewand. Über den Kopf hatte ihr die Verkäuferin in dem indischen Geschäft einen langen, dunkelblauen Schleier gelegt und diesen dann hinter Kates Ohren am Kragen des Gewandes mit einer Sicherheitsnadel befestigt. Er konnte nicht verrutschen; sie war vollkommen vermummt.

»Steht dir gut«, sagte er und musste trotz der angespannten Lage schmunzeln.

Kate gab einen Laut des Unwillens von sich. Kabir streckte die Hand aus und streichelte ihren Kopf, von dem nicht mehr als seine Form zu erkennen war.

»Nur Mut«, sagte er. »Von dir hängt jetzt alles ab. Wie gesagt, wir hätten uns nicht verkleidet dort einschleichen können. Dazu sind wir beide einfach zu groß.«

»Ausreden. Das muss ich mir jetzt noch anhören! Ich kann nicht atmen, und ich kann nichts sehen. Aber ich weiß, von meiner Schnelligkeit und meiner Geistesgegenwart hängt das Leben und das Glück einer meiner besten Freundinnen ab.«

»Es hängt auch von der Geilheit von Meenas Hunden ab. Die schärfsten Rüden von Nairobi, im wahrsten Sinne des Wortes. Vergiss das Geschenk nicht«, sagte Carl.

Kate stieg aus und öffnete den Kofferraum des Rangerovers. Auf seiner Ladefläche saßen zwei junge Schäferhündinnen.

»Kommt, ihr zwei«, sagte Kate und nahm sie an die Leine. »Hoffentlich seid ihr wirklich so läufig, wie sie es uns versprochen haben.«

»Und ewig lockt das Weib«, sagte Kabir.

»Ihr wartet hier und sorgt dafür, dass das Tor offen bleibt. Sonst ergeht es mir schlecht.« Kate ging auf die

Mauer zu, die keinen Einblick in den weitläufigen Grund des Hauses erlaubte. Die Hunde hielt sie an der Leine kurz gefasst. Kate drückte auf den Klingelknopf, unter dem kein Name geschrieben stand. Hundegebell ertönte.

»Da sind schon unsere Freunde und Helfer«, sagte Kabir zu Carl.

Der Gärtner öffnete das Tor, und Kate wechselte einige Worte mit ihm. Dann verschwand sie aus ihrem Sichtfeld.

»Jetzt hilft nur noch beten«, sagte Carl.

Kabir nickte. »Zu welchem Gott auch immer, mein Junge.«

Die Anrede störte Carl nicht. Kabir stieg nun ebenfalls aus und schlenderte auf den Gärtner zu, der unentschlossen am Tor verharrte.

»Schöner Tag für ein Fest, was? Sicher viel Arbeit. Wenn Sie mich fragen, haben Sie sich eine Zigarre verdient«, sagte Kabir zu ihm und begann, sich im offenen Tor mit ihm zu unterhalten.

Die schärfsten Rüden von Nairobi

Wie hart der Stuhl war, dachte Aischa, als Meena sie auf die Sitzfläche drückte. Der Platz daneben war noch leer. War er für Mahosh Neru bestimmt? Natürlich. Sie war doch selber oft genug auf diesen Hochzeiten zu Gast gewesen. Und nie hatte sie auch nur einen Gedanken daran verschwendet, ob die Braut freiwillig ihr Jawort gab, dachte sie erneut. Ihre Hände lagen schlaff in ihrem Schoß. Die laute Musik, die aus allen Ecken des Raumes zu kommen schien, verjagte jeden weiteren Gedanken. Meena Patels großes Wohnzimmer war nicht wiederzuerkennen. Die Möbel waren aus dem Haus getragen worden und überall auf den Teppichen lagen Sitzkissen um niedere Tische verstreut. Rauchwerk brannte in silbernen Schalen. Entlang der Wände waren lange Tische aufgebaut, die sich nun unter dem Essen, das Meena auffahren ließ, geradezu bogen. Auf kleineren Tischen standen Töpfe mit heiß dampfenden Speisen. Die Gäste standen bereits nahe am Buffet.

Es war ihr Leichenschmaus, dachte Aischa, und sie konnten es kaum abwarten, sich den Bauch vollzuschlagen.

In der Mitte des Raumes vor ihrem Stuhl stand ein Schreibtisch für den Geistlichen, der den Ehevertrag aufgesetzt hatte. Aischa sah den kleinen, schmalen Mann, der sich bei ihrem Vater eingehängt hatte, den Raum betreten. Hinter ihm ging Mahosh Neru. Er trug einen weißen und mit Grün und Gold bestickten Khanzu. Grün, die Farbe des Propheten.

Aischa schloss kurz die Augen und öffnete sie dann wieder. Ihre Sinne hatten sich allmählich gesammelt: Ihr Mund wurde wieder feucht, und ihre Nase konnte wieder riechen. Sie streckte die Finger einmal versuchsweise durch. Alle Gelenke gehorchten ihr wieder, wie auch ihre Glieder. Ihre Zehen kribbelten, als das Gefühl in sie zurückkehrte.

Sie erkannte viele der Gäste, die sich nun um Mahosh Neru, ihren Vater und den Geistlichen scharten. Ihr Blick fiel auf eine Gruppe tief verschleierter Frauen, die sich wie ein Schwarm schwarzer Vögel durch das Zimmer bewegten. Das mussten Mahoshs unverheiratete Cousinen sein. Meena selber stand noch immer neben Aischas Stuhl und ließ eine Hand auf ihrer Schulter liegen.

»Du kannst mich loslassen«, sagte Aischa.

»Wie bitte?«, fragte Meena.

»Du kannst mich loslassen. Wie soll ich dir jetzt noch auskommen?«, wiederholte Aischa. Ihre Großmutter hob zögerlich die Hand von ihrer Schulter.

»Du wirst sehen, Kind, es ist alles halb so schlimm. Eine arrangierte Ehe ist Weisheit gegenüber Ungestüm und Bequemlichkeit gegenüber Unrast. Lass es einfach geschehen«, sagte sie. Sie küsste Aischa auf die Stirn. Aischa war zu überrascht, um ihr auszuweichen. Meena konnte nicht aus ihrer Haut, dachte sie. Alles war für sie Ehre, Pflicht und Verantwortung. Sie konnte diese Begriffe nur so verstehen, wie sie es gelernt hatte. Aber das war keine Entschuldigung für das, was sie ihr angetan hatte.

Mahosh und ihr Vater bewegten sich grüßend und Hände schüttelnd durch die Menge der Gratulanten. Meena gesellte sich zu ihnen. Die Tür hinter ihnen stand offen. Der Schwarm der verschleierten Cousinen verteilte sich nun über das gesamte Zimmer. Eine letzte betrat gerade noch den Raum. An einer Leine hielt sie zwei junge Schäferhündinnen, die sie ungestüm vorwärtszogen.

»Ein Geschenk für die Braut«, hörte Aischa die Frau zu Meena sagen. Ihre Stimme klang dumpf hinter dem Schleier. »Eine Erinnerung an Kenia, wenn sie in Indien lebt.«

»Sehr schön. Bring sie raus, der Gärtner kann ihnen Wasser geben. Ich will sie nicht im Brautzimmer haben. Hunde sind unrein, vergiss das nicht«, sagte Meena zu der Frau. Die nickte, tat dann aber noch einige Schritte in den Raum hinein und löste die Leinen der Hunde.

»Ich habe doch gesagt …«, begann Meena und stemmte die Arme in die Hüften.

Mit einem Bellen kamen Tyson und Ali von draußen in den Raum gelaufen. Sie stießen einige der Gäste beiseite, um zu den Hündinnen zu kommen.

»Oh, Verzeihung, ich wusste nicht, dass ihr Rüden habt. Die Hündinnen sind läufig und nicht sterilisiert«, sagte die Frau.

»Was?«, fragte Meena entsetzt.

Der Duft der beiden Hündinnen trieb Tyson und Ali zum Wahnsinn: Sie jagten sie durch den Raum, zwischen den Gästen hindurch, über die Kissen und die Tische hinweg. Die Weibchen versuchten, Tyson und Ali auszuweichen. Gläser flogen, Teller klirrten, und in seiner Verwirrung begann Tyson, das Bein einer reich geschmückten Frau zu bespringen. Sie schrie auf, ihr Mann schlug auf Tyson ein, doch der Hund war schon weitergesprungen, dem Objekt seiner Begierde nach. Die Hündinnen verbargen sich verschüchtert unter den langen Tischen des Buffets. Tyson und Ali rannten mit Wucht hinterher. Ihr Schwung riss das Buffet um, und die Platten voll bunter kleiner Speisen rutschten auf den Teppich.

Meena schrie. Einige der Gäste liefen zu ihr, während andere versuchten, Tyson und Ali zu fassen. Die Hunde schnappten nach jedem. Aischa sprang auf. »Tyson, Ali! Ihr Saukerle! Raus mit euch, Raus!« Meena schlug nach den Hunden und stieß dabei gegen den kleinen Tisch mit dem heißen Curry. Soßen spritzten durch den Raum. Alles schrie, und die Gäste gingen in Deckung.

»Meine Teppiche«, hörte Aischa ihre Großmutter rufen. Mahosh und Rai liefen zu ihr. Zwei Männer schienen zumindest Tyson nun gebändigt zu haben. Der Hund bellte und vor Lust stand ihm der Schaum vor dem Maul. Die Hündinnen hatten sich in einer Ecke des Zimmers zusammengedrückt. Ali begann gerade jaulend, eine von ihnen zu bespringen. Meena fluchte und schlug mit den Fäusten auf ihn ein. Alles war auf Knien, um die Scherben aufzulesen und von dem kunstvoll angerichteten Essen zu retten, was noch zu retten war. Aus der Küche kamen einige verschleierte Frauen mit Lappen gelaufen, um die fettigen Soßen aufzuwischen. War eine von ihnen die Frau, die mit ihrem Geschenk all das Unheil angerichtet hatte? In ihrer Haut wollte sie nicht stecken, wenn Meena sie zu fassen bekommt, dachte Aischa.

»Komm mit. Schnell!«, sagte da eine Stimme direkt neben ihr.

Ehe Aischa etwas erwidern konnte, zog die verschleierte Frau sie schon aus dem Zimmer. In der Eingangshalle warf sie Aischa mit einer einzigen Bewegung ein ähnliches langes Gewand über und zog ihr hastig einen Schleier über den Kopf. Dann griff sie sie bei der Hand und lief mit ihr zum Haus hinaus. Aischa sah das Tor am Ende der Auffahrt offen stehen und den Gärtner sich mit jemandem unterhalten.

Es war Kabir Khan! Sie lief so schnell sie es nur konnte, und die Frau zerrte sie mit sich. Der Gärtner musste lachen, als er die beiden Frauen so auf ihn zulaufen sah.

»Nicht so hastig! Nach dem vielen Essen ist zu viel Bewegung nicht gut.«

»Ja, all dies schlägt einem wirklich auf den Magen«, antwortete die verschleierte Frau, und Aischa erkannte nun ihre Stimme. Es war Kate!

Kabir hatte bereits die Wagentür geöffnet und schob sie beide auf den Rücksitz des Wagens. Aischa fiel in Carls Arme und begann zu weinen.

Kabir drückte dem Gärtner einige Schillinge in die Hand, ließ den Motor an und meinte noch: »Verschließ das Tor. Deine Herrin will sicher nicht ungebetene Gäste bei dieser Hochzeit haben.«

Der Gärtner nickte. Ehe das Tor in sein Schloss einrastete, sah Aischa noch ihre Großmutter aus dem Haus laufen. Sie wusste, wie lange es immer dauerte, bis die drei Riegel wieder geöffnet waren.

Kabir gab Gas und fädelte sich in den zähfließenden Verkehr von Nairobi ein. »Verdammt. Na, wenn *wir* nicht weiterkommen, dann kann uns wenigstens auch niemand einholen.«

Kate kämpfte sich nun aus ihrem Schleier und zog auch Aischa die Verhüllung vom Kopf. Sie küsste sie auf beide Wangen. Aischa hatte nicht die Kraft, die Umarmung zu erwidern. Dann nahm Carl sie wieder in seine Arme.

»Carl. Danke.« Andere Worte fand sie nicht.

»Schsch. Wir müssen hier weg. Nun bist du bei mir. Niemand, niemand auf dieser Welt darf dich mir je wieder nehmen«, sagte er.

Sie erreichten Kates Café im letzten Tageslicht. Der Baum neben dem Pavillon zeichnete sich gerade noch als dunkler Umriss gegen den violetten Himmel ab.

Kabir reichte Carl den Autoschlüssel. »Hier, mein Wagen ist bequemer, schneller und sicherer als deiner. Zudem suchen Meena und Rai sicher nach deinem Landrover. Wer weiß, wo ihr in den nächsten Tagen hinmüsst. Bleibt erst einmal zwei, drei Wochen von der Bildfläche verschwunden. Dann könnt ihr euch in Naivasha auf dem Standesamt trauen lassen. Ich werde die Ehe bezeugen.«

Carl zog Aischa an sich. Er spürte, wie sie zitterte. Sie hatte die Fahrt über kaum gesprochen, sondern nur immer wieder geweint und sich an ihn gedrückt.

Er wollte auf sie aufpassen, was auch immer geschah, dachte Carl. Die Menschen, denen sie ihr Leben lang vertraut hatte, hatten sie verraten. Er hatte seine Worte ernst gemeint: Niemand konnte sie jetzt mehr trennen.

»Danke, Kabir. Ich weiß nicht, weshalb du all dies für uns tust. Hoffentlich kann ich dir eines Tages so helfen wie du mir heute«, sagte Carl.

Kabir griff nach Kates Hand. Auch sie war noch immer blass.

»Elegant war unsere Flucht nicht gerade, aber sie hat ihren Zweck erfüllt. Ich brauche jetzt erst einmal einen Drink. Wollt ihr nicht doch hereinkommen? Ihr könnt bei mir schlafen«, sagte sie.

»Nein danke. Dein Einsatz ist heute abgeschlossen«, sagte Carl. »Wir fahren nach Kupenda. Aber wir bleiben nur diese eine Nacht dort.«

»Wohin willst du dann?«, fragte Kabir Khan.

»Ich habe an den Norden gedacht. Dort sucht uns gewiss keiner. Im Morgengrauen fahren wir in Richtung des Turkanasees, wo früher mal das Elyi Springs Camp war. Erinnerst du dich daran? Ich habe die Gegend immer gemocht und dort stört uns niemand«, sagte Carl.

Kabir nickte. »Ein gutes Versteck. Aber dort oben seid ihr vollkommen von der Welt abgeschnitten. Nicht mal dein Handy kann dort ein Signal empfangen. Was, wenn ihr Hilfe braucht? Es muss ja nichts Dramatisches passieren. Ein platter Reifen und kein Ersatzrad genügen.«

»Danke, ihr habt uns genug geholfen.« Carl umarmte Kate wie auch Kabir. »Im Augenblick wünsche ich mir nichts mehr, als mit Aischa zusammen von der Welt abgeschnitten zu sein.«

»Der Turkanasee … Das gefällt mir gar nicht. Hast du auch von den Banditen gelesen, die sich dort herumtreiben sollen? Hat nicht auch jemand gesagt, Leander sei dort oben unterwegs? Stell dir vor, was geschieht, wenn Carl und Aischa ihm in die Arme laufen!« Kate stand am Fenster des Cafés und sah hinaus in die Dunkelheit.

Kabir ließ sich auf die Eckbank sinken. Er fühlte sich müde. In den vergangenen Tagen hatte er wieder diesen Schmerz in seinem linken Arm gefühlt, allerdings nie wieder so deutlich wie damals. Er musste diesem Augenblick dankbar sein, dachte er. Ohne diesen Anfall hätte er nie den Weg zu Kate gefunden.

»Wenn es dich beruhigt, dann spreche ich mit Richard. Damit wenigstens auch er weiß, wo die beiden stecken. Banditen gibt es aber mittlerweile überall im Land. Dass Leander sich dort oben verborgen hält, ist sicher nur ein Gerücht. Wenn das stimmt, was Iman von ihm und Carola Thompson erzählt hat, dann kann ich es mir kaum vorstellen, dass sie hochschwanger in einem verfallenen Fischercamp mit ihm lebt. Dazu ist sie viel zu bequem.«

»Es stimmt, Kabir. Wenn Leander es von Carola verlangt, dann tut sie das auch. Du kennst ihn nicht«, sagte Kate.

Kabir zuckte die Achseln und öffnete die Arme. »Komm her jetzt, meine erfinderische, kleine Brautjungfer.«

Kate setzte sich auf seinen Schoß. Er küsste sie und fuhr dann mit dem Zeigefinger die kleinen Falten um ihre dunklen Augen nach. Wie verschieden europäische Frauen von den Inderinnen waren, dachte er. Er hatte sich mit seiner Ehefrau, die Meena Patel ihm beschieden hatte, immer nur gelangweilt. Vielleicht war er auch oft ungerecht ihr gegenüber gewesen. Vielleicht hatte er sie bezahlen lassen für die Liebe, die nicht hatte sein dürfen. Wie hätte sie als brave Tochter einer indischen Familie die Frau ersetzen können, die er ziehen lassen musste? Nur, weil er damals nicht den nötigen Mut und die Entschlusskraft bewiesen hatte? Er merkte nun, dass Kate ihn musterte.

»Weshalb hast du all dies heute getan, Kabir?«, fragte sie ihn. »Weshalb hast du dich gegen Meena und deine Familie gestellt? Was bedeutet dir Carl?«

Kabir las in ihren Augen, dass sie die Antwort auf diese Frage schon kannte.

»Das weißt du doch«, sagte er.

Kate nickte.

»Bist du eifersüchtig?«, fragte er sie.

»Nein. All dies liegt so lange zurück. Ich hoffe nur, dass du Carl eines Tages die Wahrheit sagen kannst. Ich hoffe es für euch beide«, sagte Kate. »Es würde so vieles erleichtern.«

»Und ich hoffe, dass ich denselben Fehler nicht noch einmal mache. Brautjungfer sein ist gut, aber *Braut sein* ist besser. Heirate mich, Kate.« Seine Hand glitt unter das lange Gewand, dass sie noch immer trug, und er streichelte die glatte Haut ihrer Waden und Schenkel. Die Dämmerung warf Schatten auf ihr Gesicht.

»Woher willst du wissen, ob ich als Braut genauso erfinderisch wie als Brautjungfer bin?«, fragte sie.

»Das kann ich nur hoffen«, sagte Kabir und hob sie auf den Tisch. »Willst du meine Frau werden?«

»Ja«, sagte Kate, als Kabir ihr das Gewand über die Hüften streifte und sich über sie beugte, um ihr Gesicht ganz nahe vor sich zu sehen.

Kupenda heißt lieben

Es herrschte tiefe Nacht. Carl ließ die Scheinwerfer des Wagens angeschaltet, und ihr Lichtkegel erfasste gerade noch seine Bewegungen. Er schichtete das Holz auf, das er auf der Anhöhe gesammelt hatte. Am Ende der Trockenzeit lagen die trockenen, abgeworfenen Äste des Baumes überall um die beiden Gräber herum im Gras. Er hatte Aischa seine Jacke um die Schultern gelegt. Sie saß auf der Stoßstange des Wagens und trank heißen, süßen Tee. Carl hatte eine Thermoskanne in der Küche von Kupenda gefüllt. Er war niemandem im Haus begegnet. Aus dem ersten Stock hatte er zwar Stimmen gehört, doch es klang mehr wie der Fernseher als eine Unterhaltung zwischen Emelie und Richard. Wie war ihr Besuch beim Arzt verlaufen? Er musste sie fragen, wenn Aischa und er wieder zurück waren. Momentan musste die Welt nur wissen, dass sie zusammen und in Sicherheit waren. Das Weiterleiten dieser Nachricht konnte er Kate überlassen.

Wenn sie wiederkamen, waren sie auch vor den Menschen und nicht nur vor Gott ein Paar. Er ging in die Knie und hielt ein Streichholz gegen die dünnsten Hölzer. Dann blies er vorsichtig in die Glut und schürte sie an. Die Zweige fingen sofort Feuer. Es knisterte, und er fühlte die erste Wärme des Feuers an seinen Handflächen.

Carl blickte auf. Aischa saß nur da und sah ihm schweigend bei der Arbeit zu. Ihr Gesicht war blass, und ihre Haare hatten sich längst aus der sorgsam gesteckten Frisur gelöst. Dunkle Schatten lagen unter ihren Augen. Carl streckte ihr die Hand hin.

»Komm«, sagte er. »Setz dich zu mir.«

Rund um das Feuer hatte er Decken gelegt und zwei Schlafsäcke ausgerollt. Er zückte sein Taschenmesser und schnitt ihr eine Scheibe Brot von dem Laib, den er in der Küche gefunden hatte. Darauf legte er etwas kaltes Huhn. Mehr hatte er nicht mitnehmen wollen.

»Nicht gerade ein Festmahl. Brot, Huhn und Tee. Wir können morgen früh einkaufen, bevor wir losfahren. Das Zelt und alles andere habe ich schon gepackt«, sagte er.

Aischa schwieg noch immer. Auch als er ihr über die Haare strich, sah sie ihn nicht an. Ihr Blick verlor sich in der Dunkelheit.

»Ich will heute Nacht nicht auf Kupenda schlafen und in deinem Haus schon gar nicht. Heute Nacht soll der Himmel das Dach über unserem Kopf sein. Ist dir das recht?«, fragte er.

Sie antwortete nicht, sondern legte nur ihren Kopf gegen seine Schulter. Carl sog den Duft ihres Haars ein und erahnte noch immer das Räucherwerk in dem Hochzeitszimmer.

»Weshalb sagst du nichts?« Er wurde traurig, aber auch ein wenig zornig. Hatte er nicht genug auf sich genommen? Was konnte er noch tun, um sie für sich zu gewinnen? Er hob ihren Kopf an, sodass sie ihn ansehen musste.

»Aischa. Wenn du nicht bei mir sein willst, dann sag es mir jetzt, ein für alle Mal. Du musst nicht mit mir in den

Norden. Wenn du mich nicht willst, dann lasse ich dich gehen. Jetzt, sofort. Dann vergessen wir alles. Ich werde dich nicht belästigen, obwohl ich keine andere Frau haben will als dich.«

Sie schüttelte nur den Kopf. Er fühlte allen Mut aus sich fließen, bis Aischa so leise, dass er sie kaum verstand, sagte: »Ich schäme mich so.«

»Wofür? Dass du hier mit mir bist?« Carl hörte die Ungeduld in seiner eigenen Stimme. Er hatte bald keine Kraft mehr, dachte er. Erst der Tod seiner Mutter. Dann all der Ärger mit Leander um Kupenda und die Sorge um Emelie. Irgendwann war Schluss. Er konnte nicht mehr.

Aischa umarmte ihn. »Nein. Ich schäme mich für mich selber. Wie ich so dumm sein konnte und Meena und meinem Vater so in die Falle laufen konnte. Dass ich mir überhaupt ihre Reden von Pflichterfüllung und Verantwortung so lange angehört und dabei nicht begriffen habe, wie ernst es ihnen war! Ich dachte immer, ich könne am Ende doch machen, was ich will.«

»Sie sind deine Familie, Aischa. Niemand hätte anders gehandelt oder ihnen weniger geglaubt«, sagte Carl. »Niemand würde von seiner Familie erwarten, dass sie einen unter Drogen setzen und an einen fetten alten Witwer aus Indien verheiraten wollen.«

»Nein. Ich weiß nicht, ob ich Vater je wiedersehen will. Aber ich weiß, dass ich dir gegenüber Verantwortung habe. Verzeih mir, Carl. Ich weiß noch immer nicht, wie wir zusammen sein können. Aber wir werden einen Weg finden, da bin ich mir sicher. Die dunkelste Stunde ist die vor Sonnenaufgang.«

Er umarmte sie fester. »Du ahnst nicht, wie lange ich

auf diese Worte gewartet habe. Komm her, du frierst. Und jetzt musst du schlafen. Du musst vollkommen erschöpft sein.« Er legte ihr eine der Decken um die Schultern und zog sie unter ihrem Kinn zusammen. »Bist du noch hungrig? Wenn ja, dann breche ich noch einmal in die Küche von Kupenda ein und stelle dir einen Festschmaus zusammen.«

»Nein, bleib. Lass mich nicht allein. Ich will jetzt nur bei dir sein. Das ist wichtiger als essen. Der Anblick des Buffets heute hat mir den Appetit verdorben. Schlafen muss ich auch nicht. Ich war gerade beinahe drei Tage lang betäubt. Ich will nur zusammen mit dir wach sein.«

Aischa löste sich von ihm. »Ich liebe dich«, sagte sie.

Weshalb hatte es so lange gedauert, bis sie diese Worte gefunden hatte?, dachte sie. Jahrelang hatte sie Carl auf Abstand gehalten. Sie hatte Glück, dass er bei ihr geblieben war. Sie saßen nun gemeinsam am Feuer und sahen ihm beim Niederbrennen zu. Aischa legte ihre Hände an Carls Wangen und küsste ihn.

»Du bist auch ohne Geistlichen und ohne Standesamt schon mein Mann. Dies ist unsere Hochzeitsnacht. Und zwar die schönste, die ich mir vorstellen kann.«

Carl schien zu zögern. »Bist du sicher, Aischa? Ich will dich nicht drängen. Ich weiß, wie wichtig das für dich ist.«

Sie küsste ihn wieder. »Ich will es mit keinem Mann der Welt lieber als mit dir. Hier und jetzt.«

Aischa streifte Carls Jacke ab und zog sich selber das vor Stickerei steife Oberteil ihres Shalwar Khameez über den Kopf. Das warme Licht des Lagerfeuers fiel auf ihre Brüste. Carls Augen konnten sich nicht lösen von ihrer Haut.

»Du siehst aus wie aus Gold gemacht«, flüsterte er und

erhob sich in die Knie. Er ließ seinen Zeigefinger langsam von der runden Linie ihres Kinns über ihren Hals hin zu ihrem Busen gleiten. Er zog einen Kreis darum und strich mit den Fingerspitzen über ihre Spitzen, die sich erregt aufrichteten, und küsste dann ihre Haut. Seine Hände hoben ihre Haare an, und seine Lippen streiften über ihren Nacken. Die Küsse waren zärtlich und genießerisch. Aischa seufzte. Seine Berührung erregte sie so, dass sie beinahe darüber erschrak. Ihre Haut prickelte. Alles an ihr schien zu atmen.

Sie schob ihre Hände unter den Kragen seines Hemdes und löste die Knöpfe daran. Seine Brust war glatt und muskulös. Sie leckte darüber und presste sich an ihn, Haut an Haut. Sein Herz schlug schnell, als er nun wieder in ihre Haare griff und ihren Kopf nach hinten zog. Er küsste sie wieder, aber nicht mehr vorsichtig und zögerlich, sondern mit all der Kraft der Jahre, die er auf diesen Augenblick gewartet hatte.

Mit einem Griff löste er die Verschnürung ihrer seidenen Hose. Der Stoff raschelte, als er zu Boden glitt. Aischa spürte seine Hände auf ihren Hüften und ihrem Hintern. Er streichelte und erforschte sie. An ihrem Bauch zögerte er und wagte es nicht, sich weiter nach unten zu tasten.

Sie wollte ihn überall und ganz, dachte Aischa.

»Gleichstand«, flüsterte sie und zog an seinem Gürtel. Sie kämpfte mit dem Knopf und dem Reißverschluss. Seine Finger glitten nun über ihren sanft gerundeten Bauch hinunter zu ihrer Scham, und sie half ihm, seinen Weg zu finden. Gleichzeitig begann Aischa seinen Körper zu erforschen, seine Glätte und Härte. Sie zog sich auf ihn und ihn dann ganz in sich hinein. Der kleine Widerstand, der kleine Schmerz freute sie: Das war ihr Geschenk an ihn, dachte sie. Er legte seine Stirn an ihre und öffnete ihre Schenkel weiter, sodass sie ganz auf ihm saß. Aischa bewegte sich auf ihm, erst leicht, dann legte er seine Hände auf ihre Hüften und half ihr. Sie küsste sein Gesicht, schmeckte seine Lippen, seine Zunge und mit jedem Mal, das er sie an sich zog, presste sie sich gegen ihn, sodass die Lust sich in ihrer Mitte bündelte. Sie beugte sich nach hinten und bot ihm ihren Körper dar, ohne Scham und ohne Scheu. Ihre Schenkel streckten sich, ihre Brüste lebten mit jeder seiner Bewegungen, und Aischa kam mit einem Schrei und bäumte sich zu ihm auf. Er umarmte und küsste sie, während er in ihr kam. Sie lauschte seinem Atem, nahe an ihrem Ohr, und strich ihm mit ihren Fingern über die schweißnasse Stirn.

»Die dunkelste Stunde ist schon lange vorbei. Vor uns liegt der erste Tag und der Sonnenschein«, sagte Aischa leise.

Carl nickte. Er ließ sie beide auf die Decken gleiten und zog die Schlafsäcke über sie. Wo der Stoff nicht reichte, schlangen sie ihre Glieder umeinander. Das Feuer brannte noch hoch, und Funken stoben in die dunkle Nacht. Aischa wollte am liebsten nicht einschlafen, doch schon bei dem Gedanken wurden ihr die Lider schwer.

Aischa erwachte vor Carl. Es wurde gerade erst Tag. Das Blutrot der Sonne war noch durchzogen von blauen Adern an Licht. Der Himmel war noch farblos und rein. Sie setzte sich auf. Sie fröstelte. Über ihrem Kopf schienen die Vögel nur auf das Ende der Nacht gewartet zu haben, denn augenblicklich setzte ihr Gesang ein. Aischa schlang die Arme um ihre Knie und legte ihr Kinn darauf. Auf der Ebene weit unter ihr wurde es hell, und der Busch begann sich in seinen Mustern auf die Landschaft abzuzeichnen. Die Sonne stieg rasch am Himmel. Die Farben des Landes wirkten nun trocken und wie in Feuer gebrannt.

Hierhin gehörte sie, das wusste Aischa.

Carl schlief noch neben ihr. Sein Haar war verstrubbelt, und ein Schatten zeichnete sich auf seinen Wangen, seinem Kinn und über seinen Lippen ab. Er atmete ruhig und leise. Was, wenn sie diesen Augenblick mit einem alten, fetten, ihr unbekannten Mann aus Indien hätte erleben müssen? Die Gänsehaut auf ihren Armen hatte nun nichts mehr mit der Kühle des Morgens zu tun. Ihr Glück über das Erwachen mit Carl mischte sich wieder mit der Trauer und der Wut darüber, verraten und beinahe verkauft worden zu sein. Sie wollte Meena nie wiedersehen, entschied sie. Und ihren Vater? Sie verjagte den Gedanken. Ihr Leben mit Carl begann heute und hier, was immer ihnen in den kommenden Wochen auch bevorstehen mochte. Carl hatte Recht: Es war das Beste, wenn sie in den Norden fuhren, damit sich die Dinge beruhigen konnten. Und dort würden sie beide ihren Frieden haben.

Sie zog sich das Oberteil des Shalwar Khameez über den Kopf. Mal sehen, ob sie das Feuer wieder in Gang bringen konnte, dachte sie und stand auf. Die Erde um ihre Füße war aufgeworfen. Waren sie das gewesen? Oder waren Tiere in der Nacht um ihr Lager gestrichen?

Sie fuhr mit ihrem nackten Zeh eine Spur im roten Staub nach. Etwas glitzerte dort. War es etwas Faden von ihrem Hochzeitsgewand? Aischa ging in die Knie. Kein

Wunder, Meena hat bestimmt ein Kilo Goldfaden in den Shalwar Khameez versticken lassen. Nein. Es war eine Münze. Aischa hob sie auf. War sie Carl aus der Hosentasche gefallen, als er Feuer gemacht hatte, oder später, bei der Liebe? Wie sie glänzte! Es war sicher ein ganz frisch geprägter Schilling. Aischa besah sich die Münze mit dem Interesse einer Buchhalterin und verstand sofort: Das war kein Schilling. Die Münze war aus reinem Gold geprägt. Sie zeigte ein Schiff und um es herum stand etwas in arabischen Buchstaben geschrieben. Sie waren klar leserlich und wirkten wie gestern erst in das Metall geprägt. Sie schloss die Finger um das Geldstück und öffnete die Hand dann wieder. Es lag noch immer da. Aischa lachte auf. Sie wusste nun genau, woher das Gold stammte: Es musste ein Teil der Mitgift der Prinzessin sein, die sich hier angeblich das Leben genommen hatte. Sie hatte sich ebenfalls geweigert, einen anderen Mann zu heiraten, als den, den sie liebte. Als kleines Mädchen hatte sie davon geträumt, sich mit diesen Juwelen zu schmücken. Jetzt fand sie im Augenblick des größten Glücks und des größten Zweifels diese Münze. Es war ein Zeichen, fand sie. Ihre Finger schlossen sich wieder um das Gold.

»Bist du schon wach? Ich hätte gerne drei Eier mit Speck«, sagte Carl und setzte sich neben ihr auf, während er sich noch den Schlaf aus den Augen rieb. »So gut habe ich schon lange nicht mehr geschlafen.« Er küsste sie. »Was hast du da?

»Eine Münze. Sie muss aus der Mitgift der toten Prinzessin stammen.«

»Unsinn. Das ist doch nur eine Sage.«

»Nein, das ist es nicht. Du weißt genau, weshalb diese

Farm Kupenda heißt. Schau.« Sie streckte ihm die Münze hin. »Was die wohl wert ist?«, fragte sie dann.

Carl besah sich die Münze. »Einmal Buchhalterin, immer Buchhalterin. Wenn ich dich dabei erwische, dass du die Münze verkaufen willst, setzt es was! Sie sieht tatsächlich alt aus. Vielleicht habt ihr Recht gehabt. Vielleicht gab es diese Prinzessin wirklich.«

»*Verkaufen*?« Aischa nahm ihm die Münze wieder ab. »Niemals! Diese Münze ist die Antwort auf alle Fragen. Du weißt doch, was Kupenda heißt.«

Carl küsste sie, und Aischa nickte. »Kupenda heißt lieben.« Sie stand auf. »Lass uns gehen. Ich muss noch ein paar Kleider packen. Jim wird noch nicht am Haus sein. Außerdem habe ich jetzt wirklich Hunger. Lass uns in Naivasha in einem Café frühstücken. Drei Eier mit Speck. Je eher wir uns dann auf den Weg machen, desto besser.«

Ruhezeit

Emelie lag in ihrem Bett. Heute war der erste Tag ihrer Ruhezeit. Wie sollte sie das noch sechs Monate lang aushalten? Richard war am Abend noch auf seiner Farm geblieben, denn die Sprösslinge mussten sicher über das Ende der Trockenzeit gebracht werden. Für ihn stand das Einkommen eines gesamten Geschäftsjahres auf dem Spiel. Bei alldem, was auf Kupenda passierte, hatte er seine eigene Farm in den vergangenen Monaten vernachlässigt.

Emelie setzte sich auf und sah aus dem Fenster in den Garten. War es wirklich erst gestern gewesen, dass sie diesen Schreck erlebt hatte? Sie rief sich die Worte des Arztes in Erinnerung und hielt sich mit aller Kraft daran fest: Er könnte ihren Herzschlag erkennen, hatte er gesagt. Es schienen starke kleine Kerle zu sein.

Es war keine weitere Blutung mehr eingetreten. Emelie legte ihre Hände auf den Bauch. Nichts regte sich. Natürlich regte sich nichts! Es war viel zu früh, um irgendetwas zu fühlen, dachte sie. Sie sollte sich schonen, aber auch tun, was ihr Freude machte…

Emelie überlegte. Vielleicht konnte sie ein wenig aufstehen und sich die Beine vertreten. Den Zimmern vor der Ankunft der Gäste den letzten Schliff geben, mit den Buchungsbüros telefonieren und den Abholdienst vom Flughafen organisieren.

In drei Wochen sollten die ersten Gäste kommen. Wie sehr sie sich darüber freute! Carl und sie hatten hoffentlich einen Weg gefunden, um Kupenda zu behalten. Sie wollte ihn anrufen, wenn er seine Runde auf der Farm gemacht hatte, um zu sehen, ob alles in Ordnung war.

In diesem Augenblick klopfte es, und Kate steckte ihren Kopf durch die Tür.

»Du bist es. Komm herein. Wie schön, dich zu sehen«, sagte Emelie und streckte ihre Hand aus.

Kate trat ein. »Wie geht es dir?«

»Gut und schlecht«, sagte Emelie. Wie konnte Kate nur so verdammt glücklich wirken? »Aber dir geht es gut, das kann ich sehen. Du strahlst vor Glück. Was ist passiert?«

»Das erzähle ich dir später«, sagte Kate nur. »Du Arme. Aber sei dankbar, dass du die Kinder behalten hast. Die sechs Monate werden schon vergehen. Es gibt jetzt nichts Wichtigeres, verstanden?«

»Verstanden«, sagte Emelie missmutig und legte wieder die Hand auf ihren Bauch.

Vor dem Fenster hielt ein Wagen.

»Wer ist das?« Emelie reckte den Hals. Verdammt, nicht einmal richtig aus dem Fenster konnte sie sehen. Sie brauchte dringend einen besseren Platz.

Kate stand auf und sah nach draußen. »Es ist Massimo.«

»Massimo? Was macht der denn hier? Ich dachte, er wäre auf dem Weg nach Alaska.«

Sie hörten Massimos Schritte die Treppe hinaufkommen: Er schien drei Stufen auf einmal zu nehmen.

Kate ging zur Tür, doch Massimo stand schon im Zimmer. In seiner Hand hielt er einen Brief. »Iman ist weggefahren. Zu Leander. Ohne mich! Ist sie denn komplett wahnsinnig geworden?«

»Was, was, was?« Emelie streckte die Hand nach dem Brief aus. Sie las ihn und reichte ihn dann Kate.

»Leander hat sie herausgefordert?«, fragte Kate.

Massimo sagte: »Iman ist sich sicher. Ich war in Gedanken schon bei meinem Auftrag. Es ist doch nicht so leicht, wie ich dachte, von Kenia aus im Geschäft zu bleiben, und da habe ich viel zu tun.«

Emelie nickte.

»Ich bin nach Nairobi gefahren, aber am Flughafen habe ich gemerkt, dass ich zwei Objektive vergessen habe. Also bin ich heute Morgen wieder hergekommen. Dann fand ich den Brief hier in meinem Arbeitszimmer. Iman muss gleich nach dem Frühstück losgefahren sein. Ich kann sie nicht mehr einholen. Nicht auf diesen Straßen. Und wo in dieser verdammten Wüste dort oben soll ich sie finden? Hoffentlich kennte sie gute Lagerplätze.«

»Darum musst du dir keine Sorgen machen«, sagte Emelie. »Paddy hat früher viele Safaris hoch an den See geleitet. Er kannte die besten Lagerplätze, die schattig und oft mit versteckten Quellen waren. Iman kennt sie auch und wird sie wiederfinden.«

Sie alle schwiegen einen Augenblick. Dann fragte Kate: »Was willst du tun? Ihr nachfahren?«

»Ja. Nein. Ich weiß es doch auch nicht. Sie hat mich gebeten, sie dies alleine austragen zu lassen. Aber ich habe Angst um sie. Mehr noch als früher. Ich habe immer gedacht, dass ich Leander kenne. Aber das denke ich nun nicht mehr. Ich kann ihn nicht mehr einschätzen«, sagte Massimo.

»Ich will mit Richard darüber sprechen. Kate, mach Massimo doch bitte eine Tasse Kaffee. Bis dahin sollte auch Carl wieder da sein. Überstürzt zu handeln bringt jetzt gar nichts«, sagte Emelie.

»Wo hast du noch einmal gesagt, kam die Karte mit dem Bild an Iman her?«, fragte Kate Massimo.

»Elyi Springs. Das alte Fischercamp. Leander verbirgt sich dort anscheinend mit seinen Kerlen. Obwohl angeblich nur noch einige Massai bei ihm sind. Die Somalis sollen geflohen sein.«

»Oh Gott«, sagte Kate nur und ließ sich wieder neben Emelie auf der Bettkante nieder. »Wie der Teufel es will. Ich glaube nicht, dass Carl so bald wieder hier sein wird.«

»Weshalb? Was ist denn noch passiert?«, fragte Emelie.

Sie sollte sich schonen, aber tun, was ihr Freude bereitete … Fiel es in diese Kategorie, das Leben ihrer Freundinnen zu retten?, überlegte Emelie, als sie wieder alleine in ihrem Zimmer war. Die Glieder kribbelten ihr vor Unruhe, als sie darüber nachdachte.

Wo konnte Iman nun schon sein? Vielleicht in Kitale? Carl musste Kate zufolge nach dem Morgengrauen gemeinsam mit Aischa aufgebrochen sein. Wer hätte das von ihm erwartet? Ihr Bruder, der stets so verhalten und zögerlich gewirkt hatte! Sie hatte immer gewusst, dass mehr in ihm steckte, dachte Emelie stolz. Schade, dass sie gestern in Meenas Haus nicht hatte dabei sein können. Nun waren Aischa und er auf dem Weg in den Norden. Und von allen Orten in Kenia hatten sie sich ausgerechnet Elyi Springs aussuchen müssen. Weshalb nur?

Emelie zögerte. War Leander wirklich ebenfalls dort oben? Es war ein ideales Versteck, das wusste sie.

Leander. Sie schloss kurz die Augen. Wie anders alles gekommen war, als sie sich vor langer Zeit in den Stunden der Leidenschaft mit Leander erhofft hatte. So war das Leben und das Schicksal: Man plant etwas und das Gegenteil geschah.

Sie hatte immer seine Freiheit an ihm gemocht. Er hatte die Dinge nie so gemacht oder gesehen, wie alle anderen es taten. Er wusste mehr und fühlte mehr. Hatte er sich darin nicht anerkannt gefühlt? Auf welche Weise und weshalb hatten sie ihn auf Kupenda verloren? War der Leander, den sie einmal so kurz und so heftig geliebt hatte, noch der Leander von heute? Wie konnte sich ein Mensch so wandeln?, fragte sie sich. Er sah nur noch das Schlechte in allem, was er je mit ihnen geteilt hatte. Leander hatte ihnen allen den Rücken gekehrt. Wollte er wirklich in diesem Kampf nur Kupenda gewinnen?

Nun wusste sie jedenfalls mit Sicherheit, dass Leander dort oben war. Und Iman, Carl und Aischa liefen ihm direkt in die Arme. Einmal hatte er den Bund mit Iman nicht zerstören wollen oder können. Doch war sie dieses Mal vor ihm sicher? Aischa war Leander nie wichtig gewesen. Aber nun gehörte sie zu Carl, und Carl hatte alles und war alles, was Leander immer hatte sein wollen. Carl war der Sohn und der rechtmäßige Erbe von Kupenda.

Emelie rieb ratlos ihre Hände aneinander. Sie musste sich schonen, hatte der Arzt gesagt. Richard würde ihr nie erlauben, etwas zu unternehmen, das wusste sie. Hinter seinem Rücken wollte sie keine Entscheidung treffen. Vielleicht konnte sie ihn darum bitten zu fahren? Nein, das konnte sie nicht von ihm verlangen. Er musste sich um seine Farm kümmern. Sie selber hatte von Blumen kaum eine Ahnung.

Das Telefon neben ihrem Bett klingelte.

»Ja?« Emelie hörte Richards Stimme.

»Ich bin es, Schatz. Die haben mit meiner Bestellung in Nairobi gewaltigen Mist gebaut. Ich muss runterfahren und wohl zwei oder drei Tage dort bleiben. Ist das in Ordnung?«

Emelie zögerte nur kurz. »Ja, das ist in Ordnung.«

»Gut. Ich liebe dich. Pass auf dich auf. Ich rufe dich an, ehe ich nach Hause komme.«

Emelie nickte, als sie schon ihre Beine über die Bettkante schwang und mit den Füßen nach ihren Bata-Safariboots hangelte. »Ja, Liebling. Mach dir keine Sorgen. Strikte Bettruhe.«

Sie hängte das Telefon ein und zog sich am Nachttisch hoch auf die Füße. Ihre Beine kribbelten, aber sonst schmerzte nichts. Nein. Sie fühlte sich sogar wohl. Emelie legte in einer schützenden Geste die Hand auf ihren Bauch. Ihre Entscheidung stand fest. Sie konnte die Menschen, die sie am meisten liebte, dort oben nicht Leander überlassen.

Mutter, dachte sie mit einem Mal, und die alte Trauer überkam sie wieder. Sie hatte nicht mehr mit Diane sprechen können. Wenn sie doch wüsste, was sie damals wirklich so zornig gemacht hatte. Sie trug nun ihre Enkelkinder im Leib, und sie würde auf sie achtgeben, so gut es eben ging. Aber sie musste auch ihren Bruder und ihren Freundinnen helfen.

Emelie packte ein paar Sachen in eine leichte Tasche und sah sich dann im Zimmer um. Sie öffnete die Lade in ihrem Nachttisch. Aus einem seidenen Säckchen zog sie die Münze der Prinzessin. Richard hatte sie ihr als Anhänger umarbeiten lassen. Emelie legte sich den Lederstrang mit der Münze um den Hals. Dann ging sie noch einmal zu dem Telefon auf ihrem Nachttisch und wählte Richards Handynummer. Bitte, lass ihn abheben, flehte sie stumm.

»Hallo, Emelie?« Sie hörte seine Stimme und im Hintergrund den Lärm von Nairobi. »Was gibt es noch?«

»Richard, ich muss mit dir sprechen. Carl und Aischa sind durchgebrannt. Sie sind im Norden unterwegs und wollen im Elyi Springs Camp bleiben. Kate sagt, Leander verstecke sich aber dort mit seinen Somalis. Richard, die beiden sind in Gefahr.«

»Mein Gott, davon hatte ich keine Ahnung. Was meint Iman dazu?«

»Iman ist ebenfalls zum Camp unterwegs. Leander hat sie herausgefordert.«

Richard schwieg. »Ich kann jetzt nicht auch noch hochfahren, Emelie. Diese Tage sind für Littlewood Flowers entscheidend. Ein drohender Bankrott in der Familie genügt. Ich will für unsere Kinder Brot auf den Tisch bringen.«

»Ich weiß«, sagte sie und wartete ab. Sie hörte ihn tief einatmen.

»Emelie, du fährst nicht hoch an den Turkanasee. Nicht in deiner Lage. Verstehen wir uns richtig?«

»Richard. Bitte«, sagte sie nur.

»Nein.«

»Richard. Diese Menschen sind mir neben dir die wichtigsten auf dieser Welt. Ich kann sie dort oben nicht alleine lassen.«

»Und was ist mit unseren Kindern? Sind sie nicht wichtig?«

»Mehr als alles andere. Aber wie kann ich ihre Familie in ihr Verderben rennen lassen? Leander ist alles zuzutrauen.«

»Meinst du nicht, du übertreibst?«

»Meinst du, ich übertreibe?«, fragte sie ihn zurück.

Richard schwieg. »Nein«, sagte er dann. »Nein, du übertreibst nicht. Willst du fahren?«

Emelie sog an ihrer Unterlippe. »Ja«, sagte sie dann.

»Dann fahr.« Richards Stimme klang gepresst.

Würde er ihr je verzeihen können, wenn den Kindern etwas geschah?, fragte sie sich.

»Richard?«

»Ja?«

Sie zögerte und sagte dann: »Ich kann nicht gehen, ehe du mich nicht segnest.« Sie war nun den Tränen nahe. Verlangte Kupenda wirklich dieses größte Opfer von ihr?

Richard schwieg, und Emelie wartete mit klopfendem Herzen. Dann sagte er leise: »Ich segne dich.« Der Lärm von Nairobi schien seine Stimme nun zu schlucken.

»Richard?«, fragte Emelie noch einmal.

»Ja?« Wie weit von ihr entfernt er bereits klang, dachte sie.

»Kraft und Schönheit«, sagte sie. Es klang wie eine Losung.

»Kraft und Schönheit«, erwiderte er, ehe die Verbindung abgeschnitten wurde.

Die Nacht am Wadi

Iman war müde. Sie war nun schon drei Tage unterwegs. Zweimal hatte eine Reifenpanne sie aufgehalten. Nachts hatte sie schlecht geschlafen, da sie ihr Zelt auf dem Dach des Jeeps aufgeschlagen hatte. Das in dieser Gegend notwendige Gewehr hatte sie sich in die Achselhöhle gedrückt; nicht einmal im Schlaf hatte sie es aus ihren Händen gelassen. Sie taugte nicht zur Heldin, dachte sie. Aber jetzt musste sie weiter. Die eine Seite ihres Gesichts schmerzte: Am Vorabend war sie mit offenem Fenster bis in die Dämmerung hinein gefahren. Dabei hatte sie den tief hängenden Zweig eines Fieberbaumes übersehen. Seine scharfen Dornen hatten ihr die Haut an Wange und Nase aufgerissen.

Es war die richtige Entscheidung gewesen, dachte Iman und nahm den Fuß vom Gas. Die Augen brannten ihr von der steten Reflexion des Sonnenlichts auf der steinigen, zerklüfteten Straße. Sie hielt nach einem geeigneten Rastplatz für die Nacht Ausschau. Die Landschaft um sie herum hatte sich stetig gewandelt. Von dem grünen, üppigen Hochland hin zu der Dürre der Wüste. Menschen waren ihr immer weniger begegnet, und nun fühlte sie sich allein auf der Welt. Ab und an sah sie noch Kamele zwischen den Büschen nach Gräsern suchen oder eine Gazelle, die durch ihren Wagen aufgeschreckt wurde. Sie kannte den Busch hier: Paddy hatte sie mehrere Male mitgenommen, wenn er Safaris hier hoch leitete.

Elyi Springs war nicht mehr weit weg. Aber doch zu weit entfernt, um es in dieser Nacht noch zu erreichen. Sie kniff die Augen zusammen. Die Straße vor ihr fiel steil in ein ausgetrocknetes Flussbett ab. Das war das Wadi, auf dessen anderer Seite sich einer von Paddys liebsten Lagerplätzen befand. Sie erkannte den hohen Fieberbaum, neben dem sie ihr Zelt aufschlagen wollte.

Sie schaltete zurück und lenkte den Wagen behutsam das steile Ufer hinunter in das Wadi hinein. Als sie den Boden des Flussbettes erreichte, sah sie von rechts nach links. Die Trockenzeit war beinahe vorbei und in den Bergen waren die ersten Regen gefallen. Wenn das Wasser von dort ins Tal kam, füllte sich ein Wadi wie dieser innerhalb von Minuten mit einer reißenden Sturzflut. Der Boden war jedoch vor Trockenheit rissig und alles um sie herum blieb ruhig. Sie konnte die Durchquerung wagen.

Iman gab Gas, um Schwung zu holen und fuhr am gegenüberliegenden Ufer wieder hoch. Der Wagen schaffte es nicht im ersten Anlauf: Die Räder drehten durch, Kies und Erde flogen durch die Luft.

Iman ließ den Wagen zurückrollen, um noch einmal Anlauf zu nehmen. Sie scheiterte wieder und sah unruhig den Wadi hinauf und hinunter. Wenn nur kein Wasser kam … Sie atmete tief durch und fuhr wieder an. Die Räder griffen in die lose, staubige Erde. Iman ließ nicht nach. Langsam kämpfte sich der Jeep die Böschung nach oben. Sie sah die ersten Gräser vor sich auftauchen. Der Boden unter den Reifen wurde fester. Das Auto tauchte in den

Schatten des hohen Fieberbaumes ein. Geschafft, dachte sie stolz und stellte den Motor ab. Sie stieg aus und öffnete das Heck des Wagens. Iman merkte erst jetzt, dass ihr dort unten im Wadi der Schweiß ausgebrochen war. Im Flussbett stecken zu bleiben war wirklich nicht zu empfehlen.

»Also, los«, sagte sie zu sich selber. Es war bereits kühl, und Wolken rollten auf die Bergspitzen im Norden zu. In der Nacht würde es dort sicher regnen. Sie zog das Zelt, die Stangen und den Sack mit den Heringen aus dem Kofferraum.

Als sie sich bückte, um das Zelt auszurollen, hörte sie ein leises Flüstern.

Sie sah auf. Drei Kinder standen kichernd und von einem nackten Fuß auf den anderen tretend neben dem Fieberbaum.

»*Jambo*«, sagte Iman.

»*Jambo*«, erwiderte der Älteste, der ein pinkfarbenes Tuch um seinen schmalen, mageren Körper geschlungen trug. Er war ein kleiner Samburu. Die beiden anderen waren Mädchen und trugen ausgewaschene T-Shirts und Röcke.

»Wo kommt ihr denn her?«, fragte Iman.

Der Junge machte eine unbestimmte Bewegung hin zum Busch. Iman nickte: Geräusche trugen weit hier oben und die geschärften Sinne dieser Menschen trugen sie noch weiter. Paddy hatte das den Buschtelegrafen genannt.

Iman sah die Kinder an. Ihre Gesichter waren schmal; die Trockenzeit war lang gewesen. Sie ging um das Auto herum und öffnete das Handschuhfach. Darin lagen noch einige Schokoladenriegel, die sie ihnen nun anbot.

»Wollt ihr etwas trinken? Ich habe keine Fanta, aber Wasser«, sagte Iman.

Die Kinder nickten. Ihre Augen schienen nun noch größer in ihren Gesichtern. Iman ging nach hinten, ihr Kanister mit dem Trinkwasser war von außen an die Tür des Kofferraumes geschnallt.

Zu ihrem Entsetzen sah sie, dass die untere Ecke des Kanisters aufgerissen war. »Verdammter Mist!«, sagte Iman und untersuchte das klaffende Loch. Wie war das passiert? War das Metall schon dünn gewesen und hatten es hochgeschleuderte spitze Steine durchbohrt? Egal. Der Kanister war auf jeden Fall leer. Sie hatte mitten in der schwarzen Wüste der Turkana kein Trinkwasser mehr.

Die Kinder traten zu ihr und schnalzten mitleidig mit der Zunge.

»Was soll ich jetzt tun?«, fragte Iman, obwohl sie keine Antwort von ihnen erwartete. Sie überlegte. Eine Nacht lang konnte sie ohne Wasser bleiben und morgen früh würde sie Elyi Springs erreichen. Dort gab es Süßwasser. Sie würde nicht umkehren, entschied sie.

Der Junge ließ seine Hand nun in ihre gleiten und presste ihre Finger. Als Iman nach ihm sah, hatte er sie schon wieder losgelassen und war durch den Busch davongelaufen.

»Also, lassen wir es uns schmecken«, sagte Iman mutlos zu den anderen Kindern. Sie ließen sich nieder und aßen die Schokoladenriegel. Iman schien es, als ob die beiden Mädchen jeden Bissen zwanzigmal kauten und lutschten.

Kurz darauf knackten im Busch einige Zweige, Blätter raschelten, und der Junge stand wieder vor ihr. Er atmete rasch. In seiner Hand hielt er eine Kürbisflasche der Turkana. Er schüttelte sie und in ihrem Inneren gluckste es.

Iman zögerte. »Das kann ich nicht annehmen. Ihr habt selber so wenig. Nein danke. *Hapana. Asante sana.*«

Der Junge schüttelte die Flasche noch einmal hin und her und hielt sie Iman weiter entgegen. Dazu nickte er.

Iman dankte ihm. Sie öffnete den Verschluss aus geflochtenem Gras und ein scharfer Geruch stieg in ihre Nase. In der Flasche war kein Wasser, sondern mit Ziegenurin gesäuerte Milch. Damit überlebte der Stamm die Dürre. Der Junge sah sie erwartungsvoll an. Iman nahm die Flasche und setzte sie an die Lippen. Das Getränk schmeckte salzig und nahrhaft. Sie fühlte sich beinahe augenblicklich gekräftigt. Die Kinder lachten und klatschten in die Hände. Iman reichte ihnen die Flasche wieder. Sie alle tranken nun einen Schluck daraus.

»Kommt, wir bauen das Zelt auf. Es wird dunkel«, sagte Iman. Sie schnürte den Sack mit den Heringen auf. Als sie wieder hochsah, waren die Kinder ebenso lautlos verschwunden, wie sie gekommen waren. Über den Bergen wurde es abrupt hell: Die ersten Blitze gingen auf ihre Gipfel nieder. Die Zeit der langen Regen begann.

Gerade als das Zelt stand und Iman sich auf der kleinen Flamme ihres Gaskochers eine Suppe aufkochte, kam das Wasser durch den Wadi geschossen.

Erst hörte sie nur ein fernes Rauschen, das wie der Wind in den Kronen der Eukalyptusbäume von Kupenda klang. Dann steigerte es sich zu einem Donnern und die Wassermassen brachen um die Biegung des Flussbettes. Iman sah der Macht der Natur dabei zu, wie sie alles in dem Wadi mit sich riss: trockene, ausgerissene Baumstämme und große Felsbrocken. Nach ein paar Minuten nur war die Sturzflut vorbei. Das Wadi war jetzt knietief mit dunklem Schlick gefüllt. Da käme sie noch weniger heraus als aus dem Staub, dachte Iman und aß ihre Suppe. Sie schmeckte nach heißem Nichts, da war das Getränk der Kinder besser gewesen. Hoffentlich kamen sie noch einmal wieder, damit sie vor ihrem Aufbruch nach Elyi Springs nicht so alleine war. Sie konnte allen Mut brauchen, den ihr jemand mit einem Lächeln machen konnte. Über den Bergen erhellte das Zucken der Blitze Landschaften aus Wolken. Es donnerte so heftig, dass Iman zusammenzuckte. Ein Gewitter ging nieder.

Iman öffnete den Reißverschluss des Zeltes und rollte sich in ihren Schlafsack. Es war warm und gemütlich. Unter anderen Umständen gab es nichts Schöneres, als im Norden des Landes zu zelten. Sie lauschte in die Dunkelheit. Der Busch knackte mehrere Male. Elyi Springs. Sie hatte noch nicht darüber nachgedacht, was sie tun wollte, wenn sie Leander sah. Aber auch dieses Mal stand ihre Wahl fest. Sie hatte keine Angst mehr.

* * *

»Müssen wir unbedingt die Nacht durchfahren? So eilig haben wir es doch nicht«, sagte Aischa. »Ich bin müde, und mir tun langsam alle Knochen weh.«

Da übersah Carl ein tiefes Loch in der Straße, sodass der Wagen seitlich einbrach und sich hart wieder nach oben kämpfte. Beide wurden in ihren Sitzen hochgeschleudert.

»Autsch!«, rief Aischa und rieb sich ihren Ellenbogen, den sie sich am Fenster angeschlagen hatte.

»Es tut mir leid. Wir haben durch den Platten vorhin so viel Zeit verloren, und ich wollte es noch nach Elyi Springs schaffen. Das ist jetzt unmöglich. Aber ich kenne einen guten Platz, wo Paddy gerne gezeltet hat, wenn er mit Kunden hier oben war.«

»Ist es noch weit?«

»Nein«, sagte Carl. »Wir müssen nur noch ein trockenes Flussbett überqueren. Der Lagerplatz ist direkt an seinem Ufer, im Schatten eines Fieberbaumes.«

Aischa rieb sich den Ellenbogen. Dann küsste sie ihn auf die Wange und sagte: »Ich vertraue dir mein Leben an.«

Carl lehnte sich mit zusammengekniffenen Augen in seinem Sitz nach vorne. Die Nacht war so dunkel, dass es unmöglich war, irgendetwas außerhalb der schwachen Lichtkegel der Scheinwerfer zu erkennen. Mit einem Mal trat er scharf auf die Bremse. Aischa flog nach vorne und stützte sich gerade noch mit einem Arm am Armaturenbrett ab.

»Carl!«

»Entschuldigung. Aber wir sind am Wadi angelangt. Direkt vor uns liegt das Flussbett. Beinahe wäre ich hineingefahren.« Carl hielt den Wagen an, ließ jedoch den Motor weiterlaufen. Erschöpft legte er seinen Kopf auf das Lenkrad.

Aischa öffnete die Tür und stieg aus. Direkt vor ihnen brach die Straße ab und fiel steil nach unten in ein Flussbett. Aischa konnte nicht mehr erkennen, als dass es weit war, aber kein Wasser führte.

Hatte es bereits geregnet in den Bergen? In der Dunkelheit konnte sie keine Wolken erkennen. Solange das Wadi trocken war, konnte man es mehr oder minder problemlos durchqueren.

»Lass uns durchfahren. Es sieht trocken aus«, sagte sie.

Sie stieg wieder ein, und Carl trat vorsichtig aufs Gas. Die Wagenhaube senkte sich und der Wagen rollte das Ufer hinab.

»Gut gemacht«, sagte Aischa.

Der Rangerover kam in die Waagrechte, und Carl fuhr an. Er rollte einige Meter und blieb stecken.

»Was ist los?«

»Ich komme nicht weiter«, sagte Carl und gab noch einmal Gas. Der Motor begann zu kämpfen. Die Reifen bewegten sich nicht mehr. Sie hörten ein sattes und schmatzendes Geräusch. Der Rangerover senkte sich im Morast.

»Wir stecken fest.« Carl stieg aus und ging um den Wagen herum. »Mist, verdammter. Es muss geregnet haben in den Bergen. Die Flut ist hier erst durch. Das ist vielleicht gerade mal ein oder zwei Stunden her. Ich stecke bis zu den Knien im Schlamm. He, was ist denn hier los?« Aischa hörte die Verzweiflung in seiner Stimme. »Mist. Aischa, der Wagen sinkt!«, rief er dann.

Aischa kurbelte das Fenster herunter und sah, wie die Reifen tiefer im Flussbett versanken. »Was sollen wir tun?«

»Hier können wir nicht bleiben. Das ist zu gefährlich. Wenn noch mehr Wasser kommt, können wir ertrinken. Pack ein paar Sachen, und wir zelten am Flussufer.«

Aischa sah, wie Carl sich bückte und seinen Fuß an die

Stelle steckte, wo er wohl den Reifen vermutete. Er schob den Wagen an, doch nichts rührte sich.

Sie schaltete die Taschenlampe ein und leuchtete Carl an. Er sah blass aus in dem schwachen Licht. Noch einmal versuchte er, den Wagen anzuheben. Es machte ein leises, glucksendes Geräusch. Dann schrie Carl vor Schmerz auf.

»Was ist passiert?«, fragte sie ängstlich und stieg aus. Dann sank sie bis zu den Knien im Morast ein. Nur mit großer Kraftanstrengung gelang es ihr, ihre Füße wieder aus dem Schlick zu ziehen.

Carl versuchte, sein Bein zu bewegen. Es ging nicht. Er unterdrückte einen weiteren Schmerzensschrei. »Ich stecke fest. Ich stecke unter dem Reifen fest, Aischa.«

»Warte, ich versuche dir zu helfen«, sagte sie und arbeitete sich zu Carl vor.

Wolken waren nun über den Himmel gezogen und schluckten die Sterne. Sie konnte nichts von ihrer Umgebung erkennen. Aischa schaltete die Taschenlampe ein und hörte nur ein leeres Klicken. Sie blieb dunkel.

Der Wagen sank mit einem hässlichen, knirschenden Geräusch tiefer in den Morast. Der Schmerz in Carls Schrei fuhr Aischa durch Mark und Bein.

Sie bewegte sich mühsam vorwärts. Das Flussbett unter ihren Füßen saugte sie bei jeder Bewegung ein. Sie watete um den Wagen herum und hielt sich bei jedem Schritt am Rangerover fest. Dann erreichte sie endlich Carl und fasste ihn unter den Achseln.

»Mein Bein muss gebrochen sein. Verdammt, tut das weh. Das ist das Letzte, was wir jetzt brauchen. So ein Mist«, klagte er.

»Mach dir keine Sorgen. Erst müssen wir dich hier rausbekommen. Was soll ich tun?«, fragte Aischa ihn. Als sie die Taschenlampe schüttelte und versuchte, sie noch einmal anzuschalten, leuchtete diese auf.

»Wir müssen den Wagen anheben. Mit meiner Schulter und all deiner Kraft geht es vielleicht.« Er drehte sich etwas, schrie wieder auf und sackte dann in sich zusammen.

»So geht das nicht«, sagte er, als er wieder sprechen konnte. »Du musst Hilfe holen gehen.«

»Nein, das ist Wahnsinn. Wenn es einmal geregnet hat, kann es jederzeit wieder zu einer Sturzflut kommen.« Aischa kämpfte mit den Tränen. »Ich bleibe hier«, sagte sie und sah nach hinten in das Wadi hinein. »Ich kann versuchen, den Wagen mit dem Heber zu bewegen.«

Da streifte ein starker Lichtstrahl durch das Wadi.

»Wer ist da?«, rief eine Frauenstimme vom anderen Ufer her. »Braucht ihr Hilfe?«

Aischa erkannte die Stimme augenblicklich.

»*Iman*?«, fragte sie in Richtung des Lichtstrahls. »Iman, bist du das? Bist du das wirklich? Ich muss Halluzinationen haben…«

»Aischa? Carl?« Der starke Lichtstrahl umfing sie nun. »Das gibt es doch nicht. Was macht ihr denn hier? Oh, Gott, was ist denn passiert? Wartet, ich helfe euch.«

»Hast du ein Tau? Wir müssen den Wagen nur ein paar Zentimeter bewegen, dann kann ich Carl befreien. Sein Bein scheint gebrochen zu sein. Er steckt unter dem Wagen fest, und ich kann das Auto nicht bewegen.«

»Komm her, wir versuchen ihn mit meinem Jeep zu bewegen.«

Aischa watete auf das Ufer zu. Sie sah den Lichtstrahl

wandern und hörte dann, wie Iman den Motor anließ. Sie lenkte den Wagen ans Ufer. Dann band sie das Tau mit einem festen Knoten um die Stoßstange und die Achse des Wagens und warf Aischa das andere Ende zu.

»Mach es vorne am Wagen fest. Wenn du bereit bist, gib mir ein Zeichen. Kannst du dich ans Steuer setzen?«

»Ich bleibe lieber bei Carl«, sagte sie und ging zu ihm.

Aischa sah die Lichter des Jeeps sich nach hinten wegbewegen. Ein Ruck ging durch den Rangerover, doch er steckte noch immer fest.

»Mehr Gas, Iman. Gib mehr Gas!«, rief Aischa.

Aischa hörte den Motor des Jeeps kämpfen. Doch dann hob sich der Wagen nach vorne aus dem Schlamm.

»Verzeih. Das wird wehtun«, sagte sie zu Carl, ehe sie ihn mit einem Ruck nach hinten weg aus dem Morast zog. Er keuchte vor Schmerz. Sein Bein war verdreht und seine Hose zerrissen. Die Haut war blutig geschürft. Wenigstens hatte er keine offenen Wunden, dachte Aischa.

»Hast du ihn?«, fragte Iman aus der Dunkelheit hinter ihrer starken Taschenlampe.

»Ja. Ich glaube, er hat sich wirklich das Bein gebrochen.«

»Lass mich mein Verbandszeug holen. Wir müssen ihn warmhalten. Warte, ich helfe dir, ihn hoch zu meinem Zelt zu tragen.«

Aischa sah, wie Iman sich das Ufer hinunterhangelte. Zweimal rutschte sie aus und fiel hin. Dann war sie bei Aischa. Sie umarmten sich und lachten.

»Was machst du hier? Ich kann es nicht fassen«, sagte Iman.

»Wenn du wüsstest… Aber was tust du hier? Wo ist Massimo?«

Ehe Iman antworten konnte, hob Aischa lauschend den Kopf. »Was ist das?«, fragte sie.

Die Motorengeräusche näherten sich rasch. Es mussten zwei oder drei Autos sein, die in Kolonne fuhren. Wohin waren sie mitten in der Nacht unterwegs?

»Mehr Hilfe, das ist gut. Wir können jetzt jeden Mann gebrauchen.« Iman hob den Arm und leuchtete mit der Taschenlampe in die Nacht. Mit großen Bewegungen zeichnete sie mit dem Lichtstrahl in die Dunkelheit. »Hoffentlich sehen sie mein Licht«, sagte sie.

Die Autos waren nun ganz nahe an dem Wadi. Die Motoren wurden abgestellt, eine Tür schlug zu. Aischa hörte Männerstimmen.

»Hilfe«, rief sie und hob die Arme. »Wir brauchen Hilfe.«

Mit einem Mal flutete Licht durch das Flussbett. Auf den Dächern der Wagen mussten Scheinwerfer installiert sein, wie Wilderer sie zur Nachtjagd verwendeten. Aischa und Iman schlossen kurz geblendet die Augen. Dann wurde vor dem einen Licht die hohe, schlanke Silhouette eines Mannes sichtbar. Er zerrte ein weinendes Kind mit sich.

»Da kommen wir ja gerade recht. Also hat mein kleiner Freund hier doch nicht gelogen. Du bist wirklich hier, Iman. Willkommen, Schwester«, sagte Leander.

Er sah in das Wadi hinunter und lachte auf. »Das Glück ist mir hold. Ich schlage drei Fliegen mit einer Klappe. Aischa und Carl hast du auch mitgebracht. Willkommen in meinem Reich. Ich hatte euch ja gesagt, dass unsere nächste Begegnung zu meinen Bedingungen ablaufen wird.«

Leander gab dem Kind einen Stoß in den Rücken. Der Junge rutschte das Ufer hinunter in das schlammige Wadi. Aischa fing ihn auf. Er konnte nicht mehr als acht oder neun Jahre alt sein. Im Licht der Scheinwerfer sah sie, dass er eine zerbrochene Kürbisflasche nach Art der Turkana in seiner Hand hielt.

»*Jambo*«, sagte Iman traurig zu ihm und streichelte seinen Kopf.

Elyi Springs

Emelie fuhr, ohne sich zu schonen. Anders ging es nicht. Erst als sie alle Dörfer hinter sich gelassen hatte und die Straße von nichts anderem als dem schwarzen Vulkangestein der Wüste Turkana umgeben war, gönnte sie sich einen Tag Rast in einer Missionarsstation. Ihr Handy empfing bereits kein Signal mehr. Der Turkanasee, hatte Paddy einmal gesagt, sei das schönste nur mögliche Ende der Welt.

Nach dem Abendessen mit den italienischen Schwestern der Mission ging sie zu der kleinen Kapelle. Es war kurz vor Sonnenuntergang. Das Wellblechdach und die Wände aus gestampfter Erde hielten die Hitze des vergangenen Tages wie in einem Backofen gefangen. Der Christus am Kreuz war grob geschnitzt, und das dunkle Holz war wohl mit Schuhcreme eingefärbt worden. Doch in sein Gesicht hatte der Künstler alles Leid der Welt eingearbeitet.

»Behüte mich«, sagte Emelie und kniete auf dem trockenen Erdboden nieder. Bänke oder Stühle gab es keine in der Kapelle. Draußen wuchsen keine Bäume, um welche zu schreinern. Um sie zu kaufen, fehlte das Geld. Emelie begann aus Erschöpfung, aber auch aus Zweifel heraus zu weinen. Konnte Richard ihr verzeihen, wenn sie die Kinder verlor? Er war ihr das Wertvollste auf der Welt. Ohne ihn konnte sie nicht leben.

Neben ihr raschelte etwas. Emelie sah auf: Dort stand die Schwester, die sie eben beim Abendessen noch bedient hatte. Die Schwester zeichnete ein Kreuz auf Emelies Stirn und lächelte sie an. »Der Gott, der dich zu uns geführt hat und dich bisher auf deinem Weg behütet hat, wird dich auch weiter behüten. Sein Bogen hat viele Sehnen.« Sie kniete kurz vor dem Kruzifix nieder und ging.

Emelie sah auf. Es gab keine Glasscheiben in den Fenstern der kleinen Kapelle. Dennoch erhellte die letzte Sonne das Gesicht des Schmerzensmannes. Ihr Weg war der richtige, dachte Emelie.

Elyi Springs lag scheinbar verlassen in der grellen Mittagssonne, als Emelie am folgenden Tag das ehemalige Fischercamp erreichte. An den meisten Hütten standen die Türen offen, an einigen fehlten sie ganz. Ein warmer Wind blies und jagte Räder aus losen Zweigen und abgerissenen Büschen vor sich her. Er warf auf der Oberfläche des Sees kleine Wellen auf und strich durch die Federn der Pelikane, die in Kolonien an den Ufern des Sees nisteten. Wie viele Vögel waren es geworden, seitdem das Camp verlassen war und die Natur ihren Frieden hatte? Ihre Stimmen hallten über den See, und es roch scharf nach Guano. Einer der Vögel hob sich in die Lüfte und Emelie beobachtete, wie sich die immense Spannweite seiner Flügel im Flug entfaltete. Wie lange war hier schon niemand mehr gewesen? Zehn Jahre vielleicht? Die Hitze und die Einsamkeit hatten die Anlage vor Verfall und Zerstörung bewahrt.

Emelie stieg aus. Nach der langen Fahrt und dem steten

Geräusch des Motors schien die Stille des Ortes ihr beinahe unwirklich. Sie streckte sich. Ihre Poren schienen mit Staub gefüllt, und ihr war heiß. Konnte es sein, dass niemand der Turkana sich hier oben die Hütten angeeignet hat? Waren weder Iman noch Carl und Aischa bereits angekommen? Sie ging um ihren Wagen herum.

»Hallo, ist hier jemand? Iman? Carl? Aischa?«, rief sie in die Stille.

Nichts. Sie rief noch einmal die Namen ihrer Freunde. Ihre Stimme hallte in der Leere um Elyi Springs nach. Sie wanderte um die Hütten herum und steuerte auf das Ufer des Sees zu. Dort stand ein Flugzeug. Es war eine leichte, einmotorige Maschine, die wie neu aussah. Ihr rotes Blech glitzerte in der Sonne.

Emelie runzelte die Stirn und ging wieder auf den Vorplatz des Camps. Sie rief noch einmal.

Jemand lachte. »Einen hast du noch vergessen zu rufen, Emelie. Nämlich mich.«

Vor dem alten Haus der Campleitung stand Leander. War er alleine hier? Nein, ein paar Massai traten aus dem Schatten des Hauses ins grelle Sonnenlicht. Emelie erkannte einige von ihnen aus Kupenda, die anderen waren ihr unbekannt. Es waren an die zehn Mann.

»Aber all deine Freunde sind auch hier. Sie freuen sich über deinen Besuch«, sagte Leander und zeigte nun auf die Veranda des Hauses. Emelie sah, wie Carl, Aischa und Iman aus dem Haus geführt wurden. »Komm her, sag ihnen guten Tag.«

Zögerlich ging Emelie auf Leander zu. Sie suchte den Blick ihrer Freundinnen und ihres Bruders. Was würde nun geschehen?

Carl hob den Kopf und rief: »Emelie, was machst du denn hier? In deinem Zustand …«

Einer der Massai stieß ihm mit seinem Stecken zwischen die Schultern, und Carl unterdrückte einen Aufschrei. Emelie wurde zornig. Sie sah zu Leander hinauf, der einige Stufen über ihr stand und sie herablassend betrachtete.

»Du wirkst müde«, sagte er. »Was für eine lange Fahrt für eine Frau alleine! Setz dich. Möchtest du etwas trinken?«

Leanders scheinbare Fürsorge machte ihr mehr Angst als jede offene Drohung. Emelie sah hin zu dem Stuhl, auf den er gewiesen hatte. Direkt daneben standen einige metallene Safaritruhen. Eine von ihnen stand offen. Emelie konnte Leopardenfelle, kleinere Stoßzähne und Krokodilshäute darin erkennen.

Leander war ihrem Blick gefolgt. Er trat nun neben sie und legte seinen Arm um ihre Schultern. Emelie wollte erst zurückweichen, wagte es dann aber nicht. Leander hatte zwar abgenommen, doch er wirkte stärker als zuvor. Seine Wangen- und Schädelknochen traten scharf hervor, und an seinen nackten Armen und Schultern zeichneten sich Muskeln ab. Seine Haut glänzte vor Schweiß. Leander strich Emelie eine Haarsträhne aus dem Gesicht und zeigte dann auf die Kiste.

»Das sind nur ein paar kleine Andenken aus Afrika, für die anderswo viel Geld bezahlt wird. Und du weißt ja, wie gerne ich in der guten alten Zeit mit Paddy auf die Jagd gegangen bin.« Leander machte einem seiner Männer ein Zeichen, der daraufhin die Truhe mit einem Fußtritt schloss.

»Wozu brauchst du das Geld? Hast du nicht genug? Deine Freundin ist die reichste Frau Kenias. Oder ist Carola gar nicht hier?«

Emelie sah, wie Carl, Iman und Emelie auf den bloßen Bohlen der Veranda kauerten. Konnte sie ihnen helfen? Die Hände waren ihnen hinter den Rücken gebunden, aber ansonsten schien ihnen nichts geschehen zu sein. Sie lehnten an der Balustrade, die hin zum staubigen Platz wies. Iman schüttelte unauffällig den Kopf. Ihre Augen waren geschwollen. Aischa versuchte, Emelie ermutigend anzulächeln, doch es gelang ihr nicht. Emelie war entmutigt. Gegen die Übermacht von Leanders Männern hatten sie keine Chance.

»Carola«, rief Leander schließlich.

Carola Thompson trat aus der offenen Tür des Verwalterhauses. Auch sie hatte sich verändert. Ihre Augen lagen tief in den Höhlen. Sie war trotz der Sonne blass und ihre früher leuchtenden blonden Haare hingen strähnig bis über ihre Schultern, die knochig aus einem formlosen, geblümten Kleid hervorsahen. Unter der flachen Brust wölbte sich ihr Bauch. Ihre Niederkunft musste kurz bevorstehen, dachte Emelie. Sie hauste hier ohne jede ärztliche Hilfe mit Verbrechern, während sie selber den ganzen Tag liegen und sich schonen sollte, dachte Emelie.

»Was machst du hier, Emelie?«, fragte Carola. »Weshalb bist du auch gekommen?«

Leander aber sprach einfach weiter, so, als hätte Carola nichts gesagt. »Ist es bei Richard und dir auch bald mit Nachwuchs so weit?« Sein Arm lag noch immer um ihre Schultern. Sie spürte seinen Atem an ihrem Hals und legte schützend ihre Hand vor den Bauch.

Leander sah die kleine Bewegung und nickte. »Aha, ich verstehe. Das meinte Carl also, als er sagte *in deinem Zustand*. Und dennoch bist du gekommen, um deine Lieben aus meinen Klauen zu befreien. Das ist ganz meine Emelie, so wie ich sie kenne. Geh wieder ins Haus, Carola. Die Mittagshitze ist nicht gut für meinen Sohn.«

Carola gehorchte ohne Widerrede. Sie hatte wohl gelernt, dass es besser so war, mutmaßte Emelie.

Leander legte nun ebenfalls seine Hand auf Emelies Leib. Sie zuckte zusammen. »Schade, Emelie, dass es nicht mein Kind ist, das du trägst. Ein Erbe für Kupenda.«

»Lass den Unsinn. Was willst du noch mit Kupenda? Du kannst dir mit dem Geld aus Carolas Portokasse jede Farm auf dem Kontinent kaufen. Weshalb bist du nur von unserem Land so besessen?«, fragte Emelie.

»Weil Kupenda alles ist, was ich will. Das Land steht mir durch das Blut meiner Mutter und das Erbe meines Vaters zu. Ich will keine andere Farm: Weder Thompsons Land, das er am liebsten mit dem Blut meines Volkes getränkt hätte, noch die krümelige Blumenerde deines Mannes, verstehst du? Ich will nur Kupenda. Mein Leben lang habe ich dort Almosen entgegennehmen müssen. Jetzt kann es mir gehören. Alle Karten sind nun in meiner Hand vereint. Sogar der Joker.«

»Welcher Joker?«

»Der Joker bist du, Emelie«, sagte er lächelnd.

»Weshalb?«

»Weil du die wahre Erbin von Kupenda bist.«

Emelie sah hin zu Carl. »Unsinn«, sagte sie dann, »Kupenda gehört Carl und mir zu gleichen Teilen. Wir sind beide Paddys Kinder.«

Leander lachte, und Carl senkte die Augen. »Ach. Ihr seid beide Paddys Kinder? Dann sieh dir deinen Bruder noch einmal genau an! Carl ist ein Kuckucksei, wusstest du das nicht? Lange Zeit hatte ich nur Gerüchte gehört. Aber Carolas Geld hat mir die Nachforschungen erleichtert.« Er musterte Emelie, um die Wirkung seiner Worte abzuschätzen. »Erschreckt dich diese Nachricht? Carl kennt die Wahrheit seit gestern. Er hat etwas Zeit gehabt, sich daran zu gewöhnen, dass er ein Bastard ist.«

»Der Bastard bist du!«, rief Carl.

Leander schüttelte den Kopf. »Ich weiß, wer mein Vater ist. Ich weiß, bei wem meine Mutter gelegen hat. Diane dagegen scheint nicht besser als eine Straßenkatze gewesen zu sein.«

»Du lügst«, sagte Emelie. »Wie kannst du es wagen, unsere Mutter so zu beleidigen?«

Leander fasste Emelie hart unter, führte sie hin zu Carl und zog ihn auf die Füße. Carl schrie wieder auf. Er versuchte, auf seinem einen Bein das Gleichgewicht zu finden.

»Sieh ihn dir doch an! Kannst du zwischen dir und ihm irgendeine Ähnlichkeit erkennen? Er soll dein Bruder sein, mit dieser Haut und diesem Haar? Auf Kupenda wussten alle außer euch, dass Carl schon drei oder vier Jahre alt war, als er mit Diane auf der Farm ankam. Paddy hatte es ihnen nur verboten, darüber zu sprechen.«

»Du lügst«, sagte Emelie noch einmal. Aber sie wusste, dass er Recht hatte. Mit einem Mal verstand sie. Wie sonst konnte Carl so anders aussehen als sie selber? Sie betrachtete ihn aufmerksam: Seine dunklen Haare hingen in seine hohe Stirn, seine Augen wirkten beinahe schwarz, und die Sonne hatte seine Haut so dunkel wie das umliegende Vulkangestein gebräunt. Auch vom Wesen her waren sie verschiedener, als es bei Geschwistern meist der Fall war. Aber Emelie verstand noch etwas anderes: Es war ihr gleichgültig. Sie liebte Carl. Er war ihr Bruder, was immer geschah. Wen hatte Diane geliebt, ehe sie Paddy traf? Noch eine Frage, die sie ihr nicht mehr stellen konnte.

»Halt dein Lästermaul, Leander. Ich hätte mir keinen besseren Vater als Paddy wünschen können«, sagte Carl.

»Wer weiß, mit wem Diane es getrieben hat, um dich zu bekommen. Paddy war es in jedem Fall nicht.«

Carl machte eine heftige Bewegung, doch Leander trat gegen sein notdürftig geschientes Bein.

Emelie wollte die Arme nach ihm ausstrecken, aber Leander riss sie zurück und zog sie von der am Boden sitzenden Gruppe fort. Sie gingen einige Schritte, ehe er wieder seinen Arm um ihre Schultern legte. An den Stufen der Veranda beugte er seinen Kopf zu ihr hinunter und küsste ihre Wange, ihr Ohr und ihren Hals. Emelie wagte es nicht zu atmen.

»Es war nicht nur Kupenda, Emelie, das mich damals interessiert hat …«, sagte er leise in ihr Ohr. »Ich wollte *dich*. Aber jetzt ist es zu spät. Nein, nein, Diane hatte ganz Recht, dich vor mir zu warnen.«

Emelie erwiderte nichts. Sie schluckte. Seine Worte berührten sie. Die Leidenschaft, die sie für ihn empfunden hatte, wie auch der Schmerz über sein Schweigen und seinen späteren Verrat hatten sie geprägt.

»Was ist das?«, fragte Leander nun und hob die Münze an, die um ihren Hals hing. »Iman trägt doch die gleiche, oder?«

Er ging barfuß über die Bohlen der Veranda zu seiner Schwester und fasste an das Schmuckstück um ihren Hals. Emelie sah, wie Aischa kurz Carl ansah. Hatte auch sie in einem entscheidenden Moment eine Münze gefunden, fragte sie sich?

»Ist das ein Talisman?«, fragte Leander sie beide.

Iman und Emelie tauschten einen raschen Blick aus. Beide schwiegen. Leander lachte. »Nun was auch immer es ist, helfen wird er euch nicht. Obwohl ich noch nicht weiß, was ich mit euch anstellen werde.«

»Willst du Lösegeld fordern?«, fragte Emelie ihn.

»Geld habe ich ja genug, wie du sagst«, erwiderte Leander ruhig. Er fasste Emelie unter und zog sie die Treppen hinunter in den gleißenden Sonnenschein. »Mir wird schon etwas einfallen.«

Iman sah, wie Leander Emelie auf den staubigen Vorplatz brachte. Er war noch immer barfuß, und seine Schuhe standen im Schatten des Vordaches im schwarzen Staub von Elyi Springs. Leander machte einem der Massai ein Zeichen, und der drehte Emelie die Arme auf den Rücken und band ihr ebenfalls die Handgelenke zusammen.

»Tststststs …«, hörte Iman es mit einem Mal hinter sich flüstern. Es klang mehr wie der Wind im hohen Gras als eine menschliche Stimme. Vorsichtig wandte sie den Kopf um. Hinter der Balustrade kauerte der kleine Samburujunge. In seiner Hand hielt er ein grob geschmiedetes Messer. Iman wusste, was ihn hierherbrachte. Die Samburu waren das gastfreundlichste Volk von allen. Sie hatten ein Getränk miteinander geteilt, ehe er sie unwissentlich an Leander verraten hatte. Das wollte er wiedergutmachen.

Iman nickte ihm unmerklich zu. Sie spürte die kühle Klinge zwischen die Fessel und ihre Haut fahren. Ihre Hände lösten sich. Sie war frei, ließ aber die Arme hinter dem Rücken, als sei nichts geschehen.

Dann, als alle Massai zusammen mit Leander die Veranda verlassen hatten, begann sie an Carls Fesseln zu nesteln. Nach einiger Zeit zog er seine Handgelenke aus dem Strick. Dann war auch Aischa frei.

Was nun? Iman dachte fieberhaft nach. Was hatte Leander mit Emelie vor? Wie konnten sie ihr helfen?

In diesem Augenblick erfüllte das Geräusch mehrerer Motoren die Luft. Wagen näherten sich dem Camp in raschem Tempo auf der unwegsamen Straße, ohne die Autos zu schonen. Iman reckte den Hals. Sie sah, wie Leander sich aufrichtete und wie Emelie sich im Griff des Massai wand.

Hinter den Felsbrocken tauchten vier Rangerover auf, auf deren armeegrünem Blech groß *Khan Lodges* zu lesen war. Die Wagen kamen in einer Wolke aus schwarzem Sand und Kies zum Stehen. Türen wurden aufgeworfen, und Kabir Khan sprang als Erster aus dem Wagen. Ihm folgten mehrere Männer in Militäruniform, auf deren Schulterklappen jedoch ebenfalls *Khan Lodges* stand.

Iman fühlte, wie sie vor Erleichterung schwach wurde. Kabir Khan hatte seine Sicherheitsleute mitgebracht, die normalerweise sein Eigentum im Norden des Landes bewachten.

Aus dem zweiten Landrover sah Iman nun Massimo und Richard steigen. Bei ihnen waren noch mehr von Khans Leuten.

»Massimo«, rief sie erleichtert und ließ alle Vorsicht fahren. Sie sprang über das Geländer und lief über den Vorplatz.

Leander fuhr herum. In seiner Hand hielt er nun eine Waffe. »Bleib, wo du bist, Iman«, sagte er drohend.

Diese aber hatte Massimo bereits erreicht. Seine Arme schlossen sich stark und fest um sie.

»Waffen runter, alle miteinander! Lass meine Frau los oder ich lass deine Zähne im Arsch Klavier spielen«, sagte Richard nun zu dem Massai und legte auf Leander an.

Die Massai um Leander herum gehorchten. Waffen, Stecken, Schlagringe und Knüppel fielen in den Sand.

»Komm her, Emelie«, sagte Richard. »Komm hinter mich.«

Der Massai löste Emelies Fessel und ließ sie los. Iman sah, wie Emelie loslief. Auch Carl und Aischa machten sich daran, die Verandastufen herunterzukommen. Carl stützte sich auf Aischa und als Iman ihr dabei helfen wollte, bemerkten sie, wie Leander sich rührte. Mit einem Satz war er bei Aischa und riss sie vor seinen Körper. Sie schrie erschreckt auf. Carl verlor das Gleichgewicht und stürzte die Treppen hinunter in den Sand. »Aischa, nein«, rief er und versuchte, wieder auf die Beine zu kommen.

Kabir lief zu Carl und richtete ihn auf. Dann umarmte er ihn, und Carl erwiderte die Umarmung. Sie sahen einander geradezu lächerlich ähnlich, fand Iman.

Als Massimos Arme sich um sie schlossen, hörte Iman gerade noch, wie Kabir zu Carl sagte: »Wir werden sie retten, vertrau mir. Keine Angst, mein Sohn …« Wie hatten sie alle so blind sein können?

Dann wandte sie ihren Blick wieder hin zu Aischa und Leander. Wie wollte Khan vorgehen? Leander benutzte sie doch als Schutzschild. »Leander, lass sie los«, sagte Iman. »Gib doch auf. Gib bitte auf!« Ihre Stimme klang flehend. Weshalb? Waren zwei Säuglinge, die alleine auf der Welt zurückblieben, nachdem sie sich einen Mutterleib geteilt hatten, Grund genug dafür? Als Erwachsene hatten sie sich beide ihren Weg zwischen den Welten suchen müssen. Sie waren mittlerweile für immer voneinander getrennt, das hatte Iman verstanden.

Leander aber ging nun rückwärts, wobei er Aischa mit sich zog und sich mit kurzen Blicken nach hinten seines Weges versicherte.

»Wo willst du hin?«, fragte Khan und machte seinen Männern ein Zeichen. Langsam bewegten sie sich auf Leander, der nun an die Ecke des Haupthauses kam, zu.

»Haltet schön Abstand«, drohte Leander und machte mit seiner Waffe eine Geste hin zu Aischa, die wie eine Puppe in seinem Arm hing. Alle Farbe war aus ihrem Gesicht gewichen, und ihre Hände lagen um Leanders Unterarm. Er hatte sie am Hals gepackt.

»Bitte, helft mir. Helft mir doch!«, flehte sie.

»Das Flugzeug. Er will zum Flugzeug!«, sagte Emelie, und Iman hörte Leander lachen. Richard nickte Massimo unmerklich zu.

»Wagt nicht, mich aufzuhalten!« Leander war nun bei seinem Flugzeug angekommen. Mit einer Hand öffnete er die Tür zum Cockpit, mit der anderen zog er Aischa fester an sich. Er stieg rückwärts die beiden Stufen hoch und setzte sich in den Pilotensitz, schnallte sich an und ließ bei offener Tür den Motor an. Die drei Propeller der Maschine begannen sich zu drehen und wurden immer schneller. Iman sah Aischa weinen. Das Dröhnen des

Flugzeugmotors schluckte jeden Laut. Die Maschine war bereit zum Abheben.

Wo wollte Leander mit ihr hin? Iman sah sein Gesicht nur noch durch das Cockpit, und sie bildete sich ein, auf einmal Unsicherheit darin zu erkennen.

»Leander, lass sie gehen!«, schrie sie über den Lärm weg. Massimo hielt sie zu fest, als dass sie etwas anderes hätte machen können.

Leander gab Aischa einen plötzlichen Stoß, der sie auf den Sand und die Steine des Landestreifens stürzen ließ, und schloss die Tür zum Cockpit. Im selben Augenblick lenkte er das Flugzeug schon auf die Piste.

»Nicht schießen!«, rief Richard. »Holt Aischa. Aischa, komm her!«

Aischa kroch schluchzend und auf allen vieren auf sie zu.

Kabirs Sicherheitsmänner hatten sich in einer Front aufgereiht und warteten nur auf ein Kommando. Doch noch war Aischa in ihrer Feuerlinie. Leanders Flugzeug gewann auf der Piste an Geschwindigkeit. Gleich würde es abheben. Iman sah, wie er seine Hand mit der Waffe noch einmal aus dem Fenster streckte und zum Hohn abdrückte. Der Knall zerriss die Luft und übertönte den Motor der Maschine, als sie den Boden verließ. Iman hörte vielstimmiges Vogelkreischen. Unzählige Pelikane erhoben sich von den Ufern des Sees, die mit weißen Sodaschlieren durchsetzt waren.

Leanders Schuss hatte die scheuen Tiere aufgeschreckt: Eine Hundertschaft an weißen Leibern füllte mit riesigen Flügeln die Luft und einige von ihnen prallten mit einem dumpfen Geräusch gegen Leanders Flugzeug. Iman sah die Maschine schwanken, sie fühlte, wie Leander um das Gleichgewicht des Flugzeuges kämpfte und einen Augenblick noch schien er an Höhe zu gewinnen. Da aber traf ein letzter Vogel seinen Propeller und die Maschine drehte sich in einer Spirale nach unten.

»Leander«, rief Iman gerade noch, als Massimo ihren Kopf gegen seine Brust presste.

»Nicht hinsehen«, sagte er. »Sieh nicht hin.«

Iman hörte den Aufschlag des Flugzeuges auf dem Wüstenboden. Es war ein dumpfer Schlag, gefolgt von einem Krachen, das die Luft zerriss. Sie spürte einen Hitzeschwall, der ihnen entgegenschlug und ihr die Wimpern und ihr kurzes Haar zu versengen schien. Als Massimo es ihr endlich erlaubte, den Kopf zu heben, war Leanders Flugzeug hinter einem Wall aus Flammen und schwarzem Qualm verschwunden.

Die Schwestern der roten Sonne

»Du wirst die schönste Braut der Welt sein«, sagte Emelie, als Aischa sich vor ihr drehte. Sie trug einen gelben Shalwar Khameez, der ihre Haut wie Bronze schimmern ließ. Der Stoff war reich bestickt, und der Schnitt betonte die Kurven ihres kleinen, festen Körpers. Sie waren vor gut einem Monat vom See zurückgekehrt, und Aischa schien die Strapazen jener Tage verwunden zu haben.

»Was wird Carl tragen?«, fragte Emelie sie.

Aischa überlegte. »Wir haben keine Zeit mehr, um nach Nairobi zu fahren. Seinen Smoking, vielleicht? Die Trauung ist um fünf Uhr nachmittags. Der Imam, den Onkel Kabir gefunden hat, hatte früher keine Zeit für eine Zeremonie. Insofern können wir nach dem Essen dann gleich anfangen zu tanzen.«

»Sein Smoking… Hm. Er hat ihn das letzte Mal vor über einem Jahr getragen, als Diane starb«, sagte Emelie. Aischa beugte sich zu ihr hinunter und umarmte sie.

»Ich bin so traurig, dass Diane diesen Tag nicht erleben kann. Kabir ist Carls Vater. Ich kann es noch immer nicht glauben.«

»Ich auch nicht. Und irgendwie doch. Sie sehen sich so ähnlich, dass es erstaunlich ist, wie lange Kabir sein Geheimnis hat bewahren können. Wie nimmt Carl es auf?«

Aischa wog ihre Antwort ab. »Er hatte seine Meinung über Kabir schon lange geändert. Spätestens nach meiner Entführung hat Carl seine Umsicht und seine Klugheit schätzen gelernt. Ich glaube, dass er tief in seinem Inneren oft das Gefühl hatte, nicht wirklich nach Kupenda zu gehören. Das erklärt auch seine Unsicherheit. Die Wahrheit hilft ihm, die Vergangenheit zu verstehen und die Zukunft stärker anzugehen. Jetzt verbringen beide viel Zeit miteinander. Kabir hat ja sonst keine Kinder, und Carl muss so vieles lernen. Kabirs Rat ist unbezahlbar.«

Emelie nickte. Sie dachte an Diane. Wie war sie als junge Frau gewesen? Wo und wann hatten Kabir und sie sich kennengelernt? Aischa schien ihre Gedanken zu lesen.

»Sie müssen sich im Geheimen geliebt haben, glaube ich. Emelie, nun kann selbst mein Vater nichts mehr gegen Carl als meinen Bräutigam einwenden. Er ist einer von uns, da Kabir Khan ja auch Muslim ist.«

»Kümmert dich noch, was dein Vater denkt?«, fragte Emelie sie.

Aischa setzte sich neben Emelie aufs Bett und nahm ihre Hand. »Ich versuche zumindest, ihm zu verzeihen. Er hatte Recht, als er sagte, man würde immer Tochter sein, selbst wenn man die Frau eines Mannes wäre. Ich werde seine Stelle auf Kupenda übernehmen. Aber dennoch bleibt er mein Vater. Ich habe Carl lange zugeredet, bis er ihn endlich zu unserer Hochzeit eingeladen hat.«

»Und was ist mit Meena?«

Aischa schüttelte den Kopf. »Nein, die will ich nie wiedersehen. Es gibt für vieles, aber nicht für alles eine Entschuldigung.«

»Mach Frieden mit deinem Vater, wenn du es kannst.

Ich bereue, dass ich mit Diane nicht mehr habe sprechen können. Ich würde ihr jedenfalls gerne viele Fragen stellen«, sagte Emelie. »Weshalb konnten Kabir und sie zum Beispiel nicht zusammenbleiben? Es muss so schwer für sie gewesen sein, das Kind allein auf die Welt zu bringen und großzuziehen. Paddy hat es uns nie merken lassen, dass Carl nicht sein Sohn ist.«

»Nein, dazu hat er Diane zu sehr geliebt. Und Carl und dich auch.«

Emelie nickte. »Hol den Smoking aus Carls Zimmer. Wir können ihn ausbürsten und im Dampf der Dusche aufhängen. Dann sieht er hoffentlich wieder aus wie neu.«

Aischa verließ den Raum. Nach kurzer Zeit kam sie mit dem Smoking über ihrem Arm wieder. »Er ist voller Flecken«, sagte sie. »So kann er nicht heiraten.«

»Gib her«, sagte Emelie und streckte ihre Arme aus. Sie besah sich den Smoking im Tageslicht. »Wir schaffen das schon. Lass schon mal eine heiße Wanne ein, damit sich der Raum mit Dampf füllt.«

Aischa ging ins Badezimmer, und Emelie hörte Wasser rauschen. Sie rückte die Jacke auf dem Bügel zurecht. Da raschelte etwas in der Innentasche. Emelie griff hinein und hielt einen Brief in der Hand. Carl musste ihn dort hineingesteckt und vergessen haben. Von wem stammte er? Als sie ihn umdrehte, stockte ihr der Atem: *Emelie* stand in der Handschrift ihrer Mutter auf dem verschlossenen Umschlag.

Sie hörte Aischa im Badezimmer ein Lied summen. Emelie zitterten die Finger, als sie den Umschlag aufriss. Der Brief war eine Woche vor Dianes Tod datiert. Sie begann zu lesen.

Meine liebste Emelie,
ich schreibe diesen Brief ebenso für mich selbst wie für dich. Wahrscheinlich wirst du ihn nie zu lesen bekommen, er dient mehr dazu, meine Gedanken vor unserem Wiedersehen in einer Woche zu ordnen.
Ich danke Gott, dass du nach Hause kommst. Kupenda ist deine Heimat. Ich denke, das wirst du verstehen, wenn du all dies hier wiedersiehst. Du wirst auch Leander wiedersehen. Du bist nun stark genug, um zu erkennen, was für ein Mensch er ist. Du wirst meinen Zorn und meine Ungerechtigkeit von damals verstehen lernen. Er ist ein Mann, der Unglück über dich bringen würde, wie über jede andere Frau, die mit ihm zusammen ist. Er ist von einer Macht, einer Kraft besessen, die ihn weiter- und weitertreiben wird, bis in sein Verderben. Wir haben versucht, ihn wie einen Sohn aufzuziehen, doch wir sind gescheitert. Leander will sich nehmen, was mir auf dieser Welt am liebsten ist: meine Kinder und Kupenda. Vielleicht hast du Leander geliebt, aber ich glaube es nicht. Dein Mann wartet auf dich, aber du musst dir selber eine Chance geben, ihn zu erkennen.
Auch ich habe geliebt, Emelie, ehe ich deinen Vater traf. Dieser andere Mann gehörte aber ebenso wie Leander in eine andere Welt. Eine Welt, gegen die ich nicht ankommen konnte, die er nicht loslassen wollte und in der ich nicht willkommen war.
Ich habe versucht, um ihn zu kämpfen. Es war umsonst. Seine Welt war mächtiger als ich. Als er mich dann verließ, hatte ich das Gefühl, ich müsste sterben. Doch das Leben geht weiter, und es ist gut zu mir gewesen. Auch Leander gehört in eine andere Welt: Er hat sich so entschieden. Gib ihn

nicht auf, er wird euch auf Kupenda in seinem Leben noch brauchen.

Willkommen daheim, Emelie. Willkommen, mein Kind.

Diane

Die letzte Zeile war von Tränen verschmiert.

»Aischa«, rief Emelie noch in Richtung des Badezimmers, ehe sie selber zu weinen begann und eine ganze Zeit lang nicht mehr aufhören konnte.

Die kurze Hochzeitszeremonie war vorbei.

»Ich will, dass Paddy und Diane uns so sehen«, sagte Carl zu Aischa. Kabir drückte ihn an sich, und Carl ließ es geschehen. Kate küsste Aischa auf die Wange.

»Ich bin als Nächstes dran«, sagte sie und streckte ihre Hand mit dem Verlobungsring daran aus. Es war ein großer, dunkler Saphir mit einem Kranz von Diamanten darum.

»Vier Hochzeiten in weniger als zwei Jahren«, sagte Emelie. »Schade, dass Paddy und Diane das nicht mehr erlebt haben.« Sie lag auf einer Liege, die Richard ihr mit Decken und Kissen bequem ausgestattet hatte.

»Lass uns zu ihren Gräbern hochgehen«, sagte Kabir. »Wir haben ihnen so viel zu verdanken.«

Ja, dachte Carl, das hatten sie. Er gehörte zu Aischa und hatte seinen wahren Vater gefunden: Kabir stand ihm mit Rat und Tat zur Seite. Dennoch würde er Paddy immer lieben. Emelie und Iman hatten ihren Weg gefunden, auch wenn diese mit Augenblicken tiefer Traurigkeit über die Wandlung und das Ende ihres Bruders zu kämpfen hatte.

Die Zeit würde diese Wunden heilen, hoffte Carl. Auf Kupenda konnte nun Frieden einkehren.

»Und ich, wie soll ich hochkommen?«, fragte Emelie. »Vielleicht kann ich doch laufen«, sagte sie und wollte von ihrer Liege aufstehen.

»Wenn du noch einmal aufstehst, dann ziehe ich dir die Hammelbeine lang! Wozu haben wir vier starke Männer hier? Wir tragen dich selbstverständlich, meine Prinzessin. Kabir, Carl, Massimo, packt mit an«, befahl Richard und klatschte in die Hände.

Carl wandte sich noch einmal um. Die gesamte Hochzeitsgesellschaft setzte sich nun in Bewegung und folgte ihnen den Berg hinauf. Guppy kam aus dem hohen Gras und begleitete sie mit einigem Abstand. Seine Flecken tarnten ihn beinahe vollkommen.

Nach kurzer Zeit hatten sie die Anhöhe mit den Gräbern erreicht. Die Sonne senkte sich am Himmel, und Wolken zogen vom Rand des Grabenbruchs auf Kupenda zu. Ein neuer Kreislauf an Leben und an Fruchtbarkeit begann.

Aischa formte aus den Blumen ihres Brautstraußes zwei Kränze, die sie über die beiden Grabsteine hängte. Carl umarmte sie stumm. Iman ging neben Emelie in die Knie und fasste ihre Hand. Massimo und Richard standen nahe bei ihren Frauen.

»He, Guppy, komm da runter. Du machst uns alle voller Borke«, rief Carl dem zahmen Leoparden zu, als der den Baumstamm erklommen hatte. Er jedoch bohrte mit seiner Pfote wieder in dem Astloch. »Das hat er schon einmal getan«, sagte er. »Weiß der Himmel, was darin verborgen ist. Wahrscheinlich eine köstlich knackige Klippschliefer-Familie!« Sie lachten.

Mit einem Mal fiel etwas aus dem Astloch. Es glitzerte in der Sonne. Guppy sprang weich auf die Erde und wollte danach schnappen, doch Carl war schneller. Er bückte sich und hob es auf. Es war eine Kette.

»Was ist das?«, fragte er und drehte sie in den Händen.

Kabir trat neben ihn. »Ich weiß, was das ist«, sagte er. Er war blass geworden. »Darf ich?« Kabir nahm Carl die Kette aus der Hand.

Am Ende ihrer dicken Glieder sah Carl einen Anhänger, auf dem eine zum Kranz gewundene Schlange sich in den Schwanz biss. Kabir legte seinen Arm um Carls Schultern. Seine Stimme klang brüchig, als er sagte: »Das ist die Kette, die in unserer Familie aus Liebe verschenkt wird. Ich habe sie an dem Morgen deiner Geburt Diane geschenkt, als ich so feige war und sie verlassen habe.« Er griff nach Kates Hand. »Gott sei Dank muss man einen Fehler nicht zweimal machen. Diane muss die Kette dort oben verborgen haben. Und heute kannst du sie meiner Schwiegertochter um den Hals legen«, sagte er und reichte Carl den Schmuck.

Aischa neigte den Kopf, und Carl schloss die Kette in ihrem Nacken. Sie ging nun ebenfalls neben Emelie und Iman in die Knie. Alle drei streckten ihre Hände aus, und ihre Finger verschränkten sich. Die Abendsonne wärmte die Anhöhe, die Menschen und die beiden Gräber darauf mit ihrer letzten Glut.

GLOSSAR

Adumu, Massai-Tanz

Asante sana, vielen Dank (auf Suaheli)

Banda, Haus oder Hütte, meist aus gestampftem Schlamm, Ziegeln und Strohdach gebaut

Askari, arabisch für Soldat, Wachmann, ursprünglich einheimischer Soldat oder Polizist in den afrikanischen Kolonialtruppen der europäischen Mächte

Chapatis, indische Fladen

Chiko, tragbarer, metallener Straßenofen

Dhau, traditionelles arabisches Segelschiff

Habari, wie geht es dir? (auf Suaheli)

Hapana, nein (auf Suaheli)

Jubbah, langes ,weißes Männerhemd

Khanzu, hüftlanges und geknöpftes Männergewand mit hohem, steifem Kragen

Kikoi, gewebte und meist quer gestreifte kenianische Tücher, traditionell von Männern als Wickelröcke getragen

Kral, kreisförmige Siedlung mit strenger sozialer Struktur, meist von der Umgebung durch einen Dornenwall abgeschirmt

Jambo, guten Tag (auf Suaheli)

Kupenda, lieben (auf Suaheli)

Kwaheri, auf Wiedersehen (auf Suaheli)
Lodge, Gästehaus oder Hotel in Naturreservaten oder Nationalparks
Manyatta, einfache Hütte der Massai
Matatu, halsbrecherisch lebensgefährlich fahrendes Sammeltaxi
Messe, Hauptzelt auf Safari
Moran, junger Krieger
Mzungu, weißer, reicher Mann
Panga, gebogenes Schlagmesser
Pombe, Bier aus Ostafrika, traditionell hergestellt durch Fermentieren von Getreide oder Bananen unter Zusatz von Getreide und Wasser
Posho, afrikanisches Gericht aus Maismehl
Samburu, afrikanisches Nomadenvolk in Kenia
Samosa, gefüllte Teigtaschen
Shalwar Khameez, islamische Frauenkleidung, bestehend aus einer weit geschnittenen und an den Fesseln schmal zulaufenden Pluderhose und einem Kaftan. Dazu wird meist ein farblich passender Schal getragen.
Shuka, rotes Gewand der Massai
Turkana, afrikanische Volksgruppe im Norden Kenias
Ugali, grünes Gemüse, ähnlich dem Spinat